btb
Aus Freude am Lesen

btb

Buch

Die junge Archäologin Erika entdeckt in ihrem Heimatdorf eine jahrtausendealte Familientragödie. Sie identifiziert sich so stark mit dem Schicksal der Toten, dass ihr Leben aus der Bahn gerät. Gegenwart und Vergangenheit vermischen sich. Sie will mit allen Mitteln herausfinden, was mit der Familie, deren Skelette sie geborgen hat, geschehen ist. Doch das Dorf behindert Erikas Arbeit; man fürchtet, dass noch etwas anderes gefunden werden könnte …

»Als ich diese Familie ausgegraben habe, war es, als hätte ich mich selbst ausgegraben. In mir sind Spuren von Gefühlen, von fremden Gefühlen, so etwas wie Reste von Erlebtem, etwas von einem längst vergangenen Leben.«

Autor

Thomas Wollinger wurde 1968 in Wien geboren. Unauffälliger Lebenswandel. Weder Ausbildung (Doktorat Informatik), Auslandsaufenthalte (Universitätslektor in Südafrika) noch die berufliche Laufbahn (Projektleiter und IT-Consultant) ließen schriftstellerische Ambitionen erkennen. Erst 2001 das Outing als Mitglied des Grazer Autorinnen- und Autorenkollektivs GRAUKO. Der Autor freut sich über Rückmeldungen. Er kann unter www.grauko.at kontaktiert werden.

Thomas Wollinger

Die Archäologin

Roman

btb

Die in diesem Buch dargestellten Ereignisse und Personen sind Erfindungen des Autors.

Umwelthinweis:
Alle bedruckten Materialien dieses Taschenbuches sind chlorfrei und umweltschonend.

Der btb-Verlag ist ein Unternehmen der Verlagsgruppe Random House.

1. Auflage
Deutsche Erstveröffentlichung Mai 2004

Umschlaggestaltung: Design Team München
Umschlagfoto: CORBIS/Bettmann
Satz: IBV Satz- und Datentechnik GmbH, Berlin
SR · Herstellung: Augustin Wiesbeck
Made in Germany
ISBN 3-442-73226-3
www.btb-verlag.de

Für Julian Schutting,
der mir das Schreiben beigebracht hat.

1981

Die Skelette.

Die Erde hält seit Jahrtausenden die Knochen fest, fixiert ihre Körperhaltung, die Momentaufnahme Sterbender. Eine Frau, ein Mann, die Kinder. Eine ermordete Familie.

Vier Meter über ihnen wuchert eine Wiese mit kniehohen Grashalmen, saftigen Brennnesseln, Löwenzahn und Disteln. Grillen sind laut, und heuer gibt es viele Schnecken. Es ist ein kleines Stück Land, das niemanden interessiert und wo niemand hinkommt, denn was hat man schon hinter der Friedhofsmauer zu suchen, bei all den Brennnesseln und den Insektenschwärmen? Man würde nur vermoderte Kränze oder gebrochene Kerzenbecher aus rotem Plastik finden, die von den Friedhofsbesuchern nach Allerseelen über die Mauer geworfen wurden.

Es ist der letzte Junitag. Wolkenfreier, hellblauer Himmel. Die Schwalben tummeln sich um die Kirche und vollführen dort oben ihre Sturzflüge. Der Turm ist ein schlichter Quader, oben sitzt ein rotes Spitzdach mit Kreuz. Das Kirchenschiff ebenso schlicht, ebenso wehrhaft, mit ebenso rotem Ziegeldach. Als die Kirche hier auf dem Kirchberg errichtet wurde, da haben die Skelette schon zwei Jahrtausende in der Erde gelegen.

Am Himmel ein Storch, mit ganz wenigen Flügelschlägen gleitet er hinüber nach Osten, über die Weinfelder, über das Dorf am Fuß des Kirchbergs, dann über die Schnellstraße und die Bahntrasse, und hinter dem Fluss die weite Ebene mit den

Auwäldern. Drüben der Ostblock. Die Tschechoslowakei. Wachtürme ragen über die Bäume, und weil heute das Wetter klar ist, kann man die Zäune mit dem Stacheldraht erahnen. Der Eiserne Vorhang. Selbstschussanlagen, sagt man. Und Hundestaffeln. Elektrische Zäune. Dort sind die Russen, sagt man. Es herrscht der Kalte Krieg, trotz des Sommers.

Die Bahngeleise auf österreichischer Seite begleiten den Fluss von Norden nach Süden, wie mit dem Lineal durch die Landschaft gezogen, hin zum imaginären, dunstigen Schnittpunkt am Horizont. Und ebendort zeichnen sich die Konturen des Zugs ab, in dem Erika sitzt. Sie zerrt das Fenster nach unten, braucht Abkühlung. Den schweren Rucksack hat Erika auf den Platz gegenüber gestellt. Damit dort keiner sitzen kann, der sie anschaut und womöglich zu reden beginnt.

Sie blättert in ihrem Manuskript, als würde sie sich konzentrieren. Sie nimmt einen leeren Zettel und einen Kugelschreiber und malt ein Deckblatt: *Die urnenfelderzeitliche Wallanlage von Kirchwald. Habilitationsschrift. Eingereicht von Dr. Erika Zeitlinger.*

Der Waggon rüttelt, als führe er über Schlaglöcher. Erika betrachtet das Papier mit den verwackelten Buchstaben. An der Universität hat Erika zwar nur einen halben Assistentinnenposten, aber gearbeitet wird wie bei einer vollen Anstellung. Und nur wenn Erika ihre Habilitation abgeschlossen hat, kann sie an der Universität bleiben.

Draußen das Marchfeld: flach, weit, durchzogen von lückenhaften Baumreihen. Der Wind treibt Wellen über das hellbraune Weizenmeer.

Kirchwald bietet Erika die letzte Chance zum Habilitieren. Voriges Jahr ist sie schon dort gewesen, die Grabungskampagne hat Professor Grohmann geleitet, Erikas Chef. Sie hat mit ihm vereinbart, heuer wieder dabei zu sein.

Doch der Professor gräbt heuer nicht in Kirchwald.

Die Kollegen im Institut behaupten, dass es in Kirchwald nichts zu finden gibt und dass auch der Professor das eingesehen hat. Aber das stimmt nicht! Der Professor war verhindert, wegen dieser Notgrabung im Waldviertel, wo die Trasse einer Autobahn durch frühbronzezeitliche Gräberfelder führen wird. Hunderte Skelette hat er zu bergen, und das muss heuer gemacht werden, denn nächstes Jahr wird alles zubetoniert sein.

Das ist der wahre Grund.

Bestimmt!

Der Professor hat Erika zwar erlaubt, in seiner Abwesenheit in Kirchwald zu arbeiten – Geld könne er ihr aber keines zur Verfügung stellen. Also hat sie um ein eigenes, kleines Grabungsbudget aus einem Förderungsfond angesucht, das erst im letzten Moment bewilligt worden ist, und Erika hat das Gefühl gehabt, an einer Katastrophe vorbeigeschrammt zu sein. Seither fragt sie sich: Ist da überhaupt etwas unter dem Flecken Erde, wo ich graben werde?

Ihre Erstsemestrigen lehrt sie zwar, dass die Tatsache, nichts zu finden, auch wichtig sein kann. Das mag für Scherbenzähler zutreffen, die sich mit der Verbreitung von Tongefäßtypen beschäftigen; letztlich haben nur Funde Aufsehen erregt. Funde, die man im Naturhistorischen Museum ausstellen kann und deren Dias auf Kongressen beklatscht werden.

Kommt da schon die Ziegelei? Ja, mit dem hohen Schornstein und dem Nest obenauf. Sind heuer die Störche wiedergekommen? Erika muss sich beeilen, denn der Zug hält nur kurz.

Sie steigt aus, der Zug setzt sich wieder in Bewegung, da ruft jemand: »Ihre Mappe!«

Erika dreht sich um. Ein Mann beugt sich aus dem Zugfenster und wirft Erika das Manuskript zu. Der Papierstapel fällt auseinander, die Zettel werden vom Fahrtwind der Waggons umhergewirbelt.

Der Zug ist fort, und Erika ist alleine auf dem Bahnsteig von Kirchwald und sammelt die Papiere ein. Hundertdreiundzwanzig Seiten in Schreibschrift oder in Blockbuchstaben, mit Filzstift eingefärbt oder – wie eine Collage – mit ausgeschnittenen Buchstaben beklebt und mit Ornamenten versehen. Aber auf jedem Zettel dieselben Worte, denn es sind hundertdreiundzwanzig Entwürfe für das Deckblatt.

Sie spürt den ersten Stich am Hals. Wie ein Willkommen. Stechmücken, die man hier Gelsen nennt. Sie kommen aus dem Auwald, der hinter dem Bahndamm anfängt. Erika schultert ihren schweren Rucksack, sie geht gebeugt. Vorbei am Bahnhofshäuschen, das seit Jahren verwaist ist: Kirchwald ist zu unwichtig, um einen Bahnhofsvorsteher zu haben.

Sie überquert die Schnellstraße, geht beim Gasthaus vorbei, wo ein paar Leute unter einem Sonnenschirm sitzen und Gespritzten trinken. Dann kommt sie auf die Hauptstraße, die den Kirchberg halbkreisförmig umfasst. Die Lösswände fallen senkrecht ab, überwuchert von Gestrüpp. Um den Berg herum die Höfe der Weinbauern: zur Hauptstraße hin die Wohngebäude, dann der Hof mit der Scheune und den Schuppen für Traktoren und Anhänger; dann, in den kühlen Löss hineingegraben, die Kellergewölbe.

Der Berg ist eine natürliche Festung! Erika denkt sich alles weg, was stört: die Straße, die Häuser, die Traktoren, die Strommasten, das Gestrüpp. Erika schaut jetzt auf blanken Löss, der steil und glatt ist wie eine Mauer. Oben auf dem Berg eine Brüstung aus Holz und Männer, bewaffnet mit Schwert und Bogen, die ihre Wallburg verteidigen.

An beiden Enden der menschenleeren Hauptstraße führen Gassen hinauf. Rechts wäre der kürzere Weg. Aber dort liegt Vaters Hof. Also geht Erika vorbei an der verwaisten Konsumfiliale, vorbei am Gebäude der Freiwilligen Feuerwehr mit dem Florianbild: Der Heilige überschüttet ein brennendes Puppenhaus mit Wasser aus seinem Krug.

Sie biegt nach rechts ein, folgt der Kellergasse hinauf. Der Weg ist von Weinkellern gesäumt: Die Eingänge sind niedrige Ziegelhäuschen mit kleinen Fenstern und verschlossenen Holztüren – als wären sie für Zwerge gebaut. Einige Kellereingänge sind renoviert, andere zerfallen, der morsche Dachstuhl biegt sich unter dem Gewicht der Ziegel, der Verputz bröselt ab.

Sie schwitzt. Mit beiden Händen hebt sie die verklebten Haare aus dem Nacken. Noch eine Abzweigung, die Straße wird steiler – endlich oben bei der Kirche. Das Friedhofstor: ein Bogen aus Ziegeln, umrankt von wildem Wein. Die Turmglocken beginnen ihr Mittagsläuten. Sie beobachtet die Schwalben, die oben beim Kirchturm ihre Sturzflüge vollführen. Und plötzlich ist wieder diese Sehnsucht da – am liebsten würde sie hinter die Friedhofsmauer laufen, dorthin, wo die trockenen Kränze und die zerbrochenen Kerzenbecher liegen, wo sie sich als Kind versteckt hat und von wo diese Sehnsucht stammt. Ein unbestimmtes Gefühl, das sie durch die Jugend begleitet hat – Erika kann es nicht in Worte fassen, und sie kann sich nicht erklären, warum in ihrer Kindheit ausgerechnet dieser gottverlassene Platz etwas Besonderes gewesen ist.

Sie geht weiter, fort vom Friedhof, gleich ist es geschafft, die Lindenallee hinunter – die Gelsen sind lästig heuer! – und dann wieder hinauf. Endlich steht sie auf dem Hügelfeld, eine Wiese, die von Westen nach Osten abfällt. Im Westen wird sie von einem Erdwall abgeschlossen, der vor dreitausend Jahren errichtet worden ist. Und im Osten von der Lindenallee. Dort hat Professor Grohmann letztes Jahr eine Baracke bauen lassen, mit Gemeinschaftsküche, Dusche, Fundkammer und drei Zimmern.

Erika stapft durch das Gras. Von hier oben wirkt das Feld wie ein Amphitheater; der schräge Erdwall als Zuschauertribüne, mit Blick auf das Bühnenbild Kirchwalds. Hinter der Allee beginnen die Weinhügel, dann kommen die Schnellstraße, die Bahntrasse und dahinter die Auen. Im Wald versteckt der Fluss, und alles, was man danach sieht, die weite Ebene und die matte Bergkette am Horizont, das ist schon die Tschechoslowakei.

Sie beobachtet einen Storch, der über den Auen seine Kreise zieht.

Es ist Montag, neun Uhr morgens. Erika steht am Fuß des Walls, etwas erhöht, und sieht auf die Studenten nieder, die sich im

Halbkreis um sie scharen. »Wer hat meinen Artikel über die Kirchwalder Wallburg gelesen?«, fragt Erika.

Keine Antwort.

Gestern sind die Studenten angekommen, zwölf sollen es laut Anmeldungsliste sein, elf sind es tatsächlich. Sieben Mädchen und vier junge Männer, die meisten sind mit Autos gekommen. Erika hat ihnen die Plätze für die Zelte zugewiesen, ihnen die Verhaltensregeln in der Gemeinschaftsküche aufgezählt und über die Knappheit von heißem Wasser gesprochen. Dann hat sie erklärt, dass es im Ort seit sechs Jahren keinen Supermarkt gibt und dass vor fünf Jahren auch der Bäcker verstorben ist, es wäre also besser gewesen, die Studenten hätten Essen mitgebracht.

Erika fragt: »Wer von Ihnen hat überhaupt schon etwas über die Kirchwalder Siedlung gelesen?«

Sabine Novotny zeigt zögerlich auf. Ein zerbrechliches Wesen ist sie, mit langen, rostbraunen Haaren, ihr Gesicht mit den Sommersprossen versteckt sie unter einem großen, runden Sonnenhut. Ihren Mund schließt sie nie ganz: Immer lugen ihre oberen Schneidezähne hervor, wie bei einem Hasen. Als sie gestern ihr Zelt aufstellen wollte, hat sie entdeckt, dass ihr eine Stange fehlt. Sie ist zu Erika gekommen, hat gefragt, was sie jetzt tun soll. Zuerst war Erika ärgerlich, dann wurde sie von diesen dunklen, ängstlichen Augen gerührt. Darum hat sie Sabine gestattet, ein Zimmer in der Baracke zu beziehen.

»Danke, Frau Novotny, dass Sie das Niveau dieser Gruppe heben«, sagt Erika. Sabine lächelt betreten, mit gesenktem Blick. Erika ballt ihre Fäuste und will sich beruhigen, indem sie sich sagt, es ist egal, ob sie geschichtlich bewandert sind. Zumindest werden sie doch das Proseminar über Grabungsmethoden absolviert und schon einmal ein Profil gezeichnet haben.

»Wer von Ihnen hat schon ein Profil gezeichnet?«

Erika schaut in den Himmel, dorthin, wo vier Hände zögerlich hinzeigen. Lauter lebensunerfahrene Zweitsemestrige, erst letztes Jahr der Schule entronnen. Wie viele von denen studieren nur deswegen Archäologie, weil sie weder für Medizin noch für Jus geeignet sind? Es nützt nichts, sich schon am ersten Tag aufzuregen, denkt Erika, aber etwas in ihr würde gerne schreiend auf dem Hügelfeld umherlaufen.

Sie fasst die Ergebnisse der letzten Grabungskampagne zusammen: Vergangenen Sommer wurde ein vier Meter breiter Durchstich durch den Wall gegraben. Zuoberst fand man einen Schützengraben aus dem letzten Krieg, dann eine keltische Webgrube mit Webgewichten, und schließlich entdeckte man, dass …

»Wozu sind Webgewichte?«, fragt Patricia Meier, eine groß gewachsene Frau mit nackenlanger, blondierter Frisur und dunklem Haaransatz. Und rot lackierte Nägel hat sie!

»Um die Schnüre vom Webstuhl zu straffen. Das hätten Sie alles in meinem Artikel lesen können«, sagt Erika säuerlich.

Patricia verschränkt die Arme und sagt: »Ich habe doch nur eine Frage gestellt!«

Erika fährt fort: »Schließlich haben wir entdeckt, dass die Wallkonstruktion aus der Urnenfelderkultur stammt – wann war die?«

Die Studenten sind still.

»Etwa um 1000 vor Christus. Die Urnenfelderkultur stellt das Ende der Bronzezeit dar«, sagt Erika. »Also, man hat damals einen Graben ausgehoben – das ist jetzt der Hohlweg auf der anderen Seite vom Wall –, und die Erdmassen hat man auf den Wall geschaufelt.«

Ein Auto mit knatterndem Auspuff parkt bei der Baracke, ein Mann steigt aus und schlendert gemütlich über das Hügelfeld herüber. Er hat lange, brünette Haare, mit einem Gummiband zum Schopf zusammengebunden. Die Hände hat er in den Seitentaschen der Hose vergraben.

Die Mädchen kichern, als sie sein T-Shirt sehen: zwei kopulierende Gummibärchen. Nur Patricia schaut ungerührt drein.

»Wir haben Reste von Eichenstämmen gefunden, die kastenförmig angeordnet waren«, berichtet Erika trotz der Unruhe, »bevor man das Innere der Holzkonstruktion mit Erde aufgefüllt hat, hat man Feuer unter den Stämmen gelegt. Warum das?«, fragt Erika den Neuankömmling.

»Damit das Holz nicht verrottet. Das haben Sie in Ihrem Artikel geschrieben. Ich bin Alexander übrigens«, sagt er und streckt Erika erfolglos die Hand hin.

»Und wie noch?«, fragt sie.

»Sehmann. Mit H als drittem Buchstaben.«

Erika kramt eine Liste aus ihrer Hosentasche und sucht den Namen.

»Herr Sehmann, Sie sind zu spät!«

»Warum? Ist keine Schaufel mehr übrig?«

Die Studentinnen kichern wieder.

»Dann ist eine Katastrophe passiert!«, ruft Erika, um die Aufmerksamkeit wieder zu erlangen. »Der Wall ist am Ende der Urnenfelderzeit niedergebrannt. Die Flammen kamen von Osten, also aus dem Inneren der Siedlung. Unsere Mission lautet: Herausfinden, was genau geschehen ist!«

Erika führt die Studenten auf das Terrain des Suchschnitts. Die Wiese war glücklicherweise rechtzeitig gemäht worden, die Landvermesser konnten arbeiten. Ausgerüstet mit ihrem gelben Theodoliten auf dreifüßigem Stativ und einer langen Messlatte maßen sie drei Punkte ein, mit exakter Seehöhe und genauem Längen- und Breitengrad: ein Punkt am Beginn, einer in der Mitte und einer am Ende des Suchschnitts, der sich quer über das Hügelfeld erstrecken wird, vom Wallfuß hinunter nach Osten zur Baracke. Entlang dieser Kante wird ein einen Meter breiter Schnitt angelegt; die senkrechte Grabenwand dient als Profil. Die Abfolge der Erdschichten auf dem Profil wird vermessen und gezeichnet. Sollten die Schichten an einer Stelle vielversprechend sein, dann wird dort in größerem Umfang gegraben.

Als Erika sieht, wie sich Alexander Sehmann lässig an einem Holzstab mit roter Markierung lehnt, ruft sie quer über das Feld:

»Sofort loslassen!« Er hebt die Hand und lässt sich, weil haltlos geworden, auf den Boden fallen.

»Wenn Sie meinen Messpunkt ruinieren, dann zahlen Sie mir die Neuvermessung!«, faucht sie und denkt, das ist ein Kindergarten, und ich bin die Kindergartentante.

Erika teilt die Studenten paarweise ein; jedes Paar bekommt einen Abschnitt von zwei Metern Länge. Zwölf Meter also, die in der ersten Woche geschafft sein sollen. In den nächsten zwei Wochen muss es schneller gehen; sie plant insgesamt fünfzig Meter bis zur dritten Woche. Und spätestens dann muss etwas gefunden sein, vielleicht ein Bronzedepot; für so einen Fund ist die restliche Woche reserviert.

Dieser Alexander Sehmann ist nur ein Clown, sagt sich Erika, als sie sich wieder ertappt, dass sie ihn beobachtet. Zum Gaudium der Studentinnen macht er in der Früh Liegestütz mit bloßem Oberkörper. Fünfzig Stück, Erika hat mitgezählt. Dann kommen zwanzig Klimmzüge am Ast eines Kirschbaums und zehn Minuten Bauchpressen. Seine Haare bindet er erst nachher zum Rossschwanz. Das geht so: Er schaut in den Himmel, streckt die Arme zur Seite, schüttelt den Kopf ein wenig, damit seine Haare in den Nacken fallen, dann streift er mit den Handflächen die Haare zurück und zieht das rote Gummiband über den Schopf.

Im Schneidersitz hockt er auf dem Rand des Suchschnitts, die Vormittagssonne im Gesicht, auf dem Schoß das Millimeterpapier, das im Holzrahmen eingespannt ist, und die Buntstifte daneben. An dieser Stelle ist die Grabung schon knietief. Oben noch kurzes Gras, an den dürren Wurzeln hängen Erdklumpen, dann die Humusschicht, darunter beginnen die Kulturschichten.

Dort unten kniet Patricia, sie misst die Position eines Scherbens ein, damit Alexander den Fund einzeichnen kann. Aber der zeichnet nichts, er schaut Patricia gebannt auf den Rücken und beobachtet, wie sich ihr T-Shirt beim Bücken nach oben schiebt.

Der Abschnitt, an dem Patricia und Alexander arbeiten, ist mit zwei rechtwinkelig gespannten Schnüren durchzogen, die sich in der Mitte überkreuzen. Die Positionen werden ausgehend von diesem Punkt vermessen. Alexander nimmt einen langen Grashalm, stellt sich still hinter Patricia und kitzelt sie. Patricia schlägt sich auf den Rücken, weil sie eine Gelse vermutet. Alexander setzt sich wieder auf den Grubenrand.

Sabine legt das Metermaß an. »Drei Zentimeter«, sagt sie.

»Nach links oder rechts?«, fragt er.

»Hinunter.«

»Was heißt das?«

»In deine Richtung«, antwortet sie und legt das Maßband nochmals an: »Vierunddreißig Zentimeter …«

Da kann Erika nicht mehr ruhig zusehen. »Das muss flotter gehen! Sagen Sie: minus null null drei bei null drei vier. Die erste Koordinate ist Y, die zweite immer X.«

»Wo ist X?«, fragt Patricia.

»Die Längsseite vom Suchschnitt.«

Erika fordert Patricia auf, doch Wasser zu verwenden, damit sie die Kanten der Schichten besser erkennen kann. Wegen der Trockenheit ist das Planum bröselig, alles sieht gleich grau aus. Patricia spritzt mit dem Wasserschlauch direkt auf das Planum, Erika fährt sie an: »Machen Sie doch keine Krater!«

»Schau, ich zeig es dir«, sagt Alexander, stellt die Düse auf feinen Sprühnebel ein und erklärt: »Große Wassertropfen zerstören das Planum und verwischen die Konturen.«

»Danke, Herr Lehrer«, antwortet sie gehässig.

»Ich bringe gelehrigen Schülerinnen gerne etwas bei«, sagt er und grinst.

Sie senkt den Blick und schaut hinunter auf das Planum. Die Erdfarben werden satter, und man kann die Schichten jetzt besser unterscheiden. Plötzlich reißt er den Schlauch zur Seite und zielt auf Patricia. Sie kämpft sich mit vorgestreckten Händen durch den Wassernebel hin zu Alexander, reißt ihm den Schlauch aus der Hand, stellt einen scharfen Wasserstrahl ein und zielt. Alexander läuft fort und kreischt, während ihn der Strahl verfolgt. Dann zieht er das nasse T-Shirt aus, und alle sieben Studentinnen sehen ihm nach. Erika auch.

In der zweiten Woche gibt es noch immer keine interessanten Funde. Erika geht entlang der gespannten Schnur, die eine Kante vom Suchschnitt kennzeichnet. Die Kirchenglocken beginnen ihr Schlagen. Zuerst poltert die Mechanik im Turm, und das metallische Schlagen ist zögerlich. Schnell wird es laut, und Erika stimmt ihre Schritte mit dem Takt ab: ging-gong, rechtslinks, ging-gong ...

Auf der Seite beim Wall ist schon tief gegraben, bei einem Abschnitt ist der liegende Löss bereits erreicht. Zur Baracke hin sind die Abschnitte noch nicht so tief. Weiter östlich wächst überhaupt noch Gras auf dem markierten Bereich.

Erika schaut Patricia zu, die sich über eine Rotverfärbung beugt – ein Hinweis auf einen Brand? Sie glättet den Boden mit dem Schaber, schaufelt die Erde in eine Plastikwanne. »Ein schön geputztes Planum«, lobt Erika. Weil es gut geglättet ist, hat man scharfe Konturen, und dann wird die Zeichnung besser. Patricia verscheucht Gelsen vor ihrem Gesicht.

Plötzlich hört Erika Sabine rufen: »Ich habe Knochen gefunden!«

Atemlos berichtet sie von ihrem Fund. Ein Tier in einer bronzezeitlichen Schicht. Sie hat ihren Fund mit einem roten Plastikstäbchen markiert, wie man es üblicherweise in Cocktails findet, mit aufgespießten Kirschen. Unter Aufsicht von Erika legt sie das Tier frei, ein Skelett im Sehnenverband, also kein Speiserest, gut erhalten. Sabine pinselt die feinen Rippen ab, vermisst den Fund und trägt die Position im Plan ein.

Das Skelett liegt in einer kleinen Grube mit bröseliger Verfüllung – jemand hat es hier wohl vergraben, meint Sabine stolz. »Das ist vielleicht eine rituelle Tierbestattung! Etwas für Ihre Habilitation!«

Das Sommersprossengesicht hat Sabine unter einem Strohhut vor der Sonne versteckt. Ein zart gebautes Mädchen, dem Erika am liebsten die klobige Schaufel aus der Hand genommen hätte, als sie gemeinsam die Humusschicht abgetragen haben.

Alexander kommt hinzu, zu dritt beugen sie sich über die gräulichen Überreste.

»Ist das ein Hase?«, fragt Sabine.

Alexander grinst. »Das ist ein Maulwurf!«

»Sei still«, sagt Sabine. »Frau Doktor! Was ist das für ein Tier?« Ihr Mund steht offen, mehr als sonst. Sie hat unglaublich weiße Zähne.

»Er hat recht«, sagt Erika.

»Ein bronzezeitlicher Maulwurf?«

»Ein neuzeitlicher Maulwurf«, sagt Erika. Sabine schaut enttäuscht drein. Sie presst die Lippen aufeinander, so fest, dass man ihre Schneidezähne gar nicht mehr sieht. Dann sticht sie den Cocktailspieß dreimal zwischen die Rippen des toten Tiers.

Erika erzählt als Trost eine Anekdote von einer Grabung in Stillfried an der March, von einer Schicht, die sie als keltisch identifizierte. Aber plötzlich hat sie eine Plastikfolie gefunden – hat sie die Schichten völlig falsch interpretiert? Erika spricht von terminus post quem, erklärt es Sabine: »Eine Schicht ist höchstens so alt wie ihr jüngster Fund.« Dann liefert sie als Pointe eine diebische Wühlmaus, die mit der Plastikfolie ihr unterirdisches Nest gebaut hat.

Erika geht zurück zu Patricia, will sich um die rote Bodenstörung kümmern, doch – die Verfärbung ist fort! In Gedankenlosigkeit vom Planum geschabt. Erika macht Patricia Vorwürfe. So ein Fehler ist nicht einmal auf einer Lehrgrabung entschuldbar!

Patricia nimmt die Kritik regungslos auf. Alexander kommt her und umarmt sie, streicht ihr tröstend über die Haare. Sie stößt ihn weg und faucht: »Lass mich in Ruhe.«

Er streichelt ihre Wange, sie gibt ihm eine Watsche. Er torkelt gespielt und sagt: »Ach, Patricia, peitscht du auch so gut, wie du zuschlägst?«

Am nächsten Tag zerlegt Patricia ihr Zelt und packt den Rucksack. Erika fragt, was passiert ist.

»Ich fahre zurück.«

»Warum denn?« Erika ist überrascht.

»Ich ertrage den Alexander nicht mehr.«

»Was ist denn geschehen?«

»Er belästigt mich.«

Plötzlich steht Alexander bei ihnen, die Hände in den Taschen versunken, und sagt: »Ich streichle die Patricia doch nur, weil sie so schön ist! Aber ich verspreche mich zu bessern. Wenn ich mit ihr zusammenarbeite, werde ich die Hände nicht aus der Hose nehmen.«

»Lassen Sie uns alleine«, raunt Erika. Er trottet fort.

»Herr Sehmann wird in einem anderen Abschnitt arbeiten, das ist kein Problem. Ist er wirklich so schlimm?«

»Ja ... Nein ... Im Grunde ist er o.k., auf seine Art. Aber ich hab nicht mehr den Nerv dafür.« Sie klatscht sich auf den Hals. »Die Gelsenschwärme – die verdammten Viecher stechen durch die Jeans! Es stinkt überall nach Autan. Weil sich jeder damit einschmiert, aber es schreckt die Viecher doch nicht ab. Und dann der Schweiß. Ich muss mich eine halbe Stunde duschen, damit ich mich wieder riechen kann.«

»Aber wenn Sie fortgehen, kann ich Ihnen kein Zeugnis geben, und Sie müssen eine andere Lehrgrabung machen, und die ist auch nicht besser.«

»Und ich habe einen Sonnenbrand, da, am Ausschnitt, ich kann nicht schlafen, so weh tut es«, sagt Patricia, setzt sich auf die Wiese und bedeckt das Gesicht mit den Handflächen. Weint sie? Wie soll Erika reagieren? Sich neben Patricia setzen? Sich vor Patricia hinhocken? Patricia die Hand auf die Schulter legen? Erika bleibt stehen.

»Ich war so blöd«, sagt Patricia. »Ich hab mir das mit der Archäologie anders vorgestellt.«

»Wie denn?«

»Dass wir hier irgendwann etwas finden, etwas Interessantes.

Aber wir graben und graben, und da ist nichts. Obwohl ich die ganze Zeit im Loch hocke und Lehm kratze.«

»Löss, Frau Meier, nicht Lehm!«

Patricia schaut auf, der Lidschatten ist zerlaufen, sie streicht eine Haarsträhne hinter ihr Ohr. »Dieser Dreck ist das Schlimmste. Da, unter den Fingernägeln! Meine Nägel sind kaputtgegangen, da nützt kein Maniküren mehr!«

»Frau Meier, denken Sie doch, was für ein Glück Sie hier haben! Wenn Sie zum Beispiel einen paläolithischen Lagerplatz ausgraben, dann müssen Sie den ganzen Aushub schwemmen und sieben, weil sie kaum Funde haben, die größer sind als zwei Zentimeter!«

Patricia starrt auf ihre Hände: »Die Haut ist schon ganz rissig. Wie eine Bäuerin schau ich aus. Mein Exfreund hat schon Recht gehabt: Ich hätte Medizin machen sollen. Das passt besser zu mir. Als Ärztin, da ist man nämlich wer!«

Erika will helfen. »Archäologie ist spannend!«, sagt sie, ohne dass Patricia eine Reaktion zeigt. Darum erzählt Erika, weshalb sie mit der Archäologie begonnen hat. »Ich bin hier aufgewachsen. Dort oben auf dem Wall habe ich gesessen und habe nachgedacht. Die Erwachsenen haben mir viel erklären können: wer den Menschen geschaffen hat, warum die Spätlese so süß ist, weshalb die Kommunisten böse Menschen sind, weshalb ich beichten muss. Aber keiner hat mir gesagt, warum es den Wall gibt. Nicht einmal die alte Frau Schmid, die damals schon siebzig Jahre alt war und so gerne von den beiden Kriegen erzählt hat. Wenn nicht einmal sie es wusste, dann musste es ein wirklich altes, großes Geheimnis sein. Das will ich diesen Sommer lüften.«

Als Erika mit dem Reden aufhört, schweigt Patricia noch eine lange Minute. Dann endlich sagt sie etwas: »Woher nehmen Sie die Kraft durchzuhalten? Sie haben es doch auch nicht leicht, was man so hört.«

Erika verschränkt die Arme.

Bevor sie weggeht, rät sie: »Bleiben Sie diesen einen Tag noch.

Und morgen früh überlegen Sie, wie es weitergehen soll. Vielleicht schaffen Sie dann sogar einen weiteren Tag. Wegfahren können Sie immer noch!«

Donnerstagabend tragen die Studenten Holz zusammen, für ein Feuer auf dem Hügelfeld. Erika, in ihrem Zimmer, beobachtet sie dabei. Sie sitzt über dem Grabungsjournal, fasst den Arbeitstag zusammen, war vorhin noch guter Dinge, und plötzlich ist sie wehmütig.

Von draußen kommt die Fröhlichkeit der Studenten. Sogar Patricia lacht. Alexander zündet das Holz an. Da steht Patricia im Zimmer, erschreckt Erika beinahe und sagt: »Frau Doktor, kommen Sie doch zu uns!«

Den Nachsatz »Wenn Sie Zeit haben« hört Erika gar nicht mehr, schon ist sie aufgestanden. Sie setzt sich zum Feuer zwischen Patricia und Sabine, bekommt ein Bier in die Hand gedrückt und riecht das verbrannte Fleisch. Die Studenten haben eine kleine Grube angelegt, das Holz hineingeschlichtet und über die glosenden Scheite einen Metallrost gelegt. Darauf liegen Koteletts und Würste. Die Käsekrainer mit eitrigen Brandblasen, die kleinen Nürnberger mit schwarzem Schorf. Erika überlegt, was man in tausend Jahren von dieser Feuerstätte finden würde: eine Ascheschicht mit verkohlten Holzresten. Schweinsknochen. Bierdosen. Um ein Gespräch in Gang zu bringen, fragt sie Sabine, warum sie sich für die Grabung in Kirchwald entschieden hat.

»Weil … in Carnuntum war kein Platz mehr frei.« Sie senkt den Kopf, eine Haarsträhne rutscht ihr über die Schulter. »Sie wissen ja, wie wenige Lehrgrabungen es gibt.«

Rote Funken schweben aus dem Feuer hinauf.

»Ich bin gekommen, weil Sie die einzige weibliche Grabungsleiterin am Institut sind«, erklärt Patricia unaufgefordert. »Frauen haben es in der Archäologie schwer, nicht wahr?«

Ehe Erika antworten kann, sagt Patricia: »Die Männer sind auf dem Feld, die Frauen in der Scherbenkammer. Im Feld …

das klingt ja nicht umsonst nach Krieg! Die Männer rücken aus und bringen ihre Beute den Frauen. Für die Kleinarbeit. Das Katalogisieren, das Zeichnen. Und besonders die Keramik: Küchengeschirr ist Frauensache! Welcher Mann hat denn vor 1970 schon eine Keramikpublikation geschrieben?«

Patricia hat auf ihren Knien einen Teller; sie säbelt ein Stück Fleisch ab, spießt es mit der Gabel auf und schiebt es sich langsam in den Mund – langsam deswegen, damit sich der Lippenstift nicht verschmiert, denkt Erika. Sie versucht sich vorzustellen, wie es ist, wenn man so leben muss, dass nichts mit der Gesichtshaut in Berührung kommt. Mit der Serviette tupft Patricia die Lippenränder ab.

»Ich glaube, früher war das nicht so«, sagt sie.

»Was?«, fragt Erika.

»Na, die Stellung der Frau in der Gesellschaft. Das Weben zum Beispiel. In der Bronzezeit, da war das sicherlich Männerarbeit.«

»Ich glaube das nicht.«

»Woher wollen Sie das wissen?«

»Hockerfacetten«, sagt Erika, beugt sich vor und deutet auf ihren Knöchel. »Da, am Vorderrand vom Schienbein, eine Erweiterung der unteren Gelenksfläche. Das kommt vom gewohnheitsmäßigen Hocken vor dem Webstuhl. Das haben wir nur bei weiblichen Skeletten diagnostiziert.«

»Ist das nicht arg?«, sagt Patricia, saugt an einer Bierflasche und denkt nach. »Nicht die ganze Bronzezeit! Das können Sie nicht wissen! Weil von der späten Bronzezeit, der Urnenfelderkultur, da gibt es keine Skelette! Vielleicht war alles anders.«

»Vielleicht«, sagt Erika, und ihr fällt ein, dass an ihrem sechzehnten Geburtstag Patricia Meier ein Neugeborenes war.

»Wie ist das so, als einzige Frau im Reich von Kaiser Franz?«, sagt Patricia.

So nennen die Studenten Professor Grohmann. Erika schweigt dazu. Und Patricia sollte auch still sein, wenn sie am Institut etwas erreichen möchte.

»Ich bewundere, wie Sie das aushalten. Der Kaiser und seine Assistenten, die sind doch alle beim Corps Recordatio, oder?«

»Ich will jetzt nicht darüber reden«, sagt Erika.

»Frechheit«, schimpft Patricia, »Dass es diese ... diese chauvinistischen Burschenschaften noch gibt! Die Narbe auf der Wange von Kaiser Franz, die ist ein Schmiss, oder?«

Da drängt sich Alexander zwischen Sabine und Erika. Sabine rückt ganz schnell zur Seite. Erika muss darüber ein wenig lächeln. Sie ist erleichtert, dass die Studenten nicht mehr von Kaiser Franz reden. Alexander reicht Erika einen Teller mit einem dunklen Stück Fleisch.

»Was ist das?«, fragt sie.

Alexander zuckt mit den Schultern. »Das hat sich im Wald in mein Bein verbissen, da hab ich es ins Feuer geschleudert. Jetzt bewegt es sich kaum noch.«

»Alexander, musst du so grauslich sein?«, fragt Patricia.

»Ja«, antwortet er.

»Und das letzte Wort musst du auch haben!«

»Ja. Womit habe ich mich verraten?«

Erika sagt, dass sie keinen Appetit hat.

»Ist es, weil es nicht genug durch ist?«, fragt er.

Erika verneint, das Fleisch ist verkohlt genug.

»Sie essen kein Fleisch?«

»Nein«, sagt Erika.

»Sie empfinden keine Freude daran, tote Tiere mit Brandverletzungen zu essen ... das verstehe ich.«

Erika lacht ein wenig und fühlt sich nicht mehr so alleine.

Alexander ruft: »Geschichten!«

Die Studenten erzählen Sagen, Inhaltsangaben von Filmen oder Erfundenes – Hauptsache, es wird geschossen, geköpft, zu Tode gehetzt, ertränkt und gespukt. In Patricias Geschichte mordet ein verstorbenes Burgfräulein alle männlichen Thronfolger. Sabine erzählt, wie die Katze einer Freundin nach dem Autounfall aufersteht. »Eine wahre Geschichte, ehrlich!«

Alexander berichtet von Maximilian, dem perversen Hasen,

der nachts über Camperinnen herfällt – man hört sein Hoppeln nicht, obwohl er hundert Kilo wiegt, und er tarnt sich gut. Nur die Bäume wissen, wo er steckt: Um die Mädchen zu warnen, rauschen sie verzweifelt mit ihren Blättern. »So wie jetzt – hört ihr es?«, schließt Alexander seine Erzählung.

Erika ist als Letzte an der Reihe. »Vor langer Zeit lebte ein tapferer Kämpfer, der viele Schlachten mit eisernem Willen gefochten hat. Als er alt war und des Kämpfens müde, da zog er sich in eine Hütte in den Wald zurück. Eines Tages kam ein Bursche zu ihm, für den der große Kämpfer ein Idol war. Genauso siegreich wollte der Bursche durchs Leben gehen. So fragte er den Alten: Wie hast du das geschafft? Und der Alte antwortete: Das kann ich dir leicht zeigen. Steck deinen Zeigefinger in meinen Mund, ich stecke meinen Finger zwischen deine Zähne, wir beißen gleichzeitig zu, und wer zuerst schreit, hat verloren. Das taten sie, und nach einer Weile hielt der Bursche den Schmerz nicht mehr aus und schrie. Siehst du, sagte der Alte, wenn du nur eine Sekunde länger durchgehalten hättest, hätte ich als Erster geschrien.«

»So stehen Sie also Ihr Leben durch«, sagt Alexander zu Erika.

Über dem Feuer huscht ein Schatten vorbei, das ist sicher eine Fledermaus. Sie fragt ihn, warum er nach Kirchwald gekommen ist.

»Ich will Ihnen helfen«, sagt Alexander und hört auf zu kauen.

»Was meinen Sie?«

»Sie haben Schwierigkeiten mit Kaiser Franz. Er will Sie loswerden, oder? Ihre halbe Stelle soll ein Corpsbruder bekommen. Damit die ganze Ur- und Frühgeschichte wieder in der Hand der Recordatio ist! Er gibt null Schilling für Ihre Grabung. Dennoch sind Sie hier.«

Ein Holzscheit knackst, ein Span springt aus den Flammen, zieht eine Leuchtspur und verglimmt auf der Wiese.

Alexander schaut Erika an. »Sie sind schön«, sagt er, und im selben Atemzug ruft er: »Musik!«, ehe Erika überlegen kann, ob sie sich verhört hat.

Alexander holt sich einen Schemel und – eine Trommel! Er setzt sich hinter Erika, klemmt die Trommel zwischen die Beine und schlägt einen Vier-Viertel-Rhythmus an. Das Instrument ist wohl einen Meter hoch, mit Tierhaut bespannt. In die Unterseite ist ein Muster aus Dreiecken geritzt. Da stimmt sich eine zweite Trommel ein; ein Student folgt Alexanders Rhythmus, immer um zwei Schläge versetzt. Plötzlich hört Erika eine Rassel, das kommt von Patricia, und die anderen Studenten schlagen auf herumliegende Holzstöcke. Sogar Sabine macht mit, sie schüttelt im Takt ihre Packung Rum-Kokos-Kugeln.

Alexander und Erika tauschen die Plätze. Er zeigt ihr den Unterschied zwischen Bass – »Mit der hohlen Hand in die Mitte vom Fell schlagen« –, Slap – »Sie müssen auf den Rand der Trommel schlagen, Frau Doktor« –, Tip – »Das machen Sie nur mit den Fingern.« Die strikte Gleichmäßigkeit fällt ihr gar nicht so leicht, und sie kommt ins Gedränge mit den synkopierten Schlägen. »Machen Sie es sich nicht so schwer«, rät Alexander, und Erika versteht das als einen Ratschlag für ihr Leben.

Bass – Slap – Slap – Slap.

Ein Student, der mit seiner Nickelbrille wie John Lennon aussieht, holt seine Gitarre hervor und stimmt »Sunday, Bloody Sunday« an.

Alexander, der nun zwischen Sabine und Patricia sitzt, sagt: »Wie romantisch« und legt den Kopf auf Patricias Schulter. Sie schüttelt ihn ab, er umarmt sie, sie gibt ihm eine Ohrfeige. Die Studenten lachen. Alexander lässt sich zur Seite kippen, scheinbar benommen vom Schlag, direkt auf Sabines Schoß. »Grausame Frau Patricia, schlag mich nicht mehr!«, kreischt er mit gekünstelt hoher Stimme und fuchtelt mit den Armen herum. Patricia steht auf.

Zu Sabine sagt er: »Wenigstens du bist ein guter Mensch.« Sie lehnt sich unbeholfen zurück und stützt sich mit beiden Armen hinten auf. Alexander bettet seinen Kopf auf ihre Oberschenkel, mit dem Gesicht zum Feuer. Sabine schaut sich ratlos um. Er schließt die Augen, schnurrt wie eine zufriedene Katze und rührt sich nicht mehr.

Erika hört zu trommeln auf. Die Traurigkeit holt sie ein.

In der Nacht liegt Erika in ihrem Zimmer auf dem Feldbett. Das Fenster offen, doch trotz Fliegengitter ist eine Gelse im Raum. Stich mich, dann ist endlich Ruhe, sagt Erika. Das Summen hört auf, der Ellbogen beginnt zu jucken, trotzdem: Erika kann nicht einschlafen. Draußen, in der Nacht, das Rascheln, vielleicht Igel, vielleicht eine Katze, irgendwo weit weg heult ein einsamer Hund.

Ein armer Hund.

Erika liegt auf dem Rücken, aufgebahrt auf der harten Matratze, die Arme gestreckt neben dem Rumpf, im rosa Pyjama, regungslos, wie im Jadegrabkleid der chinesischen Königin Tou Wan, Han-Dynastie.

Erika steht auf und geht in den Waschraum, vorbei an der Türe zu Sabines Zimmer. Erika hört Geräusche von Sabines Feldbett: ein Quietschen von ungestümen Bewegungen.

Erika steigt in die Duschkabine, vielleicht kann sie dann endlich schlafen, mit dem angenehmen Frieren vom Wasser auf der Haut. Danach stellt sie sich vor den angelaufen Spiegel über dem Waschbecken, wischt das Glas mit dem Handtuch ab und schaut sich an.

Mit den Fingern strafft sie die Haut unter den Augen. Fünfunddreißig Jahre bin ich alt. Sechzehn Jahre älter als Alexander. Sie tastet Bauch und Hüften ab und denkt an die engen Jeans, die nur Sabine und Patricia passen. Und die Brüste ... Erika muss seit zwei Jahren BHs tragen. Sie streicht sich widerspenstige Haarsträhnen aus der Stirn. Braune Haare, weder aufreizendes Blond noch neckisches Rot. Sie geht zurück in ihr Zimmer, legt sich nieder, kreuzt die Arme über der Brust, das Leintuch umspannt sie.

Wie mumifiziert im Sarkophag. Geräusche dringen durch die Wand.

Bald bin ich vierzig.

Wenn sich Erika konzentriert, hört sie auch das Stöhnen. Doch Erika will nichts hören, sie will sich nicht vorstellen, was im Nebenzimmer gemacht wird. Sie presst die Augen zusammen, doch Schlaf lässt sich nicht erzwingen.

Erika wälzt sich zur Seite, zieht die Beine zum Bauch, faltet die Arme vor der Brust. Wie im Hockergrab. Ihre Uhr als Grabbeigabe. Mit dem Gesicht nach Norden. Anders als bei bronzezeitlichen Gräberfeldern hat Erikas Ausrichtung keine kultische Ursache; sie möchte bloß nicht die Wand anstarren, von der die Geräusche herüberkommen.

In Erika breitet sich ein dunkles Gefühl aus, wie ein Ballon mit dicker, schwarzer Gummihaut, der größer und größer wird und ihr Inneres an die Körperwand drückt. Ihre Gedanken kreisen, sie spürt Staub auf der Haut, sie sieht Gräber, sie hört das Gestöhne. Erika verkrampft sich, der schwarze Ballon schwillt weiter an, die Bilder im Kopf werden wirrer: Staub, Grab, Stöhnen.

Die Gummihaut vom Ballon aufstechen, bevor Erika erdrückt wird.

Sie knipst das Licht an und holt ihr Schweizer Messer, mit Korkenzieher, Pinzette, Zahnstocher, Schere, Nagelfeile.

In einer Minute würde sie wieder klare Gedanken haben.

Sie klappt die Klinge aus.

Dann schreit sie: »Das wollten wir doch nicht mehr tun!«

Sie schleudert das Messer gegen die Wand.

In der Früh um sieben begegnet ihr Alexander, der wie selbstverständlich aus Sabines Zimmer kommt und sich halb nackt vor dem Badezimmer anstellt.

Freitagabends fahren die Studenten nach Wien. Ihre Zelte lassen sie hier, denn Erika arbeitet auch am Wochenende und kann aufpassen. Die Studenten steigen in die Autos, sie lachen, sie freuen sich auf Wien, wo etwas los ist. Dann sind sie fort, und die Fröhlichkeit ist weg.

Das Hügelfeld ist plötzlich ganz still.

Erika geht in die Baracke und setzt sich an den Küchentisch. Sie hätte auch gerne etwas in Wien, auf das sie sich freuen könnte.

Da sieht Erika vom Fenster aus eine Katze. Ein kleines Tier, noch recht jung, dunkles Fell, mit einem weißen und einem kaputten Ohr. Als hätte jemand ein Stück von dem Ohr weggebissen. Sie sitzt auf dem Kieselweg vor der Baracke und schaut herüber. Erika durchsucht den Kühlschrank nach etwas, was auch Katzen essen. Müsli? Schokolade? Erika nimmt eine Milchpackung, schüttet den Inhalt in einen Topf, keine gute Idee, die Milch ist dickflüssig und riecht säuerlich. Irgendwo wird doch ein Stück Fleisch sein! Sie findet eine Salami, schneidet ein paar Scheiben ab, geht hinaus. Die Katze ist weg.

Es ist Montag der dritten Woche. Erika korrigiert eben die Profilzeichnung von Sabine, da sieht sie diesen Mann, unten am Kiesweg, unweit der Baracke. Vielleicht ist er schon lange dort gestanden, geschützt vom Schatten der Linden. Eine hagere Gestalt. Unbewegt. Erika weiß: Sie wird beobachtet.

Sabines Profilzeichnung sieht bunter aus als alle anderen – sie hat sich nicht an die vereinbarte Farblegende gehalten. »Die Profilzeichnungen der ganzen Grabung müssen gleich ausschauen! Das muss zusammenpassen, sonst kennt sich keiner aus!«

Gemeinsam gehen sie zu dem Quadranten, wo Patricia arbeitet, und sie bittet Patricia, Sabine zur Hand zu gehen. Und als sie erwähnt, dass Patricias Zeichnungen die besten der Grabung sind, da sieht sie das Strahlen in Patricias Gesicht.

»Ja, sehr gerne helfe ich«, sagt Patricia, als habe sie nur darauf gewartet. Dann geht Erika hinauf zum Wall, mit kontrollierten Schritten, als gäbe es auf der Wallkrone etwas zu tun, als habe Erika ihren Vater gar nicht gesehen.

Auf der Außenseite des Walls, wo der Hang steil in den bewaldeten Graben abfällt, steigt sie hinab, der Boden bröselt unter ihren Schuhen, Erika rutscht, sie hält sich am morschen Holz fest, es bricht, Erika fällt und rutscht. Dornen zerkratzen ihr die Schulter, durch das T-Shirt hindurch. Sie ist wieder das Kind, das durch den Wald hetzt. Hinter ihr die anderen. Das waren die Kinder vom Dorf, die Erika nachstellten, die ihr nachschrien: »Streberin! Leseratte!«

Natürlich teilte Erika Tritte aus, kräftige, gegen das Schienbein, aber wenn die Jungen zu dritt kamen, dann rieben sie Erikas Gesicht mit Brennnesseln ein. Darum musste Erika schnell sein. Und sie lernte, sich zu verstecken, sich ins Unterholz zu werfen, dass die anderen erfolglos an ihr vorüberzogen, nur einen Schritt entfernt.

Hinter der Kirche hatte Erika ihr Geheimlager, dorthin floh sie, wenn es ihr zu eng wurde. Es war eine Mulde bei der Friedhofsmauer, dort, wo der Kirchberg in einer steil abfallenden Lösswand endete. Dieses Erdloch im Laubwald gab Schutz. Erika konnte sich über den Rand beugen – wie über eine Mauerbrüstung – und auf den Hohlweg hinuntersehen, ohne entdeckt zu werden. Hier war sie Robinson Crusoe, der mit wenigen Nägeln und Ästen einen Unterstand baute. Hier war sie Paris, der sein Troja verteidigte, hier war sie Schliemann, der es ausgrub.

Und hierher rannte sie, als sie das Gespräch zwischen der Waltraud und dem Vater belauscht hatte. Erika war zehn Jahre alt, und es war der letzte Juni ihrer Volksschulzeit.

»Möchtest du noch Kaffee?«, sagte die Waltraud zum Vater. Erika beobachtete durch den Türspalt, wie sie die Kaffeekanne vom Herd nahm und zum Küchentisch ging. Dort saß der Vater, aber den sah Erika nicht. Das war nicht nötig, sie wusste, wie er dort saß: beide Unterarme auf dem Tisch, den Oberkörper nach vorne gelehnt. Ein drahtiger Mann, und so hoch, dass er gebeugt durch die Türen am Hof musste. Manchmal war Erika stolz, einen so großen Vater zu haben.

»Schmeckt er dir?«, fragte die Waltraud.

Vielleicht hat der Vater genickt. Aber sicherlich hat er nicht aufgeschaut.

»Ich hab heute ihre Lehrerin getroffen«, sagte die Waltraud, nahm für sich noch eine Tasse aus der Kredenz und setzte sich. Sie trug ein buntes Schürzenkleid mit wirrem Muster. Sie war eine breite, kräftige Frau, kleiner als die Mutter und auch kleiner als der Vater, natürlich, denn jeder Mensch war kleiner als er. Ihre Beine waren weich wie Kissen und kräftig wie Säulen. Als Erika noch viel kleiner war, da schmiegte sie sich so gerne an ihre Beine, drückte das Gesicht gegen den Oberschenkel, wollte nicht loslassen, denn hier fand sie Schutz vor dem Nachbarhund oder dem Pfarrer, der gelegentlich auf den Hof kam.

Die Waltraud arbeitete am Hof und hatte ein eigenes Zimmer. Sie kochte nicht nur, sie putzte auch, und sie erzählte Erika Gutenachtgeschichten, und Erika konnte ihr erzählen, was sie im Wald gesehen hat, und die Waltraud kannte alle Gräser, die auf einer Wiese wachsen. Zum Beispiel den Spitzwegerich, den man auf die Gelseneinstiche reibt, damit es zu jucken aufhört. Die Waltraud konnte all das machen, was Mutter nicht gerne tat, weil sie sich zu schwach fühlte.

»Die Erika ist zu gescheit für die Hauptschule, hat die Lehrerin gesagt«, meinte die Waltraud. »Du hast keinen Kuchen mehr. Ich hole dir noch Kuchen. Der schmeckt dir doch, der Kuchen?«

Die Waltraud stand auf, schnitt ein paar Stücke vom Gugelhupf ab und schlichtete sie auf einen Teller. Den Rücken zum Vater gewandt, sagte sie: »Du solltest Erika doch ins Gymnasium schicken, sagt die Lehrerin. Der Kuchen ist mir heute schön aufgegangen, nicht wahr? Ich hab zwei Eier mehr hineingegeben.«

Der Vater stand auf, ließ den Kaffee stehen, ließ den Kuchen stehen, ließ die Waltraud stehen.

»Erika kann ja trotzdem den Hof übernehmen, später halt!«, rief ihm die Waltraud nach.

Draußen lud der Vater Düngersäcke vom Traktoranhänger. Die Waltraud stand beim Herd und wischte sich mit der Handfläche die Wange trocken.

Da rannte Erika hinaus auf die Hauptstraße und über die Kellergasse den Kirchberg hinauf, in den Wald, in das Geheimlager.

Am Nachmittag verdichten sich die konturlosen Wolken am Himmel zur grauen Schicht und lösen die Kraft der Sonnenstrahlen auf. Schwüle ohne Windhauch. Schwärme aus schwarzen Punkten, erwacht wegen des zurückgedrängten Lichts, kommen aus ihren Verstecken im Gestrüpp.

»Ich halte die Gelsen nicht mehr aus«, kreischt Patricia, klatscht sich ins Gesicht, springt auf und rennt in die Baracke. Erika übernimmt Patricias Arbeit. Wenn wir morgen mit diesem Abschnitt fertig werden, dann schaffen wir es, sagt sie sich. Schweiß verklebt die Haare, rinnt ihr über die Stirn, Tropfen fallen von Kinn und Nase und werden vom grauen Planum aufgesaugt. Sie will sich die Stirn mit dem Ärmel trockenwischen und verschmiert doch nur den Staub auf ihrem Gesicht. Mehr Tropfen fallen zu Boden, hinterlassen kleine dunkle Flecken.

Tropfen?

Erika schaut in den Himmel.

Regen!

Der Sturm beginnt, die Studenten laufen in die Baracke. Von dort beobachtet Erika einen Kirschbaum: Die Zweige tanzen umher, schleudern wie verrückt die helle Unterseite ihrer Blätter nach oben. Währenddessen schiebt sich eine dunkle Wolkenschicht unerbittlich über die Ebene; ihre grauen Fäden hängen schief herab und verbreiten den Regen. Zweige werden aus dem Wald gerissen und treiben schwerelos mit den Windböen. Am Himmel zucken weiße, gezackte Lichtstreifen.

So ein Regen ist gar nicht unangenehm, tröstet sich Erika. Etwas Kühlung wird gut tun. Ein halber Tag ist zwar verloren, und in der Früh werden die Studenten Profile und Planums eben nochmals putzen müssen. Es ist nur ein Sommergewitter, nichts Außergewöhnliches. Selbst hier, wo die Sommer trocken sind und der Wein süß ist.

Wieder ist diese Katze mit dem kaputten Ohr gekommen. Sie

sitzt auf dem Kiesweg, unter einer Linde, und beobachtet die Baracke. Erika stürzt in die Küche, der Kühlschrank ist – den Studenten sei Dank – gut gefüllt, sie findet rohes Fleisch, schneidet heimlich ein Stück ab, zerkleinert es, legt es auf einen Teller und geht hinaus.

»Rohes Fleisch, Frau Doktor?«, sagt Alexander Sehmann im Vorbeigehen. »Und mir erzählen Sie, Sie sind Vegetarierin.«

Die Katze ist noch da.

Erika geht hinaus in den Regen, stellt den Teller ab, nicht zu nahe, um das Tier nicht zu erschrecken, und macht einen Schritt zurück. Die Katze und Erika beobachten einander. Und beide werden von den Studenten in der Baracke beobachtet. Die Katze ist noch jung, sie ist kleiner als jene Katzen, die üblicherweise hier herumstreunen. Sie kommt vorsichtig näher, mit weichen Schritten, ohne dass die Kiesel knirschen, immer Erika im Auge behaltend. Sie beugt sich über den Teller, schnabuliert ein Stück, dann das nächste. Erika kniet sich nieder. Das kaputte Ohr der Katze ist wund. Erika will sie berühren, da springt sie auf und verschwindet auf dem Hügelfeld.

In der Nacht lässt Regenlärm Erika keinen Schlaf finden. Dicke Tropfen prasseln gegen das Blechdach der Baracke. Ein Blitz schlägt ein, mit einer Wucht, dass der Kirchberg erzittert. Grelles Licht und peitschender Knall, gleichzeitig. Das hat wohl den Kirchturm erwischt. Soll es nur kräftig schütten! Solche Unwetter sind gründlich, aber kurz.

Um fünf Uhr morgens – Erika steht am Fenster – durchzieht mattes Licht die Landschaft. Der Regen wird feiner, ein Wasserfilm überzieht das Fensterbrett und das Gras und die Blätter und Erikas Hand, die sie hinausstreckt.

Sie geht in die Küche, wäscht sich die Hand, als wäre Regen etwas Ansteckendes. Sie häuft Müsli in eine Schüssel, schüttet Kristallzucker darüber und glättet die Zuckerschicht. Sie lässt Milchtropfen darauf regnen, beobachtet, wie kleine Löcher in dieses weiße Planum gerissen werden. Erika verschlingt vier solcher Portionen, dann ist ihr schlecht.

Die Studenten verbringen den Tag in der Baracke; sie sind aus ihren durchnässten Zelten geflohen, haben ihre Habseligkeiten hereingeschleppt und stapeln Schlaf- und Rucksäcke in der Gemeinschaftsküche.

Am Nachmittag setzen sich vier Studenten an den Tisch. Sie kratzen Essensreste von der Holzplatte, sogar mit einem feuchten Tuch wird darüber gewischt. Alexander zieht ein dickes Paket Spielkarten heraus, mischt, lässt abheben und gibt. Er sagt zu Patricia, die am Fenster steht, dass er lieber Strippoker statt Uno spielen würde. Sabine konzentriert sich auf das Sortieren ihrer Karten.

Die Studenten legen ihre Karten auf den Tisch, im Uhrzeigersinn kommt jeder dran. Nach zehn Minuten hat Alexander keine mehr, er jubelt, spricht davon, wie peinlich den anderen ihre Niederlage sein muss und dass nicht jeder zum Siegen geboren sei. Die nächste Runde verliert er, er lässt sich nach vorne kippen, bis seine Stirn auf dem Holz aufschlägt. Er schluchzt und trommelt mit den Fäusten gegen die Tischplatte. Sabine sagt nichts. Sie schaut nur, wie immer mit leicht offenem Mund, und ihre oberen Schneidezähne blitzen hervor wie bei einem Feldhasen. Wie bei dem Hasen, den Erika als Schulmädchen gefunden hat, auf der Landstraße, mit aufgeplatztem Bauch, die grünen Fliegen am Rot. Seine langen Zähne haben weiß aus der Hasenscharte geglänzt.

Erika geht umher. Schach ist auch kein sinnvolleres Spiel: Warum starren zwei Studenten auf vierundsechzig winzige Quadrate, jedes mit einem Loch versehen, damit man eine kleine Plastikfigur befestigen kann? Sollen die beiden doch Produktives leisten, etwas vorwärts bringen für die Welt!

Ein Student sitzt auf dem Fußboden vor dem Kühlschrank, Kopfhörer verdecken die Ohren, er nickt zu irgendeinem Lärm, der sich im Hirn ausgebreitet hat. Erika steigt über seine ausgestreckten Beine. Sie muss raus aus der Baracke, raus aus der Enge. Sie stellt sich unter eine Linde und hört die Geräusche des Regens: Oben, in der Krone, lässt er die Blätter rauschen. Unten, auf dem Kieselweg, klatscht er gegen die Steinchen. Und sobald Erika den Schirm aufspannt, ist es ein Trommeln.

Regen fließt den Baumstamm entlang; schwarz glänzende Rinnsale auf der sonst grünlichbraunen Rinde. Wie Blut, das über rissige, wunde Haut rinnt.

Als wäre Erika nicht die Einzige, die im Regen leidet: Der Hohlweg ist ein Spalier von verwundeten Bäumen.

»Wir müssen durchhalten«, sagt sie ihnen. Nässe kriecht ihr in die Turnschuhe. Erika geht auf das Hügelfeld, zum Suchschnitt. Die Profile sind aufgelöst, die Planums verrinnen zur braunen Masse. Als sie zurückkommt, passt Alexander sie ab und fragt: »Warum gehen Sie jede Stunde raus? Davon wird es auch nicht trockener. Da hilft nur eines ...«

Er zieht sich das Hemd aus, dann die Hose, beachtet Patricia nicht, die ihn fragt, ob er beim Strippoker verloren habe. Er rennt hinaus in den Regen, streckt die Arme zur Seite und ruft: »I'm singing in the rain ...« Er dreht sich, der nasse Haarzopf fliegt zur Seite. Er streift sich eine glitschige Haarsträhne aus der Stirn. Singend springt er auf den Sockel einer Laterne, tanzt zurück zur Baracke, wirft sich Erika vor die Füße und ruft kniend: »What a glorious feeling, I'm happy again!«

Mittwoch ist der zweite Regentag. Die Studenten sind gereizt; schon in der Früh streiten sich zwei beim Scrabble. Erika verbringt deshalb den Tag in ihrem Zimmer, liest archäologische Zeitschriften, ohne sich etwas zu merken. Sie hält sich die Ohren zu, um den Regen nicht zu hören.

Da steht Alexander im Zimmer, dessen Klopfen sie nicht gehört hat. Er ist mit einer Weinflasche gekommen und schenkt ihr wortlos ein Glas ein.

Sie schwenkt das Glas, schließt die Augen, riecht und kostet.

»Riesling Spätlese«, sagt sie.

»Richtig erkannt«, sagt er und setzt sich. Er hat auch eine Scheibe Knäckebrot mitgebracht. »Man soll jeden Tag etwas essen«, sagt er. Erika starrt aus dem Fenster und hört dem Regen zu. Sie bildet sich ein, dass das Rauschen und das Klatschen eine Spur leiser geworden sind.

Er erzählt, dass er den Wein von einem alten Weinbauern unten im Dorf hat. »Als ich gesagt habe, ich komme von der Ausgrabung, da hat er mir diese Flasche geschenkt. Für Sie.«

Auf dem Etikett steht *Weingut Zeitlinger.*

»Ihr Vater?«, fragt Alexander, sein Knie lehnt wie beiläufig an ihrem.

Erika denkt an einen hageren, alten Mann im kalten November, wie er mit zittrigen Händen die Trauben abschneidet, Stück für Stück, für diese Flasche Riesling.

Alexander löst das Haarband, das seinen Zopf zusammengehalten hat, und streift es über das Handgelenk. Die Locken reichen ihm bis zur Schulter.

Erika bekommt Appetit.

Sie greift nach dem Knäckebrot und beißt ab, bemüht, leise zu kauen. Mit dem Finger schiebt sie Brotsplitter über die Lippen in den Mund.

Sie möchte jetzt seiner Berührung ausweichen, doch da rückt er seinen Stuhl näher, sein Oberschenkel drückt gegen ihren. Widerspenstige Haare streifen Erikas Hals, reizen sanft die Haut. Ein kleiner Schauer am Rücken.

Dann steht er auf, und bevor er hinausgeht, streicht er mit dem Finger über ihre Wange.

In der Nacht wacht Erika auf, weil sie geträumt hat, dass sie mit bloßen Händen im Schlamm wühlt. Sie ist tiefer und tiefer gekommen, ist in den Morast hineingekrochen, wie ein Wurm, dann hat sie keine Luft mehr bekommen.

Sie steht auf, stürzt zum Fenster, noch atemlos vom Traum; sie sieht nichts, hört aber den Regen rauschen. Abertausende Blätter stellt sich Erika vor, die auf hunderten Bäumen festsitzen, und jedes Blatt macht im Regen sein eigenes, kleines, böses Geräusch. Wie Schwärme grüner Insekten, die sich auf den Ästen eingenistet haben. Sie sind nicht zum Schweigen zu bringen, zu viele sind es. Zusammen formen sie den Lärm, der Erika quält: das Rauschen in ihrem Kopf.

Sie legt sich zurück ins Bett, mit dem Leintuch wischt sie kalten Schweiß aus dem Gesicht.

Ich werde es nicht schaffen.

Am Totpunkt.

Sie kauert sich zusammen wie im Hockergrab.

Durchhalten! Diese eine Nacht nur. Du hast schon so oft den Totpunkt überwunden.

Sie liegt still da, hört dem Regen zu, wie er Unheil über die Welt bringt. In ihr wird es eng. Das dunkle Gefühl ist wieder da. Der Ballon mit dicker, schwarzer Gummihaut. Er sitzt in Erikas Brust, dehnt sich aus, braucht allen Raum, den Erikas Brustkasten hergibt, drückt mit seiner dicken Haut die Eingeweide zusammen, die Lunge hat kaum Platz zum Atmen, das Herz rast, aus Angst, erdrückt zu werden, im Magen setzt sich Übelkeit fest. Sie liegt erstarrt da. Dann das Schlimmste: Die Gedanken entgleiten, nur mehr zusammenhanglose Fetzen, dumpfe Empfindungen, farblose Bilder, verwirrend schnell und ohne Sinn.

Erika knipst das Licht an. Das Licht schmerzt.

Ihr bleibt nur mehr diese eine Möglichkeit. Und sie weiß, es wird wieder wirken. Klar denken und sich kontrollieren können.

Sie holt ihr Schweizer Messer, mit Korkenzieher, Pinzette, Zahnstocher, Schere, Nagelfeile. Sie klappt die Klinge aus, das geht streng, weil sie verbogen ist.

Erika setzt das Messer auf den linken Oberschenkel an.

Die Luft aus dem schwarzen Ballon lassen, bevor er zerplatzt. Oder bevor ich zerplatze.

Mit der Spitze kratzt sie die Haut auf, ein weißer Strich, in dem sich Blut sammelt.

Sie spürt noch nichts.

Erika schneidet tiefer.

Der Druck lässt nach, sie atmet tief durch. Lässt sich erschöpft ins Bett zurückfallen.

Erika spürt sich wieder.

In der Früh zieht sie sich das verkrustete Leintuch von der Wunde. Erika beißt sich auf die Lippen. Haben wir etwas zum Desinfizieren im Erste-Hilfe-Kasten? Haben wir überhaupt einen Erste-Hilfe-Kasten? Erika versteckt das Leintuch in ihrem Rucksack und humpelt ins Badezimmer.

Draußen zwitschern die Vögel. Eine graue Wolkendecke zwar, aber kein Rauschen in den Baumkronen, kein nasses Klatschen auf dem Kieselweg.

»Ich habe den Regen überlebt«, sagt Erika und tupft Blut vom Wundrand.

Es ist sechs Uhr. Sie geht hinaus zum Suchschnitt, steigt hinunter, fühlt den Boden. Feucht noch, aber man kann schon arbeiten. Die Profile und Planums muss man nochmals putzen. Es geht endlich weiter.

Die Studenten merken nichts von der Wunde. Auch nicht, als die Wunde am Vormittag aufbricht und durch den Verband einen Fleck auf der Bluejeans macht. Ein dunkler Fleck, das passiert eben beim Arbeiten.

»Ich habe etwas gefunden!«, ruft Sabine. Freudig präsentiert sie Erika eine Kugel auf dem Planum, die sie mit einem Cocktailstäbchen markiert hat.

»Interessant«, murmelt Erika und beugt sich über den Fund. Etwa zehn Zentimeter Durchmesser, grob aus Löss geformt und dann zu Ton gebrannt. »Eine Schleuderkugel«, sagt sie. »Munition für die Wurfmaschinen der Römer. Die haben sie hergestellt, weil es auf dem Berg keine Steine gibt.«

Weil Sabine stolz auf ihren Fund ist, erwähnt Erika nicht, dass sie letztes Jahr zweihundert solcher Schleuderkugeln gefunden hat. Die lagen verstreut um einen Ofen, der zum Brennen dieser Munition diente. Es blieb aber unklar, aus welcher römischen Epoche die Kugeln stammten, denn es gab keine aussagekräftigen Scherbenfunde, die Rückschlüsse zuließen.

Erika erkundigt sich, ob Sabine in der römischen Schicht sonst irgendwelche Keramik gefunden hat.

Nein.

Erika geht den Suchschnitt weiter entlang.

»Und?«, fragt Erika Alexander, der vor seinem Profil sitzt und es putzt.

»Und?«, fragt Erika die anderen Studenten.

Ein paar bronzezeitliche Tonscherben, die nicht zusammenpassen, eine Bronzefibel und Tierknochen – welcher Befund wird sich aus diesen armseligen Funden schon ergeben? Dass jemandem ein Krug aus schlecht gebranntem Ton zerbrochen ist, dass jemand seine Mantelspange verloren hat und dass jemand Spareribs gegessen und die Knochen weggeworfen hat.

Gräbt Erika an der falschen Stelle? In zehn Jahren werden die Kollegen über Erika lachen, weil sie die einzige Möglichkeit für einen Suchschnitt gefunden hat, der allen relevanten Funden ausweicht. Oder sie werden lachen, weil es im ganzen verdammten Kirchberg nichts gibt.

Erika beobachtet die zwölf Studenten, wie sie in dem Graben hocken und kratzen, schaben, pinseln und zeichnen. Sie sind still geworden. Von der Ausgelassenheit der ersten Tage ist nichts mehr übrig: Die schweißtreibende Schwüle und die Gelsen machen mürbe.

Es muss etwas geschehen.

Erika muss nachdenken.

Sie geht in die Baracke, in ihr Zimmer, setzt sich an den Schreibtisch, kramt ihr Manuskript hervor. Sie nimmt ein Blatt Papier, und mit einem Filzstift malt sie Worte darauf, dieselben, die auch auf den anderen hundertdreiundzwanzig Seiten zu finden sind. Wie das Schulmädchen, das sich bemüht, die Schrift der Lehrerin nachzuahmen. Den Stift so fest aufpressen, dass er quietscht. Das Gesicht nahe am Papier, um die Mine zu beobachten, wie sie ihre lila Spur über das Papier zieht. Die Bewegungen so langsam, dass sie auf jeden Fall unter Kontrolle bleiben. Mitten im Wort »Habilitationsschrift« hält sie inne. Die Buchstaben, schau sie dir an – um Gottes Willen! – beim Absetzen vom Filzstift immer ein dunkler Fleck auf der Linie!

Warum gelingt dir nichts? Du hast nur mehr acht Tage.

Erika zerknüllt den Zettel. Sie versucht es nochmals, diesmal mit dem Kugelschreiber. Wird schlimmer! Die Linie ist fleckig, zuerst matt, dann dunkelblau. Wenn du so weitermachst, wird es nie etwas mit deiner Habilitation!

Was ist, wenn in Kirchwald wirklich nichts zu holen ist?

Sie geht hinaus, das Manuskript an den Bauch gepresst.

»Und?«, fragt sie Alexander, der noch immer sein Profil putzt.

»Und?«, fragt sie die anderen Studenten.

Erika muss wegrennen, bremst aber ihre Schritte so lange, bis die Studenten sie nicht mehr sehen können. In ihrem Geheimlager wirft sie sich auf den Boden, verschwitzt, gehetzt. Schließt die Augen.

Erika, die Volksschülerin.

Fünfundzwanzig Jahre bevor es hier überhaupt Ausgrabungen gab, wusste das Mädchen: Die Wälle gehörten zu einer großen Festung, und es gab einen Prinzen – ein Draufgänger wie Paris! –, und es gab eine Prinzessin – schön wie Helena! – und hier, auf dem Kirchberg – die prachtvolle Stadt! Und Erika würde den Schatz des Priamos finden. Sie malte sich die Prinzessin aus, wie sie in die Festung einzog, den Goldschmuck des Schwiegervaters um den Hals, Hand in Hand mit ihrem Geliebten, und wie sie hier Schutz vor ihrer Familie fand. Manchmal waren diese Menschen in Erika so lebendig, als seien es keine Hirngespinste, sondern Erinnerungen, als sei all das doch wahr gewesen und auf dem Kirchberg passiert. Dann streifte sie durch den Wald am Kirchberg, angetrieben von Sehnsucht, sie suchte nach Überresten, vielleicht ein verlorener Ring oder ein alter Schuh oder gar ein Schwert, und als wieder nichts gefunden war, setzte sie sich in das Geheimlager. Vielleicht hatten der Prinz und die Prinzessin auch hier gesessen, und er hatte sie angesehen und ihr schöne Dinge zugeflüstert. Einmal konfrontierte sie ihren Vater mit solchen Gedanken. »Hirngespinste«, sagte er nur. Erika versuchte nie wieder, mit jemandem darüber zu reden.

Es wird Abend, und Erika sitzt noch immer im Geheimlager, das Manuskript an den Bauch gepresst. Über ihr reißt die Wolkendecke auf. Riesige Wolkenballen treiben träge und grau über den Himmel. Während sich der Horizont rot färbt, lässt die Sonne die Wolkenränder gelb erstrahlen, im scharfen Kontrast zum blauen Himmel. Ein schwermütiges Farbenspiel im verglimmenden Licht, wie in den Bildern von Caspar David Friedrich.

Erika geht zur Zeltstadt der Studenten, klatscht in die Hände, bemüht sich, gefasst zu sprechen, und kündigt an: »Wir beginnen morgen einen Suchschnitt hinter der Kirche.«

Die Studenten raunen, und Erika hört jemanden sagen: »Jetzt ist sie ganz übergeschnappt.«

Am Freitag, statt zu frühstücken, mäht Erika eine Schneise in das Unkraut- und Brennnesselfeld hinter der Kirche. Der alte, stinkende Benzinmotor des Rasenmähers stirbt alle paar Meter ab. Erika sammelt die alten Kränze und die gebrochenen Kerzenbecher ein und steckt sie in einen Müllsack. Zehn Meter, mehr Platz gibt es nicht zwischen Friedhofsmauer und Abhang. Als dann die Studenten endlich fertig gegessen haben, misst sie mit ihnen den Suchschnitt ein, sie verwendet einen orangen Theodoliten mit dreifüßigem Stativ. Dann beginnen alle, mit ihren Spaten die Humusschicht zu entfernen. Die Studenten reden wenig, die letzten Wochen haben sie wohl erschöpft. Es ist ohnehin gut, denkt Erika, wenn sie lernen, was arbeiten heißt. Sie beschließt, dass der Suchschnitt fünfzig Zentimeter breit sein wird.

»Frau Doktor, wie soll man sich da rühren, wenn wir auf zwei Metern unten sind?«, fragt Alexander, der zuschaut, wie seine Kommilitonen Erde in die Schubkarren schaufeln.

»Das wird schon gehen, Sie sind ja schlank«, sagt Erika. »Nur aufs Profil kommt es an. Wir werden auch keine Planums zeichnen.«

»Keine Plana zeichnen? Das sind ja Methoden wie in Troja, Frau Doktor!«, sagt Alexander.

»Dafür ist nicht genügend Zeit.«

»In meiner ersten Vorlesung haben Sie erklärt: *Archäologie ist eine zerstörende Wissenschaft.* Wir zerstören die Zusammenhänge, die wir entdecken! Das liegt in der Natur unserer Sache, denn um zu einer tieferen Schicht zu gelangen, müssen wir uns durch alle darüber liegenden Schichten wühlen. Und wir sind neugierig. Wir hören erst auf, wenn wir ganz unten das Ende der Kulturschicht erreicht haben. Was bleibt übrig? Unsere Zeichnungen. Das Grabungsjournal. Fotos. Ein paar Funde, in Kisten gepackt und hoffentlich richtig nummeriert. Wir sind die Einzigen, die Zusammenhänge sehen können, durch unsere Arbeit nehmen wir nachfolgenden Generationen die Möglichkeit, dasselbe zu sehen! Sie müssen uns vertrauen. Sie sind auf unsere Aufzeichnungen angewiesen. Denn wir hinterlassen nur umgegrabene Erde. Es ist wie Lesen in einem Buch, dessen Seiten verbrennen, wenn man weiterblättert.«

Er ist aufgewühlt, offenbar kann man ihn doch aus der Ruhe bringen, denkt Erika, er geht auf und ab und ruft dann, fast schon flehentlich: »Frau Doktor, wir haben doch ungeheure Verantwortung! Wir müssen genau dokumentieren ...«

Erika ermahnt Alexander, still zu sein und lieber mitzuarbeiten. Er verschränkt die Arme, und trotzig sagt er: »Und Ihre Funde lassen Sie beim selben Goldschmied anfertigen wie Schliemann?«

Da packt sie Alexander an den Schultern, sie ist zornig, jetzt hat er die Grenze überschritten! Sie faucht ihn an: »Sie kommen sich wohl besonders gescheit vor, weil Sie schon ein ganzes Jahr Archäologie studiert haben!«

»Ist ja schon gut!«, flüstert Alexander. Er wehrt sich nicht gegen ihren Griff, im Gegenteil, er zieht sie zu sich, schmiegt seinen Kopf an ihre Schulter und flüstert: »Sind wir wieder Freunde?«

Am Samstag ist von den Studenten nur mehr Patricia übrig, alle anderen sind in Wien oder sonst wo. Erika fragt nicht, warum ausgerechnet sie geblieben ist, aus Angst, Patricia könnte es sich doch anders überlegen, wenn sie darüber nachdenkt. Als beide nebeneinander in der Erde hocken, fühlt sich Erika mit dieser jungen Frau verbunden. Sie sind einander ähnlich, nicht vom Aussehen, Erika würde sich nie die Haare umfärben! Aber beide müssen sich überwinden, bei Patricia ist es der Ekel vor dem Staub und der Hitze, gegen den sie ankämpft. Wohl eine halbe Minute hört Erika zu arbeiten auf, um Patricia zu beobachten, wie tapfer sie ist. Vielleicht fühlt es sich so an, wenn man eine Tochter hat.

Da macht Patricia eine Entdeckung. Ein fingerdicker Bogen aus heller Erde wölbt sich auf der Grubenwand; beide Enden werden unten auf dem Planum als Linien weitergeführt und laufen dort zusammen, ebenfalls bogenförmig. Erika streift mit der Hand über diese matte Kontur, will den Unterschied zwischen dem Löss außerhalb und innerhalb begreifen. Das kann eine zugeschüttete Speichergrube sein, die nach unten breiter wird. Erika studiert nochmals die Schichtenfolge. Urnenfelderkultur, zweifellos. Letztes Jahr hat sie auch so eine Grube gefunden; da war Getreide eingelagert.

»Wird das Getreide nicht aufgefressen?«, fragt Patricia. »Von all dem Gewürm, das da unten im Boden wimmelt.« Sie verzieht das Gesicht.

»Nein«, sagt Erika und erzählt von einem archäologischen Versuch, Getreide in so eine Grube einzulagern. Man hat beobachtet, dass nur das Korn an der Grubenwand verschimmelt. Das Innere ist geschützt, denn die Getreidekörner sondern Kohlendioxid ab, daher kann innerhalb des Schimmelmantels kein Getier überleben. Die Studie lief über vier Jahre, und als man sie abgebrochen hat, war das Korn noch immer essbar und vor allem noch immer keimfähig.

Über der Speichergrube misst Erika einen Quadranten ein, zwei mal zwei Meter, und benennt ihn Minus B Minus 11, weil er elf Quadranten südlicher und zwei Quadranten westlicher liegt als Quadrant A1 auf dem Hügelfeld. Auf Erikas Karten ist ganz

Kirchwald mit einem Netz solcher Quadranten überzogen. Bislang ist kein einziger gegraben worden, nicht einmal A1. Weil nur Suchschnitte gemacht wurden.

Sonntag, neun Uhr: Die Kirchenglocke läutet, und Erika ist bei einer Tiefe von eineinhalb Metern angelangt. Sie ist auf ein zerbrochenes Gefäß und eine tellergroße, dicke Steinplatte gestoßen. Bevor sie tiefer geht, muss das Planum vermessen, fotografiert und gezeichnet werden. Kniend glättet Erika die Erde, und mit der Wasserwaage prüft sie, ob alles waagrecht ist. Dann beginnt das Zeichnen; Es ist so mühsam, wenn man die Funde selbst einmessen muss.

Plötzlich hört sie eine Stimme von oben: »Wozu ist die Bierflasche da? Und warum hängt da der lange Schlauch heraus? Hast du Durst?«

Erika, auf allen vieren, schaut hinauf. Ein Junge steht da, im Kindergartenalter, mit weißem Hemd und dunkler Anzughose.

»Zum Nivellieren«, sagt sie. Er beäugt die Flasche, die gleich beim Grubenrand auf einem markierten Holzpfahl befestigt ist. »Da ist ja gar kein Bier drinnen.«

»Das ist Wasser. Und schau, die Oberfläche reicht genau bis zur gelben Markierung. Das ist zweihundertein Meter über dem Meer.«

»In Italien gibt es Meer, aber nicht hier.«

Erika lässt sich nicht irritieren und erklärt das Prinzip: »Ich muss wissen, wie hoch meine Funde liegen. Schau, diese Tonscherbe zum Beispiel.«

Sie nimmt den Wasserschlauch; er ist durchsichtig und mit Wasser gefüllt. Sie hält den Schlauch in die Höhe, damit das Wasser nicht ausrinnen kann, nimmt eine Messlatte, stellt sie auf die Tonscherbe und misst ab, wo im Wasserschlauch das Wasser aufhört. »Das sind eins Komma dreiundsiebzig Zentimeter, die ich von zweihundertein Metern abziehen muss, dann krieg ich die absolute Höhe ...«

»Du bist ja ganz schmutzig«, ruft der Junge, der eben das Interesse an der Archäologie verloren hat, »so kannst du aber nicht in die Kirche gehen.«

»Ich will nicht in die Kirche gehen«, sagt sie.

»Ich will auch nicht, aber Mutter meint, ich muss doch.«

Da wird der Junge gerufen: »Clemens, wo bleibst du? Mach dich ja nicht schmutzig!«

»Mama, komm! Schau! Eine Ausgrablerin!«, kreischt er, als hätte er eine Blindschleiche in der Wiese gefunden, die er seiner Mutter zeigen muss.

Ein Schatten schiebt sich über den Quadranten. Eine dickliche Frau steht da, im grünen Dirndl, mit kurzen, dunklen Haaren und herzlichem Lächeln.

»Ja, Erika! Endlich treffe ich dich«, sagt sie.

Erika ist ratlos – wer ist die Frau?

»Ich bin's, die Maria!«

Welche Maria? So heißt in Kirchwald jede zweite Frau.

»Die Maria aus der Volksschule.«

»Du hast dich aber verändert«, entfährt es Erika. Die Maria, das einzige Kind in der Schule, das es gut gemeint hat mit Erika. Die immer so geduldig zugehört hat, wie Erika von ihrem Troja erzählt hat, das sie hier auf dem Kirchberg entdecken wollte. Die Erika zu Weihnachten ein braunes Stoffstück ohne erkennbaren Nutzen gehäkelt hat.

Maria fragt: »Wie geht's dir denn so?«

»Danke, gut.«

»Müde schaust aus.«

Dabei fühlt sich Erika gar nicht müde – nur hinsetzen und die Augen ein wenig zumachen, das wäre fein. Wenn es dunkle Ringe unter den Augen gibt, dann stammen die ganz sicher vom Staub. Erika streicht sich mit dem Handrücken über die Wangen. Marias Gesicht ist rosig, rundlich, weich. Wie ihr Körper. Als wäre sie zum Muttersein geboren: ein warmer und weicher Mensch. Zum Festhalten, Ausweinen und Tröstenlassen.

Maria beugt sich vor und fragt: »Bist du verheiratet?«

»Nein.«

»Die Anneliese – die mit uns in die Volksschule gegangen ist, erinnerst du dich? – die ist auch noch nicht verheiratet – dabei, so hässlich ist die gar nicht!«

Erika fällt darauf nichts ein.

»Und, schon jemanden gefunden?«, fragt Maria.

»Nein. Aber … wir haben andere, wichtige Funde gemacht. Diese Speichergrube zum Beispiel«, sagt Erika und erschlägt eine Gelse auf der Stirn. Zu spät, ein Blutfleck auf der Hand. »Ich bin zufrieden. Wirklich.«

Maria erzählt von Alfred, ihrem Ältesten, der bald in die Hauptschule gehen wird (in Mathematik hat er sogar einen Einser!), von Bettina, die schon die Volksschule besucht, und von Clemens, dem Jüngsten, der eben eine Schnecke mit einem Grashalm kitzelt, während seine Mutter spricht.

»Das kleine Abc«, sagt Erika, weil sie witzig sein will. »Wird es noch eine Doris oder einen Dominik geben?«

Maria lacht auf. »Nein, zum Kinderkriegen bin ich doch schon längst zu alt.«

Sie wechselt das Thema und erzählt vom Haus, das sie gebaut haben, und dann von der Hochzeit. Erika denkt an die Venus von Willendorf und ob sich das Schönheitsideal hier auf dem Land seit der Altsteinzeit nicht gewandelt hat. Maria kramt in ihrer Handtasche nach einem Foto: Weißes Kleid, schwarzer Anzug; er mit lichtem Schnauzbart und unförmigem Krawattenknoten, sie hält den Blumenstrauß vor der Brust und ist noch nicht so dick. Wie zwei verkleidete Erstsemestrige.

»Ihr schaut euch ja sehr ähnlich«, sagt Erika.

»Ja«, lacht Maria. »Es hat Leute gegeben, die haben uns für Geschwister gehalten. Wenn zwei Menschen zusammenpassen, dann glaub ich, sieht man das auch. Sag, Erika, möchtest du mal auf einen Kaffee vorbeikommen?«

»Du, sehr gerne, aber leider hab ich keine Zeit.«

Maria bückt sich und streckt Erika die Hand herunter. Wozu? Um Erika aus dem Dreckloch herauszuziehen? Marias Hand fühlt sich sanft und weich an. Händeschütteln. Erika spürt den

Staub zwischen den Handflächen und entschuldigt sich dafür. Sie will Maria etwas Sauberes reichen, hat aber nur ihr verschwitztes Kopftuch, das sie losbindet und zum Abwischen anbietet. Maria lehnt lächelnd ab.

Während sie mit ihrem Sohn an der Hand zur Messe geht, sinkt Erika auf die Knie. Unten in ihrem Loch vermisst sie den runden Stein. Der entpuppt sich als Unterlagsplatte für eine Handmühle. Erika füllt einen Fundzettel aus. Dann lässt sie den Kugelschreiber sinken, ihr Blick steigt geistesabwesend über die Lösswände hinauf zu einem Grasbüschel, wo sich ein Falter niedergelassen hat.

Wenn sie doch nur wüsste, ob sich die Mühe lohnt! Der Dreck unter den Fingernägeln, der Staub in der Kleidung, die Schwüle und die aufgekratzten Gelsenstiche … sie schwört, das alles würde sie mit Freude ertragen, wenn sie nur sicher sein könnte. Stattdessen ist sie dem zweifachen Zufall ausgeliefert: erstens wegen der Entscheidung, hier zu graben. Oder drei Meter weiter. Zweitens, weil durch irgendeine Fügung der Geschichte gerade hier unten etwas liegt. Oder drei Meter weiter.

Nach dem Zeichnen beschließt Erika, fünf Zentimeter tiefer zu gehen. Sie sticht eben mit der kleinen Handschaufel in den Boden, da erblickt sie am Grubenrand schon wieder Beine. Diesmal sind es Männer mit dunklen Hosen und weißen Socken und Frauen mit weißen Strümpfen. Sie schaut auf. Männer mit Bäuchen im Sakko, Frauen mit weiten Röcken. Die Messe ist aus, und die Gemeinde hat sich um die Grube versammelt, mit sauberen Schuhen, und alle schauen zu, wie die Frau aus Wien schwitzend einen Plastikeimer mit Erde voll füllt, ihn dann über den Grabenrand wuchtet, hinaufsteigt, den Eimer im Schubkarren ausleert, hinabsteigt und auf allen vieren weiterschaufelt.

»Und dafür hat sie studiert«, sagt jemand. Die Gemeinde zerstreut sich zum Frühschoppen.

In der Nacht, anstatt zu schlafen, denkt Erika über das nach, was Maria geredet hat: Die Anneliese – die ist auch noch nicht verheiratet – dabei, so hässlich ist die gar nicht.

Als müsste man eine Familie haben.

Ich kann auch so glücklich sein, sagt sich Erika.

Sein Leben ja nicht auf andere aufbauen! Der Mann, für den man jeden Tag kocht, der seine Arbeit im Kopf hat und sein eigenes Leben und der einmal wöchentlich, wenn man Glück hat, den ehelichen Pflichten nachkommt. Das Kind, das man unter Qualen hervorbringt, das man großzieht, so lange, bis es einen nicht mehr versteht.

Erika bekommt Schüttelfrost. Sie verlässt die Baracke und geht hinaus in die klare Nacht.

»Ich brauche das alles nicht, um glücklich sein«, sagt sie zu den Bäumen.

Am Kieselweg trifft sie die Katze mit dem weißen und dem kaputten Ohr. Die Wunde ist aufgerissen und eitrig. Erika holt die Hausapotheke, und diesmal hat sie sogar für Katzenfutter gesorgt. Sie setzt sich zur Katze. Die läuft nicht weg und lässt sich sogar streicheln. Erika öffnet die Dose, leert das Fleisch in eine Schüssel, die Katze frisst. Sie ist ausgezehrt, die Rippen zeichnen sich am Fell ab.

Erika hält die Katze am Nacken, säubert die Wunde mit einem Tuch und träufelt Desinfektionsmittel auf das Ohr. Die Katze kratzt nicht, sie wehrt sich nicht. Dabei muss es wehtun.

»Wir beide sind Schlimmeres gewohnt, gell?«, sagt Erika.

Sie beschließt, die Katze Schliemann zu nennen.

Ab Montag arbeiten Erika, Sabine und Alexander unten im Quadranten. In einer Tiefe von zwei Metern kratzt Erikas Kelle über etwas Hartes. Ein flaches Knochenstück? Es steckt fest. Sie schabt vorsichtig etwas Erde fort, dann macht sie mit dem Pinsel weiter. Das ist doch ein ... ja, da, die Schläfenpartie, der Kiefer ... der Schädel liegt auf der rechten Seite ...

Für einen Moment spürt sie eine Ruhe wie nach dem Sturm,

wenn die Blätter zu Boden gleiten und sich die Grashalme aufrichten. Sie hockt eine Weile still vor dem Fund. Diese Grube stammt eindeutig aus der Urnenfelderkultur, und dennoch liegt hier ein menschliches Skelett ... ja, kann es denn sein, dass das Schicksal gnädig zu Erika ist?

... und da hat Alexander auch schon ein Schulterblatt freigelegt!

Dann ihr schneller Blick auf die Uhr. Viereinhalb Tage noch. Weitermachen. Die Sonne brennt senkrecht in den Quadranten herein – die Erde schwitzt ihre Feuchtigkeit aus.

Nach Mittag löst sich ein angenehmer Schatten von der Westkante; zuerst verdunkelt sich nur die Wand selbst, dann wächst die dunkle Fläche über das Planum und schiebt sich über die Rippenknochen, die aus dem Boden ragen.

Das zweite Skelett kommt zum Vorschein, als der Schatten das Planum in eine heiße, helle und eine angenehme, dunkle Hälfte trennt. Später wird Erika den Fund als »Kirchwald zwei« ins Grabungsjournal eintragen. Die Füße stecken noch in der Lösswand. Erika schabt eine kleine Höhle, um zu den Zehen vorzudringen.

Der Schatten erreicht die gegenüberliegende Wand, steigt hinauf, zuerst zäh, dann so zügig, dass man die Bewegung wahrnehmen kann.

»Wo rennen Sie hin?«, ruft Erika Sabine zu, die über die Leiter aus der Grube steigt. »Hierbleiben! Wir sind noch nicht fertig!«

»Ich habe heute neun Stunden gearbeitet ...«, sagt Sabine vom Grubenrand, erschlägt mit einer trägen Bewegung eine Gelse am Nacken.

»Und?«

»Ich ... ich kann nicht mehr ...«, flüstert Sabine und geht weg. Alexander folgt ihr wortlos.

Erika ist jetzt alleine, sie hat sich immer alleine gefühlt in diesem Leben, also kein Grund, sich Gedanken zu machen! Weiterarbeiten. Sie präpariert einen Unterschenkel. Sie muss darauf achten, dass unter jedem Knochen ein Sockel aus Erde erhalten bleibt, zum Abstützen in der Originallage.

Schatten gibt es längst keine mehr, das Schauen wird anstrengender. Beim Schenkel entdeckt sie ein Gefäß, eine Grabbeigabe vielleicht, in seiner Form noch erhalten, nur oben am Rand zerbrochen. Sie pinselt die Umrisse frei, damit man es einmessen, fotografieren und zeichnen kann. Es scheint eine poröse Keramik zu sein – schlechte Qualität. Die Kirchwalder waren zwar gute Händler, aber miserable Handwerker. Weil die rechte Hand zittrig ist, braucht sie die linke zum Abstützen.

Erika fühlt sich leer, als hätte man ihr den Verstand herausgekratzt und dann die Innenwand ihres Schädels sauber gepinselt. Keine Gedanken mehr übrig. Die Hände wollen weiterschaben, glätten, pinseln, schaufeln, wie automatisch, denn seit vierzehn Stunden haben sie nichts anderes getan.

Sie beobachtet sich bei ihrer mechanischen Tätigkeit, teilnahmslos, übrig nur mehr die zufällige Tatsache, dass sie in diesem Körper steckt, der Erika heißt. Sie sieht, wie sich diese Erika über ein Gefäß beugt, ohne im Dämmerlicht etwas erkennen zu können. Und sie bemerkt, was die mechanisch arbeitende Erika nicht wahrgenommen hat, denn die macht weiter, als wäre es wirklich nur ein Keramikgefäß. Dabei handelt es sich um etwas viel Zerbrechlicheres. Das braucht viel mehr Vorsicht, aber Erika lässt sich nicht mehr von Gedanken steuern.

Sie schreit sich an: »Hör auf, um Gottes Willen!«

Das ist ein eingebrochener Kinderschädel.

»Hör auf, sonst machst du noch etwas kaputt! Du siehst ja nichts mehr!«, brüllt sie.

Erika steigt die Leiter hinauf. Oben geht ein leichter Wind. Oben gibt es Gras und Bäume und eine vorbeihuschende Katze und sogar noch einen Rest vom Abendrot. Eine ganz andere Welt ist das hier oben.

Schliemann taucht aus dem Gebüsch auf und begleitet Erika.

»Ich muss nachdenken«, spricht sie zu ihm.

Sein Miauen klingt wie das Brabbeln eines Säuglings.

Der Kirchturm sieht aus wie ein schwarzer Scherenschnitt vor dem roten Schimmer am Westhimmel, so dunkel, so zweidimensional. Bei der Baracke flackern die Schatten eines Lagerfeuers, Studenten sitzen herum und starren in die Flammen. »Bald ist es vorbei«, sagt einer.

Erika geht hinein. In der Küche stellt sie sich ans Fenster, ein Student nach dem anderen steht schattenhaft vom Feuerplatz auf und verschwindet in einem Zelt.

Erika nimmt einen Brotlaib, Alexander hat gesagt: »Man soll jeden Tag etwas essen.« Also greift sie nach einem Messer, die Klinge quetscht die Rinde, schneidet aber nicht. Erika sticht zu, köpft das Randstück. Das Brot fühlt sich wie Haut an, wie alte, dicke Haut, vielleicht ist das ein Wasserbeutel aus Schweinsleder. Die braune Verfüllung ist weich und mit Poren durchsetzt. Erika streicht mit dem Finger darüber.

Erika, du musst nachdenken.

Wie soll es weitergehen? Fotografieren und zeichnen, dann Knochen für Knochen nummerieren und in eine Fundkiste werfen? Das ist doch nicht das sechsundvierzigste und siebenundvierzigste Skelett aus einem Gräberfeld!

Das ist eine Sonderbestattung, und die muss man in situ bergen. Damit die exakte Lage der Skelette erhalten bleibt. Die Knochen mit Draht befestigen, um ganze Skelettteile auf einmal zu heben. Die kleinen Fußknochen, die würde Erika mit Silikon fixieren. Vor allem muss genau vermessen werden, damit eine originalgetreue Aufstellung möglich ist.

Erika legt das lederne Brot zur Seite, geht in ihr Zimmer. War da nicht ein Artikel über eine ähnliche Bergung? Sie setzt sich auf das Bett und blättert in ihren Zeitschriften.

Als sie wieder zu sich kommt, brennt vor der Baracke kein Feuer mehr. Die Vögel kündigen die Dämmerung an. Erika springt auf, stürzt hinaus zu Alexanders Zelt. Zieht den Reißverschluss herunter; nur sein Haar schaut aus dem Schlafsack.

»Herr Sehmann! Wachen Sie auf! Wir müssen die Skelette bewachen! Rund um die Uhr!«

Der Haarschopf schüttelt sich und gibt das Gesicht frei. »Dafür bin ich nicht in Stimmung.«

Er dreht sich um. Erika rüttelt ihn, Alexander richtet sich auf und zischt: »Es steht doch keiner um vier Uhr in der Früh auf, um Ihre Schädel zu stehlen!«

Erika geht zum ledernen Brot, nimmt das Randstück und schmiert Marmelade drauf. Sie legt es auf den Küchentisch. Erika, du musst nachdenken.

Dann presst sie das Randstück auf den Rest vom Laib, die überquellende Marmelade entfernt sie mit dem Finger. Die Schnittstelle ist kaum noch zu sehen. Erika ist nicht zufrieden mit der Rekonstruktion; Leim würde dauerhafter halten. Sie steht auf, um ihn zu holen. Dann fällt ihr ein, was wichtiger ist.

Sie ruft ihren Chef Professor Grohmann an. Eine vierstellige Nummer mit fünfstelliger Vorwahl, irgendwo im frühbronzezeitlichen Waldviertel. Das Telefon läutet. Erika stellt sich vor, wie es im Planum eines Quadranten steckt, ein altes Gerät, schwarz lackiert. Der Professor pinselt eben die Wählscheibe mit dem Pinsel frei, da hört auch er das Läuten. Doch er kann den Hörer nicht so einfach hochheben, weil die Schnur vom Hörer noch in der Erde festsitzt. Darum muss sich der Professor mühsam auf den Boden legen mit seinem dicken Bauch. Deshalb dauert alles so lange, bis er endlich abhebt: »Hallo?«

Erika legt auf, weil ihr einfällt, sie könnte den Professor aufgeweckt haben. Sie will nicht, dass er böse ist. Sie will das Frühstück abwarten, auch wenn es schwer fällt.

Was mache ich in der Zwischenzeit? Sie will nach den Skeletten sehen und wird am Weg von der Sonne überrascht. Der Dunst weicht die Konturen auf; über den Auen schweben hauchzarte, helle Schleier, die Bergkette am Horizont ist nur wahrnehmbar, wenn man weiß, dass es sie gibt.

Als die Studenten endlich aus ihren Zelten gekrochen sind und beim Frühstück sitzen, sagt Erika: »Gestern haben wir einen bedeutenden Fund gemacht. Dank euch!«

Die Studenten lächeln ermattet.

»Was für eine Sensation diese Sonderbestattung darstellt, brauche ich Ihnen als Experten für Urnenfelderkultur gar nicht zu sagen!«

»Das feiern wir jetzt«, sagt Patricia.

»Bier her, für mein Müsli!«, ruft einer.

Erika macht eine beschwichtigende Handbewegung. »Noch ist es nicht geschafft! Wir müssen hart weiterarbeiten. Und wir müssen unseren Fund bewachen.«

»Frau Doktor?«, fragt Alexander. »Von welcher Bewaffnung der Eingeborenen müssen wir ausgehen? Giftpfeile? Keulen?«

Erika hält einen Zettel in die Höhe. »Das ist Ihr Plan für die Nachtwache. Immer paarweise. Und nicht einschlafen, ich werde das kontrollieren.«

Sie befestigt den Zettel mit einem Magneten am Kühlschrank. Dann gießt sich Erika den dritten Kaffee ein und telefoniert nochmals ins Waldviertel.

»Sehr schön«, sagt Professor Grohmann, als Erika detailliert den Fund geschildert hat. Er klingt müde.

Dann ist Stille. Fragt er mich nicht, wie ich vorgehen will? Was mit dem Fund geschehen soll?

»Ich will in situ bergen«, sagt sie. Nur nicht die Knochen einzeln ausgraben und in Kisten verrotten lassen, sondern die Skelette in ihrer momentanen Lage als Ganzes bergen und konservieren.

»Sehr schön«, sagt er, und nach langen Sekunden fügt er an: »Das können Sie sich leisten?«

Erika schüttelt den Kopf, aber das kann Grohmann nicht hören, also sagt sie: »Ich brauche Ihre Unterstützung. Mir fehlen erfahrene Leute, ich hab nur zweitsemestrige Studenten. Die haben noch nie einen richtigen Fund gesehen, geschweige denn ein Skelett als Ganzes geborgen. Abgesehen davon fehlt uns das Material für das Präparieren. Wir haben nicht einmal ein Zelt, um den Quadranten abzudecken!«

Erika lauscht dem Rauschen im Hörer. Klingt schlimm, wie

Regen. Nach einer Weile redet sie weiter: »Herr Professor, das ist die Sensation, die wir seit letztem Jahr gesucht haben!«

»Verstehen Sie mich nicht falsch«, antwortet er. »Ich würde Ihnen gerne helfen, aber ich weiß selbst nicht, woher ich die Mittel nehmen soll, um das voranzutreiben.«

Der Professor redet schneller. Er scheint erwacht zu sein. »Wir haben schon vierundsechzig Gräber exhumiert, und die Prospektion hat ergeben, dass da noch weitere hundert sind. Im September kommen die Bagger, ich kämpfe verbissen um jeden Tag Aufschub. Warum wollen Sie überhaupt in situ bergen?«

»Weil der Fund so einzigartig ist, dass er in ein Museum gehört.«

»Und? Haben Sie schon eines, das Ihre Skelette braucht?«

Erika schüttelt den Kopf.

»Ich wünsche Ihnen viel Glück«, sagt der Professor schließlich.

Erika steht neben dem Telefon, lässt den Hörer sinken, dann die Schultern und zum Schluss den Kopf.

An diesem Tag entdeckt Erika zwei weitere Skelette.

Am nächsten Morgen – es ist schon Mittwoch! – findet Erika den letzten Toten und gibt ihm die Nummer sechs. Als Sabine dieses Skelett sieht, kreischt sie: »Alexander! Schnell! Komm her!« Alexander steigt herab in die Grube, und Sabine, die den Blick nicht von Kirchwald sechs lösen kann, sucht Schutz in seiner Umarmung. Sie wischt sich die Wange trocken und flüstert: »... so schrecklich!«

Angelockt von Sabines Kreischen, kommen nach und nach die anderen Studenten. Erika hört ihre Stimmen, doch das Reden verstummt, sobald sie am Grubenrand stehen.

Es ist still.

Nach einer Weile flüstert Sabine: »Vielleicht sollte jetzt jemand etwas sagen.«

Erika hockt sich in die Ecke, weil ihr übel wird.

»Meine Damen und Herren, Sie wollen doch Archäologinnen und Archäologen werden?«, fragt Erika am Freitag nach dem Frühstück. Es ist der letzte Tag, und die Stimmung der Studenten ist ausgelassen gewesen, bis Erika das Wort ergriffen hat.

»Sie wissen, dass die Welt nicht auf Sie wartet. Weil es zu viele Arbeit suchende Archäologen auf der Welt gibt. Darum brauchen Sie einen guten Ruf. Was macht den guten Ruf aus?«

Schweigen.

»Einsatzbereitschaft! Wir haben eine Sensation entdeckt. Die müssen wir sichern. Dazu brauche ich Sie. Darum bitte ich Sie: Bleiben Sie noch eine weitere Woche in Kirchwald! Wer macht mit?«

Die Studenten senken die Köpfe, um Erikas Blicken auszuweichen. Nur Alexander starrt sie an.

»Wer mich heute im Stich lässt«, ruft Erika, »der bekommt auf der Universität kein Stipendium, keine Anstellung und kommt auf die schwarze Liste. Wer bleibt, der bekommt einen Einser.«

Raunen in der Studentengruppe. Gestikulieren. Sabine weint: »Aber ich muss nach Hause! Ich fliege am Sonntag in die USA ...« Jemand ruft: »Das ist ja wie im Arbeitslager!«

Erika weicht in die Baracke aus, Alexander folgt ihr. »Das ist Nötigung!«, zischt er.

Erika schüttelt den Kopf. »Ich kann doch nicht einfach das Loch zuschütten und aufs nächste Jahr warten!«

»So können Sie die Leute nicht behandeln.«

»Alexander Sehmann«, sagt sie mit sich überschlagender Stimme, »Sie begreifen nicht, worum es geht!«

»Natürlich, es geht um alte Knochen.«

Erika schnappt nach Luft.

Er kommt ihr nahe, sie spürt seinen Atem im Gesicht, als er flüstert: »Wenn Ihre Drohungen bekannt werden, dann kriegen Sie Schwierigkeiten mit der Disziplinarkommission. Aber das lasse ich nicht zu. Sie sind kein böser Mensch. Also: Ich biete an, dass Patricia und ich noch eine Woche bleiben. Dafür dürfen die anderen heim.«

Die Studenten raffen ihre Sachen zusammen, eilig zerlegen sie die Zelte. Still putzen sie die Küche, wozu sie von Erika noch gezwungen wurden. Keiner verabschiedet sich von ihr. Sabine umarmt Alexander, stellt sich auf die Zehenspitzen, um ihn zu küssen, und sagt: »Wir rufen uns zusammen, gell? Das tun wir doch, nicht wahr?«

Als die Autos fort sind, beobachtet Erika Alexander und Patricia: Er lässt seine Hand ihren Rücken entlang nach unten gleiten.

Erika hat ein wenig Zeit gewonnen. Das ist alles. Jetzt muss sie sich etwas einfallen lassen. Das ganze Wochenende, beim Vermessen, Zeichnen und Fotografieren denkt sie über eine Lösung nach. Die findet sie schließlich in der Zeitung, die Alexander am Sonntag aus dem Zeitungsständer unten im Dorf gestohlen hat. Am Montag fährt Erika deshalb nach Wien.

»Herr Professor Kojic?« Erika öffnet die Türe zum kleinen Büro im Naturhistorischen Museum. Heiß ist es hier oben, knapp unterhalb vom Dach, abseits vom Prunk und der Großzügigkeit der monarchistischen Schausäle. Wendeltreppen führen herauf, und um zur Anthropologie zu gelangen, musste sie durch einen Gang, wo in deckenhohen Schaukästen Schädel aufbewahrt werden. Sie sind durchnummeriert, von eins bis zwölftausendsiebenhundertsechsundsiebzig. Dabei auch eine Plakette mit dem Fundort. »Polen« steht da, oder »Tschechoslowakei«.

»Sie wünschen?«, fragt der alte Mann im weißen Kittel, den Erika in seinem Büro besucht. Sein schütteres Haar ist strähnig nach hinten gekämmt. Mit traurigen Dackelaugen sieht er Erika an. »Sie sind keine Journalistin, oder?«

Erika verneint.

»Ein Glück«, sagt er.

Erika stellt sich vor und erwähnt sofort, dass sie seinen Artikel über verwandtschaftsdiagnostische Untersuchungen an Skeletten gelesen hat.

Der Professor lächelt, eine fettige Haarsträhne hängt ihm über das Ohr. Er bietet Erika einen Stuhl an. Das Zimmer hat gerade Platz für einen Schreibtisch, zwei Stühle und ein Regal mit Büchern. Ein sterbender Ficus. Das Fenster gekippt, ein gescheiterter Versuch, die Hitze zu mildern.

Der Professor, der bemerkt, wie sich Erika umschaut, sagt: »Ja, sehen Sie, wohin sie mich verbannt haben! Obwohl ich dem Anthropologie-Institut dreißig Jahre meines Lebens gewidmet habe!«

»Ich glaube, ich kann Ihnen helfen«, sagt sie.

»Wenn die Reputation kaputt ist, was soll man dann noch tun?«, fährt er fort, mit gesenktem Kopf, als hätte Erika nichts gesagt. »Solche Attacken, die hält doch keiner aus! Dabei bin ich seit drei Jahren emeritiert, ich bin ein alter Mann, und jetzt haben sie mir sogar verboten, das Briefpapier vom Institut zu verwenden. Haben Sie das gewusst?«

Natürlich. Stand alles in der Zeitung.

»Ich biete Ihnen an, wieder wissenschaftlich zu arbeiten«, sagt Erika.

Der Professor hebt erstaunt den Kopf: »Und wie, Frau Doktor, wollen Sie das bewerkstelligen? Die lassen mich ja nicht einmal mehr zu meinen Schädeln, weil sie sagen, einige würden aus Treblinka stammen.«

Sie legt die Fotos auf den Tisch. Der Professor beugt sich darüber.

»Wo?«, fragt er.

»Kirchwald.«

»Urnenfelderkultur?«

Erika redet davon, dass man erstmals den Menschen der Urnenfelderzeit rekonstruieren kann, seine Statur, seine Krankheiten, seine Kleidung. Doch da hat sie schon die Aufmerksamkeit des Professors verloren, denn er starrt auf die Großaufnahme von Kirchwald sechs. Der Lärm der Ringstraße dringt durch das Fenster. Der Professor erhebt sich, geht auf und ab. »Dieses Kind ... sagen Sie, ist es schreiend gestorben?«

Er setzt sich, seine Augen sind auf einmal lebendig.

»Was brauchen Sie?«, fragt er.

»Leute. Material. Sofort. Die Bergung wird aufwändig.«

»Natürlich, die muss man in situ konservieren ... und die Skelette, die krieg ich doch?«

»Wenn sie einen Platz im Naturhistorischen Museum bekommen.«

Der Professor lächelt.

Zurück in Kirchwald, geht Erika zuerst zu Minus B Minus 11. Erzürnt stellt sie fest, dass dort niemand aufpasst. Sie marschiert zur Baracke, und in der Küche findet sie Alexander, Patricia und Schliemann. Die drei essen dasselbe undefinierbare Reisgericht: die Menschen am Tisch, die Katze unter dem Tisch.

Erika faucht ihn an: »Der Quadrant darf nie alleine gelassen werden!«

»Ich hab schon am Vormittag drei Bauern enthauptet, die zu nahe gekommen sind. Jetzt traut sich eh keiner mehr hin.«

»Waren Sie erfolgreich?«, fragt Patricia.

»Ja! Professor Kojic wird uns unterstützen.«

Alexander verschluckt sich.

Er hustet, dann fragt er: »Wie kann der uns helfen?«

»Er ist ein fähiger Anthropologe für urgeschichtliche Funde. Nur als Gerichtsgutachter hat er keinen guten Ruf«, entgegnet sie.

Erika hat gelesen, dass Kojic Schwarzafrikaner vermisst, um ihr Alter festzustellen. Sind sie unter neunzehn Jahren, dann kommt das mildere Jugendstrafrecht zur Anwendung.

»Beim Professor wird jeder Schwarze schnell zum Erwachsenen!«, sagt Alexander. »Für ihn ist die Überfremdung die größte Bedrohung Deutsch-Österreichs. Er sagt, dass die Einwanderung gestoppt werden muss, weil sonst die Blonden aussterben.«

Er schaut Patricia an. Ihr dunkler Haaransatz ist schon daumenbreit.

Alexander fährt fort: »Und er ist Mitglied beim Corps Recordatio.«

»Na und? Professor Grohmann ist auch dabei«, sagt Erika, obwohl sie es gar nicht nötig hat, sich zu rechtfertigen – sie ist Archäologin, was geht sie die Zeitgeschichte an?

Da läutet das Telefon. Professor Grohmann ist am Apparat. Er habe Details über die Kirchwalder Sensation erfahren. Vor allem über das sechste Skelett. Weil ihm viel am Kirchwalder Projekt liege und weil es seine Art sei, prompt zu helfen, kündigt er zwei Universitätsassistenten an. »Ich werde die Bergung persönlich vorantreiben!«

»Woher wissen Sie von dem Kind?«, fragt Erika.

»Übermorgen kommt Kojic vorbei und bringt unsere Ministerin und ein paar Journalisten mit. Bereiten Sie sich vor. Und noch etwas, Frau Zeitlinger«, sagt Grohmann. »Ich freue mich schon auf Ihre Veröffentlichungen.«

... weil er dann als Zweitautor genannt wird, denkt Erika. Sie sagt ein paar Verabschiedungsworte, der Hörer kommt ihr schwer vor, darum braucht sie beide Hände, um ihn zurück auf die Gabel zu legen. Sie betrachtet ihre Finger, trocken und rissig die Haut, Dreck unter den Nägeln, und immer noch lastet Gewicht an diesen den Händen. Wie schwer ist es ihr doch gefallen, in Grohmanns Institut zu wechseln. Dabei wäre sie so gerne bei ihrem Mentor geblieben, Professor Fritz Felgenhauer. Bei ihm hat sie ihre Lehrgrabungen absolviert, in Stillfried an der March, und dort ist sie in späteren Studienjahren an der Bergung von etlichen wichtigen Funden beteiligt gewesen. Sie setzt sich in die Küche, lässt die schweren Hände auf dem Tisch ausruhen und braucht ein paar Minuten lang Gedanken an eine andere Zeit. Dieses Stillfried ist Kirchwald topologisch recht ähnlich, und dennoch hat sie sich dort wohl gefühlt. Wegen der Leute. Ja, es sind die Menschen, die einen Ort erträglich machen! In Stillfried haben sie gerne mit Erika gesprochen. Und einmal ist sie sogar ins Gasthaus eingeladen worden. Sie überlegt: wenn sie dort zur Welt gekommen wäre? Was hätte sie sich alles erspart? Sie nimmt ein Küchenmesser und versucht, ihre Fingernägel sauber zu bekommen. Mit Professor Felgenhauer hat sie sich auf eine angenehme, wortlose Art verstanden. Und er hat sie sich für sie eingesetzt! Ihr Lektorat zum Beispiel. Sie durfte sogar eine Lehrveranstaltung leiten, obwohl sie noch gar keine Doktorin gewesen ist. In der Studienkommission hat es Widerstand gegeben, insbesondere Professor Grohmann ist dagegen gewesen. Aber Professor Felgenhauer hat sich mit taktischem Geschick durchgesetzt. Leider hat es in seinem Institut keine freie Assistentenstelle gegeben, als Erika promoviert hat. Und sie hat das Geld dringend gebraucht.

Nach Sonnenuntergang geht Erika zu Minus B Minus 11. Sie schaltet die Taschenlampe ein: Ein heller Fleck, umgeben vom matten Lichtschleier, schiebt sich über den Boden und gleitet über die Sträucher und über den Erdhaufen, der wie ein riesiger Maulwurfshügel aussieht.

Das Loch scheint unendlich tief zu sein, die Nacht lässt keinen Grund erkennen. Erika hebt die Lampe, das Dunkel taucht ab, aber noch immer ist kein Ende abzusehen. Erika hängt sich die Taschenlampe um den Hals, steigt die Leiter hinab, bei jedem Schritt schlägt das Metallgehäuse gegen die Aluminiumsprossen. Hoffentlich mache ich nicht zu viel Lärm – aber wen kann ich denn schon wecken?

Ein Toter liegt auf dem Rücken, die Beine angewinkelt, die Brust zerfallen, der Schädel disloziert – muss bei der Verwesung weggerollt sein. An den Überaugenwülsten und der flachen Stirn erkennt man leicht: Das ist ein Mann. Erika hat ihn Kirchwald eins genannt. Als hätte er nie einen Namen gehabt.

Erika schwenkt das Licht zu seinen Füßen, zum Kinderskelett Kirchwald fünf, das zusammengekauert daliegt, wie gelähmt von Krämpfen. Der zarte Schädelknochen ist eingebrochen, vom Druck der Grubenverfüllung. Im Gegensatz dazu die Kinder Kirchwald drei und vier: die kurzen Beine zum bizarren Spagat gespreizt, die Arme zur Seite gestreckt; sie liegen so da, wie man sie vor tausenden Jahren in die Grube geschleudert hat.

Erika schiebt den hellen Fleck der Taschenlampe in das Gesicht der Frau. Die Schatten ziehen sich aus den Augenhöhlen zurück, kommen aber wieder, wenn Erika die Lampe weiterschwenkt. Die Tote ruht auf der rechten Seite, die Beine angewinkelt. Ihre Rippen ragen unversehrt aus der Erde, als hätte sie erst vorhin ihr Fleischkleid abgelegt. Sie blickt an sich herab zu dem Kind.

Das ist ihr Kind.

Erika braucht kein anthropologisches Gutachten, um das zu wissen, denn so klammert sich ein Kind nur an seine Mutter, und so umarmt nur eine Mutter ihr sterbendes Kind, drückt seinen Kopf beschützend an ihre Brust.

Erika legt sich daneben auf den Boden, berührt mit der Hand die Stirn der Frau.

Schreckliche Stunden waren das. Die eigene Familie sterben zu sehen.

Der Boden ist mit nächtlicher Nässe vollgesogen, sie durchdringt Erikas Jeans und Bluse. Obwohl Erika die Lampe ruhig hält, bewegen sich die Schatten. Ein wenig nur, denn noch stecken die Skelette zu fest in der Erde, die sie seit Jahrtausenden gefangen hält. Doch für Erika deutlich genug: Das Kind drückt sich fester an die Mutter, die Frau hebt den Kopf, um nach den anderen zu sehen. Sie weiß, dass ihre Seelen in dieser Grube gefangen bleiben. Bis in alle Ewigkeiten. Man verweigert ihnen das Feuer, das die Hülle verbrennt und die Seele freigibt für den Weg ins Jenseits.

Erika zieht die Hand zurück, und sie berührt die eigene Stirne, die ist auch staubig und feucht. In ihrem Kopf macht sich eine Angst breit, die so stark ist, dass sie die Jahrtausende überdauern konnte, und die so bedrohlich ist, als stammte sie von eigenen Erlebnissen. Meine Kinder. Sie wollen meine Kinder töten.

Als Erika aus der Grube steigt, hat alles eine andere Bedeutung bekommen.

Familientragödie vor 3000 Jahren – Sensationsfund im Weinviertel

Kirchwald (red.) – Wissenschaftsministerin Hertha Firnberg besuchte gestern die Kirchwalder Ausgrabungen. In dem Dorf an der tschechoslowakischen Grenze sind Archäologen einer dreitausend Jahre alten Tragödie auf die Spur gekommen: Sie haben in einer bronzezeitlichen Grube die Skelette einer sechsköpfigen Familie freigelegt, die womöglich einem Verbrechen zum Opfer gefallen ist. Ob die Familie lebend in die Grube geworfen wurde, wollte Professor Franz Grohmann zwar nicht beantworten (»Die Leichen waren noch nicht am Seziertisch«), doch die Grabungsleiterin Erika Zeitlinger verwies auf ein erschütterndes Detail: Ein sterbendes Kind klammert sich an seine Mutter.

Der Fund stelle, so der Anthropologe Professor Siegfried Kojic, eine wissenschaftliche Sensation dar: »Damals wurden Tote meist verbrannt, endlich haben wir Skelette.« Eine ganze Epoche sei dem Dunkel entrissen, endlich könne man sich ein Bild der Menschen und ihrer Lebensumstände machen. Moderne Methoden werden sogar Aufschluss über Ernährungsgewohnheiten und Krankheiten geben.

Ob die Tragödie aufgeklärt werden kann, ist für Professor Grohmann eine Frage der Geldmittel. Noch vor Ort sagte Firnberg finanzielle Unterstützung zu, um die Bergung durchführen zu können. Die Skelette sollen nach der wissenschaftlichen Freigabe im Wiener Naturhistorischen Museum ausgestellt werden.

1982

Es ist wieder August. Erika sitzt im Zug nach Kirchwald und lehnt den Kopf gegen die Fensterscheibe. Sie beobachtet die Leitungsmasten, die neben den Schienen wachen und die Leitungen nach oben drücken. Darüber die Wolkendecke: Zwischen dem undurchdringlichen Grau ziehen sich weiße Schlieren, die etwas von der Sommersonne erahnen lassen. Es ist schwül im Abteil.

Sie schaut auf den Korbkäfig, in dem Schliemann liegt. Die Katze ist ihr letztes Jahr zum Bahnhof gefolgt, als hätte sie gespürt, dass Erika – bepackt mit dem schweren Rucksack – ein Jahr lang nicht wiederkommen würde. Dann ist der Zug eingefahren, die Türe hat sich geöffnet, und Erika hat Schliemann aufgehoben und mitgenommen.

Gestern war Mittwoch, und wie jeden Mittwoch war Erika bei den sechs Toten im Naturhistorischen Museum. Sie haben eine Vitrine bekommen, eingelassen im Boden von Saal XIII. Eine Schulklasse versammelte sich ringsum, und eine Führerin erzählte die Geschichte. Vier Minuten lang. Für vier tote Kinder und ihre Eltern. Dann zogen die Kinder in Saal XIV weiter, sie waren unruhig, und Dinosaurier waren ohnehin interessanter, weil sie größer waren, und erst die Zähne vom Tyrannosaurus Rex, der schaut richtig böse aus, aber warum hat er nur Stummelarme …

Das Freilegen und Bergen der Skelette hatte zwei Wochen gedauert. Professor Kojic schaffte Präparatoren herbei, Grohmann beorderte seine Assistenten nach Kirchwald. Zuerst wurde vermessen: Ein quadratischer Metallrahmen mit zwei Meter Seitenlänge und vierzig Zentimeter Höhe wurde in Abständen von zehn Zentimetern mit Schnüren versehen; damit wurden – je nach Fortschritt der Grabung – Höhenmessungen durchgeführt. Als Messpunkte wählte Erika für jeden Knochen seinen höchsten und tiefsten Punkt und – wenn nötig – weitere genau definierbare Stellen, zum Beispiel am Unterkiefer, an der Schnittstelle der Kranz- und der Pfeilnaht am Schädel oder an der Kniescheibe. Erika hatte fast tausend solcher Messpunkte festgehalten. Nach dem Freilegen und Reinigen der Skelette mit Kratzern und Pinseln wurden ganze Skelettteile mit klebstoffgetränkten Streifen fixiert, mit vier Millimeter dickem Eisendraht gestützt und als Ganzes geborgen. Knochenarbeit.

Zur Präsentation der Skelette gab es ein Buffet, die Plexiglaskuppel war mit einem weißen Tuch zugedeckt, die Wissenschaftsministerin war gekommen, eine kleine, alte Frau, und mit ihr ein Dutzend Journalisten. Zuerst betrat Professor Grohmann das Podium und beschrieb Kirchwald als Handelsmetropole mit zehntausend Einwohnern, für damalige Verhältnisse eine Großstadt. Er nannte Kirchwald das Berlin des Weinviertels. Er sprach von einer kriegerischen Epoche, die für Kirchwald in einer Katastrophe endete: Die Wallburg wurde niedergebrannt.

Dann hatte Professor Kojic seinen Auftritt. Seine Augen hatten alle Traurigkeit verloren, mit Hingabe fasste er sein anthropologisches Gutachten zusammen: »Wir haben es hier mit einer erstaunlichen Familie zu tun. Die Frau ist beachtliche fünfundvierzig Jahre alt, und das jüngste Kind ist drei. Sie hat also mit über vierzig noch eine Geburt gehabt. Und das in einer Zeit, wo kaum jemand älter als dreißig wurde. Und dann der Mann: Er ist fünfzehn Jahre jünger als die Frau! Ob dieser enorme Altersunterschied mit dem Tod der Familie zu tun hat, wird die Archäologie aufklären.«

Kojic warf einen spitzbübischen Blick zu Professor Grohmann, dann redete er vom Gesundheitszustand der sechs: »Sechzehn Prozent ihrer Zähne sind von Karies befallen. Das ist viel besser als heute, wo wir im Durchschnitt – Zucker sei Dank! – den hundert Prozent nahe kommen.«

Der Emeritus mit den strähnigen Haaren wirkte glücklich. Das Wintersemester hindurch hatte er viel gearbeitet, er hatte fast so viel Zeit bei den Skeletten verbracht wie Erika. Vor der Eröffnungsfeier hatte er Erika erklärt: »Ich bin wieder daheim.«

Mit Freude berichtete er vom Wurmbefall der Kinder: »Haarrislinien, meine Damen und Herren, sind Verkalkungen im Knochen, ein Zeichen, dass der Körper das Wachstum zu Gunsten der Krankheitsabwehr zurückstellt. Wegen des hervorragenden Zahnstatus können wir sagen: Die Kinder waren gesund, also bleiben Parasiten die einzige Erklärung.«

Er machte eine Pause, und bevor er auf die Todesursache zu sprechen kam, fragte er die stille Journalistenrunde: »Haben Sie Fragen?«

Da stand eine Reporterin auf und sagte: »Halten Sie die Überfremdung immer noch für die größte Bedrohung Deutsch-Österreichs?«

Der Zug hat die Auen erreicht, die Bahntrasse verläuft nun neben dem Fluss nach Norden. Felder stehen unter Wasser, Baumstämme ragen aus schwarzen, glänzenden Tümpeln. Die Überschwemmung war heuer so stark, dass die Nordbahn kurzzeitig gesperrt war. Erika kaut an einem Knäckebrot und denkt, es muss Liebe gewesen sein. Was außer Liebe bringt einen jungen Mann von unter dreißig dazu, eine Frau zu haben, die seine Mutter sein könnte?

Versuchen wir einen Gegenbeweis! Nehmen wir an, es war nur die Vernunftehe einer Fürstentochter. Die Familie kam aus der Oberschicht, zweifellos, denn sie alle waren gut genährt und gekleidet, das hat Erika nachgewiesen. Ein alter Herrscher möchte zum Beispiel seine Dynastie erhalten, und weil der Thronfolger tot oder unfruchtbar ist, muss die Tochter heiraten.

Fünfunddreißig Jahre ist sie schon, und da alle altersmäßig passenden Männer der Adelsschicht vergeben sind, bleibt nur besagter junger Mann übrig. Seine Pflicht: einen Thronfolger zu zeugen. Erst das zweite Kind ist ein Sohn. Damit ist seine Aufgabe beendet, er, der durch Heirat und Zeugung eine beachtliche soziale Stellung in der Siedlung erlangt hat, könnte sich junge Frauen nehmen. Aber nein! Zwei weitere Kinder gibt es. Also Liebe. Quod erat demonstrandum. So wollte es Erika in ihrer Habilitation schreiben, doch Professor Grohmann hat die Augen verdreht und gefragt, ob sie das ernst meine.

Erika blättert in ihrem Manuskript, Kapitel sieben, Schlussfolgerungen, Unterkapitel 7c: »Die sozialen Beziehungen der Verstorbenen«.

Wenn sie doch nur ihren Fund verstehen könnte! Wenn sie irgendwo ins Detail geht, sofort Ungereimtheiten, sofort neue Fragen! Zum Beispiel Kirchwald sechs, der sich an seine Mutter klammert. Er trug Zopfschmuck und Blusenbesatz, Frauenkleidung also, und dann noch dieses Medaillon mit dem weiblichen Fruchtbarkeitssymbol, das an einer zerrissenen Kette aus Bronzeringlein hing. Er war als Mädchen verkleidet, warum das?

Vor dem Fenster die alte Ziegelei mit dem hohen Schornstein und dem Storchennest, gleich kommt die Station, Erika springt auf, das Manuskript in der Hand – diesmal vergesse ich es nicht im Zug! – und schleift den schweren Rucksack durch den Gang. Quietschen, Aussteigen.

Eine Stimme: »Ihre Katze!«

Der Zug rollt weiter, ein Mann hält den Korb mit Schliemann aus dem Fenster. Erika lässt den Rucksack fallen, dann das Manuskript, rennt zum Zugfenster, streckt sich mit beiden Händen nach dem Korb, Schliemann faucht, der Mann lässt den Korb los, Erika hält ihn schon, Gott sei Dank, Schliemann faucht wieder, der Fahrtwind weht Erika Haarsträhnen ins Gesicht.

Und wirbelt die losen Blätter des Manuskripts auf dem Bahnsteig umher: Die einhundertdreiundzwanzig Versionen des

Deckblatts und das Inhaltsverzeichnis und die Seite mit Unterkapitel 7c.

Erika geht zum Kirchberg, sie schleppt Schliemann im Korb durch das Dorf, will ihn jetzt noch nicht herauslassen, er könnte ja fortlaufen. Sie schwitzt, die schwüle Luft ohne Windhauch, als sei der Himmel über dem Dorf mit einer großen Käseglocke abgedichtet. Bei der Baracke öffnet sie den Korb. Schliemann steigt heraus, schaut sich um, dann läuft er fort in das Unterholz. Erika geht in die Küche, ein Sandwich in der Hand, weil man jeden Tag etwas essen sollte. Setzt sich, denkt an Schliemann und fragt sich, was er sich wohl denkt.

Es ist still.

Kein Wort, kein Zuschlagen der Türe, kein zischendes Öffnen von Bierflaschen, kein Kichern.

Erika hört sich beim Kauen zu.

Eineinhalb Wochen später ist jener Montag, für den sich Professor Grohmann angekündigt hat, zu Mittag wird es wohl so weit sein. Erika hat schon am Wochenende einen Quadranten mit Holzpfählen abgesteckt, der ist nur für Grohmann, neben der Baracke, im Schatten, mit Plastikschnur eingezäunt, hier darf nur er parken.

Erika verlässt in der Früh die Baracke und geht hinaus auf das Hügelfeld. Die vierzehn Quadranten sind in zwei Reihen angeordnet. Jeder misst fünf mal fünf Meter, dazwischen jeweils ein Erdsteg, einen Meter breit.

Das ist keine Lehrgrabung, hat sie den Studenten gleich bei der Begehung des Geländes gesagt. Hier wurde nur genommen, wer über Grabungserfahrung verfügte. Und wer nicht den Willen mitbringt, hart zu arbeiten, der kann sich gleich verabschieden. Erika hat eine Liste hochgehalten, »da stehen die Namen von Kommilitoninnen und Kommilitonen, die nur darauf warten, dass ich anrufe und sage: Kommt her, ein Platz ist frei geworden!«

So viele Leute zu koordinieren ohne einen weiteren erfahrenen Archäologen, das ist aufreibend; zu oft stockt die Arbeit bei mehreren Quadranten, weil die Studenten auf Entscheidungen von Erika warten. Aber jetzt kommt Grohmann, er bringt seinen Assistenten Bergmann mit. Das ist genau die Hilfe, die Erika benötigt.

Als sie Alexander Sehmann beobachtet, der gerade das Planum befeuchtet, ertappt sie sich bei einem frevlerischen Gedanken: mit einem Spaten hineinstechen, die nutzlose Erde einfach wegschaufeln, das Mittelalter, die Römer, die Kelten, um ohne Zeitverzug an den bronzezeitlichen Schichten arbeiten zu können. Wie viel schneller könnte der Kirchberg sein Geheimnis preisgeben!

Ja, Alexander Sehmann ist dieses Mal wieder dabei, sein Haarschopf mit einem roten Band zusammengebunden. Als er Erika begrüßt hat, da hat er ihre Hand ergriffen, sie zu sich gezogen, plötzlich hat sie sich in einer Umarmung wiedergefunden – und diese Haare an ihrer Wange.

»Sie schauen ja so mager aus«, hat er gesagt, »essen Sie denn gar nichts mehr?«

Mit dabei ist auch Sabine Novotny, dieses zarte Mädchen, das Erika nur an ihrem Hasenmund wiedererkannt hat, denn ihre langen, roten Haare sind neuerdings nackenkurz geschnitten und schwarz gefärbt. Sie trägt schwarze Kleidung, das lässt ihr Gesicht noch blasser wirken. Der dunkle Stoff, der sich in der prallen Sonne aufheizt – wie hält sie das nur aus? Als sie angekommen ist, ist Alexander zu ihr hingegangen, hat sie begrüßt und sie angelacht.

Sie ist seinen Berührungen ausgewichen und hat gesagt: »Wenn ich gewusst hätte, dass du da bist …«

»Was dann?«

Sie hat mit den Schultern gezuckt.

»Du bist mir ja immer noch böse. Arme, traurige Sabine, trägt nur mehr Schwarz …«, hat er gesagt und hat ihre Wange streicheln wollen.

Sabine hat sich weggedreht und gesagt: »Du hast dich nicht

verändert. Du glaubst noch immer, du bist das Zentrum des Universums.«

»Wenn nicht ich, wer sonst?«

Sie hat Alexander stehen lassen. Er hat lange Zeit mit verschränkten Händen vor seinem Zelt gestanden, bis Erika gekommen ist und gefragt hat: »Wie geht es Patricia?«

»Gut«, hat er gesagt.

»Wo ist sie?«

»In Ephesos.«

Er hat drei Studentinnen beobachtet, die eben angekommen waren, und die ihr Gepäck aus einem kleinen Auto luden.

»Ich bin mir sicher, sie ist in Ephesos«, hat er gesagt.

Ein Student ruft: »Der Kaiser Franz kommt!«

Es ist ein Uhr, und Erika beobachtet, wie sich der alte Volkswagen vom Assistenten Bergmann den Berg heraufmüht, auf dem Beifahrersitz Professor Grohmann. Der Professor fährt niemals selbst mit dem Auto, angeblich, weil man ihm den Führerschein abgenommen hat. Erika redet sich gut zu. Du musst jetzt keine Angst haben.

Bergmann steigt aus und öffnet die Türe für den Professor. Der hält sich beim Aussteigen am Türrahmen fest. Er trägt ein Khaki-Hemd, auf der Brust eine metallene Kette, an der seine Trillerpfeife baumelt. Er hat einen Bauch, der über den Gürtel reicht und die Hose hinunterdrückt. Aber der Professor ist nicht überall dick: Beine und Arme wirken dünn, das Gesicht ist knochig und grau. Seine Haare sind kurz, weiß und dicht. Eine längliche Narbe auf der Wange.

Der Professor sagt: »Grüß Gott, Frau Zeitlinger« und streckt seine Hand her. Assistent Bergmann stellt sich daneben, ihn muss man auch grüßen. Er ist durch und durch mollig, mit breitem Gesicht und breiten Armen. Erika nimmt eilig die Plastikschnur von dem Quadranten, der für das Auto reserviert ist, Grohmann macht aber keine Anstalten, seinen Assistenten aufzufordern, das Auto dort zu parken.

»Soll ich Ihnen die Grabung zeigen?«, fragt Erika.

Bergmann schaut zu Grohmann, Grohmann nickt, Bergmann sagt: »Ist in Ordnung.«

Erika führt die beiden auf das Hügelfeld.

»Wir sind in den mittelalterlichen Schichten«, berichtet sie. »Hier, zum Beispiel«, sie zeigt auf eine rote Verfärbung, »ein Brotofen. Der hat in einer Holzhütte gestanden, der Boden war aus Kuhdung. Und da«, Erika zeigt auf tellergroße, dunkle Verfärbungen, »die Pfähle der Holzhütte ...«

Der Professor schüttelt den Kopf. Hat Erika etwas Falsches gesagt? Gehört der Holzpfahl doch zu einer anderen Schicht? War es gar kein Kuhdung, sondern anders gehärtete Erde? Wenn ja, wie ist die Erde gehärtet worden? Hat Erika eine Möglichkeit übersehen, den erdigen Boden so hart zu machen? Vielleicht sollte sie eine Probe an ein Labor einschicken. Das ist teuer. Und wonach sollten die suchen? Erika versteht viel zu wenig von Chemie. Verfluchtes Mittelalter.

»Es ist dieser Niedergang«, sagt der Professor.

Assistent Bergmann nickt, als verstünde er.

»Ich bin jedes Mal über diesen Niedergang erschüttert«, sagt der Professor.

Erika schaut ihn an: »Was meinen Sie?«

»Weil die Leute im Mittelalter hier genauso gelebt haben wie in der Urzeit. Tausende Jahre Kulturgeschichte umsonst.«

Assistent Bergmann nickt.

»Die verdammte Völkerwanderung«, sagt der Professor und schaut nach Osten, zur Bergkette, die sich unscharf im Dunst abzeichnet. »Von dort kommen sie. Die Skythen. Die Hunnen. Die Awaren. Die Vandalen. Und die Russen.«

Er schweigt eine Weile, brauchen seine Gedanken vielleicht Zeit, um den beschwerlichen Rückzug aus dem Osten zu bewältigen?

Der Professor ist durstig, in der Küche will er ein Glas Wasser trinken, er sieht die verkrusteten Teller, er verzieht das Gesicht. Wieder draußen, sagt er: »Wir werden drüben auf dem Rochusberg graben« und deutet nach Süden.

Bergmann erklärt: »Wie du weißt, haben wir etliche Begehungen gemacht, und schau, Erika, was wir gefunden haben.« Er hält ihr seine offene Hand hin, wie ein Junge, der Bonbons anbietet. Es sind Gesteinssplitter.

»Silex«, sagt Erika.

»Jawohl«, antwortet Bergmann, wie ein stolzes Kind.

»Wir glauben, dort ist ein paläolithischer Lagerplatz«, sagt Assistent Bergmann.

Silex war ein wichtiges Material damals, sozusagen der Stein, der die Altsteinzeit ausmachte. Daraus wurden die Speerspitzen gefertigt; die Herstellung einer Kante und der nadelartigen Spitze erfordert viel Sorgfalt, wie die große Zahl der gebrochenen Stücke beweist, die man in Werkstätten paläolithischer Steinschläger findet. Bergmann redet zu Erika in einem belehrenden Ton, als wäre sie eine Erstsemestrige, die noch keine Vorlesung über das Paläolithikum besucht hat.

»Assistent Bergmann wird seine Habilitation über die letzte Eiszeit in Kirchwald schreiben«, sagt Grohmann. Dann erklärt er, wie wichtig ihm das interdisziplinäre Arbeiten ist, und führt eine Viertelstunde lang Beispiele aus seiner dreißigjährigen Grabungserfahrung auf. Er meint, dass eben alle Zeitalter von Kirchwald erforscht werden sollten. Erika findet nichts zum Festhalten, sie steht im freien Feld und kommt sich schutzlos vor. Als Professor Grohmann endlich zu reden aufhört, kommt Bergmann zur Sache: »Wir werden die Hälfte der Studenten auf dem Rochusberg einsetzen. Am besten, du schüttest sieben Quadranten wieder zu.«

Erika macht einen Schritt zurück, Bergmann redet weiter: »Tu nicht so, als hättest du es nicht gewusst. Die Verfahren und die Gespräche mit den Grundstückseignern, all das läuft doch schon seit Monaten!«

Er macht einen Schritt vorwärts, sie weicht zurück.

»Und dass wir kein zusätzliches Budget bekommen, das ist doch jedem am Institut klar.«

Sie geht zwei Schritte rückwärts und stößt an eine Linde.

Bergmann folgt ihr nicht, zum Glück. Sie wüsste nicht, wohin sie noch ausweichen könnte. Er sagt: »Wie kannst du nur so viele Quadranten eröffnen? Du hast uns vor vollendete Tatsachen stellen wollen, nicht wahr? Was, glaubst du, hast du damit erreicht?«

Er wendet sich ab und geht zu Sabine Novotny hinüber, die eben Tonscherben freipinselt, den großen Strohhut auf dem Kopf. Er sagt: »Hallo, schöne Frau.«

Sie lächelt, springt auf und sagt: »Endlich!«

Er hilft ihr aus der Grube, hebt ihren Strohhut vom Kopf, das hochgesteckte, schwarze Haar fällt über ihren Nacken. Er lässt den Hut zu Boden gleiten, sie beugt sich zurück, ihr T-Shirt gibt den Nabel frei. Assistent Bergmann legt die Hände auf ihre Hüften, sie drückt sich an seinen Bauch.

»Mein Teddybär«, flüstert sie, streicht ihm über die molligen Wangen, bis sie am Hals eine Kruste bemerkt, und sagt: »Michi, kratz dir die Gelsenstiche nicht auf! Ich hab doch Euceta für dich.«

Sie führt ihn an der Hand zu ihrem Zelt, holt die Salbe, drückt einen Tropfen auf den Zeigefinger, stellt sich auf die Zehenspitzen und schmiert die Stelle ein.

Auch Alexander beobachtet die beiden.

»Bitte rufen Sie die Studenten zum Appell«, sagt der Professor zu Erika. Sie holt die Studenten vom Hügelfeld aus ihren Quadranten, erklärt ihnen, was ein Appell ist, sie stehen dann vor der Baracke, reden miteinander und schauen gelegentlich hinüber zum Professor.

Plötzlich ein schriller Laut, der im Ohr schmerzt. Grohmanns Trillerpfeife. Er nimmt sie aus dem Mund, lässt sie an der Kette um den Hals baumeln, und Erika weiß nicht, wo sie hin soll, zu den verdutzten Studenten oder neben Assistent Bergmann, der sich zum Professor gestellt hat.

»Stellen Sie sich in einer Reihe auf«, sagt Bergmann, die Studenten tun es, als sei das ein Spiel. Erika stellt sich zu einer Linde, nicht bei den Studenten, nicht in der Nähe von Bergmann.

»Meine Damen! Meine Herren!«, sagt der Professor, die Hände verschränkt hinter seinem Rücken.

»In den nächsten Wochen werden wir zusammenarbeiten. Wir bilden eine Gemeinschaft. Jede Gemeinschaft braucht Ordnung, um zu überleben. Darum gelten folgende Regeln. Erstens«, sagt er. Seine Stimme wird leiser, beinahe ist das Vogelgezwitscher lauter, und die Studenten müssen genau zuhören.

»Morgenappell jeden Tag um sieben Uhr dreißig hier.«

Murmeln bei den Studenten. Alexander macht einen Schritt nach vorne. »Herr Professor, das geht nicht. Da schlafe ich noch.«

»Zweitens. Wir werden nicht nur hier, sondern auch auf dem Rochusberg graben. Darum werden wir zwei Züge bilden. Assistent Bergmann wird Ihnen morgen Details mitteilen.«

Assistent Bergmann ruft Alexander zu, er möge ins Glied zurücktreten.

Dieser presst die Hände zwischen seine Beine und erwidert: »Was ist mit meinem Glied?«

Die Studenten lachen.

»Drittens«, sagt der Professor. »Ich habe mir die Küche angesehen. Verwahrlost. Dreckig. Unwürdig. Wir werden für Sauberkeit sorgen. Frau Doktor Zeitlinger, Sie erstellen einen Plan zur Reinhaltung der Gemeinschaftsräume. Der Plan wird morgen verlesen.«

Plötzlich kreischt Sabine. Alexander hat ihr von der Seite in die Hüfte gezwickt.

»Viertens. Verstöße gegen die Ordnung führen zum Ausschluss aus der Gemeinschaft. Aus Ihrer Grabungspraxis wissen Sie ja, wie viel man mit diszipliniertem Arbeiten erreichen kann. Und eine starke Gemeinschaft lässt sich nicht von Einzelnen hinunterziehen. Danke, meine Damen und Herren.«

Grohmann lächelt.

In der Nacht geht Erika auf dem Hügelfeld umher, stapft durch das hohe Gras, streift durch das Gebüsch, geht zurück zum Kieselweg.

Plötzlich eine Hand auf ihrer Schulter. Sie dreht sich um. Alexander.

»Was machen Sie hier?«, fragt er.

»Irgendwo muss er doch sein!«

»Wer?«

»Schliemann.«

Seit mehr als einer Woche hat sie ihn nicht mehr gesehen. In der Hand hält Erika ein Stück Knackwurst, weil Schliemann die so gerne frisst.

»Schliemann ist tot«, sagt Alexander.

Erika lässt die Wurst fallen: »Was? Wann ist das passiert?«

»Am 26. Dezember 1890.«

Erika braucht einen Augenblick, bis sie versteht. Sie hebt die Wurst auf und putzt sie.

Alexander legt seine Hand auf ihre Schulter. »Ihre Katze kommt schon zurück.«

»Woher wissen Sie das?«

»Weil alle Katzen zurückkommen.«

»Woher wissen Sie das?«

»Ich kenn mich aus mit den Katzen.« Alexander lächelt. Die Wurst ist schon fast sauber. Ein synthetisches Stück aus passierten Fleischresten, mit einem Nachgeschmack, den man auch mit Wein nicht loswird. Kaum zu glauben, dass auch Menschen so etwas essen.

Alexander führt Erika in die Baracke.

»Haben Sie heute schon gegessen?«, fragt er.

Erika schüttelt den Kopf.

»Man muss einmal am Tag essen«, sagt er.

Erika schaut auf die Uhr. »Gleich ist Mitternacht, also sollte ich mich beeilen, wenn ich heute noch was essen soll, nicht wahr?«

Er stellt eine Kerze auf den Küchentisch und zündet sie an. Er richtet Brot und Marmelade her, Erika nimmt Platz. Sie wippt mit den Beinen. Plötzlich hat sich Alexander neben sie gesetzt, und er legt seine Hand auf ihr rechtes Knie.

»Ganz ruhig.« Das sagt er mit sanfter Stimme, und Erika schaut ihm ins Gesicht dabei. Dann schiebt sie sich das Brotstück in den Mund und kaut.

Erika geht zu Bett. Sie hört Bergmann schnarchen; er hat sich im Nebenzimmer einquartiert. Die Wände sind dünn, und Bergmann ist laut. Der Professor hingegen hat auf dem Rochusberg Quartier bezogen, alleine, in einem Wohnwagenanhänger, auf dem in großen altdeutschen Lettern steht, dass er den Fischereifreunden Kirchwald gehört. Erstaunlich, wo der Professor seine Gönner findet.

Jemand kommt in die Baracke, versucht, leise aufzutreten. Eine Türe wird geöffnet, Bergmann hört auf zu schnarchen, stattdessen Kichern. Stimmen. Dann das Quietschen des Feldbettes. Später setzt das Stöhnen ein. Erika liegt auf dem Rücken, den Kopf vom Kissen etwas angehoben, die Beine leicht angewinkelt. Dieselbe Körperhaltung wie die Frau in der Speichergrube. Mit der rechten Hand drückt sie das zweite Kopfkissen an ihre Brust: wie das Kind, das seinen Kopf auf die Brust der Mutter legt. Sie streichelt den Kissenüberzug.

Erika steht vor allen anderen auf und beschließt, heute zu frühstücken. Sie begegnet Sabine, die aus Bergmanns Zimmer kommt und grußlos in das Badezimmer geht. In der Küche schüttet sich Erika Müsli in eine Schüssel, die sie vorher mit einem Messer von eingetrockneten Speiseresten befreit hat. Assistent Bergmann kommt, seine Haare stehen widerspenstig zur Seite.

»Guten Morgen«, sagt er und setzt sich an den Küchentisch.

»Guten Morgen«, sagt Erika, steht auf und schüttet das Müsli zurück in die Verpackung.

Halb acht Uhr: der schrille Ton, der die Vögel von den Bäumen treibt. Der Professor ist den Berg heraufgekommen, er steht vor der Baracke. Die Studenten gehen hinaus, verschlafen, gähnend, und sie stellen sich in einer Reihe auf. Alexander presst die Arme an die Seite und nimmt Haltung an.

»Guten Morgen«, sagt der Professor.

Er wartet.

Und wartet.

Dann sagt er: »Wenn ich Sie grüße, dann erwarte ich dasselbe von Ihnen.«

»Morgen«, murmeln die Studenten.

»Ein wunderbarer, frischer Morgen, meine Damen und Herren, also etwas mehr Enthusiasmus!« Er lächelt, dann fordert er, dass sie ihn mit »Guten Morgen, Herr Professor« begrüßen. »Die Hälfte von Ihnen wird ab sofort mit mir und Assistent Bergmann zusammenarbeiten«, sagt er. »Wer meldet sich freiwillig?«

Sabine zeigt auf. Als Einzige.

Bergmann hat eine Liste in der Hand und liest Namen vor. Als er »Sehmann Alexander« sagt, da ruft dieser: »Herr Magister, Student Sehmann meldet: Ich kann nicht.«

»Warum denn?«

»Arachnophobie, Herr Magister.«

»Herr Kollege«, sagt Bergmann, »wir haben überall Insekten, die gehören zu unserem Geschäft wie die Maulwürfe und die Wühlmäuse.«

»Sie treten dort massenhaft auf, und heuer soll wieder ein arger Sommer sein«, sagt Alexander, schaut zu Boden, zeigt auf etwas, kreischt, rennt zu Erika, versteckt sich hinter ihrem Rücken und ruft: »Helfen Sie mir doch, Frau Doktor! Jetzt sind die Bestien schon auf dem Kirchberg!«

Sabine geht zu Bergmann und flüstert ihm etwas ins Ohr. Er sagt halblaut: »Also der ist das!«

Am Samstag folgt Erika der Einladung Marias zum Kaffee, »nach nur einem Jahr«, wie Maria bei der Begrüßung augenzwinkernd bemerkt. Marias Haus hat keinen Verputz; die Fassade aus grauen Betonziegeln, dazwischen geronnener Mörtel. Es sieht so unfertig aus, als habe man eben die Gerüste abmontiert, als müsse man warten, bis der Beton getrocknet ist. Erika tritt ein, doch anstatt über Bauschutt zu steigen, steht sie im Vorzimmer auf einem weichen Teppichboden, überrascht, dass das Haus fertig eingerichtet ist: die gemusterten Tapete; der Vorzimmerschrank, auf dem eine Glaskugel steht, mit dem Eiffelturm, und wenn man die Kugel schüttelt, dann schneit es um den Eiffelturm; an der Wand das weiße Tuch mit dem eingestickten Spruch: »Such das Glück nicht allzu weit / es liegt doch in der Häuslichkeit.«

Das Haus steht auf einer rechteckigen Parzelle, teilt den Grund in einen Vorgarten, wo der Gartenzwerg steht, und in den größeren, rückwärtigen Garten, der vom Steilhang des Kirchberges begrenzt wird; hier gibt es die Kinderschaukel.

»Vor sieben Jahren sind wir mit dem Bauen fertig geworden, gerade, als ich mit Bettina schwanger geworden bin«, erzählt Maria. »Die Fassade kommt dran, wenn wir es uns leisten können. Die Bettina ist gekommen, und da haben wir unser Geld für Wichtigeres gebraucht. Ich sag immer: Ich hab die Bettina, ich brauche keinen Verputz. Und dann ist Clemens gekommen, und wir haben erst recht nicht sparen können. Aber wozu braucht man eine verputzte Fassade, man wohnt drinnen und nicht draußen. Die Fassade sehen doch nur die Leute, die draußen stehen. Darum lade ich gerne Leute zu mir ein.«

Sie lacht.

Erika lächelt.

»Himmelblau«, sagt Maria. »Die Fassade soll himmelblau sein. Mit weißen Verzierungen um die Fenster herum. Alfred hat es mir versprochen, sobald es mit der Firma wieder besser geht.«

Erika wird in das Wohnzimmer geführt. Die Wände sind ausgekleidet in bedrückend dunklem Mahagoni, die Schrankwand lässt keine Helligkeit übrig. Zwischen zwei beleuchteten Glasschränken mit den Weingläsern und Kristallvasen steht der Bücherschrank: Lexika, Bilderbücher, Kinderbücher, Sachbücher, die einzige Prosa sind eineinhalb Meter Karl-May-Bücher, Hochglanzzeitschriften, ein Atlas und zehn Kochbücher. Bis auf die Kochbücher wirken die Werke unberührt, die Einbände glänzen, als kämen sie gerade vom Buchhändler.

Erika setzt sich auf die Kunstledercouch, versinkt im weichen Bezug und bekommt Kaffee serviert. Maria ist eine breite und weiche Frau mit dunklen Haaren und rosa Gesicht. Ihre Hände fühlen sich angenehm weich und glatt an.

»Gut schaust aus!«, sagt Erika.

Maria bietet ein Stück Gugelhupf an. Erika lehnt ab.

»Und du, dünn bist. Sag, isst du nichts?«

Maria setzt sich, auch sie sinkt ein, aber tiefer als Erika, und schenkt sich ein, rührt um, der Kaffeelöffel macht klack, klack, klack. Sie fragt: »Also, Erika, wie geht es dir?«

»Danke, gut«, sagt Erika. Am Fenster stehen Fotos der glatt frisierten Kinder; daneben auch das Hochzeitsbild, auf dem die beiden wie verkleidete Erstsemestrige wirken.

»Wo ist denn dein Mann?«, fragt Erika.

»Der Alfred hat heute Übung bei der Feuerwehr.«

Maria erzählt von der kleinen Baufirma. »Das Geschäft ist nicht leicht. Die Pfuscher ruinieren den Markt.«

Sie haben einen neuen Kredit für die Firma aufnehmen müssen, obwohl sie noch die Hypothek auf das Haus haben. »Ich sehe meinen Alfred unter der Woche kaum, so viel muss er arbeiten«, sagt sie, »dafür ist es umso schöner, wenn er da ist. Aber ich glaube, es wird besser werden. Bald. Denn wer viel arbeitet, der wird am Schluss belohnt, nicht wahr?«

Erika nickt, denkt darüber nach und fragt dann: »Wo sind deine Kinder?«

»Irgendwo oben auf dem Kirchberg. Die spielen Großverstecken. Erinnerst du dich noch?«, fragt Maria.

»Ja«, sagt Erika. Ein Kind bekommt fünf Minuten Vorsprung und muss sich im Wald auf dem Kirchberg verstecken. Dann wird es gesucht. Einmal, als Erika im Gebüsch gelegen ist, da sind die Kinder an ihr vorbeigezogen, nur eine Armlänge entfernt, aber sie haben Erika nicht gesehen. Tarnen und Ruhigbleiben sind Erikas Spezialität gewesen.

»Erzähl mir doch ein bisschen, was du da oben auf dem Berg machst.«

»Graben.«

»Aha«, sagt Maria. »Letztes Jahr war viel los, als du die Familie gefunden hast. Sogar die Ministerin war da, hat mir der Alfred gesagt. Was ist denn so Besonderes an den Skeletten?«

Erika beugt sich vor, stützt die Hände auf den gläsernen Couchtisch und sagt: »Maria, diese Skelette sind eine Sensation.«

Sie erzählt von der Urnenfelderzeit. Kirchwald war damals eine richtige Metropole.

»Wirklich?«, sagt Maria.

»Wir haben mehrere Speichergruben gefunden und geschätzt, wie viele es wohl insgesamt geben könnte und wie viel Weizen man da einlagern könnte. Genug, um zwei-, dreitausend Kirchwalder einen Winter lang zu ernähren. Zehnmal so viele, wie heute hier leben!«

»Unglaublich«, sagt Maria.

»Und dann dieser gewaltige Wall von einskommasieben Kilometer Länge!«, ruft Erika. Sie beugt sich vor: »Weißt du, Maria, weißt du, was das heißt?«

Maria lächelt verlegen.

»Die gewaltige Anstrengung, ihn zu erbauen! Tausende Eichen, die gefällt werden mussten. Stell dir das vor! Mit diesen primitiven Äxten die Stämme behauen und sie den Berg hinaufschleppen. Dann das Erdreich, tonnenweise, mit einfachen Schaufeln haben sie die Gräben ausgehoben und den Wall aufgeschüttet. Denk doch an die vielen Arbeiter. Woher kriegt man die? Die ganze Siedlung muss wie ein Arbeitslager ausgeschaut haben. Und weißt du, Maria, was das noch bedeutet?«

Maria schweigt.

»Wenn man unbedingt so einen Wall will, dann hat das einen Grund. Welchen Grund, glaubst du?«

Maria schaut sich um.

Erika redet weiter: »Stell dir vor, dein Nachbar baut sich eine hohe Mauer um seinen Garten. Was würdest du dir dann denken?«

»Der spinnt.«

»Ja, aber was würdest du dir noch denken, warum er das tut?«

»Dass er uns nicht mag?«

»Und jetzt denk dir die Mauer ganz hoch, mit Nato-Stacheldraht, was hat der Mann dann?«

Maria sagt »Äh« und knetet ihre Hände, wie in der Schule, wenn sie die Antwort nicht gewusst hat. Dann flüstert sie, fragend: »Er hat Angst vor jemandem?«

Erika schreit auf: »Genau!«, und Maria zuckt zusammen. »Die Kirchwalder müssen eine wahnsinnige Angst gehabt haben, dass sie alle ihre Kraft in den Bau von so einem Wall gesteckt haben. Und da ist auch der Zusammenhang mit den Skeletten.«

»Aha«, sagt Maria.

»Etwas ganz Schlimmes muss geschehen sein. Denn die Familie stammt aus einer Zeit, aus der ich keine Skelette finden dürfte, denn man hat Tote immer verbrannt. Und diese Familie … kein ordentliches Begräbnis. Obwohl wir Menschen es mit dem Totenkult ja immer genau nehmen.«

Erika grinst. Dann fährt sie fort: »Die Analyse der Schichten hat ergeben, dass die Familie umgekommen ist, als der Wall niedergebrannt ist.«

»Woher weiß man, dass es eine Familie war?«

Erika zieht das anthropologische Gutachten aus ihrer Tasche, zerknitterte und abgegriffene Zettel, mit schwarzweiß kopierten Bildern als Anhang. Erika geht mit Maria die zwanzig epigenetischen Schädelmerkmale durch, die auf Verwandtschaft schließen lassen. Als sie beim Nerven- und Gefäßkanal an beiden Seiten des großen Hinterhauptlochs angelangt sind, bemerkt Erika, wie Maria ihr Gähnen unterdrückt. Erika legt das Gutachten zurück in ihre Tasche.

»Maria, ich sage dir, du hättest es sehen müssen! Wie sich der achtjährige Junge im Sterben an seiner Mutter festgehalten hat und wie die Frau ihre Hand beschützend auf ihn gelegt hat.«

»Schrecklich«, sagt Maria, »die Kinder ...«, und Erika hat wieder ihre volle Aufmerksamkeit.

Erika berichtet, dass die Familie wohlgenährt war und den Beigaben nach zu schließen einen hohen Rang in Kirchwald innehatte. Die Frau war fünfundvierzig, obwohl die Menschen damals üblicherweise kaum älter als dreißig wurden! Außerdem hatte sie mit über vierzig noch eine Geburt, und ihr Mann war fünfzehn Jahre jünger.

»So ein Altersunterschied, das kann ja nicht gut gehen«, sagt Maria.

Erika lehnt sich plötzlich zurück und verschränkt die Arme.

»Erstaunlich, was du alles weißt«, sagt Maria, um das Gespräch wieder in Gang zu bringen. »Woran sind sie gestorben?«

Die Anthropologen haben keine Verletzungen an den Skeletten feststellen können, die auf eine Todesursache schließen ließen. Was kann dann überhaupt in Frage kommen? Eine Krankheit, die die gesamte Familie weggerafft hat? Nein, denn man hätte die Familie ordentlich bestattet, also verbrannt. Eine Seuche, die in der Siedlung gewütet hat? In diesem Fall hätte man mehr Skelette gefunden. Hat man sie ermordet? Wie? Erwürgen fällt aus, weil die Kinder keine Verletzungen an den Halswirbeln aufweisen. Sauber geführte Bauchstiche, die keine Knochen berühren? Diese Mühe macht sich doch keiner, nur um 3000 Jahre später ein paar Archäologen zu verwirren.

»Sie wurden vergiftet«, sagt Erika.

»Auch die Kinder? ... wenn ich mir das vorstelle ... wie bringt man Kinder dazu, Gift zu trinken? ... das Geschrei ... wo unser Kleiner doch nicht einmal den süßen Hustensaft schlucken will ... da muss ich zuerst einen Schluck machen, bevor er es tut ...«

Sie führt die Kaffeetasse zum Mund, hält inne und stellt die Tasse wieder auf den Tisch.

»Wer tut so etwas?«, fragt sie.

»Das muss ich herausfinden.«

»Nimm doch bitte ein Stück Kuchen, denn wenn die Kinder kommen, ist er weg«, sagt Maria.

»Nein danke, ich habe wirklich keinen Hunger.«

»Du solltest aber etwas essen ...«

Erika nimmt die Kaffeetasse, rührt mit dem kleinen Löffel um. Klank, klank, klank. Sie stellt die Tasse wieder auf den Tisch. Kalt geworden.

»Die Familie ist ungefähr zur selben Zeit gestorben, als auch der Wall abgebrannt ist. Wir haben den Brand beim Walldurchstich vor zwei Jahren entdeckt. Das Feuer ist von Osten gekommen, also von der Siedlung. Eine Katastrophe, die vielleicht die ganze Siedlung zerstört hat.«

»Weißt du, Erika, du warst von allen in der Schule immer die Gescheiteste. Und jetzt bist du eine richtige Frau Doktor! Ich hab immer gewusst: Aus dir wird noch mal was.«

Plötzlich beugt sich Maria vor, faltet die Hände und sagt eindringlich: »Erika. Was ist los mit dir?«

Soll Erika erzählen, dass sie schreien möchte, weil der Professor gekommen ist und ihr einfach so die Hälfte der Studenten weggenommen hat? Für ein Projekt, das dieselbe archäologische Relevanz hat wie das Jäten eines Gemüsebeetes. Schreien, wenn Erika am Morgen zu ihren Quadranten geht, gerade auf Hüfthöhe abgegraben, höchstens frühes Mittelalter, geschweige denn irgendetwas Bronzezeitliches. Sie wird einige Quadranten zuschütten müssen und warten bis zum nächsten Jahr. Wer weiß, ob sie für nächstes Jahr überhaupt Geld auftreiben kann.

»Meine Katze ist mir davongelaufen«, antwortet Erika.

»Das tut mir aber Leid ... wie schaut sie denn aus?«

»Sie hat ein weißes und ein kaputtes Ohr.«

»Und wie heißt sie?«

»Schliemann.«

»Ein komischer Name. Warum heißt sie so?«

Jemand sperrt die Eingangstüre auf, und gleich darauf kommt

Alfred in das Wohnzimmer, in grauer Feuerwehruniform. Ein untersetzter Mann, so alt wie Maria und Erika, mit Schnauzbart, und seine Augen sind ebenso dunkel wie die von Maria und sein Haar ebenso pechschwarz. Vielleicht wird man sich auch äußerlich ähnlich, wenn man zusammenlebt.

Maria lächelt zu ihm hinauf, als er sich über sie beugt für den Begrüßungskuss. Die beiden freuen sich, einander wiederzusehen.

»Das ist Erika«, sagt Maria, und Alfred schüttelt ihr die Hand.

Alfred stellt sich neben seine Frau und lässt die Hand auf ihrer Schulter ruhen. Der schlichte goldene Ring an dem Finger. Er erzählt von der Übung und dem neuen Löschfahrzeug mit der Drehleiter. Erika beobachtet die beiden, ihre kleinen Gesten, ihr Lächeln, ihre Berührungen, ihren Tonfall. Sie trinkt den kalten Kaffee, bekommt Hunger, isst drei Stück Kuchen und lacht mit Maria über einen Witz, den Alfred heute gehört hat. Erika hat schon lange nicht mehr gelacht.

Erika hockt im Quadranten B3. Sie beugt sich über ein zerbrochenes Gefäß, die Scherben mit Cocktailspießchen markiert, jeder Einzelne wird mit Nummer und Koordinaten versehen. Erika kratzt mit dem Schaber die Einkerbungen im Ton frei. Es ist die Tageszeit, wo sich das Sonnenlicht zurückzieht, wo lange Schatten die Landschaft begraben.

Erika hört eine Stimme, die weit weg klingt, sie kommt von oben, vom Grubenrand, wie aus einer anderen Welt, obwohl die Grube nur einen Meter sieben tief ist. Dort steht Alexander und sagt: »Aber Sie schütten keinen einzigen Quadranten zu, Sie kämpfen um jedes einzelne Loch, nicht wahr, Frau Doktor?«

Erika hat Kopfweh von der Konzentration, den ganzen Tag lang, ununterbrochen. Es bereitet Schmerzen, die Augen zu bewegen; darum wendet sie den Kopf mit starrem Blick. Jetzt schaut sie auf einen Stein, der im Grubenprofil steckt. Darunter ein Wurmloch. Regenwürmer untergraben Gegenstände und können sie in tiefere Schichten gleiten lassen … das kann bei der

Befundung irritieren ... Erika fixiert weiterhin den Stein, weil dieser faustgroße Brocken ganz sicher nichts Wichtiges ist und sie sich deshalb nicht auf ihn konzentrieren muss.

»Warum tun Sie sich das an?«, sagt Alexanders Stimme von oben.

Erika schließt die Augen, vielleicht hilft das. Erika sieht ein Mosaik aus Brauntönen und erkennt im flimmernden Bild Steinchen, Tonscherben, Erdschichten. Die Schmerzen sind noch da. Sie spürt einen Gelsenstich auf der Wange, ist aber zu müde, um zuzuschlagen.

»Sie sind so ruhig«, sagt Alexander. »Also, wenn mir der Professor das antäte, was er mit Ihnen macht, ich würde schreien.«

Erika lehnt sich zurück an das Profil, dann hebt sie den Kopf zu Alexander, in seiner knappen Jeans, mit den Haaren, die frisch gewaschen und offen über seine Schulter hängen. Oben scheint Wind zu gehen, denn es weht Haarsträhnen in Alexanders Gesicht. Es dämmert.

»Sie haben einen Traum, nicht wahr?«, sagt Alexander.

»Einen Traum ...«, wiederholt Erika und klopft mit der flachen Hand auf den Boden. Während sie redet, ist ihr Blick wieder auf den unwichtigen Stein gerichtet. »Jeder Quadrant, jede Minute, die ich hier arbeite, ist eine Chance.«

»Eine Chance? Wofür?«

»Tun Sie nicht so, Herr Sehmann! Sie haben doch die Skelette auch erlebt. Wie kann es einen Menschen geben, der gesehen hat, was wir gesehen haben, und der nicht auch gepackt ist von dem Schicksal?«

»Sie glauben, Sie können ...«

»Ich werde es herausfinden.«

Erika will weiterarbeiten, greift nach dem Schaber, beugt sich über die Scherben und sagt dann: »Ich sehe nichts mehr. Ich glaube, ich brauche eine Brille.«

»Das kommt daher, weil es dunkel ist, Frau Doktor.«

»Dann werde ich jetzt aufhören«, sagt sie, und dennoch bleibt sie sitzen, als wollte sie hier das Sonnenlicht erwarten.

»Sie müssen raus hier«, sagt Alexander und hilft ihr. Seine Hand ist frisch gewaschen, ihre ist staubig. Er riecht gut, und ihr T-Shirt stinkt nach Schweiß. Seine Haare wippen mit jedem Schritt, Erikas Frisur klebt unter dem Kopftuch. Sie gehen vorbei am Zeltlager, wo die Studenten ein Feuer entfacht haben, aber niemand hat Lust zu grillen. Regungslos liegen die Studenten und starren in die tanzenden Flammen. Eine Studentin füttert ihren Hasen, den sie in einem Käfig zur Grabung mitgenommen hat.

Erika geht neben Alexander, schweigend, aber diese Stille ist nicht unangenehm.

1945

Wenn man nicht mit der Bahn von Wien nach Kirchwald kommen kann, etwa, weil die Schienenstränge zerbombt sind, dann nimmt man den Weg über die Landstraße. Sie verläuft parallel zur Nordbahn, durchquert die Marchfelder Orte, zerschneidet sie in jeweils einen Ost- und einen Westteil. Bei Angern hört die Ebene auf, nun beginnen die sanften Hügel mit den Weinstöcken. Noch ist die Landschaft ohne Grün, die kahlen Weinstöcke bilden lange Spaliere, eine stille Parade verkrüppelter Gestalten. Die Sonne scheint von Osten herüber, wärmend auf Grohmanns Gesicht, die Bäume zeigen Knospen, und bald wird das Grün wie ein Teppich die Erde zudecken.

Bevor die Landstraße Kirchwald erreicht, führt sie einen Hügel hinauf, nach Osten hin zweigt ein Feldweg zu einer Kapelle ab. Das einzige Bauwerk hier, umgeben von Äckern: kreisrunder Grundriss, außen ein überdachter Rundgang mit weiten Torbögen. Grünes Kupferdach. Innen der Raum mit dem Altar, den man bei einer Kirche wohl das Kirchenschiff nennen würde; höher als der umgebende Rundgang und mit einer grünen Kuppel abgeschlossen. Vom Rundgang führt eine eiserne Türe hinein, drinnen der steinerne Tisch mit weißem Tuch und Kerzen, dahinter ein Bild, wo ein offensichtlich Heiliger kniende, leidende Menschen segnet. Auf halber Höhe zur Kuppel die Fenster, hier dringen die Lichtstrahlen ein, wie helle Speere.

Franz Grohmann setzt sich vor die Kapelle, stellt den Tornister ab und knöpft sich die Uniformjacke auf.

Er ruht sich aus. Seit gestern ist er unterwegs. Zu Fuß.

Er schaut nach Norden. Die Hügel kommen Franz vor wie ein Meer, mit großen, braunen Wellen, die aber nicht gefährlich sind, denn diese Wellen brechen nicht, sie schaukeln die Schiffe nur auf und ab. Hinter solch einer Welle ragt ein Kirchenschiff heraus, auf dem Kirchturm ein rotes Dach. Dieses Meer ist schon vor langer Zeit erstarrt, denkt Grohmann, ist zu Hügeln geworden, damit man Weinstöcke hineinstecken kann.

Dort hinten liegt also Kirchwald, dort wird sein Bruder sein.

Er packt ein Marmeladebrot aus, das letzte von denen, die Mutter ihm mitgegeben hat.

Sie macht sich jetzt sicherlich Sorgen. Geweint hat sie ein bisschen, als ihr Franz erzählt hat, er wolle seinen Bruder suchen.

»Und wenn du ihn gefunden hast?«, hat sie gefragt.

»Dann werde ich mit ihm kämpfen«, hat er geantwortet. Die Mutter musste sich an die Wand lehnen. Sie ist Arbeiterin in einer Fabrik, sie steht an der Metallpresse, zweimal die Woche Nachtschicht. Sie ist ausgezehrt.

»Wenn ich weg bin, wird es leichter für dich«, hat Franz gesagt. Entschuldigend.

Er schaut nach Osten. Dort erstreckt sich eine weite Ebene, weit hinten, im Morgendunst die Bergkette, die den Horizont abschließt. Von dort kommt also der Russe. Franz hält die Hand über der Stirne, kneift die Augen zusammen, möchte im Gegenlicht Genaues erkennen. Ein paar dichte Rauchsäulen, deren Ursprung auf halbem Weg zum Horizont liegt. Treibstofflager, vielleicht. Wind kommt auf, er weht das Grollen der Explosionen herüber.

Franz Grohmann steht auf, zieht sich die Jacke an, schultert den Tornister, will weitergehen nach Kirchwald, denn dort wird sein Bruder schon auf ihn warten, da sieht er die Soldaten. Im Gänsemarsch kommen sie von Kirchwald den Hügel herauf und gehen zur Kapelle. Grohmann geht ihnen entgegen, voran der Kommandant, mit aufgeknöpfter Uniformjacke, Stahlhelm.

Seine rechte Hand ist zur Faust geballt und steckt in einem schwarzen Handschuh.

»Heil Hitler, Herr Oberleutnant«, sagt Franz und streckt den rechten Arm zum Gruß.

Der Offizier bleibt nicht stehen, hinter ihm die Männer, schweigend, sie schleppen Waffen und Munition.

Franz geht neben ihm. »Herr Oberleutnant«, wiederholt er.

Der Offizier bleibt stehen, seine Leute schlurfen an ihm vorbei in Richtung Kapelle.

»Was willst du?«, sagt der Offizier.

»Ich suche meinen Bruder, Herr Oberleutnant! Kennen Sie ihn?«

»Das kann ich nicht sagen.«

»Warum?«

»Weil ich nicht weiß, wie er heißt.«

»Natürlich, Entschuldigung, Oberführer Hans Grohmann heißt er.«

»*Der* Oberführer Grohmann?«

»Ja. Ist er in Kirchwald?«

»Hast du einen Marschbefehl?«

Franz schüttelt den Kopf. Er ist auf eigene Faust hergekommen. Der Offizier drückt Franz daraufhin einen Spaten in die Hand. »Sehr gut, wir können jeden brauchen. Willkommen in der neununddreißigsten Kompanie, Gefreiter Grohmann. Wir graben uns hier ein.«

Franz schluckt. »Jawohl«, sagt er.

Der Offizier geht zur Kapelle, er geht hinein, kniet sich kurz vor den Altar, bekreuzigt sich, mit der Hand, die zur Faust geballt ist, dann geht er hinaus und befiehlt, dass sie hinter der Kapelle einen Schützengraben anlegen sollen, dort, wo der Hügel steil nach Osten abfällt. Von hier sieht man hinunter auf ein paar Häuser, dann die Bahntrasse, dahinter die Auwälder mit dem Fluss dazwischen – ein Glück, dass der Frühling noch nicht begonnen hat, denn in ein paar Wochen wären die Bäume so belaubt, dass man das Gelände kaum noch einsehen könnte.

Franz zieht Jacke und Hemd aus und drückt mit dem Fuß den Spaten in den Acker.

»Rochusberg heißt dieser Hügel«, hört Franz jemanden sagen. »Ein Name wie ein Berg.«

Franz dreht sich um. Ein dünner Bursch mit strähnigem Haar lächelt herüber.

Franz nickt. »Wie ein Berg«, sagt er.

»Hier im Weinviertel lügen viele Namen«, sagt der dünne Kamerad. »Auch dort drüben. Die Kirche, du kannst sie von hier sehen, die steht auf dem Kirchberg, dabei ist das nur ein Hügel.«

Der Kamerad kichert.

Franz schaut zur Kirche, kneift die Augen zusammen, vielleicht hat sein Bruder auf dem Kirchturm im roten Dach einen Beobachtungsposten installiert. Dann schaufelt er weiter.

Das Erdreich ist braun, bemerkt er, als er sich schon bis zu den Hüften hinuntergegraben hat, viel heller als in den Wiener Bombentrichtern. Und die Erde ist keine gleichförmige Masse, sondern sie ist in Schichten angeordnet. Wenn man steil hinabgräbt, wenn man sozusagen eine Wand aus Erde ergräbt, dann kann man die Linien erkennen. Feine Linien. Grohmann folgt ihnen mit dem Zeigefinger.

»Graben, nicht schauen!«, sagt der Oberleutnant, der herumgeht und die Arbeiten kontrolliert. »Heute muss das fertig werden.«

»Ich bin der Karl«, sagt der dünne Bursche und hält Franz seine Hand hin. Er wirkt so zerbrechlich, als müsste man ihm die Schaufel aus der Hand nehmen. Und dennoch schleppt er nach dem Graben Munitionskisten heran und dann noch dieses Maschinengewehr. Er stellt es auf, öffnet eine Munitionskiste und klemmt einen Patronengürtel in das Gewehr.

Grohmann bückt sich, weil er auf dem Boden Steinsplitter entdeckt, kleine, fingernagelgroße, und dann diesen großen, der so lang ist wie sein Daumen, mit einer erstaunlichen Spitze und einer scharfen Kante. Er kratzt den Dreck mit den ebenso dreckigen Fingern fort.

»Glaubst du, das hat mal jemand vor langer Zeit gemacht?«, fragt er Karl.

Karl befühlt die Splitter. »Vielleicht hat das jemand für seine Pfeile gebraucht«, sagt er.

Franz steckt den großen Splitter in seine Jackentasche und gräbt weiter.

Als sich die Sonne nach Westen verzieht, sind die Schützengräben fertig. Der Oberleutnant schaut durch seinen Feldstecher, den er in der linken Hand hält. Erst als es so dunkel wird, dass man im Osten die Leuchtspuren der Artillerie ausmachen kann und die Leuchtraketen sieht, die – als Feuerball – langsam zu Boden schweben, erst dann lässt er das Fernglas sinken.

Die Sonne nimmt die frühlingshafte Wärme mit, als wäre sie nur Illusion gewesen. Die Nacht gehört noch immer der winterlichen Kälte. Franz schaut nach Südwesten, dort ist der Himmel noch nicht dunkel, vielleicht noch Dämmerlicht, nein, dazu ist es zu spät, es ist ...

»Mein Gott«, flüstert er, geht vor die Kapelle, dort stehen ein paar Kameraden, sie schauen gemeinsam über die Ebene, dorthin, wo der Horizont glüht. Dort ist Wien.

Die Stadt brennt.

»Zurück in die Löcher«, ruft der Oberleutnant. Dann sagt er: »Bald ist es so weit.«

Karl und Franz hocken in dem Graben, er ist eng, die Erde ist nass, die beiden haben sich in ihre Zeltbahnen gewickelt, das schützt ein wenig vor Feuchtigkeit.

Und plötzlich, mit einer Selbstverständlichkeit, als wäre zwischen den beiden ein Gespräch im Gange, fragt Karl: »Und was machst du, wenn der Krieg aus ist?«

»Nach dem Sieg, meinst du? Deutschland wieder aufbauen.«

»Aber doch nicht alleine«, sagt Karl und kichert.

Franz schüttelt den Kopf. Was für eine dumme Bemerkung.

»Also, was wirst du machen?«, fragt Karl.

»Ich mache die NAPOLA fertig.«

»Was, du warst in der NAPOLA?«

»Ich bin *noch immer* in der NAPOLA«, betont Franz. Er hat die Nationalpolitische Erziehungsanstalt nur vorübergehend verlassen, wegen des Volkssturms. Die Bewunderung, die Karl ihm entgegenbringt, schmeichelt Franz. Obwohl solche Anerkennung nur natürlich ist, die NAPOLA hat ihren Ruf nicht umsonst.

»Und, was wirst du machen, nach dem Krieg?«, fragt Franz, aus Höflichkeit, weil Karl diese Gegenfrage sicherlich erwartet.

»Hast du diesen Dolch?«, fragt Karl. »Du weißt schon, den, den man kriegt, wenn man in den fünften Zug kommt ...«

Franz nimmt ihn aus dem Tornister, reicht ihn Karl.

»Unsere Ehre heißt Treue«, liest Karl. »Der ist ja blitzblank. Hast du den schon mal gebraucht?«

»Wozu soll man den gebrauchen? Das ist ein Symbol, kein Brotschneidemesser.«

»Stimmt. Ist viel zu stumpf«, sagt Karl, als er mit dem Finger die Klinge geprüft hat. »Die Steinsplitter sind schärfer. Die nehmen einen hart ran in der NAPOLA, nicht wahr?«, fragt er dann plötzlich.

»Wenn man trainiert ist, geht das schon«, sagt Franz lapidar und denkt an den November dreiundvierzig. Weil ein Kamerad einen schweinischen Mädchenwitz erzählt hatte, wurde die Klasse mit vierstündigen, allnächtlichen Schweigemärschen bestraft.

Den ganzen Monat lang. Man marschierte in kurzen Hosen.

Erschöpfung. Kälte. Wochenlange Wut. Du willst schreien, aber darfst nicht. Ohnmacht, weil es keine Chance auf Entrinnen gibt. Jedenfalls hat dieser Kamerad keine Mädchenwitze mehr erzählt. Dafür hat der Zug schon gesorgt.

»Aber die Kameradschaft«, sagt Franz. »Einmal haben wir beschlossen, wir schneiden einen bestimmten Erzieher. Er kann uns eigentlich nichts anhaben, denn wir sind diszipliniert, machen genaue Arbeit nach Vorschrift. Wir haben ihn also hochgenommen, so wie man es tut, wenn jemand etwas Besonderes geleistet hat. Er hat darüber gelacht, und es hat ihm gefallen. Und beim Stemmen haben wir ihm dann Nadeln in den Hintern gestochen, dass er geschrien hat!«

Franz lacht. »Er war in unserer Hand, und nachher hat er kaum noch gehen können, und sein Hintern hat geblutet. Aber der Erzieher hat gewusst: Der Zug hält zusammen. Es war unmöglich, die drei, vier, die wirklich gestochen haben, herauszuknacken. Sie können einen Zug zur Sau machen, sie können einen Zug schleifen bis zum Umfallen, aber einen Zug auseinander dividieren, das können sie nicht.«

»Aha«, sagt Karl, zu dem der Funke der Begeisterung nicht überspringen will. »Ich muss dir was erzählen. Ich war auch in der NAPOLA. Aber mich haben sie nach zwei Jahren rausgeworfen.«

»Warum?«, fragt Franz.

»Ich habe einen Taktstock geschnitzt und geschmirgelt. Und meinem Musiklehrer geschenkt.«

»Wirklich?«

»Ja«, sagt Karl. »In der NAPOLA ist kein Platz für Schmuser und Sensible. Denn die NAPOLA schmiedet die Elite des Nationalsozialismus. Hat der Standartenführer meinen Eltern gesagt. Ich bin dann in ein Musikgymnasium gegangen, aber die haben schon das ganze Jahr Latein gehabt, da bin ich nicht mehr mitgekommen. Habe ein Schuljahr versäumt.«

Franz verschränkt die Arme und schaut hinauf zu den Sternen. Es ist schwierig, den Idealen zu entsprechen. Und er denkt an seinen Albtraum, wo ein Erzieher nachts in den Schlafsaal kommt, Franz antreten lässt, vor den Augen aller Kameraden, und ihm befiehlt, den Spind zu räumen, und ihn aus dem Anstaltsgebäude schickt mit den Worten: »Wir haben es jetzt herausgefunden. Sie entsprechen nicht.«

»Ich will Leutnant werden«, sagt Franz. »Die Mädchen mögen Leutnants. Die schreiben Briefe an Leutnants.«

»Aha«, sagt Karl.

»Vielleicht werde ich wie mein Bruder, weißt du?« Franz sagt den Namen und beobachtet das Gesicht seines Gegenübers, das

Gott sei Dank das erwartete Erstaunen zeigt: »Was, *der* SS-Oberführer Grohmann?«

Franz nickt.

Karl erzählt: »Wir haben diese Bilder gehabt, kennst du die, die man sammelt und in ein Album kleben kann? Die haben wir gekauft und getauscht. *Unsere Helden* hat das geheißen. Da hab ich einmal fünf Grohmanns gekriegt. Das war schon was.«

Franz lächelt.

Karl sagt: »Und für die fünf Grohmanns habe ich doch tatsächlich einen Rommel bekommen!«

Franz lächelt nicht mehr.

Wenn Franz an den Bruder Hans denkt, dann hat er das Bild eines großen, starken Mannes vor sich. Der immer für einen da ist. Franz hat seinen Vater nie bewusst erlebt, denn der war gestorben, als Franz gerade drei Jahre alt war. Aber der große Bruder war da, siebzehn Jahre älter. Sie haben miteinander gespielt, haben im Herbst auf der Praterhauptallee Kastanien gesammelt und mit Zahnstochern Tiere daraus gebastelt, und im Sommer hat Hans seinem kleinen Bruder im Arbeiterstrandbad das Schwimmen beigebracht.

Hans war Unteroffizier im Bundesheer, hat dann hart gearbeitet, um die Militärakademie in Wiener Neustadt besuchen zu können. Und um die Familie zu unterstützten, denn Mutter war arbeitslos. Dann hat ihn die Schuschnigg-Regierung ins Gefängnis gesteckt. Franz erinnert sich, wie seine Mutter am Wohnzimmertisch gesessen ist, auf die Tischdecke gestarrt hat, mit bebenden Lippen. Und Franz hat sie beobachtet und hat dann in seinem Zimmer heimlich geweint. Es war eine schwere Zeit.

Noch vor dem Anschluss hat Schuschnigg die meisten Illegalen freigelassen, auch Hans, den die Mutter und Franz vom Gefängnis abholten. Er schritt aus dem Gefängnistor wie durch einen Triumphbogen, mit dem Lachen, das ihn die nächsten Jahre begleiten würde, dieses Lachen eines Siegers. Das war das Bild, an das sich Franz gerne erinnert.

Im Spätsommer machte Franz die Aufnahmeprüfung zur NAPOLA, Hans hatte ihn angemeldet. Eine Woche lang waren die zweihundert Bewerber kaserniert. Nur dreißig wurden genommen. »Ich bin stolz auf dich«, sagte Hans, in schwarzer Uniform, zu Franz, in der Uniform der Deutschen Jugend.

Neununddreißig wurde Hans nach Deutschland versetzt, wohin, durfte er nicht sagen. Dann, im Herbst, das Bild des jungen SS-Hauptsturmführers in der Zeitung, er saß im Sozius eines Kraftrades, breit lachend, die verschmierte Windschutzbrille auf der Stirne, das Eiserne Kreuz unter dem Kragen. Man berichtete, wie Hans mit seiner kleinen K-Rad-Aufklärungstruppe den eigenen Panzern davongezogen war, eine ganze Kompanie Polen überraschte und entwaffnete. Mutter schnitt den Artikel aus und klebte ihn in das Familienalbum.

Er kam auf Heimaturlaub, Mutter wischte sich mit den Handrücken über die Augen, dann lachte sie. Hans erzählte dem kleinen Franz diese spannende Geschichte immer und immer wieder, denn Franz wollte sich die Details einprägen, seinen Schulkameraden erzählte er so gerne von seinem Bruder, dem Helden.

1942 Cholm, irgendwo im eisigen Russland. Man erfuhr nicht viel. Nur, dass die Truppen eingekesselt waren. Auch Hans.

»Den Hans, den bringt nichts um!«, sagte Franz und legte der Mutter die Hand auf die Schulter. Der Hans, der würde aus jeder einstürzenden Häuserruine herausschreiten, ohne ein einziges Staubkorn auf dem Revers. Fürs Sterben hat der zu viel Schneid. Einhundertfünf Tage. Der Kessel aus der Luft versorgt. Ein Drittel der Truppe gefallen, die Hälfte verwundet. Als es im Mai vorbei war, bekam Hans zwei ganze Wochen Fronturlaub. Er traf sich mit fremden Frauen, die ihm Briefe an die Front geschickt hatten. Und er spazierte mit Franz durch die Prater-Hauptallee, es war warm, sie setzten sich an einen stehenden Donauarm. Hans schaute ins Wasser. Dann sagte er: »Weißt du, es gibt Situationen ...«

Er schwieg eine Weile. Warf einen Stein ins Trübe, schaute den Wellen zu, wie sie verebbten. Sagte: »Und dann denke ich an dich, an meinen kleinen Franz, und dann geht es schon wieder.«

Das war alles. Keine Details mehr, die Franz in der Schule erzählen konnte. Alles, was Franz wusste, hatte er aus den Berichten im *Völkischen Beobachter*, und im *Signal* gab es noch dazu die schönen Farbfotos. Der strahlende Hans Grohmann. Der, der durchgehalten hat. Ritterkreuz mit Eichenlaub und Schwertern. Nebenbei die Ernennung zum Obersturmbannführer.

»Mein Bruder hat das Eiserne Kreuz«, sagt Franz zu Karl. »Vielleicht verdiene ich es mir auch einmal.«

Da kramt Karl etwas aus seiner Jackentasche: ein EK I.

Franz beäugt den Orden, wendet ihn mehrmals, prüft sein Gewicht, als wolle er eine Fälschung entlarven.

»Woher hast du das?«

»Voriger Monat. Da haben uns Panzer angegriffen, und wir haben noch Panzerfäuste gehabt, und da waren wir noch eine richtige Kompanie, und ich hab vier Panzer zerstört. Da hat mir der Herr Oberleutnant sein Eisernes Kreuz gegeben. Kannst es haben.«

»Und warum willst du es nicht?«

Karl zuckt mit den Schultern. »Ich brauch es nicht. Und wenn ich dir damit Freude machen kann ... Ich will lieber Klavier spielen. Habe schon auf Liederabenden begleitet. Und dann für mein erstes Konzert geprobt. Schuberts neunte Sonate in B. So sanft. So leicht.«

Er schließt die Augen, lauscht einer Weile der Musik in seinem Kopf.

Mit geschlossenen Augen redet er weiter. »Dann hat Goebbels die Idee mit dem Totalen Krieg gehabt. Ich habe weitergeprobt, weil irgendwann wird der Totale Krieg aus sein, und wenn ich probe, werde ich besser sein. Aber dann bin ich sechzehn geworden und zum Volkssturm gekommen. Und vor vier

Wochen habe ich dieses Maschinengewehr gekriegt. Seither habe ich das zweigestrichene Cis im Kopf.«

»Das was?«

»Der Ton zwischen dem zweigestrichenen C und D. Das geht nicht weg. Wenn ich mir die Ohren zuhalte, dann ist es besonders arg. Weil ich dann nur das Cis höre. Das wird Dissonanzen geben, beim Spielen.«

»Du brauchst keine Angst haben«, sagt Franz. »Mein Bruder ist in Kirchwald, er hat sicher eine große Truppe, ein Bataillon, oder noch mehr, er wird schon dafür sorgen, dass alles gut geht.«

Karl reißt die Augen auf: »Franz, ich habe Angst vor der Stille. Weil ich dann dem Cis ausgeliefert bin. Es geht nur weg, wenn es losgeht.«

Dann kippt sein Kopf nach vorne, fettige Haarsträhnen fallen ihm ins Gesicht. Er schnarcht.

Im Juni 1943 stand Hans wieder einmal vor der Türe. Franz umarmte ihn, dann machte er einen Schritt zurück, um seine Uniform zu betrachten, denn jedes Mal, wenn Hans kam, gab es etwas Neues, einen neuen Rang oder einen neuen Orden; diesmal war es ein Kampfabzeichen. In Form eines Wappens, silbrig, ein Adler stand da, mit ausgebreiteten Schwingen, zu seinen Füßen eine Schlange mit geöffnetem Mund und spitzen Zähnen. Der Adler hatte den Kopf nach links gewendet, auf seiner Brust das Hakenkreuz. Darunter die Schrift: »Warschau 1943«. Franz wusste Bescheid, in den Wochenschauen hatten sie über diesen hinterhältigen Aufstand im jüdischen Ghetto berichtet.

Hans brachte Kaffee mit. Echten. Sie saßen im Wohnzimmer, und Franz erzählte von den älteren Schulkameraden, die schon an die Front durften. Er redete, und die Beine des Bruders wippten die ganze Zeit, als wäre er knapp vor dem Sprung, die Augen unruhig, nicht auf Franz konzentriert, nicht den Blicken der Mutter standhaltend. Und er rauchte. Fischte aus der Zigarettenschachtel in seiner Brusttasche eine nach der anderen heraus, zündete sie sich mit dem Stummel der letzten an.

Die Mutter legte ihre Hand auf die von Hans. »Was ist denn?«, fragte sie.

Hans schaute sie an, öffnete den Mund, als wollte er etwas sagen, seine Beine hörten auf zu wippen, er wurde ruhig, plötzlich lächelte er das Lächeln wie auf den Farbfotos im *Signal.* »Es geht mir gut, ihr braucht euch keine Sorgen machen. Wirklich nicht.«

Karl hört auf zu schnarchen und fängt übergangslos zu reden an. »War es immer schon so?«, fragt er, »ich meine, wiederholt sich das alles, ist vor tausend oder zweitausend Jahren auch jemand hier gehockt, mit seiner Steinschleuder oder mit seinem Vorderlader?«

»Man kann es vielleicht herausfinden«, sagt Franz und streift mit der Hand die Grabenwand entlang. »Vielleicht steckt in der Erde was.«

Karl sagt: »Du meinst, man sollte hier forschen wie Schliemann?«

»Wer ist Schliemann?«, fragt Franz.

Es dämmert. Der Oberleutnant sagt: »Es geht los!«

Karl steht auf, stellt sich hinter das Maschinengewehr, das am Rand des Schützengrabens steht, drückt den Kolben mit der linken Hand gegen seine recht Schulter, Franz sieht, wie sich unterhalb vom Hügel etwas bewegt, das sind Menschen in braunen Uniformen, und da sind Fahrzeuge, Panzer, die gestern noch nicht da waren.

Der Oberleutnant gibt den Feuerbefehl, Karl drückt den Abzug durch. Das Hämmern ist laut und schmerzt in den Ohren. Franz passt auf, dass der Patronengürtel nicht hängen bleibt, wenn er durch das Gewehr gezogen wird. Kleine braune Männer dort unten lassen sich zu Boden fallen.

Granaten schlagen in der Kapelle ein, die kommen von den Panzern. Ziegelbrocken und Erde prasseln auf Franz ein. Karl hört auf zu schießen und setzt sich auf den Boden des Schützengrabens.

»Was ist los?«, fragt Franz.

Der Oberleutnant kommt herüber. Karl sagt zu ihm: »Es geht gleich wieder. Einen Moment nur, ja?«

Franz holt sein Verbandzeug aus dem Tornister, drückt einen Zellstofflappen auf Karls Hinterkopf und wickelt eine Fatsche um den Kopf, der Verband sieht aus wie ein Kopftuch. Karl versucht aufzustehen, der Oberleutnant streicht ihm mit dreckigen Fingern über die verschmierte Wange, er sagt: »Karl, hör zu. Wenn du dein Konzert gibst, dann hinterleg an der Kassa eine Gratiskarte für mich.«

Und zu Franz sagt er: »Schaff ihn weg von hier.«

Karl und Franz auf der Landstraße, die aus Wien herführt und die nach Kirchwald weitergeht. Eine Allee aus Kirschbäumen, die weiß blühen werden. Bald. Rote, süße Kirschen. Später.

»Dort«, sagt Franz und zeigt auf den Kirchberg, »du wirst sehen, dort ist mein Bruder. Dort hat er sein Bataillon stationiert, und die werden den Gegenangriff starten. Mein Bruder gehört nämlich zu denen, die durchhalten.«

Franz hört einen Schrei.

»Hörst du das?«, fragt Franz.

Karl reagiert nicht.

Der Schrei verebbt. Was muss mit einem Menschen passieren, dass er so schreit?

Karl lehnt sich an einem Baum und lächelt.

»Wir müssen weiter!«, sagt Franz.

»Das Cis ist weg!«, sagt Franz. »Wie schön das ist. Die Stille.«

Plötzlich eine Explosion, Franz spürt die Erschütterung, er schaut zurück, denkt für einen Moment an die, die in der Bibel zur Salzsäule werden. Die Kapelle hat sich in eine Rauchsäule aufgelöst, die jetzt über dem Rochusberg steht.

»Es ist so angenehm ruhig, da drinnen, in meinem Kopf«, sagt Karl und greift sich auf den Verband.

Franz möchte sich mit Karl freuen können.

»Ich werde wieder spielen können«, sagt Karl mit lauter Stimme, und Franz weiß jetzt: Karl kann seine eigenen Worte nicht mehr hören. Franz stützt den Kameraden beim Gehen, Karls Armbeuge im Nacken, doppelte Anstrengung bei jedem Schritt.

»Weißt du, Franz, der Oberleutnant hat einmal gesagt: Wenn ich ein Konzert gebe, soll ich ihm eine Eintrittskarte schenken. Weil er es sich sonst nicht wird leisten können. Weil, ohne Hand, was soll er dann schon arbeiten können, nach dem Krieg?«

Die Landstraße macht eine Kurve, dann hinunter, zum Ortsschild von Kirchwald. Eine Weggabelung, rechts die Hauptstraße, die um den Kirchberg führt. Und links ein unasphaltierter Weg hinauf.

Karl fragt, ob es noch weit ist, und Franz sagt nein, um ihn zu beruhigen, und Karl wiederholt die Frage, und Franz schüttelt ganz deutlich den Kopf. Sie gehen vorbei an versperrten Eingängen zu Weinkellern – niedrige Ziegelbauten mit jeweils einer kleinen Türe und ein bis zwei kleinen Fenstern – als würden im Berg Zwerge hausen. Und diese Zwerge haben aus Angst ihre Häuser verriegelt. Kirchwald scheint menschenleer. Hans hat seine Leute wohl gut getarnt. Franz rechnet bei jedem Schritt damit, dass plötzlich ein Zug SS-Männer in braun gefleckten Tarnanzügen hervorstürmt und die beiden in einen tiefen Keller führt, wo der Bataillonstab untergebracht ist und von wo Hans den Gegenschlag dirigiert. Aber keiner kommt.

Franz möchte schreien. Den Namen seines Bruders, damit er endlich auftaucht. So wie als Kind, wenn er beim Spielen gestürzt war und mit blutigem Knie dalag und seinen Bruder rief und Hans ihn aufhob und sagte, es ist ja alles nicht so arg, schau, nur eine Abschürfung, ein Mann weint nicht.

Nun wird der Weg steiler, zur Kirche hinauf. Da, endlich, ein Mensch! Eine Frau im gemusterten Kleid, wohl eine Einheimische, eine kleine, dürre Gestalt mit Kopftuch über den grauen Haaren. Drei Jahrzehnte später wird Franz wissen, dass es die Frau Schmidt ist. Sie sitzt auf der Bank neben dem Friedhofstor, zwischen den Beinen ein Spaten, sie stützt sich mit den Händen darauf ab, als wäre er ein Gehstock.

Karl setzt sich unter einen Baum und lehnt sich gegen den Stamm. Franz geht zu der Frau hinüber.

»Heil Hitler«, sagt er. »Und wo ist die Truppe?«

»Dort unten«, sagt sie und zeigt nach Osten, wo der Russe herkommt.

»Ich meine unsere Truppe.«

Sie sagt: »Die dicken Majore sind schon lange in ihre Autos gestiegen und abgehauen.«

»Und SS-Oberführer Grohmann? Wo ist er?«

»Wie heißt du?«, fragt sie.

»Franz Grohmann. Wo ist er?«, fragt Franz.

»Du bist sein Bruder?«

Franz stampft mit dem Fuß auf den Boden, mit hoher Kinderstimme kreischt er: »Wo ist er?«

Die Frau wiegt den Kopf hin und her, als gäbe es noch alle Zeit der Welt.

»Weg«, sagt sie.

»In welche Richtung? Wohin wollte er?«, ruft Franz.

»Franz, ich sag dir was«, flüstert sie.

Er kommt näher, um ihre Worte zu hören: »Dein Bruder ist weg.«

Franz atmet tief ein, dann sagt er: »Bitte helfen Sie mir, mein Kamerad ist verletzt.«

Sie steht auf und reicht Franz ihren Spaten.

»Was soll ich damit?«

»Ihn eingraben.«

Franz erschrickt und schaut zu Karl, der mittlerweile zur Seite gesunken ist. Aus seinem Kopf quillt Blut. Franz kniet sich zu ihm, Karl atmet nicht mehr. Franz streicht ihm Haarsträhnen aus der Stirn. Die Frau stellt sich daneben und fragt: »Was ist jetzt? Graben wir ihn ein?«

Franz streicht ihm die Wange entlang. Sie ist noch warm, wie bei einem lebendigen Menschen. So schnell rinnt das Leben aus einem heraus. Das ist nicht fair. Er wischt sich eine Träne aus dem Gesicht, dann schnallt er sich Karls Pistole um.

Franz und die Frau schleppen Karl, der Körper hängt durch, sein Hintern schleift über die Stufen vom Friedhofstor und dann über den Kieselweg, vorbei an den Familiengräbern der Winzer.

Die Frau ist erstaunlich kräftig. »Das macht die Übung«, sagt sie. »Drei Söhne habe ich begraben. Dort liegt der letzte.« Sie zeigt auf einen frisch aufgeschütteten Erdhaufen. Daneben schaufeln sie ein neues Loch. Nicht tief, nicht groß, Karl war klein. Als die Frau die Arme des Toten über der Brust kreuzt, sagt sie: »Schöne Hände hat er gehabt. War er denn dein Freund?«

Franz sucht in der Uniformjacke nach dem Soldbuch, will Karls Familiennamen wissen. Für die Inschrift. Die Frau verspricht, ein Kreuz aufzustellen. Dann schüttet sie Erde auf Karls Gesicht. Noch zweimal Schaufeln, und das Gesicht ist schon weg.

Bald ist der Russe hier. Und Franz muss weg.

»Wo sind die Leute hin?«, fragt er die Frau.

»In die Keller. Die wollen dort die Sturzflut abwarten. Und wenn die Russen weitergezogen sind, wollen sie rauskommen.«

»Und warum sind Sie nicht dort?«

»Die Sonne scheint gerade so schön.« Sie setzt sich wieder auf die Bank vor der Friedhofsmauer, mit ihrem Spaten.

Franz stellt sich vor einen Keller, klopft an die Holztüre. Keiner öffnet, Franz rüttelt daran. Versperrt. Noch einmal klopfen. Jetzt sperrt jemand auf, ein erschrockener alter Mann mit Taschenlampe kommt zum Vorschein.

»Es ist noch kein Russe«, ruft er nach hinten. Franz geht an ihm vorbei, die schmale Treppe hinunter, durch ein feuchtes Gewölbe. Weicher, schwarzer Schimmel an den Wänden, Holzfässer, grüne Weinflaschen, bis an die Decke gestapelt. Plötzlich in einem Raum, wo Leute hocken. Petroleumlampe in der Mitte, schemenhafte Schatten an den Wänden. Augen auf Franz gerichtet. Von Frauen mit Kopftüchern, von Kindern, die auf Bänken hocken, von alten Männern. Dicht gedrängt, zwischen den

Habseligkeiten: Koffer, Kinderwägen, Rucksäcke. Ein Kleinkind schreit, die junge Mutter sagt sch, sch, sch.

»Was willst du hier?«, fragt man ihn.

»Bitte helfen Sie mir. Ich muss mich verstecken.«

Die Leute reden durcheinander.

»Du bist aber keiner von uns.«

»Wenn uns die Russen draufkommen, dass wir einen Deutschen verstecken, dann ...«

»Der bringt Unglück.«

»Die Russen werfen eine Granate herunter, und das war es dann.«

Die Leute verstummen, weil ein Mann aufgestanden ist. Er sagt: »Siehst du nicht, wir haben keinen Platz für dich! Verschwind!«

So steigt Franz die Treppe hinauf, geht gebeugt, weil das Gewölbe niedrig ist, die Schritte strengen an, nichts gegessen heute, zu viel passiert heute, und dennoch das Schlimmste noch vor sich. Hinaus aus dem modrigen Kirchberg mit den gehorteten Weinfässern und den Einwohnern, für die der Karl heute gestorben ist, weil er ihr verdammtes Dorf und ihren verdammten Wein verteidigt hat.

Franz erreicht den Ausgang, hinaus ins Freie, hört, wie das Tor von innen verschlossen wird. Steht ausgesperrt im hellen Licht, keine Explosionen mehr, nur mehr das Knattern der Maschinengewehre. Gleich überschwemmt der Russe das Dorf und wird morden und vergewaltigen und brandschatzen, und Franz beneidet das Eichhörnchen, das einen Baum hinaufhuscht, auf einem Ast regungslos verharrt und nichts vom Krieg weiß.

Wenn er doch wenigstens noch einen oder zwei Tage bekäme! Um hier auf seinen Bruder Hans zu warten. Sie würden gemeinsam im Graben liegen, Franz würde all das lernen, was man über das Kämpfen wissen konnte. Aber ... wozu überhaupt? Für die Kirchwalder, dieses Bauernpack, das sich im Berg versteckt wie Gewürm? Nein. Die haben die Russen einfach verdient. Und

Hans hat das verstanden, opfert diesen unwichtigen Hügel, will im Westen seine Truppen massieren.

Für den Gegenangriff.

So wird es sein.

»Für euch sterben wir nicht noch einmal!«, schreit Franz Grohmann. Und hat Angst.

1982

Erika und Alexander gehen zum Rochusberg.

»Sie sollten das feindliche Territorium gesehen haben«, hat er gesagt und dabei gelacht.

Nach einer Weile findet sich Erika auf einem Feldweg wieder: zwei breite Erdstreifen, von Traktorrädern platt gewalzt, dazwischen ein Grat mit grünen Büscheln. Alexander geht auf der linken Radspur, Erika auf der rechten. Ein kurzer Feldweg, der von der Landstraße abzweigt, Erika sieht schon den Wohnwagenanhänger des Professors mit der Aufschrift: Fischereifreunde Kirchwald.

Sie bleibt stehen.

Sie schaut sich um.

Leer geerntete Äcker, kahl und trocken. Sonnenblumen, die ihre Köpfe in Demut nach unten hängen lassen. Aussicht nach Norden zum Kirchberg. Die Sonne versinkt; das Abendrot färbt die spärlichen Wolken rosa. Was für ein Kitsch, denkt Erika, und schon verschwindet das Rosa. Den ganzen Tag hat die Sonne beinahe regungslos heruntergebrannt, und plötzlich hat sie es eilig zu verschwinden. Kein Tagesende, sondern ein überstürzter Tagesabbruch, der viel Unerledigtes zurücklässt, als Bürde für morgen.

Alexander deutet, sie soll weitergehen.

Und Erika geht weiter.

Der Wohnwagen ist dunkel. Niemand da.

Auf dieser Hügelkuppe hat einmal eine Kapelle gestanden,

hat der Vater erzählt. Ein kreisrundes Gebäude mit grünem Dach. Geblieben sind zwei Stufen aus weißem Stein, ein hüfthohes Stück Mauer. Und die Senke, die früher ein Krater war.

»Hier haben die Deutschen ihre Gräben gehabt«, erklärt Erika und verweist auf Stellen, die ihr der Vater gezeigt hat. Wenn sich die Soldaten auf dem Kirchberg verschanzt hätten, gäbe es keine Kirche mehr. Hierher sind sie ausgewichen, und der Vater hat ihr als Kind erklärt, das war wie bei angeschossenem Wild, das sich zum Sterben einen entfernten Platz sucht, um die Meute vom Rudel abzulenken.

Neben der Ruine die Grabungsstätte, in einer ausgebaggerten Senke, überdacht von einem weißen Zelt, nach zwei Seiten offen. Auf dem Boden beschreibt ein Raster von gespannten Plastikschnüren die Quadranten, je ein Meter Seitenlänge, mit unterschiedlichem Grabungsfortschritt: einige noch unberührt, andere schon knietief. Dort unten liegen schwarze Käfer auf ihren Rücken, dutzendweise hinuntergefallen und hilflos, panisch bewegen sie ihre Beinchen. Erika berührt so einen Käfer mit dem Zeigefinger, dankbar klammert er sich an und lässt sich herausholen.

»Die arbeiten ja ganz anders als wir«, sagt Alexander.

»In den eiszeitlichen Schichten gibt es wenig, was größer ist als ein Zentimeter«, sagt Erika. »Darum sammeln sie den Löss ein, schütten ihn in Plastiksäcke, und arme Studenten müssen die Erde schwemmen und sieben.«

»Und die Mammutstoßzähne, von denen man immer hört?«

»Ab und zu findet man welche«, sagt Erika. »Sind mühsam zu bergen und zerfallen leicht. Die Erde hier auf dem Rochusberg ist dermaßen zerbombt und mit Schützengräben durchzogen, da tut man sich schwer, die Schichtenfolgen nachzuvollziehen. Ein schwieriges Gelände. So viel zerstört. Warum tut sich das der Professor an? Was will er hier?«

Alexander gibt eine Antwort, über die Erika später noch lange nachdenken wird: »Vielleicht ist für den Professor der Rochusberg das Gleiche wie für Sie der Kirchberg.«

Da kommt jemand den Feldweg entlang, im Dämmerlicht erkennt Erika: Er ist es.

Grohmann kommt auf sie zu: »Ja, Frau Doktor! Was machen Sie denn hier?«

Er steht still. Dann macht er einen unerwarteten Seitwärtsschritt. Und wieder steht er still. Er riecht nach Schweiß und Wein. Ehe Erika etwas sagen kann, geht er an ihr vorbei in den Wohnwagen.

Beim Heimweg zum Kirchberg – es ist schon dunkel – sagt Alexander: »Ihre Füße müssen Ihnen wehtun.«

»Warum?«

»Weil Sie mir die ganze Zeit durch den Kopf gehen.«

Nachmittag. Erika den Kirchberg hinab, atemlos, erreicht Marias Haus, nimmt wie zum Gruß ihr verklebtes Kopftuch ab und berichtet: »Wir haben einen Depotfund gemacht!«

Sie schaut Maria erwartungsvoll an, so lange, bis Maria auch lächelt und sagt: »Das ist sicher ganz toll für dich.«

Erika und Maria setzen sich auf weiße Plastikstühle, die im Garten beim weißen Plastiktisch stehen. Maria serviert eine Jause, Erika sitzt auf der Stuhlkante mit wippenden Beinen, in den Händen knetet sie das Kopftuch. Maria bietet Kuchen an, den Erika ablehnt, aber eine Tasse Kaffee nimmt sie.

Beim Einschenken beklagt sich Maria, wie schlecht die Geschäfte gehen. Sie hat geträumt, sie müsse ihr Haus aufgeben. »Die Kinder haben geweint im Traum, und ich habe geweint, und der Alfred hat auch nichts tun können. Es ist scheußlich, wenn alles, wofür man gearbeitet hat, mit einem Mal weg sein kann.«

Erika fällt nicht ein, was darauf zu sagen wäre.

Zum Glück wechselt Maria das Thema, erzählt vom Feuerwehrfest und fragt Erika, ob sie am Samstag mitkommen will.

»Ich weiß noch nicht«, sagt sie.

»Diese Antwort gilt nicht«, sagt Maria und grinst.

Die drei Kinder kommen zum Tisch. Zuerst gibt Erika Alfred

junior die Hand, dem mageren, zehnjährigen Jungen. Dann Bettina, dem Volksschulmädchen, dem Erika ansieht, dass es einmal so füllig werden wird wie die Mutter. Bettina versteckt sich schüchtern hinter Alfred und fasst nur für einen Moment Erikas Hand.

Dann derJjüngste.

»Clemens, du erinnerst dich doch noch an die Erika? Letztes Jahr?«, sagt Maria.

»Die Ausgrablerin!«, sagt er.

»Ich bin Prähistorikerin«, sagt Erika.

Clemens versucht das Wort nachzusprechen.

»Die Erika weiß viele spannende Geschichten über den Kirchberg«, sagt Maria.

Die Kinder schauen Erika an. Sie weiß nicht, was sie sagen soll.

»Soll ich etwas erzählen?«

Maria nickt.

»Eine Geschichte«, sagt Clemens.

Erika kann doch nicht mit Kindern! Wie redet man zu denen? Sie glaubt gehört zu haben, wenn man Kinder ernst nimmt und sie behandelt, als seien es normale Menschen, dann kommt man am besten durch solche Situationen.

»Wir haben heute einen tollen Depotfund gemacht!«, sagt Erika und hofft, dass der Funken der Begeisterung überspringt. Clemens versucht wieder, das Wort »Prähistorikerin« nachzusprechen. Erika versucht es mit Fakten: »Am Ende der Bronzezeit ist Kirchwald beeindruckend groß gewesen. Wir vermuten, bis zu zehntausend Menschen, und das in einer agrarisch ausgerichteten Gesellschaft, stellt euch das mal vor!«

»Interessant«, sagt Maria bemüht.

»Wie viel ist zehntausend?«, fragt Clemens. Bettina schaut zu Boden, und Alfred popelt in der Nase. Deshalb schlägt ihn Maria auf die Hand.

»Was ist eine Prähistorikerin?«, fragt Clemens.

Erika seufzt und antwortet dann: »Eine Ausgrablerin.« Sie

muss es anders machen. Eine Weile denkt sie nach, bis ihr ein Anfang zur Geschichte einfällt.

»Es war einmal ... vor dreitausend Jahren ein mächtiger Fürst mit einem großen Volk. Er lebte in einem großen Fürstenhaus, dort oben, wo heute die Kirche steht. Eine ganze Stadt auf dem Berg, und alle Häuser aus Holz, geschützt von mächtigen Wällen. Auf dem Hügelfeld könnt ihr den Wall noch heute sehen. Kirchwald lag an der Bernsteinstraße, einem weiten Handelsweg, der von der Nordsee bis zum Mittelmeer reichte. Viel gehandelt wurde damals, mit Töpfen, Schmuck und Bernstein.«

»Was ist Bernstein?«, fragt Clemens.

Erika kramt aus ihrer Hose einen hervor und reicht ihn Clemens. »Kannst du behalten.«

»Wie sagt man?«, fragt Maria.

»Danke.«

Erika lehnt sich zurück und erzählt weiter: »Kirchwald ist durch den Handel reich geworden, nicht durch das Handwerk – Kirchwalder Töpfe zum Beispiel waren schlechte Qualität. Die gute Ware, die wir gefunden haben, stammt aus dem Ausland. Dann kam der Krieg. Aus dem Osten kamen Reitervölker.«

»Die Russen?«, fragt der kleine Clemens. »Großpapa hat erzählt, dass die Russen alles gestohlen haben.«

»Nein, damals gab es noch keine Russen. Das Reitervolk belagerte die Siedlung. Und zu dieser Zeit hat jemand seinen Schatz vergraben, um ihn später zu bergen, wenn der Krieg vorbei ist. Das nennen wir ein Depot.«

»Was für ein Schatz?«, fragt Alfred.

»Bronze. Da waren Beile und Anstecknadeln und Armreife. Und noch ein paar Metallstücke.«

»Gar kein Gold?«

»Es war auch etwas besonders Wertvolles dabei. Ein Eisenstück.«

»Ganz gewöhnliches Eisen?«, fragt Bettina, die ihre Schüchternheit überwunden hat.

»Damals war es ein teures Metall. So wie Gold heute.«

»War der Schatz in einer Schatztruhe?«, fragt sie.

»In einem Lederbeutel. Der ist aber verrottet. Der Eigentümer hat seinen Schatz nicht mehr ausgraben können, womöglich ist er umgebracht worden. Die Reiter haben nämlich die ganze Siedlung niedergebrannt und die Fürstenfamilie umgebracht und in eine Grube geworfen.«

Die Kinder schauen zu Erika herauf, erwartungsvoll.

»Das war alles. Die Geschichte ist jetzt aus«, sagt sie.

»Das war keine lustige Geschichte«, sagt Clemens.

»Aber sie ist wenigstens nicht so traurig wie das Märchen vom Mädchen mit den Schwefelhölzern«, sagt Bettina.

»Damals war es in Kirchwald noch nicht so fad wie heute«, sagt Alfred. Die Kinder gehen wieder spielen, und Erika schaut ihnen zu. Wenn man eine Familie hat, ist man dann glücklich?

»Hast du schon deinen Vater besucht?«, fragt Maria und reißt Erika aus ihren Gedanken.

»Ich will nicht«, sagt Erika. Bettina deutet auf einen Specht, der mit seinem spitzen Schnabel gegen die Rinde des Apfelbaumes hämmert. Erika zupft sich das T-Shirt vom Bauch; sie schwitzt. Sie rutscht nach vorne, weil ihr Rücken an der weißen Plastiklehne des Gartenstuhls klebt.

»Der Vater hat mich nicht ins Gymnasium gehen lassen«, sagt Erika. »Nur Hauptschule. Kennst du dieses Gefühl? Überall Langeweile um einen herum, und die Vormittage ziehen sich wie Kaugummi, weil der Lehrer nicht mehr weiß, als im Schulbuch steht.«

»Kenn ich. Mir war auch langweilig. Was die Lehrer erzählt haben – ich hab gleich gewusst, davon brauch ich das meiste gar nicht.« Maria lacht. »Aber geprüft haben sie es trotzdem. Warum hat er dich nicht lassen? Ich wäre froh, wenn mein Ältester in der Schule was zusammenbringen würde!«, und sie ruft ihrem Kind zu: »Gell, Alfred?«

Der Junge, verwirrt, dreht sich um, und als seine Mutter ihm zuwinkt, spielt er weiter.

»Der Vater hat gesagt, man braucht nicht studiert sein, um

den Hof zu führen. Man muss nur arbeiten können«, erzählt Erika.

»Aber die Matura hast du doch gemacht.«

»Ich bin nach Wien gezogen, sobald ich gekonnt hab. Abendschule. In der Nacht gelernt, am Tag gearbeitet. Vater hätte es mir nicht so schwer machen brauchen.«

Maria ergreift Erikas Hand. Schon lange hat niemand ihre Hand gehalten, ohne dass Erika sie wegziehen wollte.

»Solltest du nicht einmal mit dem Vater darüber reden?«, sagt Maria.

»Was soll das denn schon bringen?«

»Frieden.« Und Maria schaut auf Erikas Beine, die immer noch wippen.

»Ich überlege es mir«, sagt Erika, nur damit Maria aufhört. Erika möchte in Ruhe die Kinder beobachten. Das tut gut. Das füllt die Leere auf.

»Wenn man Kinder hat, macht einen das glücklich?«, fragt Erika.

Am Samstagabend betritt Erika wieder das Haus von Marias Familie.

»So willst du hingehen?«, sagt Maria statt einer Begrüßung und stemmt die Hände in die Hüften. Sie trägt ihr grünes Dirndl, mit den weißen Spitzen im Dekolletee und der gemusterten Schürze. Die Lippen sind rot geschminkt.

»Mit Turnschuhen zum Feuerwehrfest? Und in Jeans? Nicht wirklich!«

Sie ruft Alfred her. Der trägt seine rostbraune Ausgehuniform, weißes Hemd und schwarze Krawatte. Auf dem Revers das Abzeichen des Hauptbrandinspektors: drei Sterne auf rotem Hintergrund, golden umrahmt.

»Schau dir die Erika an! Man merkt, dass sie schon lang nicht mehr unter Leute gegangen ist.«

»Lass sie doch«, beschwichtigt Alfred. »Jedem Häschen sein Gräschen.«

»Aber so findet sie doch nie einen Mann!«

Alfred zwinkert Erika zu und geht zurück ins Wohnzimmer. Maria geht zu den Nachbarn, »die haben eine Tochter, die ist so dünn wie du«, und kommt mit einem Kleidersack wieder. Erika muss sich ausziehen und bekommt Strümpfe und einen Rock, der über dem Knie aufhört und der so eng ist, dass er Erika hindert, große Schritte zu machen.

»Wenn du schon schöne Beine hast, dann zeig sie doch her!«

Maria reicht Erika ein rotes Top mit Spagettiträgern. Die Schuhe: schwarzer Lack mit dünnen Absätzen. Erika schlüpft hinein, die Zehen werden zusammengedrückt.

»Das tut ja weh«, sagt sie.

»Wer schön sein will, muss leiden.«

»Damit breche ich mir sicherlich den Knöchel«, sagt Erika.

»Mach dir keine Sorgen deswegen. Wenn dir was passiert, legen wir dich auf eine Bahre, und nach dem Fest tragen dich zwei gut gebaute Feuerwehrmänner den Kirchberg hinauf.« Maria lacht.

»Wie Aschenputtel«, sagt sie zu Erika, die sich vor dem Spiegel betrachtet, von vorne, von links und rechts und auch von hinten, da muss Erika über ihre Schulter schauen.

Dann geht die Familie zum Fest. Alfred nimmt Erikas und Marias Hand, Bettina hängt sich bei ihrer Mutter ein. Alfred junior geht hinterher. Der kleine Clemens spaziert neben Erika, seine kleine Hand in ihrer. Warm. Weich. Und zerbrechlich. Ganz sanft hält sie ihn.

Ein tiefer Atemzug, die laue Abendluft ist angenehm, Erika schließt die Augen und lässt sich von der Familie den Weg entlangführen.

Das Fest findet auf dem Fußballplatz statt: eine Wiese, in der zwei Tore in der Erde stecken, davor die braunen Flecken festgetrampelter Erde. Klappbänke und Klapptische im Strafraum, an der Mittellinie die Tanzfläche mit der Band: vier Männer in glitzernden Anzügen und eine Frau mit auftoupierten Haaren.

Die Frau ist ohne Instrument, vermutlich wird sie singen. Am Rand des Fußballfeldes das neue Löschfahrzeug mit der Drehleiter. Davor die Bar mit weiß betuchten Tischen, angeordnet um eine Batterie von Kühlschränken für den Weißwein und den Kisten mit dem Roten. Ein mobiler Ofen, wo hinter dem Glas sechs Spieße rotieren. Auf jedem stecken fünf Hühner, gerupft und kopflos, die Metallstange in das Hinterteil hinein und durch den Hals hinaus und ins nächste Huhn hinein. Holzkohlegriller mit roter Glut, darauf Fleischstücke und Würste, die sich in der Hitze und den Rauchgasen krümmen.

Erika und die Familie nehmen Platz, gleich bei der Tanzfläche. Alfred junior will nicht neben Bettina sitzen, vorhin, als er ein Mädchen gegrüßt hat, hat Bettina gerufen: »Der Alfred ist verliebt!«

Es wimmelt von rostbraunen Uniformen. Jeder Mann, der in seinen Jugendtagen bei der Feuerwehr gewesen ist, hat seine alte Jacke ausgegraben, auch wenn sie am Bauch schon spannt.

Eine Kellnerin stellt Erika ein Viertel Weißen hin. »Bist eingeladen«, sagt Maria.

Das Fest beginnt mit Alfreds Rede. Maria hat ihn vorhin beruhigen müssen, weil er nervös war und seinen Zettel nicht gleich gefunden hat. Er stellt sich zur Band, und als das Mikrofon aufgehört hat zu quietschen, liest er seine Sätze vom Zettel ab. Nach der langen Begrüßung redet er von den neuen Atemschutzgeräten und was sie gekostet haben und wie sie finanziert wurden. Von den Grillern weht der Rauch herüber. Maria und alle anderen applaudieren, sie himmelt ihn an wie einen Popstar.

»Aber unser ganzer Stolz gebührt dem neuen Löschfahrzeug mit der Drehleiter, das wir gebraucht von der Wiener Feuerwehr gekauft haben.«

Applaus.

Alfred erläutert die Finanzierung und Abschreibung des neuen Wagens, dann erklärt er das Fest für eröffnet, die Band stimmt einen Marsch an, und Alfred setzt sich zu Maria.

»Du hast ja so gut geredet«, sagt sie.

»Wirklich?«, fragt er, und sie küsst ihn auf den Mund.

Die Leute ringsum wirken begeistert. Und in der Zwischenzeit werden Grillhühner und Würstel verzehrt, einige Mutige tanzen, aber hauptsächlich wird getrunken. Roter und Weißer aus dem Doppelliter, gespritzt und pur. Dazwischen die Schnäpse, aber wenig Bier, denn schließlich sind wir nicht im Waldviertel. Erika als Einzige sieht keinen Anlass, tote Vögel oder gefüllte Schweinsdärme zu kauen. Sie trinkt ihr Glas leer.

Plötzlich hat sich ein Mann neben Erika gestellt, ein Gesicht, das hart und bestimmt wirkt: die Glatze, glatt und glänzend, ist von einem exakten, kurz geschnittenen Haarkranz umgeben. Der Schnurrbart kurz, dicht, symmetrisch. Sauber rasierte Wangen und Hals, als hätte es hier nie ein Haar gegeben oder eine Unreinheit oder eine Unebenheit. Er trägt den grauen Trachtenanzug mit Hirschknöpfen.

»Darf ich mit Ihnen tanzen?«

»Mit mir? Aber ich kann doch nicht...« Erika schaut zu Maria, doch sie lächelt hintergründig und sagt: »Keine Sorge, der Herr Ortsvorsteher ist ein guter Tänzer.«

Erika erhebt sich, auf dem Weg zur Tanzfläche spürt sie seine Hand auf dem Rücken. »Ich bin der Hannes. Hannes Kuhschlager.« Er hält Erika die Hand hin. Sie sagt ihren Namen und er sagt: »Ich weiß. Ich habe dich schon oft gesehen, und jetzt wollte ich dich endlich kennen lernen.«

Er lächelt. Seine Zähne glänzen sehr weiß.

Zillertaler Hochzeitsmarsch.

Der Ortsvorsteher umfasst Erika. Er macht seine Schritte, und Erika versucht, den Füßen auszuweichen.

»Ich habe es ja gesagt, ich kann es nicht«, sagt sie.

Er lächelt wie ein Mann, der vergeben kann. Sie wandern auf der Tanzfläche umher, der Ortsvorsteher schaukelt mit dem Oberkörper im Takt, links, rechts.

»Wie kommt eine schöne Frau wie du dazu, als Archäologin zu arbeiten?«

»Durch das Studium.«

Erika beobachtet die Leute, die um die Tanzfläche stehen und Erika beobachten und die sich denken: Da tanzt die Erika mit dem Ortsvorsteher.

»Und warum hast du Archäologie studiert?«, fragt er.

»Wie kann man *nicht* Archäologie studieren, wenn man in einem Ort wie diesem aufgewachsen ist?«

»Ja, das stimmt, unser Kirchwald ist schon ein schöner Ort, so friedlich.«

Kurze Pause. Es ist angenehm ohne Lärm. Die Notenhefte werden umgeblättert, es geht wieder los: Hum-ta-ta. Hum-ta-ta. Der Ortsvorsteher macht auch weiter, Heben und Senken bei jedem Schritt. Mehr Menschen kommen auf die Tanzfläche, auch die alten Männer in ihren Hochzeits- und Begräbnisanzügen. Zum Walzer fühlt sich jeder berufen.

»Und was haben Sie studiert?«, fragt sie.

»Weißt du, Erika, für die Politik muss man Lebenserfahrung mitbringen und soziales Gespür, da braucht man keinen Titel«, sagt der Ortsvorsteher.

Sie denkt darüber nach: Dr. Bruno Kreisky, Dr. Josef Klaus, Dr. Alfons Gorbach, Ing. Julius Raab, Ing. Leopold Figl.

Adolf Hitler, der hatte keinen Titel.

»Sie sind der Kirchwalder Ortsvorsteher, nicht wahr?«, fragt Erika.

Der Ortsvorsteher nickt.

»Was ist ein Ortsvorsteher?«, fragt sie.

Er erzählt, dass Kirchwald nicht mehr genügend Einwohner hat, um eine eigenständige Gemeinde zu sein. Darum hat man den Ort mit zwei anderen Ortschaften zu einer Katastralgemeinde zusammengefasst, mit einem Bürgermeister. Und drei Ortsvorstehern.

»Im Vertrauen, Erika, ich glaube, in drei, vier Jahren werde ich der Bürgermeister sein.«

Und nach einer weiteren Drehung: »Erika, was hältst du davon, wenn ich dich jetzt auf ein Gläschen einlade?«

Er führt Erika zur Bar, seine rechte Hand an ihrem zweiten

Lendenwirbel. Er bestellt zwei Schnäpse, seine Hand rutscht hinab zum fünften Lendenwirbel, und als sich Erika einen Orangensaft geben lässt und das Mädchen hinter der Theke die zwei Schnapsgläser beim Ortsvorsteher abstellt, da sieht Erika eine Störung in seinem Gesicht: Ein Schweißtropfen perlt von der Schläfe herab und bleibt an der Kante vom Kiefer hängen.

Plötzlich eine bekannte Stimme: »Ja schau, die Erika, das liebe Kind!«

Der Pfarrer hat das gesagt. Sie erinnert sich gleich an seine Hände, denn immer wenn er das gesagt hat, hat er mit diesen Händen ihren Kopf gestreichelt, und die Wange, und den Nacken und was sich sonst noch streicheln ließ. Kinder hat er immer schon gerne gehabt.

Der Pfarrer sitzt mit Professor Grohmann zusammen. Erika geht hin und grüßt. Alt und faltig sind sie geworden, die Pfarrershände.

Der Pfarrer mustert Erika vom Ausschnitt bis zu den Knöcheln. »Lang dauert es nimmer, und du bist verheiratet! Setz dich doch zu uns.«

Sie überlegt, ob sie sich neben ihn setzen soll, tut es dann doch, denn sie ist ja keine zehn mehr.

»Ich bestell uns was Richtiges«, sagt Grohmann und schaut auf Erikas Orangensaftglas. Er winkt der Kellnerin, Erika wird ein Viertel Roter vorgesetzt. Er beugt sich vor, seine Bewegungen sind ausladend und fahrig, sein Atem stinkt nach Alkohol. Er erzählt dem Pfarrer von seinem Corpsbruder Professor Kojic: »Wie einen Aussätzigen haben sie ihn behandelt.«

Grohmann macht ein paar Schluck aus dem Glas und sagt: »Im Grunde ist der Siegfried selbst schuld an seinen Schwierigkeiten. Man darf gewisse Dinge eben nicht öffentlich sagen! Wir leben in einem System, wo man sich zu seiner Gesinnung nicht bekennen darf. Und wissen Sie, wie man dieses System nennt?«

»Demokratie!«, sagt er dann. »Und bitte, was hat uns die ganze Demokratie überhaupt gebracht?«

Der Professor gibt sich gleich wieder die Antwort: »Dass man nicht mehr durchgreifen kann.«

Erika denkt an letzten April, als Grohmann am zwanzigsten eine Torte mitgebracht und mit den Assistenten Sektflaschen entkorkt hat. Sie haben gegrinst, als Erika nach dem Anlass gefragt hat.

»In Wien soll es ja viele Schwarze geben«, sagt der Pfarrer.

»Ja, und die fahren in der U-Bahn und verkaufen Drogen. An Kinder.«

»An Kinder!«, sagt der Pfarrer.

»Ja, und in den Discos machen sie sich an die Mädchen heran.«

»Die Discos«, sagt der Pfarrer, macht einen Schluck und sagt: »Die schwarze Hautfarbe ist ja gar nicht geeignet für unser Klima hier.«

Erika trinkt. Dann streicht sie sich über die Wange. Als gehörten Wange und Hand nicht zum selben Körper, nimmt sie zwei getrennte Berührungen wahr. Der Alkohol.

Der Professor schenkt sich nach, dann ruft er scheinbar ohne Zusammenhang aus: »Die Benes-Dekrete!«

»Ja, ja«, sagt der Pfarrer und nickt.

»Und die Sudetendeutschen.«

»Ja, die auch«, sagt der Pfarrer.

»Wissen Sie, Frau Doktor«, sagt der Professor, »heutzutage reden die jungen Leute immer über Wiedergutmachung. Und wer entschädigt die Vertriebenen? Darüber schreibt die Weltpresse nichts, und warum? Frau Doktor, ich sage es Ihnen. Weil die jüdischen Medien nur schreiben, was ihnen in den Kram passt. Ist doch so, oder?«

»Ich kenne mich in Zeitgeschichte nicht gut genug aus, um ein Urteil abgeben zu können«, sagt Erika und steht auf.

Und da ist schon wieder der Ortsvorsteher. Als habe er nur auf eine Gelegenheit gewartet, sagt er: »Komm, gehen wir, ich will mit dir reden.«

Dabei drückt er ihre Hand. Er stellt sich nahe, Erika spürt die andere Hand, die ihren Rücken entlanggleitet. Sie stellt sich Dinge vor. Zum Beispiel, wie er auf Erika liegt, wie er sich abmüht. Vielleicht stöhnt er, auf jeden Fall wird er schwitzen, aus den Achseln, glitschiger Körper, seine Finger werden in Erika sein, beim Küssen wird er Speichelfäden ziehen. Nachher werden sie vielleicht noch ein bisschen reden.

Sie zieht die Mundwinkel zur Seite, öffnet die Lippen ein wenig, mit dem so konstruierten Lächeln sagt sie: »Wenn Sie mich noch einmal berühren, trete ich Ihnen zwischen die Beine. Sie werden sich vor Schmerzen krümmen, und ich werde Ihnen dabei zusehen.«

Montagmittag entdeckt Alexander Erika in der Gemeinschaftsküche. Er holt sich ein Bier, und als er den Kühlschrank schließt, bemerkt er, dass sie beim Tisch sitzt. Aber nicht wie jemand, der erschöpft von der Hitze und vom Staub etwas Ruhe sucht. Sie hat sich vorgebeugt, die Handflächen sind auf die Tischplatte gestützt, die Ellbogen abgewinkelt, wie im Moment vor dem Aufspringen. Alexander trinkt sein Bier halb leer, und Erika hat sich immer noch nicht bewegt. Sie starrt ins Leere, als würde sie mit voller Konzentration etwas beobachten, das weit weg ist.

Er fragt, was los ist.

Sie antwortet langsam und leise: »Ich sehe Dinge.«

»Aha«, sagt er und folgt ihrem Blick, in der Spüle stapeln sich ungewaschene Kaffeetassen. Er schaut das Geschirr eine Weile an, dann fragt er: »Und was sehen Sie?«

Erika wendet den Kopf zu Alexander, ihre gespannte Haltung fällt zusammen, sie presst die Arme gegen den Unterleib. Sie hätte ihm nichts sagen sollen.

»Es ist nichts«, sagt sie, und: »Sie können wieder arbeiten gehen.«

Alexander schaut her, Erika wendet den Blick wieder ins Leere. Er geht endlich hinaus.

Die Nacht nach dem Feuerwehrfest. Sie war auf dem Heimweg, den Kirchberg hinauf, durch die Lindenallee zur Baracke. Heller Vollmond. Die Bäume zeichneten Schattenbilder, die sich mit dem Wind bewegten. Bei der verwaisten Zeltstadt der Studenten blieb Erika stehen und beobachtete ihr Schattenbild auf der Wiese. Rund um den Kopf strahlte das Mondlicht stärker – es sah aus, als trüge sie einen Kranz aus Licht. Sie griff über ihren Kopf, um sich zu überzeugen, dass da nichts war.

Dann: Schatten, die sich die Lindenallee entlangbewegten. Eine große und zwei kleine Gestalten in Richtung Kirche.

Erika folgte ihnen. Ein Erwachsener schien es zu sein, und als Erika näher gekommen war, glaubte sie einen Mann zu erkennen, mit weiter Kleidung, um die Taille einen Gürtel. Die anderen Gestalten waren Kinder, die sich schwer taten, Schritt zu halten. Der Mann schleppte etwas.

Erika war nicht schnell genug in diesen Stöckelschuhen, sie schleuderte sie fort. Die kantigen Kieselsteine zerrissen die Strumpfhose und schnitten ihre Sohlen auf. Sie schob ihren engen Rock hoch, um große Schritte machen zu können. Inzwischen waren die Gestalten bei der Kirche, und im Schein der Laterne erkannte Erika: Der Mann trug zwei Kleinkinder in seinen Armen. Die fünf bogen hinter die Friedhofsmauer, und Erika folgte, bis sie sich auf Quadrant Minus B Minus 11 wiederfand, der letztes Jahr zugeschüttet worden war und auf dem jetzt Unkraut wucherte.

Sie hielt den Atem an.

Erika stand inmitten der nächtlichen Stille, alleine. Über ihr das schief liegende Gesicht des Mondes: leere Augenhöhlen und ein offener Mund, zum stummen Schrei geformt. Die Haut brannte an den Schienbeinen bis hinauf zu den Knien, denn Erika stand in einem Brennnesselfeld.

Die fünf blieben verschwunden.

Am Nachmittag sieht Erika Schliemann. Oder zumindest eine Katze mit einem weißen Ohr, die auf dem Kieselweg vor der Baracke spaziert. Erika hievt sich aus einer Grube, rennt das Hügelfeld hinunter zur Baracke, sieht, wie die Katze den Weg weiterläuft, hinunter ins Dorf. Erika hinterher, den Hohlweg hinunter, die Hauptstraße entlang.

Die Katze ist weg, Erika bleibt stehen. Auf der gegenüberliegenden Straßenseite ein Haus mit einer breiten Einfahrt, die weiten Torflügel nach innen geöffnet. Das Haus der Eltern.

Erika stellt sich auf die Zehenspitzen, will ins Wohnzimmer spähen, aber drinnen ist alles dunkel. Erika könnte gesehen werden! Womöglich steht schon jemand hinter der Gardine. Darum muss Erika zurück zum Hügelfeld, sie hat noch so viel zu tun, und in sechs Stunden ist es dunkel.

Da sieht sie den Kirschbaum im Hof, seine Äste schaukeln im Wind. Kirschen … Erika hat wieder diesen säuerlichen Geschmack im Mund, einen Kindheitsgeschmack. Die Pracht begann im Frühling, mit heller Schönheit, verschwenderisch und kurzlebig. Wenn Erika am Ende der Blütezeit so einen Ast durchschüttelte, dann schneite es weiß auf sie herab. Anfang Juni begann das Kosten, wenn die ersten Kirschen ihr Grün überwunden hatten.

Die Waltraud hat gesagt: Nach dem ersten Rülpser mit dem Kirschenessen aufhören, sonst kommt das Bauchweh. Das hat Erika nie durchgehalten. Eine geht noch, eine Hand voll, und dort oben, die schauen so dunkel aus, da muss sie noch hinauf. Und am Abend der Durchfall. Eine Lehre für Erika: Genuss und Schmerz können nahe beieinander liegen. Auch was Schein und Sein betrifft, war der Baum ein Lehrmeister: denn die Kirschen, die ganz hoch hingen, waren so herrlich dunkel! Ist man hinaufgeklettert und hat sich mit mutiger Freihändigkeit nach ihnen gestreckt, dann entpuppten sie sich als genauso rot und sauer. Über solche Dinge hat Erika nachgedacht, in den Frühsommern, auf ihrem Lieblingsast, mit rot bekleckerter Bluse. Vater hat den Baum nie verstanden. Weil man keinen Wein daraus machen kann.

Aber die Waltraud hat Kirschenstrudel daraus gemacht, gezogenen natürlich.

In Wien, vor wenigen Wochen, ging Erika am Naschmarkt bei einem Obststand vorbei, griff gedankenverloren nach einer Kirsche, der Verkäufer schimpfte. Wie befremdlich, dafür zu zahlen, wo die Saison doch so viele hergibt, dass alle Mäuler nicht ausreichen, um sie wegzuessen! Im Juni sind deswegen die Kirchwalder Kinder nett geworden, auch die bösartigen Jungen haben sich mit Erika vertragen, damit sie in den Zeitlinger-Hof durften, zum Pflücken.

Damals war der Baumstamm noch schlank und die Rinde grau und glatt. Heute ist die Baumhaut schwarz und zerfurcht. Wir sind beide älter geworden, denkt Erika und streckt die Hand aus. Plötzlich ist ihr klar: Sie hat die Straße überquert, ist durch das Tor gekommen und im Hof stehen geblieben.

»Erika, bist du es!«, hört sie und kommt sich ertappt vor, ein Kindheitsgefühl, als habe sie sich heimlich in eine Zeit geschlichen hat, wo sie nicht mehr hingehört. Die Waltraud umschließt Erika mit beiden Armen, Erika spürt ein Zittern in Waltrauds breitem, weichem Körper.

»Ich habe es gewusst! Ich habe es immer gewusst!«, sagt die Waltraud. Erika hat sie größer in Erinnerung. Ihre Haare sind grau. Die Beine kurz und dick, die Füße angeschwollen. Sie trägt Stützstrümpfe und weiße Turnschuhe. Diese Beine sind keine Säulen mehr, hinter denen sich die kleine Erika vor dem Pfarrer verstecken kann, wenn er nach der Messe herkommt und sagt, ja schau, die Erika, das liebe Kind, und seine Hand streckt er aus, um den Kopf und das Kinn anzugreifen. Aber Erika ist auch kein kleines Mädchen mehr.

»Ich hab dir einen Apfelstrudel gemacht, einen gezogenen. Weil du den so gern möchtest.«

»Für mich? Woher hast du denn gewusst, dass ich komme?«

Die Waltraud lächelt nur. Erika geht ins Haus und begegnet dem Vater. Erika zögert. Weil sie nicht weiß, wie sie den Vater begrüßen soll. Schließlich streckt sie ihm die Hand entgegen. Er nimmt sie, und Erika spürt Handwurzelknochen, umhüllt von kalter, fleckiger Haut. Faltige Haut auch unter dem Kinn:

schlaff, geknittert und trocken, wie bei den Eidechsen, die in Ephesos erstarrt auf weißen Steinen sitzen.

»Wie geht es dir?«, fragt Erika.

»Die Burgenländer. Ich sage dir, die panschen, im großen Stil, anders kann ich mir ihre Spätlese und die Preise nicht mehr erklären. Und wenn das auffliegt, dann gibt das einen Skandal, den das Land noch nicht gesehen hat.« Das sagt er, ohne sie anzuschauen.

Erika betritt die Küche als Schulmädchen mit Pferdeschwanz. Sie rutscht hin zu ihrem Platz auf der Sitzecke, unter dem Holzgestell, das an die Wand genagelt ist und auf dem die Muttergottes steht, mit blauem Tuch, mit goldenem Schein. Einmal hat die kleine Erika die Figur heimlich hochgehoben und hat entdeckt, dass sie unten ein Loch hat: Maria ist wie ein hohler Gartenzwerg.

Um Erika die vertrauten Geräusche: das Schaben der milchigen Glasscheibe, die die Waltraud zur Seite schiebt, um aus der Kredenz die Tassen zu holen; das Klimpern des Bestecks in der Lade, die sie herauszieht und die etwas schräg hängt, bis die Waltraud die Löffel herausgegriffen hat. Das Knarren des Holzbodens unter den schweren Schritten der Waltraud.

»Rumpold, wo ist der Strudel?«, sagt die Waltraud. Und nach einer Pause, mit stockender Stimme: »Rumpold, wie kannst du das nur machen! Deine Leute sollen gefälligst etwas anderes essen!«

Sie stellt die Kaffeetassen auf den Tisch und redet weiter: »Ich habe sonst nur Kekse …«

»Danke, Waltraud.«

»… die kannst du eintunken. Das tut mir sehr Leid, dass wir keinen Strudel haben. Ausgerechnet heute!«

Sie setzt sich an den Tisch, gießt den Kaffee ein. Sie hält die Kanne mit beiden Händen, weil sie zittert. Ihre Hände – so anders als die vom Vater: weiche, gepolsterte Handrücken, mit gespannter, grauer Haut und kurzen Fingern.

Der Vater umfasst seine Tasse mit den Handflächen. Ohne

Zucker, ohne Milch trinkt er seinen Kaffee. Dann fragt er Erika: »Warum tust du das?«

»Was?«

»Graben.«

Erika erzählt, dass Kirchwald vor dreitausend Jahren wohl zwei-, dreitausend Einwohner hatte, eine Metropole also, also zehnmal so groß wie heute. Sie schildert die Sensation der sechs Skelette, sie spricht von modernen Methoden, mit denen man herausfinden kann, wie die Menschen damals gelebt haben.

»Wozu kann das gut sein«, sagt der Vater, den Blick auf seine Tasse konzentriert.

»Was für die klassischen Archäologen Ephesos ist, das ist für die Frühgeschichte der Kirchberg! Sogar die Zeitungen haben berichtet. Da werden sicher die Touristen kommen.«

»Und was sehen die? Die Skelette nehmt ihr mit, eure Löcher schüttet ihr zu. Wenn Leute herkommen, dann nur wegen des Weines. Davon haben sie nämlich was.«

»Aus der späten Bronzezeit gibt es auch viel mehr Waffenfunde als von den früheren Epochen! Das deutet darauf hin, dass es im Zusammenleben der Menschen auch mehr Auseinandersetzungen gegeben hat. Bergbau, Handel und Handwerk führten zu Besitz, den man schützen musste. Diese Jahre waren sehr kriegerisch und von Wanderung und Neubesiedelung geprägt.«

Erika nimmt den Kaffeelöffel in die Hand, betrachtet ihn, klopft damit auf den Tisch, als wolle sie das Material prüfen, und fährt fort. »Ich nehme an, es waren Kriege, durch die ein neuer Werkstoff nach Mitteleuropa gelangt ist. Das Eisen. Das war auch das Ende der Wallburg. Sie ist niedergebrannt, das Feuer kam von Osten, das können wir nachweisen.«

»Hast du einen Mann?«, fragt die Waltraud.

»Nein.«

»Hast du einen Freund?«

»Nein.«

»Aber du willst Kinder haben, nicht wahr?«

»Ja.«

»Was ich noch sagen wollte«, sagt die Waltraud, »danke für die Einladung!«

»Welche Einladung?«

»Zur Doktor-Feier«, die Waltraud hält das Kuvert in der Hand, mit der Promotionsanzeige. Die ist zwei Jahre alt. »Wir haben nicht kommen können.« Sie schaut den Vater an. »Wegen der Weinlese, du verstehst das doch, oder?«

Erika nickt.

»Wir waren sehr stolz auf dich. Auch der Vater. Wirst du jetzt Professor werden?«

»Professorin«, antwortet Erika. »Ich arbeite daran.«

»Du wirst es schaffen, Erika, das weiß ich. Du bist nämlich gescheit«, sagt die Waltraud und schaut zum Vater.

Er sagt: »Du hast sicher noch Hunger, Erika, ich schäl dir einen Apfel.«

Er nimmt sein Taschenmesser aus der Hose, klappt es auf, schält mit voller Konzentration, man muss genau sein, um kein Fruchtfleisch zu verschwenden. So hat er es Erika beigebracht. Seine Hände zittern, als er den fertig gehäuteten Apfel beiseite legt.

Erika schaut auf seinen Mund, die Lippen bewegen sich – um etwas zu fragen? Erika, warum bist du so unruhig? Erika, warum siehst du so müde aus?

»Ich muss jetzt das Laugenrad putzen«, sagt er, erhebt sich, dabei schiebt er seinen Stuhl nach hinten, ein lautes Schleifen. Noch ein vertrautes Geräusch.

Als der Vater draußen ist, fragt die Waltraud: »Sag, Erika, kriegst du nichts zu essen? Du bist so dünn. Ist was passiert?«

»Meine Katze ist weggelaufen«, sagt Erika.

»Wie schaut sie denn aus?«

»Sie hat ein weißes und ein kaputtes Ohr.«

»Ach die? Komm mit.«

Erika folgt der Waltraud hinaus in den Hof zur Scheune. Dort stehen fünf Futternäpfe, Katzen laufen herum.

»Die gehören alle euch?«, fragt Erika.

»Sind zugelaufen. Dein Vater füttert sie, er hat noch keine verjagt oder ertränkt. Weißt du, Erika, ich schau deinem Vater manchmal zu, wie er hier sitzt und die Viecher beobachtet. Dann wünsch ich mir, ich könnt in seinen Kopf schauen und wissen, was er so denkt.«

Und da ist Schliemann. Erika beugt sich hinunter und krault seinen Nacken. Sie will ihn hochheben, doch er faucht und kratzt.

Als Erika fortgehen will, zieht die Waltraud Erika am Ärmel und sagt: »Ich mach dir gleich einen Apfelstrudel, mit vielen Nüssen und Rosinen und knusprigen Randstücken. Das mit dem Apfelstrudel heute tut mir Leid. Weißt du, Erika, immer wenn du oben auf dem Kirchberg arbeitest, dann habe ich frischen Strudel für dich, für den Fall, dass du einmal herunterkommst. Und ausgerechnet heute ...«

Ihre Stimme erstirbt, sie schluckt, senkt den Blick.

Erika geht auf die Hauptstraße und hat es eilig, zur Baracke zu kommen. Und Schliemann folgt ihr.

Inzwischen ruht sich Alexander aus, an eine Linde gelehnt, so lange, bis er Erika entdeckt, die den Berg hinaufkommt. Dass etwas anders ist, merkt er an ihrem Gang, ihre Schritte kommen ihm zögerlich vor, kein schnelles Zustreben auf irgendein Ziel, sondern in Gedanken einen Schritt vor den anderen setzen. Und Schliemann trottet neben ihr her. Als die beiden bei Alexander stehen bleiben, als er aufsteht und ihr in das Gesicht sieht, sagt er: »Etwas ist passiert.«

»Nichts ist passiert«, sagt sie.

Alexander spürt, dass sie mit ihren Gedanken weit fort ist. Vielleicht ist sie wieder in einer anderen Zeit.

»Ist alles in Ordnung mit Ihnen?«

»Ja«, sagt sie.

Wenn das stimmte, denkt Alexander, dann wäre Erika sofort irgendwohin geeilt, wäre in eines der Löcher gestiegen und hätte weitergearbeitet. Immer in Bewegung. Wie ein Kreisel. Aber Erika bleibt. Als wisse sie nicht, wo sie hingehöre. Orientierungslos kommt sie ihm vor, schutzbedürftig, aber Alexander verdrängt den Wunsch, sie zu umarmen.

Plötzlich sagt jemand: »Servus, Erika!«

Eine alte Frau ist gekommen, eine kleine Gestalt, gebeugt, auf dem Rücken schleppt sie einen Rucksack, in der linken Hand einen prallen Plastiksack, in der rechten hat sie den Stock, auf den sie sich bei jedem Schritt stützt. Sieben, nein, mit Schliemann sind es acht Katzen, die um die alte Frau herumhuschen.

Erikas Gesicht verliert die Traurigkeit, sie sagt, laut genug für Schwerhörige: »Schön, dich zu sehen!«

»Brauchst nicht zu schreien«, sagt die alte Frau. »Taub sind nur die alten Leute.«

Ihre Haare sind unter einem bunten Kopftuch versteckt, ihre Gesichtszüge lassen sie zart und verletzlich scheinen, ein kleines Gesicht für einen kleinen Menschen, denkt Alexander. So zerbrechlich wirkt sie, und wie ein Wunder scheint es, dass sie die schwere Last auf ihrem Rücken tragen kann. Sie schaut zu Alexander hinauf und fragt: »Ist der schöne junge Mann dein Verlobter?«

»Nein«, sagt Erika.

»Na, dann habe ich ja noch Chancen bei ihm!«, sagt die alte Frau und kichert.

Erika lacht. Alexander freut sich, dass sie die Fröhlichkeit wiedergefunden hat. Er stellt sich der alten Frau vor.

»Erika Schmidt«, sagt sie. Beim Lächeln zeigt sich, dass sie noch ein paar Zähne hat.

»Sie heißen auch Erika?«

»Irritiert dich das? Zwei Frauen, ein Vorname, und jetzt fragst du dich: Wird die eine Erika einmal so werden wie die andere? Na, ich hoffe nicht, denn gar so dünn möchte ich nie werden.«

Erika lacht wieder.

Dann sagt die Frau Schmidt: »Mein Kind, lass dich nicht unterkriegen.«

Erika nickt. Dann geht sie zur Grabung hinüber, hat ihre Orientierung wiedergefunden.

Eine schwarze Katze legt sich währenddessen vor der alten Frau auf den Boden, streckt alle viere von sich, will gekrault werden. Eine dicke, grau gestreifte Katze kommt, faucht die schwarze Katze an, die schleicht fort, und die Fette schmiegt sich an die Beine der Frau. »Das ist die Bella. So eifersüchtig. Dabei, die ist schon zwölf Jahre alt. Und frisst wie ein Staubsauger. Die Eifersucht, die ist nicht gut. Wird nicht besser im Alter. Aber wie beim Menschen. Kein Wunder. Der Mensch stammt ja vom Tier ab.«

Alexander bietet der Frau Schmidt an, ihr den Rucksack zu tragen.

»Danke, mein Kreuz ist eh nimmer in Ordnung«, sagt sie. »Hat angefangen 1914, da hab ich so ein fürchterliches Reißen gekriegt. Dann haben sie den Thronfolger erschossen und haben den Krieg mit Serbien begonnen. Und im Sommer ´39, da war es plötzlich wieder sehr schlimm. Dann seid ihr in Polen einmarschiert. Und jetzt, also ich sag es dir, mein Kreuz ist heuer arg wie nie.«

»Wieso ich?«, fragt Alexander.

»Wie meinst du?«

»Sie haben gesagt, *ihr* seid in Polen einmarschiert.«

»Na, ihr Männer, das hab ich gemeint. Weil, wir Frauen marschieren nirgendwohin. Wir brauchen keinen Krieg zum Bluten.«

Er begleitet sie den Kirchberg hinunter, vorbei an den verfallenen Kellereingängen zur Hauptstraße, zu ihrem Haus, dem der Putz abgefallen ist, und die Ziegel liegen blank.

»Ich denk mir, ich brauch keine schöne Fassade mehr, ich bin eh bald gestorben, und für wen sollt ich es schön herrichten, aber das denk ich mir schon seit zwanzig Jahren, und ich glaube, das Haus wird mich eines Tages noch erschlagen.«

Vor dem Haus ein kleiner Garten, kein Rasen, dafür ein Gemüsebeet. »Gras kann man schließlich nicht essen.«

»Aber rauchen«, sagt Alexander.

»Meine Fisolen tun auch gut.«

Im Garten tummeln sich Katzen, noch mehr tauchen aus dem nahen Wald auf, einige schleichen von der Straße in den Garten.

»Dreißig sind es insgesamt«, sagt die Frau Schmidt. »Bleiben oft tagelang fort, dann kommen sie, als wäre nichts gewesen.«

Alexander bückt sich, um die fette Bella zu streicheln, doch die hebt den Schwanz hoch und stolziert fort. »Heute wohl kein Glück bei den Frauen?«, sagt die Frau Schmidt.

Während sie sich in der Küche zu schaffen macht, folgt Alexander den Katzen auf ihren Streifzügen durch das Haus: Vorzimmer, Bad, Zimmer, Abstellraum. Risse an der Decke, abgewohnte Sitzgarnitur, gemusterte Tapete, Wasserflecken, ein dunkler Kasten, an der Wand Fotos von drei Männern in Wehrmachtsuniform und einem Mann in kaiserlicher Uniform. In der Ecke eine Glasvitrine mit Barbiepuppen. Alle tragen fantastische Gewänder. Bella setzt sich in den Schaukelstuhl und beobachtet Alexander, wie er vorsichtig die Vitrine öffnet, eine Puppe herausnimmt und ganz sanft über das glänzende, rote Ballkleid streicht. Nicht das übliche Plastikzeug, das man kleinen Mädchen zum Geburtstag schenkt, wenn einem sonst nichts einfällt. Sondern echte Seide.

Plötzlich steht Frau Schmidt hinter ihm. »Tu das wieder zurück«, sagt sie.

»Die Kleider, die haben Sie gemacht?«

»Ja«, sagt die Frau Schmidt. Er folgt ihr in die Küche. Auf dem Küchentisch blutige Innereien, die sie aus dem Rucksack ausgepackt hat, unter dem Tisch zwei hungrige Katzen.

»Die sind gefräßig«, sagt sie. »Und das Dumme ist: Sie wissen, was gut schmeckt.«

»Woher kennen Sie die Erika?«, fragt er.

Sie packt die Fleischstücke in kleine Gefrierbeutel, um sie im Kühlschrank zu verstauen. Dabei erzählt sie: »Und wie die Soldaten mit ihrem Krieg aufgehört haben, da ist die Katharina zu mir gekommen. Hat mich gefragt, ob ich das Kind wegmachen kann.

Katharina, hab ich gesagt, warum kommst du zu mir?

Du bist doch eine alte Frau.

Aber nicht jede alte Frau ist eine Engelmacherin, habe ich gesagt.

Kennst du eine, hat sie gefragt.

Ich hab ihr von den Nadeln erzählt, mit denen man den Fötus aufspießt. Von den scharfen Löffeln. Von den Wehen. Und wie oft es passiert, dass Mädchen dabei verbluten. Und wie das ist, eine Totgeburt zu haben. Ich habe der Katharina erzählt, wie schön es ist, ein Kind zu säugen, und zuzuschauen, wie es die Welt begreift, wie es lernt. Mein Gott, die Katharina war selbst noch ein Kind.

Und von der Liebe und von der Hoffnung habe ich geredet, die so ein Geschöpf geben kann.«

Sie stockt, ihre Augen werden glasig, sie sagt: »Und umso schlimmer, wenn man dann das Kind begräbt.« Mit langsamen Bewegungen schnürt sie einen Gefrierbeutel zu.

»Ich hab ihr lange zugeredet«, sagt die Frau Schmidt dann. »Und es hat genützt. Katharina hat das Kind gelassen, und Erika ist daraus geworden. Seither ist die Erika wie mein Patenkind für mich. Weißt du, ich schau auf sie. Und ich schau mir ihre Leute an.«

Sie blickt zu Alexander hinauf und lächelt.

Eines Abends findet Professor Grohmann vor der Türe des Wohnwagens einen Umschlag. Darin die Kopie eines Zeitungsartikels mit der Überschrift »Grohmann ist Kriegsverbrecher«.

Kein Hinweis auf einen Absender.

Er geht in den Wohnwagen, öffnet die Fenster, um die Hitze rauszulassen, die sich tagsüber aufgestaut hat. Der alte Kühlschrank mit den Weißweinen vibriert, arbeitet unermüdlich seit den Morgenstunden. Grohmann öffnet ihn, nimmt einen Weißburgunder heraus, entkorkt, gießt sich ein Achtel ein. Er stellt sich vor, wie irgendeiner der Studenten in die Nationalbibliothek geht, Kataloge durchsucht, Zeitschriften ausheben lässt, Machwerke kommunistischer Studentengruppen darunter, auf schlechtem Papier, aber von Bibliothekaren mit schweren Buchdeckeln versehen, denn Bibliotheken nehmen keine Rücksicht, sie horten alles für die Ewigkeit. Beim Trinken lässt Grohmann den Blick über das Papier gleiten. Er kennt den Artikel nur zu gut, er spürt denselben Zorn aufsteigen, den er empfand, als er ihn zum ersten Mal lesen musste.

Nach dem Krieg besuchte Grohmann ein humanistisches Gymnasium, wo ihn die Mitschüler als Nazischwein schimpften und ihn schnitten. Das lag daran, dass der Klassenvorstand, als er Grohmann der Klasse vorstellte, erklärte: »Der Franz, der kommt aus der NAPOLA, das ist die Schule für künftige Nazibonzen. Dein Bruder war doch Sturmbannführer bei der SS, nicht wahr?«

»SS-Oberführer, Herr Lehrer«, korrigierte Grohmann und nahm Haltung an. Daraufhin wurde er in die hinterste Bankreihe verbannt, neben den Klassenkasper.

Weder dieser noch alle anderen Lehrer vermochten Disziplin durchzusetzen. Die Schüler schwätzten, während der Lehrer redete. Bei Prüfungen schummelten sie sogar! Und das alles ohne Konsequenzen. So etwas hatte es auf der NAPOLA nie gegeben.

Ein weiteres Zeichen der Veränderung: Es gab die Gemeinschaft nicht mehr. In der NAPOLA, da hatte ein Zug zusammengehalten. Die Erzieher konnten die Schüler noch so schleifen, aber auseinander dividieren ließ sich ein Zug niemals. Und hier, im Klassenzimmer, ein Haufen Individualisten, nicht bereit, ihren Beitrag für die Gesellschaft zu leisten, süchtig nach amerikanischer Musik und amerikanischen Zigaretten und immer auf der Suche nach Mädchen.

Die Deutsche Nation wurde auseinander gerissen, in die Ostzone, in die Bundesrepublik, und aus der Ostmark wurde Österreich, ein Staat, der aussah wie ein Fisch, mit Wien als Auge und dem Neusiedler See als Mund. Und der Fisch schwamm ostwärts. Heldenhafte Kämpfer wurden als Kriegsverbrecher gebrandmarkt, und die Wiener Regierung tat, als wäre der Anschluss die Invasion eines feindlichen Staates gewesen.

Grohmann fühlte sich verlassen. Ein schlimmer Zustand für jemanden, der es gewohnt war, in der Gemeinschaft aufzugehen: gemeinsam essen, gemeinsamer Sport, ein großer Schlafsaal, gemeinsame Ziele. Grohmann dachte oft an seinen Bruder Hans, und wie es ihm wohl jetzt erging. Vielleicht saß er in irgendeinem russischen Lager. Aber nicht grau und gebrochen wie die Heimkehrer, die am Südbahnhof aus den Waggons stiegen. Hans gibt seinen Kameraden Trost und hilft ihnen, die russische Gehirnwäsche zu überstehen. Denn ein Hans Grohmann gibt seine Grundsätze nicht über Nacht auf. Er sorgt dafür, dass das deutsche Kollektiv im Lager eisern zusammenhält, dass Lebensmittel aufgespart werden für die Kranken und dass dem Russen klar ist: Auseinander dividieren wird er die Deutschen nie können. Oder vielleicht war Hans die Flucht gelungen, und er baute gerade eine Rinderfarm in Argentinien auf, und in einer Arbeitspause schreibt er eine Postkarte: Lieber Franz, mir geht es gut hier, ich denke viel an dich, Gruß an Mutter, dein Hans.

Gelegentlich schlich sich ein dunkler Gedanke ein und lähmte Grohmann. Er kämpfte dagegen an, indem er sich einredete, dass ein Kriegsheld vom Kaliber eines Hans Grohmann schon zu oft dem Tod die Stirn geboten hatte, als dass er sang- und klanglos sterben würde. Doch dieser dunkle Gedanke hockte immer im Hinterkopf, und es bereitete Mühe, ihn in Schach zu halten.

Einmal ging die ganze Klasse ins Kino, man zeigte einen amerikanischen Lehrfilm über die Befreiung der Konzentrationslager. Als das Licht wieder anging und im Kinosaal noch immer betroffene Stille herrschte, stand der Klassenvorstand auf und sagte: »Franz, du als Bruder eines SS-Kommandanten, was sagst du zu diesen Gräueltaten?«

Grohmann sagte nichts.

Er schwor sich, nie mehr auf Seiten der Verlierer zu stehen.

Er flüchtete sich in das Lernen. Das verschaffte Ablenkung. Der Stoff bereitete ihm keine sonderlichen Anstrengungen, auch in Griechisch und Latein holte er schnell auf. Nach der Matura erhielt er ein Leistungsstipendium und begann 1948, Geschichte und Archäologie zu studieren.

Grohmann passte sich an.

Er trat keiner Burschenschaft bei, engagierte sich nicht politisch, nicht einmal wählen ging er, peinlich darauf bedacht, seine Gesinnung und seine Vergangenheit zu verstecken. Er machte keine Bemerkungen über sozialistische Politiker mit jüdischer Physiognomie, und er behandelte Kollegen ganz normal, selbst wenn sie Rosenblatt oder Kohn hießen. Er sagte nicht, was er über den Staat Österreich dachte. Und über die Orientierungslosigkeit der Jugend verlor er auch kein Wort.

Bis zum Jahr 1960. Da besuchte er die Zeitgeschichtevorlesung des Professors Karl von Wendell, jemand hatte ihm den Tipp gegeben mit den Worten: »Dieser Mann wird Sie überraschen.«

So saß Dozent Grohmann wie ein einfacher Student in einem Hörsaal der Hochschule für Welthandel, der Professor kam herein, lehnte sich lässig an das Pult, in der Hand ein paar Notizen, und gleich zu Beginn besprach er, weshalb es eine Österreichische Nation nicht gab, weder 1918 noch heute.

Grohmann spürte, wie sich in ihm eine Verkrustung löste. Leichtigkeit machte sich in ihm breit.

Dann erzählte der Professor von den Anfängen des Bürgerkriegs, Schattendorf 1927, er sagte, dass der sozialistische Mob eine Versammlung von Frontkämpfern sprengen wollte. Die Frontkämpfer flüchteten in ein Haus und schossen aus den Fenstern. »Notwehr war das! Als sie freigesprochen wurden, hat der Jude Austerlitz in der Arbeiterzeitung zum Bürgerkrieg und Putsch aufgefordert.« Der Professor vergaß nie zu erwähnen, dass jemand Jude war.

Gedanken, die Grohmann fünfzehn Jahre lang verleugnen

hatte müssen, wurden hier ausgesprochen, aber nicht hinter vorgehalter Hand, sondern laut und coram publico!

Über Hitler sagte der Professor, dass er der glanzvollste Redner des 20. Jahrhunderts gewesen sei. »Ich war damals überzeugter Katholik«, sagte Wendell, »und habe trotzdem Ja zu dieser Bewegung gesagt!«

Einige Studenten klopften auf die Tische und raunten: »Hört, hört!«

Dann erzählte der Professor von den zwei größten Tagen in seinem Leben: »Hitlers Rede auf dem Heldenplatz und die Krönung Pius XII.«

Grohmann fand in Wendell das Ziel seiner Odyssee. Er trat dem Corps Recordatio bei, einer Burschenschaft, die Wendell mitgegründet hatte.

Beim Morgenappell hält Grohmann das kopierte Blatt in die Höhe.

»Ich habe gestern einen Brief vorgefunden. Wer hat ihn mir vor die Türe gelegt?«, fragt der Professor.

Die Studenten schweigen. Ein Specht hämmert gegen hohle Rinde.

»Gut, meine Damen und Herren, wenn Sie mir bitte folgen möchten«, sagt der Professor.

Die Studenten gehen hinter ihm her, alle schweigen. Er geht zum Friedhof und biegt dann links ein, dort führt eine Allee nach Osten, den Kirchberg hinunter. Die Allee mündet in einen Hohlweg: links ein Steilhang aus Löss, mit Büschen und Unterholz zugewachsen. Rechts die kleinen Schrebergärten, und dahinter wieder ein verwachsener Steilhang.

Und mehr Gelsenschwärme als sonst wo.

Erika hat sich immer schon gefragt, wie es die Leute hier aushalten, wenn sie ihr Gemüse stundenlang jäten und die Äpfel von den Bäumen holen. Hier geht man so schnell wie möglich durch, Erika schaffte es in drei Minuten, und selbst dann hat sie Einstiche der Gelsen auf allen unbekleideten Körperstellen.

Das mannshohe Buschwerk und die Bäume lassen kaum Sonne durch, selbst die Mittagssonne ist machtlos gegen die Gelsen.

»Um diesen Weg geht es«, sagt der Professor. »Sie werden diese Hänge roden. Ich will, dass diese Gegend gelsenfrei wird. Sie werden einen Beitrag für die Gemeinschaft tun, sozusagen. Außer, Sie sagen mir, wer es war.«

Die Studenten schweigen eine Weile. Sabine schlägt sich in den Nacken. Sie ist bleich, und Gelsen bevorzugen hellen Teint.

Erika ballt die Fäuste und versucht, sich den Zorn nicht anmerken zu lassen – Grohmann nimmt ihr die Studenten weg, einen wertvollen Tag wirft er fort, bedeutet dem Professor die Arbeit überhaupt nichts? Soll Erika für andere bestraft werden? Sie schüttelt den Kopf, und in ihr reift ein Entschluss.

Den ganzen Tag lang hacken die Studenten Stämme um, sie reißen Gestrüpp aus, Hände bluten von den Dornen, die durch die Arbeitshandschuhe stechen. Mit Sensen mähen sie die schmerzenden Brennnesseln nieder, scheuchen Insekten hoch, die – heimatlos geworden – zum Angriff übergehen. Sie zerren an ihren dünnen Sägen, die immer wieder im Holz stecken bleiben. Sie schwitzen und können sich doch nicht ausziehen, wegen der Gelsen, und sie fluchen. Am Abend ist kaum die Hälfte gerodet. Der Professor kündigt an, dass die Studenten die Zeit, die sie mit dem Roden zubringen, am Wochenende bei der Grabung einarbeiten müssen.

»Frau Zeitlinger hat mich darum ersucht«, sagt er.

Die Blicke der Studenten sind verbissen. Jetzt schiebt mir der Professor die Schuld in die Schuhe, denkt sie. Und sie sagt sich, dass es sie nicht zu kümmern hat. Und dass jede Minute abseits der Grabung eine verlorene Chance ist. Sie beobachtet, wie Sabine neben Assistent Bergmann steht und sagt: »Michi, hilf mir! Bitte, sorg dafür, dass ich am Wochenende weg kann! Ich ertrag das nicht mehr.«

»Das geht nicht«, sagt er.

Sabine legt den Kopf an seine Schulter. »Aber du bist doch der Liebling vom Professor.«

Er weicht ihrem Blick aus.

Am nächsten Morgen, gleich nach dem Appell, geht es weiter. Ein bewölkter Tag, drückende Hitze, stehende Luft. Vereinzelt Regentropfen, als würde auch der Himmel schwitzen. Zu Mittag wird Sabine schwindelig. Sie setzt sich und beschließt, nicht mehr aufzustehen. Der Professor kommt, fragt, was los ist.

»Ich kann nicht mehr«, flüstert Sabine. Sie schaut hinauf zum Professor, der sich vor sie hingestellt hat, die Sonne im Rücken macht ihn zur gesichtslosen dunklen Gestalt.

»Wenn Sie nicht arbeiten, dann werden wir heute nicht fertig, dann werden Sie Ihren Kollegen erklären müssen, warum sie auch auf das nächste Wochenende verzichten müssen.«

»Aber ... mein Kreislauf ...«, sagt Sabine, der Professor geht weg, sie zieht die Arbeitshandschuhe an, steht auf, packt eine Sense, schleift sie zu einem Brennnesselfeld. Sie bemerkt Alexander, der mit der Axt auf eine Linde einschlägt. Mit bloßem Oberkörper, als wolle er allen beweisen, dass Gelsen ihm nichts anhaben können. Wenn er zum Schlag ausholt, in diesem kurzen Moment, bevor er die Axt niedersausen lässt, dann schwellen unter seiner Rückenhaut die Muskelstränge an. Sie denkt an längst vergangene Momente, als Alexander auf ihr lag und sie mit so viel Lust diesen Rücken umfasste. Sie wird zornig und mäht das Brennnesselfeld nieder.

Grohmann beobachtet vom Steilhang, wie die Studenten unten im Hohlweg arbeiten. In der Hand hält er den Zeitungsartikel. Mit einem Bild, unter dem steht: »Warschau 1943: Grohmann lässt auch Frauen und Kinder erschießen.«

Links eine Ziegelmauer, davor eine Gruppe Menschen, teilweise mit Augenbinden, einige tragen Röcke – aber deswegen müssen es noch lange keine Frauen sein, es sind vielleicht verkleidete Aufständische. Einige der Personen sind kleiner als andere – aber deswegen müssen es ja keine Kinder sein, es gibt auch kleine Menschen, und es ist doch bekannt, dass der Pole nicht groß gewachsen ist, Professor Kojic als Anthropologe kann das sicher bestätigen. Alle Personen liegen auf dem Asphalt. Feldgraue Soldaten stehen herum. Ein Unteroffizier steigt über die Liegenden, mit gezogener Pistole. Und rechts im Bild, etwas abseits, Offiziere, der Ranghöchste ist Hans Grohmann in seiner SS-Uniform. Das Eiserne Kreuz am Kragen.

Natürlich kann dieses Foto nicht beweisen, dass Hans den Befehl gegeben hat. Er war dabei, als es passierte, das ist alles. Vielleicht wollte er es verhindern und diskutierte deshalb mit den Offizieren.

Mit diesen Gedanken versuchte sich Grohmann 1965 zu beruhigen, als er die Studentenzeitung entdeckt hatte, die in der Aula der Universität verteilt wurde. Man wollte Grohmanns Ruf schädigen, und weil man über ihn nichts in der Hand hatte, musste der Bruder herhalten. Sippenhaftung.

Die linken Studenten taten das, weil Grohmann auf einer Pressekonferenz für Wendell Partei ergriffen hatte. Diese Konferenz hatte in einem gerammelt vollen Hörsaal stattgefunden. Das Fernsehen hatte sogar ein Kamerateam geschickt. Als Professor Wendell mit eiligen Schritten den Raum betrat, hörte man sogar das Surren der Kameras – so still war es! Er lehnte sich an das Pult und berichtete im Stehen von dem Gerichtsprozess, den er eben gewonnen hatte. Als er den Namen des Gegenanwalts, Dr. Rosenzweig, erwähnte, da lachten die Studenten im Saal.

Ein Journalist fragte: »Stimmt es, dass Sie Persönlichkeiten jüdischer Herkunft als solche bezeichnen?«

»Ja«, sagte der Professor. »Ich habe es bei Marx getan, weil der Kontext wichtig ist, er war ja ein Rabbinersohn. Ich habe es bei Heydrich getan, seine Großmutter war Jüdin – das war in der SS bekannt. Obwohl er persönlich ein ausgezeichnet aussehender, blonder, intelligenter und sympathischer Mann war. Und, meine Damen und Herren, ich werde es weiterhin tun, weil es meine Pflicht als Historiker ist.«

Der Journalist fragte weiter: »Vor acht Jahren schrieben Sie vom Geflunker von der Österreichischen Nation …«

»Richtig«.

»Haben Sie Ihre Meinung geändert?«

»Nein, warum sollte ich?«

Dann zur Frage, wie er zu seiner NSDAP-Mitgliedschaft stünde, sagte der Professor: »Ich habe sie nie verleugnet, nicht wahr, ich bin auch freiwillig beigetreten, im Unterschied zu manchen Zeitgenossen, die dann behaupteten, sie seien gezwungen worden.«

Das gab minutenlangen Applaus.

Da stand Grohmann auf.

Und sagte vor laufender Kamera: »Ich habe bei der Diskussion um den Herrn Professor von Wendell den Eindruck bekommen, man hat große Angst, dass die österreichischen Studenten hier beeinflusst werden, im Sinne des Nationalsozialismus. Liebe Kolleginnen und Kollegen, sind wir wirklich so unmündig, dass wir uns keine eigene Meinung bilden können?«

Dafür bekam auch er Applaus.

Drei Tage später fand die Demonstration gegen Wendell statt, und das Corps Recordatio organisierte die Gegendemonstration. Bei den Zusammenstößen starb ein Demonstrant, ein ehemaliger Widerstandskämpfer, und Professor Wendell musste in Pension gehen.

In der Nacht wird Erika geweckt, weil Schliemann ihr über das Gesicht steigt. Er setzt sich auf den Tisch am Fenster und schaut hinaus. Erika steht auf, draußen auf dem Kieselweg steht ein Mann. Er wartet auf Erika, sie beeilt sich, in Jeans und T-Shirt zu schlüpfen, dann läuft sie hinaus.

Sein Zopf im Nacken wird von einem metallenen Ring zusammengehalten. Um den Bauch ein Gürtel mit bronzener Schnalle. Sandalen mit Lederriemen, die um die Knöchel gebunden sind. Das Kleid reicht bis unterhalb der Knie, ist rot und mit Stickereien verziert und einteilig, mit kurzen Ärmeln. Darüber trägt er einen blauen Mantel, der Stoff wird an der linken Schulter durch eine Fibel zusammengehalten: ein bronzenes

Schmuckstück aus einer handtellergroßen Scheibe, verziert mit feinen Gravuren, daran eine Nadel, um die Fibel durch den Mantelstoff zu stechen.

Wie selbstverständlich umfasst sie seine Hände; geschmeidige Hände sind das, die sehr zärtlich sein können.

Erika erinnert sich an die Zeit, als der Mann sie umworben hat. Er war zum Hof von Erikas Vater gekommen, mit einem Ballen Schafwolle, in kräftigem und gleichmäßigem Rot gefärbt – die teuerste aller Farben! Es regnete, und der Mann ließ sich nicht abweisen, so ging der Vater selbst zum Tor. Das erstaunte Gesicht des Vaters, als er zurück ins Haus kam, zu Erika, die aufgeregt gewartet hatte und die vom Vater gesagt bekam: Draußen steht jemand, der möchte dich zur Frau, dabei, er ist doch nur der Sohn eines Färbers, und seine Hände, hast du die gesehen, die sind blau! Er hat den Kopf geschüttelt.

Wie heißt er, hat Erika gefragt.

Dann hat sie den Namen gehört, der sie ihr Leben lang begleiten wird.

Keichlo.

Seine Familie lebt am Rand der Siedlung, wegen des Gestanks dorthin verbannt. Es sind Färber, und in den Bottichen im Hof steht der Urin. Eine Woche müssen die Blüten des Färberwaids eingeweicht werden, damit sich die Farbstoffe lösen. Für das Blau. Jedes Frühjahr haben die Schäfer die Wolle gebracht, große, weiche Ballen, aber vor dem Beizen noch kratzig und talgig. Keichlo hat erzählt, wie gerne er sich als Kind in diese Haufen hat fallen lassen. Dass er und seine Eltern nach der Arbeit immer bunte Hände gehabt haben, das hat Erika lustig gefunden.

Sie hängt sich bei ihm ein und geht mit ihm durch die Siedlung. Wolkenfetzen schieben sich vor den Mond. Die beiden gehen an strohbedeckten Holzhütten vorbei, drinnen ist es still, die Menschen sind erschöpft vom Arbeitstag. Aus einem Schweinestall dringt Grunzen, irgendwo schreit ein Esel, und unten im Auwald heulen Wölfe.

Erika schmiegt sich an ihren Mann.

Sie gehen hinauf zum Fürstenhof; er liegt auf dem höchsten Punkt des Hügels, dort, wo man im Mittelalter eine Kirche errichten wird. Ein Langhaus, umgeben von einer Palisade, und davor die Hütten für die Leibeigenen. Der Dachgiebel des Fürstenhauses erreicht die Höhe von vier großen Männern. Sechzig Eichenstämme stützen das Schilfdach, der Boden aus gestampftem Kuhdung ist hart wie Stein, und die Wände aus lehmverputztem Flechtwerk sind innen mit roten, gelben und braunen Farben bemalt.

Die Wachen grüßen. Über dem Eingangstor, auf dem Querbalken, das Geweih eines Vierzehnenders. Die Knochenspitzen mit poliertem Bronzeblech ummantelt; das Mondlicht bringt das Geweih zum Strahlen: der Hirsch als Abgesandter der Sonne.

Erika folgt Keichlo in das Gebäude. Im Empfangsraum die erkaltete Feuerstelle, der Speisetisch und die Stühle mit den Holzschnitzereien. Im Regal an der Wand schimmert das metallene Kochgeschirr, Erika geht vorsichtig weiter, weil es dunkel ist. Dann steht sie im Wohnraum, hier sitzt die Schamanin, jene alte Frau, die Erika auch durch ihre Kindheit begleitet hat. Sie spinnt Garn aus einem Büschel Wolle. Die Kuhhäute über den Fenstern sind hochgebunden, eine angenehme Brise durchzieht das Haus. Die Schamanin nickt Erika zu, alles ist in Ordnung.

Auf den Holzpritschen schlafen die Kinder, eingekuschelt in weiche Schaffelle, unterwegs in fernen Träumen. Dem Jüngsten streicht Erika die Haare aus der Stirn. Das Mädchen hält ein Fell umschlungen, die zwei älteren Söhne liegen auf dem Bauch.

»Ja, es ist alles in Ordnung«, flüstert Erika.

»Was machen Sie da unten, Frau Doktor?«

Erika hört diese Stimme, macht die Augen auf, findet sich zusammengekauert auf hartem Boden.

»Wo bin ich?«, fragt sie.

»C2«, antwortet Alexander, der heruntergesprungen ist und sich über Erika beugt. Richtig, sie liegt in C2, diese rote Linie auf dem Nordprofil, der Hinweis auf den Brand der Siedlung am Ende der Urnenfelderkultur. Ihre Schultern sind verspannt, der Nacken steif, sie friert, die Hose feucht, Kreuzschmerzen beim Aufstehen. Die Sonne blendet.

»Waren Sie die ganze Nacht hier draußen?«

Erika putzt sich das T-Shirt ab. Die feuchte Erde bleibt kleben.

»Frau Doktor, was suchen Sie eigentlich?«

»Was soll die Frage?«

»Suchen Sie Tonscherben? Davon haben wir schon kiloweise. Noch eine Urne gefällig? Für unsere Urnensammlung auf der Universität? Oder noch mehr Bronzefibeln? Was sollen die aussagen? Dass die Frauen und Männer gerne Schmuck getragen haben? Tierskelette vielleicht? Fein. Dann wissen wir: Hier wurden Tiere gehalten. Na und?«

»Bitte seien Sie still«, sagt Erika.

Alexander redet weiter: »Wie wäre es mit einer Tontafel, auf der steht, dass der Gärtner der Mörder der Familie war? – Aber, ach! Unsere Ur-Kirchwalder haben die Schrift noch nicht gekannt. Vielleicht haben sie eine Videokassette hinterlassen? Die Party vom sechsten Geburtstag vom Sohnemann? Man muss nämlich nicht lesen können, um eine Kamera zu bedienen.«

»Herr Sehmann, würden Sie bitte endlich still sein, bitte!«

»Ist das, was Sie suchen, überhaupt unter der Erde?«

»Sie haben ja keine Ahnung«, sagt Erika.

»Sie machen sich kaputt, Frau Doktor. Sie sind ... Sie sind ...«, er sucht ein Wort, er schaut sich um, als würde das Wort an den Bäumen hängen oder auf der morgentaunassen Wiese liegen. »Sie würden sogar die Kirche abtragen, wenn Sie sicher wären, dass darunter etwas zu finden ist!«

Erika schreit: »Sprengen würde ich diese verdammte Kirche.«

Zu Mittag kommt Assistent Bergmann zu Alexander und sagt: »Der Professor möchte Sie sehen.« Alexander macht sich auf den Weg zum Rochusberg, es ist heiß, wie ein Bußgang ist das, und am Ende steht der Professor und sagt: »Herr Sehmann, ich habe erfahren, dass Sie das hier vor meiner Wohnwagentüre vergessen haben.«

Er reicht ihm den Umschlag mit dem kopierten Zeitungsartikel.

Alexander hatte damit gerechnet. Er sucht den Augenkontakt mit dem Professor, will nicht den ertappten Schuldigen spielen, nicht die Arme verschränken, sondern locker dastehen, nicht ernst aussehen, sondern lächeln. Nichts Verbotenes getan, aber dennoch den Professor dort getroffen, wo es am meisten wehgetan hat.

Der Professor sagt: »Herr Sehmann, ich muss Sie leider von der Grabung verweisen.«

Vom alten Franz vertrieben – Alexander fühlt sich wie zum Widerstandskämpfer geadelt. Dem rechten Lager muss man den Spiegel vorhalten, immer und immer wieder aufzeigen, was hinter der Maske steckt. Denn die rechten Ideen verbreiten sich, wie Kriechöl, das in die Ritzen dringt, und dann ist das gesamte Universitätsgemäuer verseucht.

Plötzlich der Gedanke an Erika. Sein Lächeln schwindet, er will sie hier nicht zurücklassen. Nicht in diesem Zustand. Sonst passiert noch was.

»Nur, weil ich einen Zeitungsartikel kopiert habe?«, sagt Alexander. »Deshalb können Sie mich nicht fortschicken!«

Grohmann lächelt. »Da haben Sie natürlich Recht!« Schlagartig verdunkelt sich sein Gesicht. »Wegen sexueller Belästigung.«

Alexander sagt: »Mich hat aber keiner belästigt.«

»Sabine Novotny hat sich über Sie beschwert.«

»Ach die«, sagt Alexander, »die ist seit einiger Zeit recht unbefriedigt, aber ich kann mich ja nicht um jede kümmern.«

»Die Zeiten ändern sich, Herr Sehmann, heutzutage kann

man nicht mehr alles machen, was 1968 noch durchgegangen ist. Wir leben in den Achtzigern! Anstand, Gemeinschaft. Und Achtung vor Frauen, verstehen Sie, nein, Sie verstehen nicht. Und es ist mir egal. Leben Sie wohl.«

Alexander macht sich auf den Weg zurück, den Bußgang retour.

Er denkt an Erika.

Sie schaut ihm zu, wie er sein Zelt zusammenpackt, die Sachen in seinem Auto verstaut. So still hat sie ihn noch nicht erlebt. Ein trauriges Gesicht, das passt nicht zu ihm. Sie möchte ihn trösten. Lässt es aber bleiben.

Zum Abschied gibt er ihr die Hand. Alexander will etwas sagen, aber er lässt es. Er steigt ein und startet seinen Wagen, schaut zurück zu Erika, und dann, als er fort ist, vermisst Erika etwas.

1956

Es ist Sonntag, und Erika ist mit ihren Eltern auf dem Weg hinauf zur Kirche, in Rock und weißer Bluse, so wie Mutter. Vater im schwarzen Anzug, mit der roten Krawatte. Den Krawattenknoten macht er nie auf, die Krawatte hängt wie ein Halsband immer fertig gebunden im Kleiderschrank. Die Schuhe knirschen auf dem Kiesweg.

Erika nimmt die große Hand vom Vater. Und die zierliche, sehnige Hand der Mutter, aber so fest, dass Mutter nicht auslassen kann. Führt die beiden zusammen. Das hält nur zwei Schritte lang. Mutter verschränkt die Arme, Vater lässt seine Hand wie nutzlos an seiner Seite baumeln.

Auf dem Kirchberg bleibt der Vater noch auf einem Weinfeld stehen. Eines seiner Weinfelder. Ostlage. Blauburgunder. Die Mutter geht inzwischen weiter zur Kirche.

Sein Blick schweift über die Spaliere von Weinstöcken, als wolle er sich vergewissern, dass es keinem schlecht ergeht.

»Wenn ich mir das so anschaue ...«, sagt er, und nach diesen Worten bewegen sich seine Lippen weiter, stumm, das ist seine Art, an den nächsten Worten zu arbeiten, und es dauert immer seine Zeit, bis sie heraus sind.

»... dann denke ich mir: Hier gehören wir her.«

Er geht zu einer Weinrebe, zupft ein paar Blätter ab.

»Morgen müssen wir ausblättern.« Über solche Worte muss er nicht viel nachdenken. Er streichelt mit den Fingern ein Weinblatt. Schweigt eine Weile. Schaut nach Osten.

»Dort drüben. Die Russen«, sagt er dann. Nahe dem tschechoslowakischen Flussufer ragen die Wachtürme über die Bäume. Jeder im Dorf hat seine Geschichten, und die Geschichten des Vaters haben oft mit den Russen zu tun. Zum Beispiel, dass sie den Hof zweiundfünfzig Mal geplündert haben, der Vater hat jedes Mal eine Kerbe in den Türstock bei der Küche geritzt, und Erika spürt die Rillen immer noch, obwohl darüber lackiert worden ist.

Die Russen haben alles mitgenommen, was sie schleppen konnten. Immerhin waren zwei im Weinkeller am Dreiundvierziger Welschriesling verreckt, wie der Vater mit Genugtuung erwähnt. Am gemeinsten war dieser freundliche Offizier, der etwas Deutsch konnte und Häuser auskundschaftete, indem er vorgab, Beschwerden über Plünderungen nachzugehen. Gerne vertrauten sich die Leute ihm an, sagt der Vater. Als der Offizier mit seiner Bande wiederkam, wusste er genau, wo noch etwas übrig war: einem benachbarten Ehepaar hat er sogar die Daunendecken der Kinder weggenommen.

Von Vaters Geschichten mag Erika am liebsten die, die von Resi, der Kuh, handelt. Die Russen hatten alle Rinder aus dem Dorf getrieben – woher dann Milch für die Kinder kriegen? Zum Glück gab es Resi. Sie war stumm und gehörte dem Pühringer-Bauern. Sie machte keinen Muckser, darum konnte er sie im Heuschober verstecken. Der Pühringer behielt die Milch nicht, sondern er gab sie her, damit alle Kleinkinder im Dorf – auch Erika – Milch bekamen.

Eine andere Geschichte hat der Vater nur einmal erzählt. Das war die vom Russen im Weinfass. Im Mai ´45 waren er und Erikas Großmutter zum Hof des Pühringers geholt worden. Zuerst dachten sie, mit Resi sei etwas passiert. Aber dann kamen sie in das Wohnzimmer. In einer Ecke kauerte die Bäuerin, zitternd, sie hielt sich ein Tischtuch vor den nackten Körper. Neben ihr der Pühringer-Bauer, er umarmte sie, drückte ihren Kopf an seine Schulter und streichelte ihr Gesicht. Auf dem Holzboden lag ein Russe auf dem Bauch, der Rücken aufgerissen von Axthieben. Erikas Großmutter nahm sich der armen Frau an, währenddessen trafen die anderen Bauern ein. Gemeinsam beschlossen sie, dass die Leiche verschwinden musste. Es war sehr riskant, einen Russen in ein Weinfass zu stopfen, ihn drei Tage lang im Keller zu verstecken, bis sich eine Gelegenheit ergab, ihn quer durch das Dorf zu transportieren, und ihn dann auf dem Kirchberg einzugraben.

Es ist Sommer, und für Erika haben die Sommerferien begonnen. Die Volksschule ist vorbei. Nicht nur für sie, auch für die Lehrerin, darum hat sie bei der Zeugnisverteilung geweint: Die Schule wird geschlossen, weil es in Kirchwald keine Kinder mehr gibt. Erika ist im Januar 1946 geboren worden, neununddreißig Kinder sind in diesem Winter auf die Welt gekommen; recht viel für einen Ort mit dreihundert Einwohnern.

Seither nur Totgeburten.

»Warum ist das so?«, hat Erika die Lehrerin gefragt. Die hat so geantwortet: »Manchmal ist der Storch fleißig und manchmal eben nicht.«

Erika überlegt, ob sie die Schule vermissen wird. Denn Schule kann anstrengend sein. Wenn die Lehrerin zum dritten Mal erklärt, dass die grünen Flecken auf der Österreichkarte bedeuten, dass es sich hier um Gebiete handelt, die unter 200 Meter Seehöhe liegen, und Maria, Erikas Sitznachbarin, bei der Stundenwiederholung am nächsten Tag immer noch sagt, »da sind Grünflächen eingezeichnet«, dann wird Erika wütend. Einmal, als ein Mitschüler vor der Tafel geprüft wurde und die Antwort nicht wusste, trotz aller Hinweise der Lehrerin, da hat Erika die Antwort herausgeschrien. Und bekam eine Strafaufgabe.

Oder die Lehrerin sagt, dass die Sonne im Weltall unbeweglich steht und dass es nur die Erde ist, die sich bewegt. In der Hand hält die Lehrerin eine Orange und eine blaue Pflaume. Als Erika fragt, weshalb im Winter weniger Sonne scheint als im Sommer, da hebt die Lehrerin im Sommer die Orange ein wenig über die Umlaufbahn der Pflaume. Darum gibt es im Sommer auf der nördlichen Hälfte der Pflaume mehr Licht.

»Also, wie ist das jetzt mit der Sonne: Bewegt sie sich doch?«, fragt Erika ungeduldig.

Die Lehrerin überlegt und sagt dann leise: »Ein bisschen.«

Oder der Pfarrer im Religionsunterricht. Er erzählt, dass Adam und Eva die ersten Menschen waren, und zeigt ein Bild, wo die beiden im Wald stehen, dahinter alle Tiere, die an den Vortagen geschaffen wurden, Löwen, Elefanten und Adler.

»Und die Dinosaurier?«, fragt Erika. Es macht doch keinen Sinn, Tiere an einem Tag zu schaffen, um sie gleich darauf zu versteinern und zu vergraben, rechtzeitig vor dem Wochenende, bevor Adam und Eva etwas davon mitkriegen. Der Pfarrer sagt daraufhin: »Liebes Kind« und redet weiter, von der Schlange.

Andererseits, denkt Erika, wenn es zwei Monate lang gar keine Schule gibt, wer kann dann meine Fragen beantworten?

Zum Glück gibt es Bücher. Die Bände über die Höhlenkinder zum Beispiel, die ganz auf sich gestellt in der freien Natur leben müssen. Und Erika stellt sich vor, dass es genauso den Menschen ergangen sein musste, die vor langer Zeit auf dem Kirchberg gelebt haben und die womöglich diesen Erdwall auf dem Hügelfeld gebaut haben.

Einmal hat sie mit dem Vater über ein Buch reden wollen. Er hat ihrer Inhaltsangabe zugehört und hat dann nach längerem Schweigen seine Frage gestellt: »Wozu muss man über so etwas nachdenken?«

Gelegentlich schenkt auch der Vater Bücher. Über Weinbau, zum Beispiel.

Mutter schenkt andere Bücher. Von Heinrich Böll, Kurzgeschichten, die im und nach dem Krieg spielen. Voll trauriger oder sterbender Menschen. »Böll ist kein Kinderbuch«, sagte die Lehrerin, als Erika mit ihr über den Krieg reden wollte.

Der Vater und Erika gehen hinüber zum Friedhofstor. Zu den Männern mit dunklen Anzügen und den Hüten, den Frauen mit Röcken und den weißen Strümpfen. Die Jungen in den Sakkos, die sie von ihren großen Brüdern übernommen haben. Kinder tollen umher und werden von Müttern zurechtgewiesen. Da ist auch Maria. Im Herbst wird sie in die Hauptschule gehen. Sie ist ein pummeliges Mädchen, obwohl die Eltern – die Pühringers – dünne Leute sind. Marias Mutter betont zwar, dass ihr Kind – ihr einziges übrigens – ganz der Vater sei, aber Erika kann beim besten Willen keine Ähnlichkeit feststellen. Auch Marias schönes, pechschwarzes Haar findet sich weder beim Vater noch bei der Mutter.

Erikas Eltern werden begrüßt und grüßen zurück. Der Pfarrer kommt, streicht Erika über die Haare und sagt: »Liebes Kind.«

Erika mag diese Hände nicht, die streicheln dürfen, ohne dass man was dagegen tun kann, weil diese Hände ja irgendwie von Gott kommen. Sie hört, wie die Mutter stolz über den Schulerfolg ihrer Tochter redet. Lauter Einser. Und sie lächelt. Erika sieht die Mutter nur dann lächeln, wenn fremde Leute dabei sind.

»Und sie arbeitet auch sehr fleißig mit«, sagt der Vater. »Ich glaube, sie wird eine sehr gute Weinbäuerin.«

Der Pfarrer fragt: »Wo die liebe Erika doch so gescheit ist, da wirst du sie doch aufs Gymnasium schicken, oder?«

Der Vater sagt: »Und Traktorfahren kann sie schon wie eine Große.« Er legt seine Hand auf Erikas Schulter. Eine weiche, kräftige Hand. Warm und weich. Beschützend.

Der Pfarrer streicht über Erikas Kinn, seine Finger berühren ihren Hals und verweilen dort. Er sagt: »Die Erika fragt immer so gescheite Sachen. Das Gymnasium wird dir Spaß machen.«

Vaters Hand auf der Schulter, die Pfarrershand an der Kehle.

»Wozu das Gymnasium«, sagt der Vater schnell. »Man muss doch nicht studiert sein, um einen Hof zu führen. Man muss nur arbeiten können. Das lernt man in keiner Schule.«

Erika dreht sich um, schluchzt und läuft den Kirchberg hinunter. Der Vater ruft etwas hinterher, die Mutter auch. Beim Rennen denkt Erika: Ich werde alles nachlesen, was die im Gymnasium lernen. Ich kann mir die Bücher ja ausleihen. Plötzlich findet sie sich beim Schild »Achtung Staatsgrenze – Flussmitte«. In die Auen ist sie also gelaufen. Hier im Wald stapft sie durch das Unterholz, bleibt am Rand einer Wiese stehen, beobachtet ein Reh, das umherspaziert, an einer Baumrinde knabbert und dann den Kopf plötzlich hoch streckt und herschaut. Es hat Witterung aufgenommen. Unentschlossenheit. Fragt sich vermutlich, ob Erika, die regungslos steht, gefährlich werden kann.

Wenn es nach den Geschichten des Vaters geht, dann ist das hier das Ende der Welt. Aber es gibt keinen Abgrund, in den man hinabstürzt, keine Ungeheuer, die einen verschlingen. Und das gegenüberliegende Ufer sieht eigentlich normal aus: Wiesen, Bäume, Gestrüpp und gelegentlich eine Sandbank.

Das Reh senkt den Kopf und frisst Gras. Erika freut sich darüber.

Die Geschichten der Mutter sind anders als die vom Vater. Sie handeln von Wienern, die nach dem Krieg hergekommen sind, mit ihren leeren Rucksäcken, und die ihren Familienschmuck für Essen eintauschten. Sie sagt, der Hunger hat dem Dorf Wohlstand gebracht. Sie schildert, wie habgierige Bauern Hungrige von ihren Höfen verjagten, weil die nichts mehr hatten, was wertvoll war. Wie man eine Frau schlug, weil sie nachts Kartoffeln aus dem Acker gegraben hatte. Wenn Erika den Vater auf so etwas anspricht, sagt er, er weiß nichts von solchen Geschichten, und die Mutter soll aufhören damit.

Da springt das Reh plötzlich fort. Hat etwas gewittert, das Erika erst jetzt sieht. Ein Mann kommt vom Flussufer, geht nach vorne gebeugt, schleppt etwas Schweres auf seinem Rücken. Erika lässt sich ins Unterholz fallen. Erinnert sich plötzlich, dass sie ja das Sonntagsgewand anhat. Da wird die Mutter wieder schimpfen. Regungslos bleiben. Wie ein Rebhuhn am Wegesrand.

Der Mann geht an Erika vorbei, nur eine Armlänge entfernt. Erika liegt auf dem Bauch und schaut auf seine Füße. Keine Schuhe, nur Socken. Jeder Schritt bereitet Mühe, zu groß ist die

Last. Zuerst denkt Erika, dass der Mann einen schweren Rucksack schleppt. Das weiße Hemd klebt an der Haut, klatschnass, die Haare strähnig über den Augen. Er ist ein kleiner, dünner Mann. Und er schleppt einen Menschen, der größer und weit schwerer ist als er selbst. Der Getragene stöhnt.

Auf der Wiese lässt er den Getragenen vorsichtig zu Boden gleiten, er kniet nieder, behutsam bettet er den Kopf auf das Gras und flüsterte ihm beruhigende Worte in einer fremden Sprache zu. Erika steht auf und geht zu den beiden.

Der Mann bemerkt Erika, er wirkt verzweifelt. In bemühtem Deutsch sagt er zu ihr: »Mein Bruder ist verletzt. Bitte helfen Sie.« Noch nie hat jemand Erika gesiezt. Der Verletzte ist durchnässt, er blutet aus dem Bauch, presst die Hände auf die Wunde, zittert. Und er schaut Erika an.

»Bitte«, sagt der Mann.

»Ich hole den Doktor«, sagt Erika und rennt. Zum Schild »Achtung – Staatsgrenze«, den Bahndamm hinauf, über die Geleise, vorbei am Wirtshaus, wo schon alles für den Frühschoppen vorbereitet ist. Die Hauptstraße entlang, das Dorf menschenleer. Endlich vor dem Haus des Doktors. Erika klopft, niemand öffnet. Natürlich, die Messe! Also den Kirchberg hinauf, vorbei an den Eingängen zu den Weinkellern, die Erika wieder vorkommen wie Gesichter: Die Türe als Nase, die Türschwelle als schmaler Mund, die Fensterbögen sind Augenbrauen, und die kleinen Fenster selbst sind dunkle, tiefe Augen, die zuschauen, wie Erika Seitenstechen bekommt und den Unterarm gegen den Bauch presst. Die Straße wird steiler, ein kurzes Stück noch, endlich durch das Tor in den Friedhof hinein, der Kiesweg knirscht, und die Gemeinde strömt eben aus der Messe.

Und da ist auch die Mutter, die Erika am Arm nimmt, so fest, dass es wehtut, und sagt: »Was fällt dir ein, dass du nicht in die Messe kommst? Die Leute ... die haben hergeschaut.«

Und der Vater sagt: »Sorgen haben wir uns gemacht.«

Erika reißt sich los, endlich entdeckt sie den Doktor, und als sie schreit: »Beim Fluss blutet einer!«, da verstummt die Gemeinde. Viele Gesichter starren auf das Mädchen, Erika ergreift die Hand vom Doktor und zerrt ihn den Berg hinab. Die Eltern und der Pfarrer folgen. Mit ihnen fast die gesamte Kirchengemeinde, wie eine eilige Prozession. Mit den blank geputzten Sonntagsschuhen geht es zum Bahndamm, die Frauen heben ihre Röcke an, um über Schotter, Schwellen und Schienenstränge zu steigen. Die Kinder hüpfen herum, werden von den Eltern angewiesen, auf die Sonntagskleidung zu achten und ja nicht in Pfützen zu steigen.

Dann haben sie die Wiese erreicht. Sie bilden einen Kreis um das Brüderpaar. Der Doktor tritt zu den beiden, im hellen, dreiteiligen Anzug mit seidener Krawatte und Stecktuch und Hut und Lackschuhen, er beugt sich über den Verletzten, ganz vorsichtig, um sich nicht schmutzig zu machen. Er betastet den Hals des Verletzten, nimmt eine Metallflasche aus seiner Brusttasche, schraubt sie auf, macht einen Schluck, schraubt die Flasche zu und sagt: »Da kann ich aber wirklich auch gar nichts mehr machen.«

Der Fremde schaut ihn an, versteht nicht, da wird der Arzt laut und ruft: »Tot ist er!«

Der Mann weint. Er krümmt sich über seinem Bruder, greift nach dessen Hand.

So sieht also ein Toter aus, denkt sich Erika. Gar nicht grauslich. Als würde er jeden Moment aufstehen und fragen: Was machen die vielen Leute hier? Der Pfarrer spricht ein paar lateinische Worte, bekreuzigt sich und den Verstorbenen. Dann zerstreut sich die Gemeinde. Weil die Frauen kochen müssen, und weil die Männer vor dem Mittagessen zum Frühschoppen gehen.

Der Pfarrer und der Doktor bleiben noch hier.

Daheim hilft Erika ihrer Mutter beim Gemüseschneiden. Karotten, Petersilie. Für die Hühnersuppe im großen Topf auf dem Herd. Waltraud ist auch in der Küche. Sie kann nicht nur kochen, sie hält auch das Haus in Ordnung, hilft sogar am Hof mit, und sie erzählt spannende Gutenachtgeschichten, und sie hört Erika zu, wenn sie etwas zu erzählen hat, wie zum Beispiel heute.

»Schrecklich«, sagt die Waltraud, als Erika mit der Geschichte fertig ist, öffnet das Backrohr und schaut, was der Schweinsbraten macht. »Der arme Mann tut mir sehr Leid.«

Die Waltraud hat zwei dicke Beine, wie Säulen stehen sie auf den Pantoffeln. Erika erinnert sich an das Parlament in Wien, bei einem Schulausflug sind sie dort vorbeigekommen. Das Dach wird auch von hohen Säulen gestützt, und die stehen auf recht dünnen Sockeln.

Die Waltraud ist eine rundliche Frau, viel kräftiger als die Mutter, ihre Haut ist nicht so bleich, und den Haaren fehlt nicht der Glanz.

»Sie soll Mutter das Leben leichter machen«, hat Vater zu Erika gesagt, als er Waltraud vorgestellt hat und sie ihr Zimmer bezog. Damals war Erika fünf Jahre alt, und die Waltraud war siebzehn. Die Mutter kostet die Suppe und schreit.

»Es ist versalzen, die Suppe ist ruiniert!«

Sie versucht die Suppe hochzuheben, aber der volle Topf ist zu schwer und zu heiß, und Mutter hat wenig Kraft, da lässt sie die Suppe wieder auf die Herdplatte fallen, heiße Spritzer verbrühen ihren Arm. Sie hält den Arm unter kaltes Wasser.

»Ich habe die Suppe ruiniert«, sagt sie und ruft dann: »Ich hasse Kochen! Ich hasse es zutiefst!«

Das Wort »zutiefst« spricht Mutter langsam aus, so wie immer, das U gedehnt, und das I hoch und kreischend. Das S wird zum bösen Zischlaut, ihre Lippen gespannt, eine Grimasse, die Sehnen am Hals treten hervor. Zu-u-u-ti-i-i-fssst. Solche Worte scheinen sie anzustrengen, denn wie erschöpft stützt sich die Mutter mit beiden Armen auf den Küchentisch. Der verbissene Blick immer noch auf dem Gesicht. Zutiefst verbissen.

»Wegen mir brauchst du nicht zu kochen«, sagt Erika. »Ich brauche kaum etwas. Ein Stück Brot reicht.«

»Aber natürlich musst du essen, du dummes Kind! Und Vater auch.«

Dann schreit sie Erika ins Gesicht: »Jeder will nur essen. Ihr seid ja süchtig danach!«

Die Mutter keucht. »Und darum muss ich kochen«, sagt sie. »Und darum bin ich hier. Dafür bin ich gerade noch gut genug.«

Waltraud putzt inzwischen die klebrige Suppe vom Herd, mit konzentriertem Gesicht, als gäbe es nichts Wichtigeres, der feuchte Putzfetzen zischt, wenn sie über die heiße Herdplatte wischt. Die Zeitlingers haben einen Elektroherd. Es ist der erste im Dorf. Waltraud kostet die Suppe, zieht die dicken Handschuhe an, schüttet die Hälfte der Suppe in einen anderen Topf, kocht Wasser auf, verdünnt damit die Suppe, würzt nach, kostet und nickt. Dann nimmt sie den Braten aus dem Rohr. Die Familie setzt sich im Wohnzimmer an den gedeckten Tisch. Sonntagsgeschirr. Weiße Stoffservietten. Waltraud bringt den Suppentopf, stellt ihn in die Mitte, teilt aus. Zuerst die Mutter, dann der Vater, dann Erika. Dann setzt sie sich. Vater spricht das Vaterunser. Waltraud hat den Blick gesenkt, Mutter kratzt mit dem Daumennagel irgendetwas vom Rand des Tellers.

Dann beginnt es.

Die Suppenlöffel klimpern.

Erika schaut auf ihren Teller. Die Hühnerteilchen treiben umher. Erika wirbelt sie mit dem Löffel auf. Lebensreste. Ein ausgekochtes totes Tier. Vorgestern ist der Vater in den Hühnerstall gegangen. Gegacker. Der Vater kam mit einem braunen Huhn zurück, reichte es Erika. Mit der rechten Hand hielt sie dem Huhn beide Flügel am Rücken zusammen, mit der linken packte sie die Beine. Das Huhn kreischte und versuchte, sich zu befreien. Mit aller Kraft. Der Vater nahm den Hals und schnitt hinein.

»Die Suppe ist versalzen«, sagt die Mutter.

»Die Suppe ist gut«, sagt der Vater.

»Hat die Waltraud es wieder hingekriegt, meine Fehler auszubessern?«, sagt die Mutter und schiebt die Suppe weg, angeekelt. »Das Kochen echauffiert mich.«

Mutter verwendet gerne Worte, die fremd klingen und von denen Erika nur weiß, dass sie nichts Gutes bedeuten.

»Die Arbeit in der Küche und am Hof halte ich nicht aus.«

»Schau, Katharina, das meiste macht ohnehin die Waltraud.«

»Willst du damit sagen, du brauchst mich nicht mehr, weil du die Waltraud hast?«

»Hört auf, euch zu streiten!«, sagt Erika.

Vater schaut auf Erika. Dann wieder auf seine Suppe.

»Ich streite nicht«, sagt die Mutter. »Und schau, der Erika schmeckt es auch nicht.«

Als der Vater in den Hals geschnitten hatte, verstummte das Huhn. Weil die Stimmbänder durchtrennt waren. Aber es wollte weiter die Flügel an den Körper ziehen. Und es strampelte weiterhin mit den Beinen. Erika musste warten. Bis die Kraft erlahmte. Bis das Blut draußen war. Das war anstrengend. Der Vater drückte dem Huhn den Kopf in den Nacken, damit das Loch im Hals offen blieb, aber es dauerte trotzdem. Katzen kamen her und schlichen um die Blutlache. Dann hat sie losgelassen. Zu früh. Das Huhn hat Erika mit seinem Blut angespritzt und ist dann stumm und sinnlos flatternd über den Hof getorkelt, die Katzen hinterher.

Jetzt beobachtet Erika die Fleischfasern, die in der Suppe treiben. Und hat wieder dieses Gefühl in den Händen, von den Federn und der verzweifelten Kraft.

Der Vater löffelt die Suppe fertig und sagt dann laut und deutlich: »Ah, das war gut.«

Waltraud serviert ab und bringt den Schweinsbraten und die Knödel.

Der Vater schenkt sich Zweigelt ein, schwenkt den Wein im Glas und riecht daran. Dann ist es still am Tisch.

Darum spricht Erika über die Flüchtlinge.

Sie fragt: »Warum wollen diese Leute raus aus ihrem Land?«

Die Mutter beginnt sofort zu reden: »Das kann ich gut verstehen. Ich möchte auch raus hier. Es ist so eng. Man kann hier nicht atmen. Das Leben im Zyklus katholischer Sakramente. Taufe, Erstkommunion. Firmung. Heirat. Taufe, noch eine Taufe, und vielleicht noch drei Taufen, bis man nicht mehr kann. Dann Begräbnisse der Nachbarn. Dann das eigene. Und dazwischen: arbeiten auf dem Feld, im Dreck, bei Hitze und im Winter.«

»Aber du arbeitest ja kaum etwas ...«, sagt Erika.

»Meinst du, ich bin nutzlos hier?«, sagt die Mutter. »Nein, mir geht es nicht gut, ich bin schwach.«

Der Vater hat den Blick gesenkt, er zerschneidet seinen Knödel. Erika möchte fort sein. Kennt das alles schon, was Mutter sagt. Jetzt wird sie sicherlich von Berlin erzählen. Die Mutter redet weiter: »Ich komme auch von drüben. Sudetenland. Wenn du mal groß bist, dann zeige ich es dir. Wahrscheinlich ist alles schon zerstört. Fünfundvierzig habe ich hier mein Pflichtjahr machen müssen und war zu ungeschickt, rechtzeitig wegzugehen, bevor die Russen gekommen sind.«

Die Mutter isst ihre Portion auf, große, hastige Bissen, schluckt, ohne viel zu kauen. Dann legt sie das Besteck weg, sagt, dass ihr schlecht ist, und steht auf.

Nach dem Essen geht Erika hinauf in Mutters Zimmer. Erika hört, dass sie auf dem Klo ist. Vater hat ihr ein eigenes gebaut, damit sie das Zimmer nicht verlassen muss und damit sie nicht im Winter durch den Gang mit dem kalten Steinboden gehen muss. Auf dem Schreibtisch beim Fenster liegt die Mappe mit den Bleistiftzeichnungen. Erika blättert darin. Mutter sitzt oft stundenlang hier und zeichnet. Zum Beispiel eine schöne Frau mit langen Haaren und großen Augen und Flügeln, wie ein Engel. Aber mit Fesseln an den Füßen. Und mit einer Träne auf der Wange. Oder da: Eine Frau mit weißer, glänzender Haut, und auf ihrem Rücken hockt eine dunkle Gestalt, von der man nur erahnen kann, dass sie ein Gesicht hat. Geräusche durch die Klotüre. Erika hält sich die Ohren zu und summt ein Lied, ene mene mu und raus bist du, und versucht an etwas Schönes zu denken, einen Kirschbaum zum Beispiel, mit saftigen, roten Kirschen, auf den man hinaufklettern kann –

Ob sich Mutter mit beiden Händen an der Kloschüssel festhält?

– herrliche Herzkirschen, und Erika klettert ganz nach oben und sieht kilometerweit zu der Bergkette im Osten. Die Kirschen sind dick, mit süßem Fruchtfleisch, mit straffer, roter Haut. Auf jener Seite vom Baum, wo die Sonne am meisten hinscheint, werden die Kirschen zuerst reif.

Die Mutter kommt heraus, und Erika schaut auf ihren Mund.

»Geht es dir schon besser?«, fragt Erika.

Sie umarmt Mutters Taille.

Mutter schüttelt sich, wie elektrisiert von der Berührung, sagt: »Lass das.« Geht zum Fenster und stützt sich auf das Fensterbrett. Ermattet. Mit dem Rücken zur Tochter.

»Mein Traum war der Alexanderplatz«, sagt sie. »Die vielen Leute. Der meistbefahrene Platz Europas. Im Kino habe ich das gesehen. Und jetzt ... der Eiserne Vorhang führt von hier nach Berlin, quer über den Alexanderplatz.«

Erika fragt: »Warum bist du dann überhaupt hier, wo es dir doch gar nicht gefällt?«

»Manchmal habe ich diese Träume«, sagt Mutter.

Sie schaut in den Hof hinunter, wo sich der Vater am Traktor zu schaffen macht. »Und ich sage dir, keine schönen Träume sind das.«

Dann sagt sie: »Ich habe ja dich gekriegt, und wohin soll ich, schwanger, 1945, wo alles zerstört ist und niemand was zum Essen hat? Woher die Milch nehmen für ein kleines Kind? Kannst du mir das sagen?«

Erika verlässt das Zimmer.

Das Haus.

Den Hof.

Läuft die Hauptstraße entlang zur alten Frau Schmidt. Die jätet gerade ihre Fisolen im Vorgarten, trägt eine blaue Kleiderschürze und ein kariertes Kopftuch. Man sagt, sie ist siebzig.

Eine hohe Zahl. Zwei Weltkriege. Sie kennt darum so viele Geschichten, und sie weiß über jede Familie im Dorf Bescheid, hat jedermanns Eltern oder Großeltern gekannt.

»Hallo, Erika!«, sagt die Alte, schaut auf und lächelt. Ein paar Zähne hat sie noch in ihrem Mund. Erika läuft durch das Gartentor, streichelt eine der Katzen und sagt »Frau Schmidt, endlich habe ich auch eine Geschichte!«

»So, eine Geschichte hast du also? Setz dich und erzähle!«

Auf der Gartenbank erzählt Erika von den Flüchtlingen, und die Frau Schmidt lässt sich nicht anmerken, dass sie alles schon gehört hat, denn im Dorf verbreiten sich Neuigkeiten ebenso rasant wie Gerüchte. Als das Kind fertig geredet hat, fragt es, scheinbar zusammenhanglos: »Warum ist meine Mutter so?«

»Menschen sagen manchmal Dinge, die einem wehtun, aber das tun sie nicht absichtlich.«

»Warum gehst du eigentlich nie in die Kirche?«, fragt Erika.

»Weißt du«, sagt die Frau, »ich habe eine Meinungsverschiedenheit mit dem Pfarrer. Er sagt, der liebe Gott meint es gut mit uns. Und ich habe ihn gefragt, warum hat er mir dann meinen Mann und meine Söhne genommen?«

»Du bist traurig deswegen?«

»Nein, lange nicht mehr. Ich weiß nämlich, dass ich ihnen wieder begegnen werde.«

Erika deutet nach oben. »Im Himmel?«, fragt sie.

Die Frau Schmidt schüttelt den Kopf und deutet auf die Erde zu ihren Füßen: »Hier. Ich lebe schon einige Zeit, bin vielen Menschen begegnet. Dabei habe ich etwas gelernt. Es gibt nichts Neues. Alles kommt wieder. So wie die Sonne jeden Tag aufgeht, so gibt es Geburten, Hochzeiten, Begräbnisse, es gibt schöne Erlebnisse, und es gibt immer wieder Kriege. Und erst die Menschen selbst! Sie ähneln einander, dass man nur so staunen kann. Wenn du alt genug bist, Erika, wirst du in so manchem Burschen einen verstorbenen Freund wiederfinden, du wirst sehen, sie reden dieselbe Sprache, sie lachen über dasselbe, und sie machen dieselben Fehler.«

»Warum ist das so?«, fragt Erika.

»Wenn wir gestorben sind, kommen wir wieder. Daran glaube ich. Da braucht man keinen Pfarrer und keine Kirche dazu.«

»Als was komme ich wieder?«, fragt Erika. »Als Prinzessin?«

»Ganz sicher«, sagt die alte Frau.

Erika schmiegt sich an sie, umarmt sie und sagt: »Meine Lieblingsgeschichte, bitte.«

»Die kurze oder die lange Fassung?«

»Ich habe Zeit«, sagt Erika.

»Es war einmal«, beginnt die Frau Schmidt die Geschichte, die von Katharina handelt, einem schönen Mädchen mit langem, brünetten Haar und großen, braunen Augen. Sie kam 1944 nach Kirchwald. Damals mussten nicht nur die Männer zum Militär, sondern auch Mädchen hatten ihr Pflichtjahr zu machen. So wurde Katharina zur Weinlese eingeteilt, auf dem Zeitlinger-Hof. Dort begegnete sie Rumpold, der den Hof führte. Ein großer, kräftiger Mann, der sich gleich in dieses Mädchen verliebte. Anfänglich wollte sie nichts von ihm wissen. Aber er umwarb sie, er kämpfte um sie und war eifersüchtig, wenn sie mit anderen Männern sprach.

Dann erzählt die alte Frau Schmidt vom Krieg, der sich über das Dorf ergoss, und wie tapfer Katharina war, sie gewährte sogar einem jungen Wiener Soldaten Unterschlupf, sonst hätten ihn die Russen sicher erschossen. Auch Rumpold war ein tapferer Mann, der nicht davor zurückschreckte, sich mit den Russen anzulegen.

»Und als die schwere Zeit vorbei war, da war die Liebe der beiden gewachsen, und sie heirateten und bekamen ein Kind, nämlich die kleine Erika. Und wenn sie nicht gestorben sind ...«

»... dann leben sie noch heute«, ergänzt Erika, wie jedes Mal.

In der Nacht wacht Erika auf, geht die Treppen hinunter, bildet sich ein, Stimmen zu hören. Tapst bloßfüßig durch die dunkle Küche und hört plötzlich den Vater, der ruft: »Wieso hast du das getan?«

Sie fährt zusammen, ist sich keiner Schuld bewusst, schaut sich um.

Keiner da.

Gedämpftes Stimmengewirr. Das kommt aus der Stube. Durch den Spalt unter der Türe dringt Licht herein. Erika legt das Ohr an die Türe.

»Was du da getan hast, das ist ja Wahnsinn«, hört sie den Vater.

»Wir müssen uns doch wehren! So wie wir es fünfundvierzig getan haben«, sagt jemand, diese Stimme kommt Erika bekannt vor.

»Was fünfundvierzig war, das kannst du doch nicht mit heute vergleichen!«, sagt der Vater.

»Aber wenn sie es eines Tages schaffen, über die Grenzen kommen, hast du dir das schon einmal überlegt, was dann aus uns wird?« Jetzt erkennt Erika die Stimme. Sie gehört dem Pühringer-Bauern.

Er redet weiter: »Mir scheint, der Eiserne Vorhang ist löchrig geworden.«

Da macht jemand die Türe auf, Erika erschrickt, und das Licht blendet.

Sie schaut in den Raum hinein, da sitzen etliche Bauern, auch der Doktor und der Pfarrer, der Vater steht in ihrer Mitte. Der Pfarrer reibt mit den Händen sein Gesicht, als müsste er Schmutz wegrubbeln. Als er damit aufhört, starrt er her, Ringe unter den Augen, ein fassungsloser Blick, als hätte Erika etwas unsagbar Schlimmes angestellt. Der Doktor sitzt auf einem Holzstuhl, den Kragenknopf offen, die Krawatte gelockert, er lehnt sich zurück, in der Hand eine Flasche. Und da ist auch der Pühringer-Bauer, er schwitzt, glänzende Tropfen auf der Stirn.

Sie alle schauen her.

Der Vater steht auf, geht zu Erika herüber, wortlos begleitet er sie in ihr Zimmer, und als sie im Bett liegt, deckt er sie zu.

»Was machen die Männer hier?«, fragt sie.

»Wir haben was zu besprechen«, antwortet er, beugt sich

über Erika und gibt ihr einen Kuss auf die Stirn. Sie hört ihn atmen, warmer Hauch über ihrem Gesicht. Er legt seine Hand auf ihre Wange. Sie fühlt sich beschützt.

»Die Familie«, sagt er und streichelt ihre Wange, »ist das Wichtigste im Leben. Was auch immer passiert, wenn wir zusammenhalten, dann wird alles gut werden.«

»Was ist denn passiert?«, fragt sie.

»Nichts«, sagt er. »Gar nichts. Du brauchst dir überhaupt keine Sorgen zu machen.«

In der Früh fahren sie mit dem Traktor hinaus, den Kirchberg hinauf zum Weinfeld. Sie sitzt auf dem rüttelnden Steyr, ein grünes Gefährt mit Gesicht: Die Scheinwerfer sind die abstehenden Stielaugen, der hohe, schmale Kühlergrill ist die Nase, die Vorderachse der Mund. Erika und ihr Vater entfernen Weinblätter, damit die Trauben genügend Licht bekommen. Das macht den Wein süßer. Aber Vorsicht, nicht zu viel entfernen, durch die Sonne würden zu viele Gerbstoffe freigesetzt. Ja, auch Trauben können Sonnenbrand bekommen. Um zehn Uhr machen sie Pause, setzen sich auf eine Bank unter einer Linde. Vater packt die Brote aus, die die Waltraud in der Früh geschmiert hat. Erika nimmt allen Mut zusammen und sagt, wie gerne sie doch aufs Gymnasium möchte.

»Schau, Erika«, sagt der Vater. »Es gibt Tage, die fallen schwer. Alles ist anstrengender als sonst. Dann beiße ich die Zähne zusammen und denke mir, für wen ich es tue.«

Der Vater macht einen Bissen und kaut sehr gründlich. Selbst beim Essen sind die Eltern so unterschiedlich.

»Weil du den Hof einmal übernehmen wirst«, sagt er. »Vier Weinfelder, alles in allem zwölf Hektar. Und siebzig Hektar Landwirtschaft. Das kann auch eine große Familie ernähren. Wenn du einmal verheiratet bist.«

Dann meint er: »Schau, Erika, wozu brauchst du dann ins Gymnasium?«

»Woher weißt du, dass ich Bäuerin werden will?«, fragt sie.

Zwei Tage später das Begräbnis des tschechoslowakischen Flüchtlings. Keine Messe. Der Pfarrer spricht am offenen Grab ein paar Worte aus der Bibel. Seine Stimme ist atemlos, beim Vorlesen verspricht er sich oft. Außer Erika sind nur die alte Frau Schmidt und der Doktor gekommen. Erika wundert sich, warum der Bruder des Toten nicht da ist.

Dann das Abendessen. Der Vater und Erika schauen der Mutter zu, wie sie den Zeigefinger in ihren Blauburgunder taucht, und sie sagt: »Blutwein!«

Sie hält den Zeigefinger nach unten, ein roter Tropfen sammelt sich auf der Fingerspitze, wächst an, bis er sich nicht mehr halten kann, fällt auf das weiße Tischtuch, wird augenblicklich aufgesogen, und es bleibt ein rosa Fleck.

Die Mutter schreit: »Nie wieder werde ich Wein vom Kirchberg trinken, nie wieder, hörst du?«

Die Waltraud zuckt zusammen. Der Vater verschränkt die Arme und sagt: »Wofür bestrafst du mich denn? Alles, was ich tue, tue ich doch für euch!«

Ein Streit entbrennt. Die Waltraud streut Salz auf den Rotweinfleck und verreibt es mit dem Finger. Dann geht sie in die Küche, unter dem Vorwand, das Geschirr hinauszutragen. Erika nimmt schnell das Brotmesser und legt es sich auf die Oberschenkel. Sie senkt den Blick, fährt mit dem Zeigefinger die Schneide entlang, auf den Zacken kleben noch Brotkrümel. Dann der Schmerz. Unbemerkt von den streitenden Eltern. Sie legt das Messer wieder auf den Tisch, neben den Brotlaib. Betrachtet heimlich den roten Riss auf dem Finger. Knetet den Daumen, presst Tropfen hervor. Verteilt das Rot auf der Handfläche.

Dann sagt sie: »Es tut mir weh«, streckt den Eltern die Hand hin.

Schlagartig hat Erika die Aufmerksamkeit der beiden, die Mutter sagt: »Das arme Kind, wie ist denn das passiert?«, und der Vater holt Verbandszeug. Die Mutter kommt herüber, kniet sich hin, säubert Erikas Hand mit einem feuchten Tuch, der Vater schüttet Jod darüber. Der Streit ist wie weggeblasen, und für ein paar Minuten sind die drei eine richtige Familie. Wie bei den Drei Musketieren.

Vaters Jod brennt. Erika sagt »Au«, und die Mutter sagt: »Du tapferes Kind.«

Erika mag Jod.

1966

Der Traum beginnt mit feuchter Kälte in einem Keller. Die Wände bedeckt mit schwarzem, pelzigem Schimmel, und das tunnelartige Gewölbe ist gerade so hoch, dass sie aufrecht gehen kann. In ihrer Hand eine Fackel – was tun, wenn das Feuer erlischt? Wenn es so schwarz um mich wird, dass ich blind bin? Wenn ich schreie, hört mich jemand? Sie hetzt durch die modrigen Gänge, sie gehört nicht hierher, und sie hat Angst. Aber sie muss weiter, denn sie ist auf der Suche. Sie trägt schwer an einem groben, knöchellangen Mantel, wie ihn früher die Soldaten getragen haben. Dieses Gewölbe gehört zu Vaters Weinkeller – aber nirgends Fässer! Nicht eine einzige Flasche!

Auf einmal ist sie in diesem Raum. Ihr wird schwindelig, mit der freien Hand hält sie sich an der Mauer an, die fühlt sich glitschig an, auf der Handfläche bleiben schleimige Verputzreste kleben. Sie senkt die Fackel, weil die kaum noch zu halten ist. Sie spürt, jetzt hat sie es gefunden. Hier steht ein Sarg.

Der Deckel ist eingebeult, wie niedergedrückt von jahrhundertealter Last. Metallringe an den Seiten, damit man ihn in eine Grube hieven kann. Das hat aber niemand getan – warum? Sie macht einen Schritt, die Details muss sie genauer besehen. Jeder Schritt kostet viel Kraft, sie ist erschöpft und keucht, sie will Luft holen, aber vielleicht gibt es hier nicht mehr genügend Luft. Sie erinnert sich, was der Vater über die gefährlichen Gärgase gesagt hat. Aber davon darf sie sich jetzt nicht irritieren lassen, es gibt Wichtigeres. Zum Beispiel die Frage, ob das ein massiver Kupfersarg ist oder nur Kupferblech über einer Holzkonstruktion. Bei Särgen kennt sie sich zu wenig aus, sie hätte sich in dieses Thema einlesen sollen.

Sie berührt den Sarg.

Und plötzlich hat sie die Gewissheit, dass etwas sehr Trauriges geschehen ist, gerade eben, vielleicht sogar hier, obwohl es still um sie ist. Sie will wegrennen, irgendeinen Ausgang muss es doch geben! Doch sie kippt um, die Wange auf der feuchten Erde, schaut sie zur Fackel, die ihr entglitten ist und nun ebenfalls gegen die Auslöschung ankämpft. Telefonläuten. Wie kommt ein Telefon in den Keller? Erika öffnet die Augen, sie ist in Wien in ihrer Wohnung und lebt noch. Es ist die Waltraud, sie weint und sagt, die Mutter ist tot.

Eine Woche später wird die Mutter begraben. Das erste Laub ist schon von den Linden gefallen. Braune, modrige Blätter säumen den Weg hinauf zum Friedhof. Vor dem Totenhaus versammeln sich Männer in schwarzen Anzügen und ein paar Frauen in schwarzen Kleidern. Sie schütteln Erikas Vater die Hand.

Erika steht abseits und beobachtet eine Weile. Dann geht auch sie hinüber zum Vater. Er in militärisch anmutender, steifer Haltung. Erika mit den Händen in ihren Hosentaschen.

So stehen sie einander gegenüber. Einen Moment lang.

»Grüß dich«, sagt sie.

»Grüß dich«, sagt er.

Dann geht sie weiter, vorbei an der weinenden Waltraud. Sie ist dicker geworden. Beim Sarg trifft Erika die alte Frau Schmidt, die zu Erika hinauflächelt und sagt: »Also, dass ich dich wiedersehe! Ich hab geglaubt, ich erleb es nimmer!«

»Ach du, du wirst uns alle noch überleben«, sagt Erika.

»Manchmal glaub ich das sogar«, die alte Frau Schmidt schaut auf den Sarg. »Aber gut find ich das nicht. Sag, bist du aus Wien gekommen?«

»Ja.«

»Hübsch bist du geworden. Aber müde schaust aus. Wie geht es dir?«

»Gut.«

»Mein Kind, lass dir doch nicht alles aus der Nase ziehen!«, sagt die Frau Schmidt, und Erika erzählt. Tagsüber Schuhe verkaufen. Dann in die Abendschule. Am Wochenende in ihrem kleinen Zimmer sitzen und lernen. Vier, vielleicht fünf Stunden schlafen. Aber ein Ziel: die Universität. Einmal hat sie sich getraut, in eine Vorlesung zu gehen. In irgendeine. Saß wie beseelt inmitten der Studenten, vergaß sogar die Angst, dass jemand entdeckten könnte, dass sie gar nicht dazugehörte. Eine andere Welt, das Denken losgekettet vom Alltag.

Die Messe. Erika sitzt hinten, wo das Gestühl reihenweise leer ist. Vorne der Pfarrer, der über die guten Seiten der Mutter redet. Erika hat ein schlechtes Gewissen, weil sich keine Traurigkeit einstellen möchte. Vielleicht kommen die Tränen im Zug, mit dem Erika um drei viertel zwei nach Wien zurückfahren wird.

Der Pfarrer redet von dem Unfall, der unsere liebe Katharina Zeitlinger so plötzlich und unerwartet aus dem Leben gerissen hat. Das Wort Unfall betont er, als könnte er damit die Wahrheit verbiegen.

Als hätte Mutter nicht gewusst, dass es im Keller gärt. Als hätte Mutter in dem Keller irgendetwas zu suchen gehabt. Als hätte sie sich eines Nachts einfach in der Türe geirrt und wäre deshalb in den Gewölben erstickt. Man hat sie weit hinten im Kellergewölbe gefunden, bei den Eichenfässern, dort, wo sie 1945 einen jungen deutschen Soldaten versteckt hat. Die Mutter hat laufen müssen, um vor ihrem Tod noch dort anzukommen.

Erika denkt zurück, wann sie Mutter zuletzt gesehen hat. Das war knapp nach ihrem neunzehnten Geburtstag. Nachdem sie ihrem Vater gesagt hatte, dass sie die Arbeit nicht mehr aushält. Nicht, dass es körperlich so anstrengend wäre. Aber alles Denken am Hof war an den Alltag gekettet.

»Vater, bitte, so versteh mich endlich, bitte!«, rief Erika.

Und der Vater sagte wieder einen Satz, der mit »Schau, Erika« begann.

Daraufhin packte Erika ihre Bücher in den einen Koffer, die Kleider in den anderen – Röcke und Blusen für den Sonntag und die Feuerwehrfeste ließ sie zurück.

Beim Abschied sagte der Vater, wenn du jetzt gehst, brauchst du nie wiederzukommen.

Und die Mutter sagte, das hätte sie selbst auch schon vor Jahren tun sollen. Aber wohin sollte sie denn, mit dem kleinen Kind, und woher die Milch nehmen, nach dem Krieg hat man doch nur am Land welche gekriegt, und ihre Brüste haben kaum etwas hergegeben. Sie wäre ja so gerne nach Berlin gegangen. Für Erika waren das Mutters letzte Worte.

Nach der Messe schieben die Totengräber den Wagen mit dem Sarg hinaus zu einer frisch ausgehobenen Grube. Sie lassen ihn an Seilen hinab. Es weht ein kalter Wind. Erika friert. Der Pfarrer sagt noch etwas, und dann ist es vorbei.

Am Nachmittag sitzt Erika im Zug nach Wien, sie legt die Handfläche auf das kalte Fenster und beobachtet, wie draußen das Regenwasser herabströmt, in Wellenform, wie ein Vorhang aus geschwungenem, schwerem Stoff in einem alten Theater. Dahinter, unscharf, die Landschaft, die Bühne. Der Vorhang senkt sich, und die einzige Zuschauerin verlässt den Saal.

1004 v. Chr.

Der Fürst verlässt sein Haus, eilt durch die Siedlung, mit gesenktem Blick, die Menschen am Wegesrand neigen die Köpfe, Kindern wird von den Eltern befohlen, es ihnen nachzutun und auch den Fürsten zu grüßen. Es ist Frühling. Das weiß der Fürst sehr wohl, und er sieht, wie verschwenderisch die Natur mit dem Grün umgeht, und die Wärme, die zurückkommt, der Fürst merkt alles, aber es dringt nicht mehr zu ihm durch, auch nicht das Lachen der Kinder, die versuchen, auf einem Hausschwein zu reiten.

Sein roter Mantel schleift auf dem Boden, wirbelt Staub auf, Hühner laufen davon, ein Hund liegt auf dem Weg, will nicht weichen, der Fürst steigt über ihn. Der Wind ist ungünstig heute, er trägt den Uringestank von den Färberhütten herüber. Die Adeligen hätten die Färber gerne aus der Siedlung verbannt, aber der Fürst hat entgegnet, dass farbenprächtige Wolle das einzige Handwerksgut ist, das aus Kirchwald stammt und dennoch bei den weit gereisten Händlern gerne gesehen ist. Im Gegensatz zu Keramik; die kann man nur an hiesige Bauern verkaufen, weil die Töpfereien porös sind, ungleich gebrannt, einfallslos gestaltet, und wenn man die Gefäße erhitzt, springen sie leicht. Ähnlich ist es mit der Bronze, die hier gegossen wird. Sie ist zu weich, und die Händler sagen, das kommt daher, dass der Schmied mit dem teuren Zinn spart. Und der Schmuck, den er schmiedet, ist sogar bei den Kirchwalder Adelsfrauen verpönt, weil er zu klobig ist. Die Krieger sagen, Kirchwalder Waffen verbiegen sich, und die Arbeiter sagen, zum Baumfällen braucht man mit einer Kirchwalder Axt doppelt so lange – falls sie nicht zwischendurch auseinander fällt. Auch um die Webereien ist es nicht gut bestellt, sagen die Händler – und bringen gutes Tuch aus dem Süden, viel feiner und fester, als es Kirchwalder Webstühle vermögen. Aber die Weberinnen – ein zänkisches Weibsvolk! – meinen, schon ihre Mütter und deren Mütter haben mit Köperbindung gearbeitet, und immer hat das Tuch gereicht, um die Kinder durch die eisigen Winter zu bringen und um im Sommer die Bräute herauszuputzen. Wofür also Leinenbindung?

Der Reichtum im Fürstentum stammt also nicht vom handwerklichen Geschick, sondern von einer göttlichen Fügung, wie der Fürst meint. Denn die Siedlung liegt an jenem Weg, den die Händler nehmen müssen, die in den Süden oder in den Norden wollen. Die Reisenden kommen von weit her, mit ihren beladenen Eseln, auf dem Marktplatz wird gefeilscht, lautstark, es wird an Einheimische verkauft oder an Händler, die mit der erworbenen Ware fortziehen. Von Norden kommt der wertvolle Bernstein, von Osten kommt Zinn, von Westen Salz und Kupfer, von Süden die wohl geformte, haltbare Keramik, es wird mit zierlichem Schmuck gehandelt, mit Barren aus guter Bronze, mit Bronzegeschirr, mit edlen Leinenstoffen, mit Birkenrindenschwelteer, sogar mit scharfen Gewürzen und mit getrocknetem Fleisch von Tieren, die der Fürst noch nie lebendig gesehen hat.

Schon der Vater des Vaters des Fürsten hat den Händlern Wegzoll abgenommen. Eins von zehn wird von jedem Händler verlangt, der in die Siedlung möchte. Jeder zehnte Bronzebarren, jeder zehnte Bernstein, jedes zehnte Stück Trockenfleisch gebührt dem Fürsten und seinen Adeligen. Und wenn es nicht zehn gleichartige Stücke gibt, muss der Händler Gleichwertiges abliefern. Darum wird schon an den Toren zur Siedlung heftig gefeilscht, etwa, ob ein Bronzering wirklich so viel wert ist wie eine Schale mit Birkenrindenschwelteer.

Wo Händler sind, da sind auch Huren. Der Fürst lässt sie gewähren, er meint, sie sind ein wichtiger Grund, dass die Händler hier Halt machen. Die Adeligen begehren gelegentlich dagegen auf, jedes Mal entgegnet der Fürst: Sobald eure Handwerker ihre Keramik auch an Händler verkaufen und Kirchwalder Schmuck auch von euren Frauen getragen wird und eure Webstühle Stoffe machen, die ihr selbst tragt, werde ich die Huren vertreiben.

Der Fürst ist jetzt auf dem Hügelfeld angelangt, von hier der weite Ausblick nach Osten. Er seufzt. Er hätte viele Gründe, zufrieden zu sein. Die Siedlung wächst, seit etlichen Wintern hat es keine Hungersnot gegeben, und nur jedes dritte Kind stirbt.

Er steht vor der Palisade, die den Heiligen Bezirk umgibt. Das Tor wird für den Fürsten geöffnet, er überquert den Platz aus steinhartem Kuhdung, geht vorbei am Opferplatz mit der Blutwanne und den kuppelförmigen Öfen. Im Stall die Botschafter der Tierwelt: die gezähmten Hirsche. Daneben der Verschlag mit den Hasen, und im Zwinger ein Wolf, der hat sich in die Gitterstäbe verbissen, zerrt und reißt, knurrt wütend, ohne dass es etwas nützen würde.

Der Priester kommt ihm entgegen. In Schwarz, der Mantel weiß bestickt, Ornamente mit sakraler Bedeutung. Er trägt schweren Schmuck um den Hals. Kostbarer Bernstein. Der Priester grüßt demütig, führt seinen Fürsten zum Haus, das aus reinem Eichenholz gezimmert ist. Drinnen, im Dunkel, betörender Geruch, Lichtstrahlen dringen durch die Ritzen in der Wand, die Augen des Fürsten gewöhnen sich an die Finsternis, der Priester setzt sich auf den Stuhl, der aus einem einzigen Eichenstück herausgeschnitzt worden ist. Der Fürst nimmt gegenüber Platz. Zwischen ihnen auf einem Tabernakel steht die tönerne Schale mit dem Birkenrindenschwelteer, erhitzt von einer kleinen Flamme – die Quelle dieses Geruchs.

»Was führt dich zu mir, mein Fürst?«, fragt der Priester.

»Ich habe eine Entscheidung getroffen, und ich möchte wissen, ob die Götter meine Entscheidung gutheißen«, sagt der Fürst.

Die Zeit drängt. Er muss den Fortbestand der Dynastie sichern! Nicht seinetwegen. Er ist über fünfzig, also wird er bald sterben. Auch nicht seiner Tochter zuliebe. Denn ein Fürst denkt nicht für Einzelne. Ein Fürst denkt für Hunderte. Und wenn eine Siedlung so groß ist wie diese, dann muss der Fürst für Tausende denken und sorgen. Eine gewaltige Last. Er betastet seine Wange. Und dann noch die Zähne, dieser pochende, verfluchte Schmerz!

Weil der Fürst schweigt, fragt ihn der Priester: »Es geht um Arlaka, nicht wahr?«

Fünfunddreißig Jahre ist sie schon, denkt der Fürst, sein einziges Kind, und warum sie keinen Mann gefunden hat, das hat er erst allmählich verstanden. Und je mehr er es verstanden hat, desto mehr Achtung hat er vor ihr gehabt. Zuerst hat er geglaubt, es liegt an ihrem Aussehen. Sie ist nämlich nicht so üppig wie die schönen Töchter der anderen Adeligen, im Gegenteil, sie ist dünn, wie solche Frauen, die selbst arbeiten müssen. Sie isst kaum Fleisch, obwohl sie so viel haben könnte, wie sie wollte. Sie kann reiten, sie hilft beim Hüttenbau, sie kümmert sich um verwaiste Kinder, und sie verbringt viel Zeit im Wald. Sie trägt keinen Schmuck, sie hat ihr Haar immer hochgesteckt. Sie redet davon, dass Frauen ebenso viel und hart arbeiten wie Männer: auf dem Feld, vor dem Webstuhl, mehr noch, sie gebären Kinder, und sie stillen. Und darum sollten Frauen dieselben Rechte haben wie Männer. Der Fürst hat zuerst nicht gewusst, was er von solchen Gedanken halten soll.

Dabei hat es viele Freier gegeben. Dem Fürsten war klar, dass die meisten nur wegen des Fürstentums als Mitgift gekommen waren. Aber ein Passender muss doch dabei sein! Der Fürst hat eindringlich auf sie eingeredet, sie solle nun doch endlich heiraten! Arlaka hat sich bereit erklärt und ihre Kriterien verlautbart: gute Gesundheit, schnelle Auffassungsgabe, kein Inzest in der Familie, keine unehelichen Kinder. Und er muss ihr im Wald eine Hütte bauen, um Geschicklichkeit und seine Kraft zu beweisen. Ihrem Vater, erstaunt über diese Prüfung, erklärte sie, es gehe nicht um sie, sondern um das Volk, das eine starke und gesunde Dynastie benötige. Eine praktische Aufgabe, das ist doch nicht zu viel verlangt von einem Mann! Nur einer der adeligen Söhne erklärte sich bereit, sich der erniedrigenden handwerklichen Aufgabe zu stellen. Er wurde erschlagen, als seine Hütte über ihm zusammenbrach.

»Arlaka verbringt viel Zeit bei der Schamanin«, sagt der Priester und reißt den Fürsten aus seinen Gedanken. Die Schamanin ist eine alte Frau, die in den Wäldern lebt. Sie ist Arlakas Amme gewesen, und wenn sie nicht gewesen wäre, dann hätte der Fürst nicht nur seine Frau verloren.

»Du hast Angst vor der Schamanin?«, fragt der Fürst.

»Vor einer Frau?«, der Priester lacht nervös.

Gepoltere oben auf dem Hüttendach. Der Fürst schreckt auf, die Hand schnellt zum Knauf seines Schwertes.

»Und wovor hast du Angst?«, fragt der Priester. »Das sind nur Ziegen, die auf dem Dach herumklettern, damit sie an die Blätter einer Weide herankommen.«

Der Fürst sinkt in sich zusammen und schweigt.

»Und wie lautet diese Entscheidung, über die du sprechen willst?«, fragt der Priester.

»Es weiß noch kein Mensch davon«, sagt der Fürst.

Der Priester erwähnt seine göttlichen Pflicht zur Verschwiegenheit. Dann beugt er sich vor, damit der Fürst ganz leise sprechen kann, wenn er das Geheimnis preisgibt.

Auch der Fürst beugt sich vor.

Er flüstert: »Da die Götter alles sehen, kennen sie meine Entscheidung bereits. Du brauchst mir nur ihre Antwort zu übermitteln.«

Der Priester lehnt sich zurück, atmet tief aus und streicht sich mit langsamen Bewegungen über das Gesicht.

»Ja, mein Fürst«, seufzt er.

Er klatscht in die Hände, ein Diener bringt den Korb mit dem Hasen, der Priester packt das strampelnde Tier und schneidet ihm mit wenigen Handgriffen den Brustkorb auf. Eine Schüssel fängt den Blutschwall auf. Er durchwühlt die Eingeweide, bis er das Herz ertastet. Er entreißt es den roten Fäden und wiegt es mit der flachen Hand. Dann streicht er damit über seinen rasierten Kopf. Er schließt die Augen und sitzt einen Moment still. Rote Tropfen bleiben an den Augenbrauen hängen.

»Die Götter meinen, du hast die richtige Entscheidung getroffen«, sagt der Priester.

Der Fürst ist zufrieden. Bei der Versammlung der Adeligen, die er einberufen wird, hat er den Priester auf seiner Seite. Das ist wichtig, denn es gibt immer einige, die auf den Priester hören. Der Fürst erhebt sich.

»Und die Götter sagen noch etwas«, sagt der Priester, der Fürst steht schon beim Ausgang: »Die Götter meinen, du sollst dem Priester vertrauen, denn er ist der einzige Weg zu den Göttern, und er ...«

Da dreht sich der Fürst um, mit ausgestrecktem Arm und Zeigefinger deutet er auf den Priester und sagt: »Vielleicht solltest du vorsichtiger sein.«

Am nächsten Tag meldet man dem Fürsten, dass sein Bruder Osobo um eine Audienz ersucht. Der Fürst erteilt seinen Leibwächtern Anweisungen, wo im Hof sie sich aufzustellen haben. Dort will er seinen Bruder treffen, ihn nur nicht in das Haus lassen. Auf dem Dach positioniert er die Bogenschützen.

Osobo wird eingelassen, er kommt alleine, ein untersetzter, gemütlich wirkender Mann, ergraut, mit schulterlangem Haar. Gekleidet in einen ungefärbten Mantel, obwohl er sich teure Farben wie Blau oder Rot leisten könnte. Nie trägt er ein Schwert, nie ein Messer, keine bernsteinbesetzte Kette. Einziger Schmuck ist diese schlichte Fibel, an der Schulter in den Mantelstoff gesteckt. Doch die ist aus dem kostbarsten Metall, das man sich vorstellen kann. Der Schmied nennt es Eisen.

Der dickliche Osobo steht dem groß gewachsenen, dünnen Fürsten gegenüber, schaut zu ihm auf und lächelt. Osobo ist fünf Jahre jünger.

Er sagt: »Mein Fürst, ich bin gekommen, um dir etwas zu sagen. Was immer du vorhast, ich werde dich dabei unterstützen.«

Der Fürst bedankt sich und lächelt auch. Die beiden oberen Schneidezähne fehlen. Er greift sich an den Mund. Der pochende Schmerz im Kiefer. Seit der Kindheit bereiten ihm die Zähne Qualen. Seit jenem Moment, als er und Osobo bei Tisch gesessen sind.

»Füttere mich«, hat der kleine Osobo gesagt. Der Fürst hat ihm mit dem Löffel den Brei in den Mund geschoben, vorsichtig, mit einem Tuch seine Lippen abgetupft. Er hat seinen Bruder geliebt. Dann hat Osobo gesagt: »Jetzt will ich!« und hat den Löffel genommen, ihn in den Breitopf getunkt, der Fürst hat den Mund geöffnet, und Osobo hat den Löffel hineingestoßen und gelacht. Dem Fürsten ist schwarz vor Augen geworden, solcher Schmerz, die Schneidezähne waren zertrümmert, Blut, nach Tagen der Eiter, jeder Bissen hat wehgetan, gezogen mussten die Zähne werden, aber wie kriegt man die Stummel aus dem Kiefer? Immer wundes Zahnfleisch, nur weiches Essen, und das Lächeln entstellt. Seither Angst vor dem Bruder. Der immer eine Bande von Jungen um sich hat. Osobo, der auf einen streunenden Hund zeigt, und seine Bande stürzt sich auf das Tier und häutet es. Osobo hat nie selbst Hand angelegt, er hat nur beobachtet.

Jetzt zeigt Osobos Gesicht Besorgnis.

Der Fürst hört ihn sagen: »Was ist es denn, das so schwer auf dir lastet, dass du es nicht einmal dem Priester anvertrauen willst?«

»Er hat also mit dir gesprochen«, sagt der Fürst.

Osobo lacht. »Du kennst ja den Priester.«

»Morgen, bei der Versammlung, wirst du es erfahren«, antwortet der Fürst.

Osobo verlässt den Hof. Endlich.

Seine Krieger. Anfangs eine harmlose Gruppe von etwa vierzig jungen Männern, auch Osobos Söhne waren dabei, so wie sich jeder Adelige mit Getreuen umgibt. Vor zwei Jahren dann: Händler wurden überfallen und ausgeraubt. Räuberbanden machten den Handelsweg unsicher, im Wald lagen sie auf der Lauer, der Fortbestand der Siedlung war bedroht – was, wenn die Händler andere, sicherere Wege beschritten? Dann wurden die ersten Bauernhäuser niedergebrannt, Unruhe breitete sich in der Siedlung aus. Osobo setzte sich auf einen Esel, sein zweiter Esel beladen mit Bronzeschmuck. Gekleidet wie ein Händler, unbewaffnet wie immer, ritt er nach Süden, und nach einem Tag wurde er tatsächlich überfallen. Man erzählte, dass er, um sein Leben bettelnd, den Räubern ein großes Bronzedepot verriet, zu dem er sie hinführte. Dort warteten Osobos Getreue, und sie brachten in Erfahrung, aus welchem Dorf die Räuber stammten. Dass man die Räuber zum Reden brachte, indem man sie häutete, hielt der Fürst zunächst für eine Übertreibung. Osobo zog mit seinen Kriegern zu diesem Dorf, es lag einen Tagesmarsch entfernt, im Osten.

Seither keine Überfälle mehr.

Nach einer Woche kamen die Männer zurück, mit ernsten Gesichtern, sie sprachen nicht über das, was geschehen war. Sie schleppten viel Beute an. Sie verbrachten von nun an die Tage und die Nächte miteinander, Osobo erweiterte sein Anwesen, dort quartierte er seine Männer ein, und er ließ Ställe errichten, jedem seiner Männer gab er ein Pferd und ließ aus der erbeuteten Bronze Zaumzeuge schmieden.

Gelegentlich ritten sie für ein paar Tage wieder in dieses Dorf, obwohl dort sicherlich niemand mehr lebte. Der Fürst schickte zwei Späher dorthin. Man brachte die beiden zurück, angeblich von Bären getötet. Über die zwei Leichen gebeugt, verstand der Fürst: Im Blutrausch war ein Geheimbund von Kriegern entstanden, ihr Geheimnis waren die Grausamkeiten, die nicht in Worte gefasst werden durften. Diese Krieger waren Osobo bedingungslos ergeben.

Nein, den Tod fürchtet der Fürst nicht, der würde ihn von Schmerzen erlösen. Aber die Erbfolge macht ihm Angst. Osobo könnte ihn beerben, denn Arlaka hat keinen Thronfolger geboren. Deshalb muss eine Entscheidung getroffen werden.

Arlaka.

Aus der Siedlung hin zur Schamanin, zuerst durch das Tor gehen, draußen vor der Siedlung fängt sie an zu laufen, durch den Hohlweg, die Bäume lassen kaum Licht durch, trotzen der Sonne, Gelsen aus dem Gesicht verscheuchen, außer Atem, sie denkt an Vater, an seine Bewegungen, abrupt erhebt er sich vom Mittagstisch, dann steht er wie verloren herum, er zuckt zusammen, wenn man von hinten an ihn herantritt und ihn berührt. Endlich bei der Hütte der Schamanin, auf der Lichtung, umgeben von Auwald, und unerklärlicherweise niemals Gelsen. Eine besondere Stimmung, die etwas mit Klarheit und Leichtigkeit zu tun hat. Die Gedanken werden einfacher, Ruhe ist um einen herum. Als habe sie soeben irgendeine geheimnisvolle Grenze überschritten. Die gebeugte Frau steht vor ihrer Hütte, trägt ein Kleid aus heller, grober Wolle, die weißen Haare zu zwei Zöpfen gebunden, und sie zerhackt Holz, mit einer Axt, die für manchen Mann zu schwer wäre.

»Arlaka«, sagt sie, lässt die Axt sinken, umarmt Arlaka. »Was hast du denn? Komm und setz dich zu mir, möchtest du Wasser?«

Arlaka nickt nur. Die Schamanin bringt eine Schweinsblase, Arlaka trinkt, die Alte streicht ihr über die Stirne. »Du bist ja ganz erhitzt.«

Arlaka schließt die Augen, die Berührung besänftigt ihre Gedanken, beim Einatmen breitet sich die Ruhe in ihr aus, bis in die Fingerspitzen, eine Trägheit und Leichtigkeit zugleich, als würde sich die Zeit verlangsamen. Die Schamanin drückt Arlaka an sich. Der Geruch, die Geborgenheit, die Wärme – seit es Erinnerungen gibt für Arlaka, gibt es die Schamanin für sie; sie war ihre Amme. An die Mutter hat Arlaka keine Erinnerung, verstorben bei der Geburt. Arlaka hat dem Vater so viele Fragen über die Mutter gestellt, was für ein Mensch sie war, was sein erster Eindruck von ihr war, wie sie dieses oder jenes gesehen hätte. Sie war weit älter als der Vater. Arlaka betastet ihren Bauch. Ist der schon zu alt für ein Kind? Wenn ja, wozu bin ich dann noch?

»Ich habe Angst«, sagt Arlaka. Sie erzählt von ihrem Vater, von Osobo und davon, dass etwas passieren wird.

»Was soll denn geschehen?«

»Osobo tut meinem Vater etwas an.«

»Warum sollte er?«

»Damit er Fürst wird«, sagt Arlaka.

Die alte Frau schüttelt den Kopf. »Arlaka, überlege doch, weshalb hat er es nicht schon früher getan, vor zwanzig oder dreißig Jahren? Es wäre so leicht gewesen. Ich sage dir, die Macht ist schon längst bei ihm. Der Priester und die anderen Adeligen, die tun doch nur mehr, was Osobo befiehlt!«

»Mein Vater, der möchte Osobo nicht an die Macht lassen. Vielleicht begreift er nicht, dass er sie gar nicht mehr hat. Oder er weiß es, und er beginnt jetzt seine Rebellion. Schamanin, ich habe Angst, dass das böse endet.«

Dann flüstert Arlaka: »Vater will, dass ich ihn beerbe. Nach ihm Fürstin werde. Das will er morgen verkünden. Er hält mich für stärker, als ich bin.«

Die Schamanin sagt: »Du bist stark.«

»Ich will sie nicht, diese Macht, Schamanin, ich brauche sie nicht, und wenn mein Vater doch nur loslassen könnte! Macht ist doch nur eine Illusion. Wer kann denn schon über Leben bestimmen? Kein Fürst der Welt entscheidet, ob ein Kind sein Fieber überlebt oder nicht!«

»Macht ist das, was Männer brauchen, damit sie sich nicht so nutzlos fühlen, denn, weißt du, Arlaka, sie können nämlich keine Kinder gebären«, sagt die Schamanin, und endlich kann Arlaka wieder lachen.

»Wenn hier jemand wirkliche Macht hat, dann bist du es«, sagt Arlaka. »Denn du kannst dem fiebernden Kind helfen, mit deinen Umschlägen und deinen Salben und deiner Brühe.«

»Nicht immer«, sagt die alte Frau.

»Besser als alle Krieger der Welt.«

Arlaka denkt daran, wer in der Siedlung noch auf der Seite ihres Vaters steht. Der Priester?

»Du kennst ja den Priester«, sagt die Alte. »Der steht, wo man ihn hinstellt.«

Der Priester predigt oft von einem Leben nach dem Tod: Man tritt in die Unterwelt ein, und dort lebt man umso besser, je besser man sich verhalten hat. Krieger, die im Kampf gefallen sind, denen geht es besonders gut, sagt der Priester, denen ist ein ewiger Platz an der großen Festtafel sicher, wo es alle Speisen gibt, sogar Honig. Je mehr Feinde der Krieger geschlachtet hat, desto näher bei den Göttern darf er sitzen. Und Frauen wird es geben, vier für jeden. Oder Knaben, je nach Vorliebe. Frauen können in der Unterwelt auch ein gutes Leben führen, wie das genau aussieht, hat der Priester nicht gesagt. Nur, dass die Chancen der Frau steigen, je mehr Kinder sie geboren hat, und wenn sie treu war und brav gearbeitet hat. Wer sich aber den Zorn der Götter zugezogen hat, dem ergeht es schlecht. Der darf nicht eintreten, muss vor dem Tor bleiben, in der Kälte, er wird hungern und den schwarzen Reitern des Bösen schutzlos ausgeliefert sein. Aber man kann die Götter gnädig stimmen, indem man ihnen Opfer bringt. Vorzugsweise Fleisch oder Bronzebarren oder Schmuck oder Gewürze. Die Gaben händigt man dem Priester aus, und der opfert sie in seinem heiligen Bezirk, unter Ausschluss der Öffentlichkeit.

»Weshalb glaubst du nicht an die Götter?«, fragt Arlaka.

»Ich bin bislang noch nie einem begegnet«, sagt die Schamanin. »Aber dem Leben, dem bin ich oft begegnet. Schau dich um!«

Die duftende Wiese, so vielfältig mit Löwenzahn, Knäuelgras, Klee, dann das Summen der Bienen, dahinter der Waldrand mit den Eichen, Buchen und Linden, und dort das Reh, es hebt abrupt den Kopf, schaut herüber, unentschlossen, ob es weiteräsen oder fortrennen soll, es schätzt ein, ob von diesen beiden Menschen Gefahr ausgeht. Es bleibt und senkt wieder den Kopf ins Gras.

Und Arlaka legt ihren Kopf in den Schoß der alten Frau, liegt auf dem Rücken, schaut in den Himmel, beobachtet die Fantasiegestalten, die sich dort oben aus den Wolken bilden.

»Erzähl es mir bitte wieder. Woran glaubst du?«, fragt sie.

»Alles wiederholt sich«, sagt die Schamanin. »Jeden Tag geht die Sonne auf, jedes Jahr gibt es Frühling. Jedes Kind lernt sprechen, jeder Mensch stirbt. Jedes Feuer verlischt. Nichts ist einmalig. Auch nicht das Leben.«

»Wir werden also wiedergeboren?«, fragt Arlaka, als hätte sie die Antwort noch nie gehört.

Die Alte sagt: »Ich begegne vielen Menschen, in denen ich Verstorbene erkenne. Und Menschen, die im vorangegangenen Leben zueinander gefunden haben, die finden wieder zueinander, es ist erstaunlich, oft geschieht es auf die gleiche Art und Weise.«

»Wie alt bist du eigentlich?«, fragt Arlaka.

»Meine Geburt ist so lange her, dass ich mich schon gar nicht mehr daran erinnern kann.«

Arlaka kichert. Wie das kleine Mädchen, dem vor dreißig Jahren die Schamanin die Welt erklärt hat.

Nach einer Weile sagt die alte Frau: »Wir haben Besuch.«

Arlaka schaut sich um, schreckt auf, bemerkt diesen Mann mit den freundlichen Lächeln, und dann schaut sie nur mehr auf seine Hände, die tatsächlich blau sind, und die ersten Worte, die Arlaka von ihm hört, sind: »Das Blau geht vorbei, jetzt ist eben die Saison für das Färberwaid, in einem Monat sind meine Hände wieder rot oder gelb.«

Arlaka lacht.

Dann sagt sie: »Du traust dich ganz schön was, gehst zu meinem Vater und willst mich zur Frau, und dabei kennst du mich noch gar nicht.«

»Ich habe mir vor kurzem ein Haus gebaut, und weil es nicht über mir zusammengebrochen ist, da habe ich mir gedacht: Das ist ein göttliches Zeichen, jetzt will mich die Fürstentochter sicherlich heiraten.«

Wieder lacht Arlaka. Die Schamanin steht auf und geht fort. Irgendwohin, in den Wald, um die beiden jungen Menschen alleine miteinander reden zu lassen.

Arlaka erzählt, warum sie in den Wald gekommen ist, und Keichlo gesteht, dass er sie am Weg beobachtet hat. Sie erzählt, dass sie hier im Wald bei der alten Frau zu ihrer Kraft zurückfindet, und Keichlo erzählt, wie ihn die Schamanin mit ihren Tränken und Salben und Umschlägen am Leben gehalten hat als Kind. Und weil Arlaka ihre Blicke nicht von den blauen Händen lösen kann, erzählt er vom Färberhandwerk. Er erklärt ihr das Beizen, das zuerst sein muss, denn geschorene Wolle ist noch voller Haartalg und kratzig. Das geht mit Alaun, aber weil dieser Stein teuer ist, kochen die Färber die Wolle.

Arlaka hört zu, beobachtet, wie seine Augen leuchten, wenn er von seinem Handwerk redet, wenn er betont, dass man die Wolle nur langsam erhitzen und abkühlen darf, keinesfalls abschrecken oder ins heiße Wasser werfen, sonst verfilzt sie. Er redet nicht mit ihr als der künftigen Fürstin, sondern als der Freundin, mit der er Wichtiges teilen möchte.

Mit ausladenden Handbewegungen führt er vor, dass man beim Einfärben gleichmäßig rühren muss. Sein Merksatz: Gleichmäßiges Rühren für gleichmäßige Farbe. Es braucht viel Erfahrung, um der Natur die Farben zu entlocken, sagt er. Die Farbe Grün zum Beispiel. Man könnte meinen, weil wir überall von Grün umgeben sind, ist es einfach, es herzustellen. Falsch! Nur die Triebe vom Heidekraut eignen sich, und die müssen mit Gallapfelpulver vermengt werden. Beim Gelb hat man schon mehr Möglichkeiten, zum Beispiel den Wau und den Färberreseder. Für das Rot braucht es Schildläuse, getrocknet und zermahlen. Die teuerste Farbe, und nur Fürsten vorbehalten, die Läuse müssen von fremden Ländern hergebracht werden. Dann erzählt er vom Blau. Von seinem berühmten Blau. Händler kommen von weit her, sie bringen sogar Schildläuse zum Tausch für seine blauen Wollballen. Aber was so schön aussieht und sich so erfolgreich verkauft, das macht den scheußlichsten Geruch: Die Blüten vom Färberwaid müssen eine Woche in Urin eingelegt werden, damit sich die Farbstoffe lösen.

Sie spazieren und erzählen einander, was ihnen wichtig ist im Leben, und plötzlich hören sie ein Geräusch wie tröpfelnder Regen, obwohl die Sonne scheint. Es kommt von einem alten Baum, der mit Efeu überwachsen ist. Bienen und Wespen tummeln sich hier, angelockt vom honigsüßen Duft. Vom Efeu fallen winzige, hellgrüne Blütenblätter, ameisengroß, zu Tausenden klatschen sie auf die handflächengroßen, dunklen Blätter, und das hört sich an wie Tröpfeln. Die beiden stehen nebeneinander und beobachten dieses Schauspiel.

Hier muss es gewesen sein, dass Arlaka zum ersten Mal Keichlos Hand berührt hat.

Am folgenden Tag das Treffen der Adeligen im Fürstenhaus. Der Fürst auf dem Hirschenthron und über ihm, auf der Rückenlehne, das Geweih eines Vierzehnenders, das Symbol der Sonne und ihrer Strahlen. Die Adeligen hocken auf Schemeln um die Feuerstelle.

Nachdem der Priester den guten Willen der Götter festgestellt hat, indem er einem Hasen das Herz entrissen und sich das Blut auf der Stirne verteilt hat, ergreift der Fürst das Wort. »Wir alle wollen eine starke Dynastie«, sagt er. Umklammert mit beiden Händen die Armlehnen seines Throns. Das Holz ist speckig glatt, drei Generationen von Herrschern haben hier gesessen, ihre Handflächen auf dem Holz, sie haben vielleicht auch so geschwitzt. Er sieht keinen der Männer an, schaut in die Flammen, gleich wird der Konflikt mit Osobo ausbrechen, aber der Fürst hat auch eine Truppe von Kriegern zusammengestellt.

Jetzt zwingt er sich, es zu sagen: »Ich habe beschlossen, dass nach meinem Tod Arlaka meine Nachfolge antreten wird, auch wenn sie bis dahin noch keinen Thronfolger geboren hat.«

Ein Augenblick der Stille.

Der Priester ist der Erste.

»Aber sie ist eine Frau!«, ruft er aus, ohne vom Fürsten das Wort erteilt bekommen zu haben.

»Priester, du hast die Götter zu meiner Entscheidung befragt, was haben Sie dir gesagt?«

»Ich hole noch einen Hasen, ich kann die Götter auf der Stelle befragen.«

»Nein!«, ruft der Fürst. »Sag mir, was ihre Meinung war.«

Zerknirscht antwortet der Priester: »Die Götter haben kundgetan, dass du die richtige Entscheidung getroffen hast.«

»Es ist also der Wille der Götter!«, ruft der Fürst aus.

Und der Priester: »Arlaka als Fürst, heißt das, dass ich nun Weibsvolk in meinen Heiligen Bezirk lassen muss?«

Der Fürst raunt: »Und die Mädchen, die du in deine Hütte führst?«

»Woher wisst Ihr? ... Das ist kein Weibsvolk! Das sind Kinder! Reine Jungfrauen!«

»Und wenn sie deine Hütte verlassen, sind sie dann immer noch Jungfrauen?«

Jetzt reden die Adeligen durcheinander.

»Wir sollen von einem Weib regiert werden? Wie soll das gehen?«, sagt einer.

»Da wird ein Tabu gebrochen«, sagt ein anderer.

Die Adeligen stehen auf, ohne vom Fürsten die Erlaubnis erhalten zu haben, sie gehen auf und ab, diskutieren miteinander, gestikulieren, der Priester sitzt noch, schlägt wie ein zorniges Kind mit der Faust gegen den Hasenkadaver, Tumult ist im Raum, der Fürst ruft »Ruhe!«, aber man hört nicht mehr auf ihn. Sein Kiefer schmerzt. Er will fort. Fort in ein anderes Leben.

Nur Osobo sitzt noch unbewegt da.

Das Ende beginnt jetzt, merkt der Fürst, hebt die klebrigen Handflächen von der Armlehne und drückt sie sich an die Wangen. Er sollte seine Krieger hereinrufen. Aber er fühlt sich so müde in diesem Augenblick.

Osobo sagt mit leiser Stimme: »Ihr missachtet den Fürsten.«

Plötzlich Stille im Raum.

Osobo flüstert: »Und wer den Fürsten missachtet, der missachtet mich.«

Die Adeligen setzen sich. Der Priester hört auf, in den Eingeweiden des Hasen zu wühlen. Der Fürst ergreift das Wort: »Ihr habt meinen Willen und den Willen der Götter vernommen. Hat noch jemand etwas dazu zu sagen?«

Die Adeligen und der Priester schauen Osobo an, der bewegt seinen Kopf ein wenig, eine verneinende Geste, die Adeligen raunen, dass sie einverstanden seien, wegen des Willens der Götter. Dann Osobo: »Ich schließe mich der Meinung der Götter und des Adels an.«

Der Fürst steht auf und wankt ins Freie.

Plötzlich eine Hand auf seiner Schulter. Er zuckt zusammen.

»Du hast es nicht wissen können«, sagt der Fürst.

»Stimmt«, sagt Osobo, »ich hatte keine Ahnung.«

Der Fürst beginnt eine Frage mit »Warum ...«, doch unterbricht er sich, will nicht, dass Osobo es sich anders überlegt.

Der sagt: »Ich habe dir doch versprochen, dass ich dich unterstützen werde.«

Der Fürst umarmt Osobo, klammert sich an dessen Schulter und schluchzt: »Ich habe solche Zahnschmerzen!«

Und Osobo streicht dem Bruder über den Rücken und flüstert: »Es tut mir ja so Leid.«

Ein Jahr später.

Osobo hat sich alles anders vorgestellt.

Dass die Erbfolge vom Fürsten auf Arlaka übergehen wird – damit würde er schon fertig, hat er geglaubt. Denn ein weiblicher Fürst wird sich niemals gegen die Adeligen durchsetzen. Natürlich ist sie gescheit, und in ihrer Sprache verwendet sie viel mehr Wörter als die meisten Männer – aber sie ist nur eine Frau. Als würde der Packesel seinem Besitzer den Weg vorgeben! So etwas ist wider die Natur. Arlaka als Fürstin wäre noch schwächer als ihr Vater, und Osobo würde die Zügel fest in der

Hand halten. Und sollte sie sterben, wäre das Fürstentum an Osobos ältesten Sohn übergegangen.

Osobo hat geglaubt, wenn sie als junge Frau keinen Mann hat finden können, würde sie im Alter schon gar keinen mehr bekommen. Dann hat sie diesen Keichlo geehelicht. Fünfzehn Jahre jünger als sie soll er sein. Man erzählt sich im Dorf diese lächerliche Geschichte, wie er vor dem Fürstenhof gestanden ist, im Regen, mit einem Ballen roter Schafswolle auf dem Rücken als Geschenk, seine Hände bis unter die Fingernägel blau gefärbt, und wie er darauf gewartet hat, dass man ihn eintreten ließe, damit er um die Hand der Fürstentochter anhalten konnte.

Dass der alte Fürst so eine Verbindung zugelassen hat, war sein zweiter Tabubruch gewesen. Und sein letzter, hat sich Osobo geschworen. Im Sonnenwagen sind die beiden gefahren, von zwei zahmen Hirschen gezogen, der Priester hat die Tiere an einer Leine geführt, sie sind durch die Siedlung gezogen, haben gewunken und gelacht, das Volk hat gejubelt, die beiden sind mit Getreidekörnern beworfen worden. Keichlo, Keichlo, haben sie geschrien, er ist einer von uns. Da hat Osobo geahnt, dass etwas schief gelaufen sein könnte. Glücklicher Pöbel ist immer eine ungute Sache.

Er hat sich gesagt, dass Frauen in diesem Alter wohl keine Kinder mehr empfangen können. Als Arlaka doch schwanger war, da hat sich Osobo gesagt, dass es sicher eine Totgeburt wird, wegen Arlakas hohem Alter. Und heute hat Arlaka einen gesunden Jungen zur Welt gebracht und ihn Keichlo genannt.

Osobo versammelt seine Söhne und seine anderen Männer im Hof seines Anwesens. Zuerst lässt er einen Stier töten, die Krieger müssen ihre Gesichter in das warme Gedärm tauchen, damit sie der süßliche Geruch betört, damit sie an vergangene Taten erinnert werden, damit ihnen leichter fällt, was zu tun ist. Dann redet Osobo von der Zeitenwende. Mit der rechten Hand an der linken Schulter, wo die eiserne Fibel im Mantel steckt. Die Händler berichten von Umwälzungen, sagt Osobo. Im Süden, wo es ein Meer aus salzigem Wasser gibt, dort gibt es gewaltige Bauten aus Stein. Riesige Schiffe, und Kriege, wie man sie hier noch nie erlebt hat. Und in der Weite des Ostens, weit hinter dem Bergmassiv am Horizont, gibt es Reiterheere, die plündernd ihre Spur ins Land brennen. Die Welt verändert sich, sagt er, und wir müssen stark bleiben, und wir müssen die Schwäche ausmerzen. Er erklärt den Männern noch einmal den Plan, und mit einer besonderen Aufgabe betraut er jene Männer, die schon einmal Kinder getötet haben.

Plötzlich wird er von einem der Männer zum Tor gerufen. Osobo schaut durch einen Spalt der Palisade hinaus. Dort sieht er Menschen. Sogar Frauen. Osobo steigt auf das Dach seines Hauses. Und sieht, dass es wohl tausend oder zweitausend sein müssen, einige hundert Krieger darunter, die alle – mit einigem Abstand zu Osobos Anwesen – einen dichten Ring aus Menschenleibern bilden.

Als die Sonne untergeht, zünden diese Menschen draußen die Fackeln an. Osobo mahnt seine Männer immer und immer wieder zur Ruhe. Bei Sonnenaufgang löst sich ein kleiner Mensch aus der Masse und geht vor, bis an das Tor. Bleibt dort stehen. Osobo lässt das Tor öffnen, geht hinaus.

»Sei gegrüßt, Schamanin«, sagt er.

»Wie geht es deinen Söhnen?«, fragt die gebeugte Alte.

»Es geht ihnen gut«, sagt er.

»Ich wünsche ihnen ein langes Leben«, sagt sie.

Dann schweigen die beiden eine Weile.

Osobo sagt: »Es ist noch nichts geschehen.«

Sie erwidert: »Richtig, noch ist nichts geschehen.«

Sie lehnt ihren Gehstock an ihre Hüfte, damit sie beide Hände frei hat.

Klatscht in die Hände. Dreimal.

Die Menschenmenge löst sich auf. Die alte Frau geht fort, mit kleinen Schritten und auf den Stock gestützt. Ein junger Hund streunt um sie herum.

In der kommenden Nacht reitet Osobo mit seinen Männern aus dem Dorf. Der Fürst schickt Späher nach Osten, zu den Ruinen des niedergebrannten Dorfes. Sie berichten, dass niemand dort sei, aber man hat frische Pferdespuren entdeckt, die weiter nach Osten führen.

Drei Jahre später.

Der Fürst steht auf dem Aussichtsturm, den er auf dem höchsten Punkt der Siedlung hat errichten lassen, gleich neben seinem Haus. Er umklammert mit den Fingern die Holzbrüstung. Schaut hinab. Dicht gedrängte Holzhütten. Die Wege sind schlammig, es hat geregnet in der Nacht. Ein Eselskarren müht sich durch den Matsch, bringt Getreide zu den Speichergruben, dann reicht es dem Esel – er bleibt stehen. Rauch aus der Hütte eines Schmieds, das rhythmische Hämmern aus seiner Werkstatt. Auf dem Marktplatz die Händler mit ihren lauten Stimmen. Spatzen tummeln sich auf dem stecken gebliebenen Eselskarren, sie picken Getreidekörner. Weiter oben kreisen Schwalben und üben ihre Sturzflüge.

Von hier oben kann er sein Volk beobachten, will sich als Vater fühlen, der seinen Kindern beim Leben zusieht. Aber in ihm ist Kälte. Ein Diener bringt noch einen Mantel herauf. Der lastet schwer auf den Schultern und wärmt doch nicht. Schweiß auf der Stirne. Schwindelig. Der Fürst setzt sich auf einen Holzstuhl. Die Hände nach wie vor auf der Brüstung. Schwer atmend.

Er schaut nach Osten, in die Weite, so wie er es jeden Tag macht, vom Sonnenaufgang bis zum Sonnenuntergang. Er kneift die Augen zusammen, als würde er dann klarer sehen, ob sein Bruder und dessen Männer durch die Ebene herreiten. Vielleicht ist Osobo schon tot, vielleicht gefällt es ihm woanders besser, und selbst wenn er wiederkommt – seiner Truppe von vierzig Mann stehen fünfhundert von unseren Kriegern gegenüber. Mit diesen Argumenten hatte man den Fürsten nie beruhigen können.

Deshalb hat er den Wall errichten lassen.

Begonnen wurde an der verwundbarsten Stelle, auf dem Hügelfeld: Die Landbrücke musste unterbrochen werden, die nach Westen führt. Eine sensible Stelle, seit Generationen bekannt und seit jeher mit einer Palisade befestigt. Der Fürst befahl, stattdessen den Wall zu errichten, siebenhundert Schritte lang, und davor ein Graben. Alles musste sehr fest gebaut werden, befahl der Fürst, denn der Wall sollte Schutz für viele Generationen bieten!

Die Zimmermänner überlegten und probierten. Sie kamen überein, dass man das Innere des Walls mit Holz stützen sollte: jeweils vier Stämme wurden rahmenartig verlegt, dann eine Lage Erde darauf, so dass die Balken fest in der Erde eingebettet sind, und dann die nächste Balkenlage, dann wieder aufschütten und so weiter, bis die Höhe von drei Mann erreicht war. Auf die Wallkrone kam eine Holzbrüstung, als Deckung vor Bogenschützen. Zweitausend Bäume benötigte man, alleine für diesen Westwall. Aber nur das haltbarste Holz, also nur Eichen, hatte der Fürst befohlen.

Um eine Eiche zu fällen, brauchte es einen Tag. Die Arbeiter mussten ihre Äxte immer wieder härten, schärfen und zurechtbiegen und gelegentlich den Schaft erneuern. Bäumefällen im Herbst wäre leichter gewesen, aber der Fürst wollte, dass das ganze Jahr hindurch gearbeitet wurde – ihm blieb keine Zeit zum Warten. Wenn so ein Baum endlich gefallen war, wurden die Äste entfernt, wieder einen Tag lang. Dann mussten fünfzig Männer den Stamm hochheben und in die Siedlung tragen. War so ein Stamm endlich an der Baustelle angekommen, dauerte es wieder tagelang, bis er in Teile passender Größe zerhackt war. Und dann das Erdreich: Aus dem Graben wurde es mit Holzwerkzeugen in Körbe geschaufelt, abertausende Male, Frauen hoben die Körbe auf die Köpfe und schleppten sie hinauf zum Wall.

Plötzlich gab es keine Eichen mehr im umliegenden Wald! Die Arbeiter mussten die Bäume von weit her schleppen, oft dauerte es einen halben Tag, bis der Stamm auf der Baustelle war. Schneisen mussten durch das unwegsame Gelände geschlagen werden; für jede Eiche mussten sie mindestens einen weiteren Baum fällen.

Fast täglich berichtete man dem Fürsten von Unfällen, etwa, wenn fünfzig Arbeiter mit einem Eichenstamm auf den Schultern im Unterholz stolperten und zu Boden stürzten; für manchen ein schneller Tod, für andere tagelanges Siechtum mit offenen Brüchen. Der Fürst besuchte die Familien der Verunglückten und nahm Anteil. Er hörte von Splittern unter der Haut, Gehirnerschütterungen, von Hitzschlägen im Sommer und abgefrorenen Fingern im Winter. Er sah Männer, die von unberechenbar fallenden Bäumen erschlagen worden waren, und jene, die nun Krüppel waren. Und er hörte die Schreie der Männer, die vom Wundbrand zerfressen wurden. In der Nacht konnte er kaum noch schlafen. »Das ist wie im Krieg«, klagte man dem Fürsten.

»Das ist ein Krieg«, antwortete der Fürst.

Trotz allem musste man im Frühjahr die Felder bestellen und nach dem Sommer die Ernte einbringen. Die Frauen hatten die Kinder zu versorgen und Beeren zu sammeln. Die Männer mussten jagen, die Häute trocknen und das Fleisch dörren. Haustiere waren zu füttern, die Frauen webten Kleidung für den Winter. Und alle mussten sich auch noch Opfer für die Götter absparen. Eine schwere Zeit. Wenigstens war das Zahnweh des Fürsten fort. Das hatte sein Bruder mitgenommen.

Nach zwei Jahren war der Westwall fertig, und das Volk atmete auf, stolz auf sein Werk, aber kraftlos und erschöpft. Dann erging der neue Befehl des Fürsten: Der Norden, der Süden und der Osten sind zu sichern. Eine Palisade soll alle natürlichen Steilhänge befestigen. Wieder musste das Volk tausend Eichenstämme ausfindig machen, fällen, von weit her schleppen, zerteilen und aufstellen.

Als der Wall nach etlichen Jahren fertig gestellt worden ist, hat der Fürst diesen Turm errichten lassen. Er hat immer mehr Zeit hier oben verbracht. Zunächst ist er mehrmals am Tag oben gewesen, später hat er den Turm nur für Audienzen und zu den Mahlzeiten verlassen. Das viele Auf- und Absteigen ist zu anstrengend geworden, jetzt lässt er das Essen heraufbringen, und Audienzen gibt er keine mehr. Er hat das Regieren an Arlaka und ihren Keichlo abgegeben, und nun möchte er nicht einmal mehr um Rat gefragt werden. Sein Platz ist hier oben, die Gefahr kommt aus dem Osten, er muss den Osten im Auge behalten, er darf sich nicht vom Leben ablenken lassen.

Große Opfer haben die Menschen dort unten für den Wall erbracht. War der Wall die richtige Entscheidung? Wenn Osobo nicht mehr kommt, dann war all das Leid umsonst. Und wenn der Bruder doch auftaucht, mit einer großen Armee, kann der Wall dann standhalten? Der Fürst bedeckt sein Gesicht mit den Handflächen und schüttelt den Kopf. Wer denkt, Fürsten seien mächtig, der ist ein Narr. Gefangene sind sie, von so vielen Umständen, und das Schicksal treibt sie vor sich her, ohne Gnade. Der einfache Bauer muss nur für sich leben. Aber der Fürst denkt und handelt für Tausende! Jede Entscheidung ein zweischneidiges Schwert, immer zum Nachteil für irgendjemanden. All die Jahrzehnte, all die Entscheidungen, keiner bleibt übrig, dem er nichts angetan hat.

Die Sonne senkt sich hinter dem Fürsten, er zittert vor Kälte oder vor Einsamkeit, er hat plötzlich eine unbestimmte Sehnsucht. Er steigt den Aussichtsturm hinunter, auf halber Höhe macht er Pause, drückt die Stirne auf eine Sprosse, die beiden Mäntel auf seiner Schulter sind schwer, er schaut hinab, er könnte es schaffen.

Er ist müde.

Er lässt los, fällt und stirbt.

Beim Flussufer versammelt sich das Volk, an jenem Platz außerhalb der Siedlung, wo die Toten verbrannt werden. Gelsenschwärme. Die Leute bücken sich gelegentlich, um Wegerich aus der Wiese zu zupfen, sie zerreiben die Blätter auf ihrer Haut, das hilft gegen die juckenden Stiche.

Der Fürst ist auf einem mannshohen Sockel aus Holz und Reisig aufgebahrt, in roter, festlicher Kleidung, eine wunderbar gearbeitete Fibel auf seinem Mantel, grüne Fliegen umschwirren sein Gesicht, der Mund steht offen, Fliegen krabbeln hinein. Auf seiner Brust liegt ein Lederschild, daneben das Schwert, die Töpfe mit kostbarem Birkenrindenschwelteer, zu seinen Füßen ein Hirschgeweih, und am Schuhwerk hängen die Sporen.

Der Priester schneidet einem Hasen den Brustkorb auf, fingert das Herz aus den Eingeweiden, schmiert sich Blut auf die Stirne, ja, die Götter sind gewillt, den Fürsten zu sich zu holen! Er entzündet eine Fackel, und mit dieser steckt er den Scheiterhaufen an. Grauer Rauch steigt auf, umhüllt den Fürsten, Flammen züngeln empor, das Holz knackt, es dauert eine Weile, bis das Gewand des alten Mannes Feuer fängt. Einige Krieger haben Platz genommen, mit Schweinshaut bespannte Trommeln zwischen ihren Beinen, und sie schlagen einen monotonen Rhythmus an. Dazu das Wehklagen der Frauen. Traurigkeit legt sich über die Aulandschaft, der Rauch und die Tränen trüben Arlakas Blick. Sie lehnt sich an Keichlos Schulter. Ihre Kinder schmiegen sich an die beiden, sie weinen auch, aber sie lassen das Feuer nicht aus den Augen.

Der Priester bleibt über Nacht, bis die Glut erkaltet ist. Am Morgen füllt er etwas Asche und ein paar knöcherne Überreste in eine Urne, er sammelt die Beigaben ein: die zersprungenen Tongefäße, das Schwert mit dem angekohlten Holzgriff, Bronzeringe vom Gürtel, verbogenen Schmuck und den Bronzebeschlag vom Schild.

Das Volk und der Priester versammeln sich auf dem Urnenfeld, das auf einem Hang südlich der Siedlung angelegt ist. Dort ist schon eine Grube ausgehoben, der Priester überreicht Arlaka die Urne, sie ordnet das Tongefäß und die Grabbeigaben an. Jetzt ist es an der Zeit, dass der Priester seine Götter befragt, ob der Fürst bei ihnen angekommen ist. Man reicht ihm einen strampelnden Feldhasen, diesmal ist der Priester ungeschickt beim Schneiden. Arlaka zuckt zusammen. Hasen können doch schreien. Im Todeskampf klingen sie wie Kinder.

Arlaka schaut nach Osten. Beobachtet den Storch, der über den Auen seine Kreise zieht. Keichlo neben ihr. Sie tastet nach seiner Hand, hält sie ganz fest, und er, als habe er ihre Gedanken gelesen, sagt: »Wir werden die Kinder beschützen. Gemeinsam.«

1982

Erika kommt zu Marias Haus; Alfred empfängt sie freudestrahlend. Er beginnt gleich über das Projekt zu reden, durch das der Ruin seiner Firma abgewendet sei. »Versprich mir, dass du es Maria nicht verrätst: Sie wird bald ihre Fassade kriegen!«

Erika tätschelt seine Schulter und sagt, dass sie sich freut. »Und wo wirst du denn bauen?«

»Hat dir das der Herr Professor nicht erzählt?«

»Nein, ich habe ganz kurzfristig erfahren, dass ich ihn vertreten werde.«

Eigentlich sollte Professor Grohmann, vom Denkmalschutzamt bevollmächtigt, an der Bauverhandlung teilnehmen. Der Professor hat den gesamten Kirchberg unter Denkmalschutz stellen lassen, also sind alle Bauvorhaben mit den Archäologen abzustimmen. Gestern Abend ist Assistent Bergmann zu Erika gekommen, hat gesagt, dass der Professor unpässlich sei und dass er sie bitte hinzugehen.

»Was hat denn der Professor?«, hat sie gefragt, und Bergmann hat nicht geantwortet.

»Das Übliche?«, hat sie gesagt.

Bergmann hat genickt.

Alfred packt ein paar Pläne und ein Maßband in seine Aktentasche, dann gehen sie gemeinsam den Kirchberg hinauf. »Für die Kirche bauen wir ein neues Totenhaus.«

»Fein«, sagt Erika. »Und wozu? Rechnet die Kirche mit dem Ausbruch von Seuchen?«

Alfred lacht. »Du kannst ja auch witzig sein«, sagt er und legt seinen Arm um ihre Schultern.

Unterwegs redet Alfred über seine Zukunftspläne, die er sich zu schmieden getraut, weil die Kirche gut zahlt. »Die können schließlich nicht Pfuscher engagieren. Weil sonst der liebe Gott einen Blitz niederfahren lässt.«

Vor dem Friedhofstor treffen sie den Ortsvorsteher, den Pfarrer und noch zwei Gemeindebedienstete, die Erika nicht kennt. Der Pfarrer schüttelt Alfred begeistert die Hand. »Schön wird es werden, ich freue mich schon darauf ...«

»Hallo, Erika«, grüßt der Ortsvorsteher. Er trägt ein sportliches Sakko mit offenem Hemd, auf dem Revers das Abzeichen seiner Partei. Die rechte Hand fest in der Hosentasche vergraben, will das Händeschütteln vermeiden. Wegen Erikas Drohung auf dem Feuerwehrfest. Nicht aus Angst! Aber das Risiko geht er nicht ein, in aller Öffentlichkeit von ihr zwischen die Beine getreten zu werden, und das nur, weil seine Hand die ihre berührt.

»Wie geht es dir?«, fragt er.

»Und Ihnen?«, antwortet Erika.

»Ausgezeichnet!«, sagt er und lächelt mit seinen weißen Zähnen. Etwas Grünes klebt auf einem Schneidezahn, Petersilie vielleicht.

Erika sagt: »Etwas Grünes klebt auf Ihrem Schneidezahn.«

Der Ortsvorsteher leckt sich die Zähne, fragt: »Ist es fort?«

»Nein«, sagt Erika, obwohl nichts mehr zu sehen ist. Der Ortsvorsteher macht ein Grinsen und poliert es mit dem Zeigefinger.

»Weg?«, fragt er, grinsend.

Erika verneint, er rubbelt wieder an den Zähnen, und mit der freien Hand fischt er einen Bogen Papier aus seiner Tasche und einen Kugelschreiber und fragt: »Hast du noch Fragen? Sehr gut! Wenn du dann bitte hier unten unterschreibst, du kannst meine Tasche als Unterlage verwenden ...«

»Wo soll das Totenhaus stehen?«, fragt Erika.

»Hat dir der Herr Professor die Pläne nicht gegeben?«, sagt der Ortsvorsteher, noch immer den Finger im Mund.

»Dafür war keine Zeit mehr …«

»Erika, mein liebes Kind, ich werde es dir erklären«, sagt der Pfarrer und nimmt sie an der Hand. Eine Berührung, als wäre sie einer der kleinen Jungen, dem er im Gebüsch etwas zeigen möchte. Sie gehen hinter den Friedhof auf die verwilderte Wiese, wo das Grab der sechsköpfigen Familie war. Minus B Minus 11.

Der Pfarrer erzählt von der Aufbahrungshalle mit dem sehr spitzen Spitzdach, die neben der Friedhofsmauer stehen soll. »Sonnenlicht wird durch die große, bemalte Glasfront kommen und diesen Raum erfüllen. Das spendet den Hinterbliebenen Hoffnung und Kraft. Wir haben uns für eine moderne, rustikale Einrichtung entschieden, mit einem einfachen Holzkreuz.«

»Und davor kommt ein Parkplatz«, sagt Alfred.

»Ja, ein schöner Parkplatz wird das«, ergänzt der Pfarrer. »Damit die Leute mit den Autos direkt zur Kirche kommen und nicht mehr heraufgehen müssen. Dann besuchen mehr die Heilige Messe.«

»Und wir werden gar nicht tief gehen müssen«, sagt Alfred. »Wir werden nichts Altes zerstören.«

Sie fragt, um wie viele Quadratmeter es sich handelt. Inklusive Parkplatz. Und wie viel Aushub es geben wird. Die Antworten nimmt sie nicht mehr wahr. Sie stellt sich die schwarze Asphaltdecke vor, zentimeterdick, die jenes Areal versiegelt, wo das Fürstenhaus stand.

Alfred schaut Erika an.

Der Ortsvorsteher schaut auf seine Uhr.

Der Pfarrer schaut ratlos.

»Ich kann nicht unterschreiben …«

»Warum nicht?«, fragt der Ortsvorsteher. »Wir haben doch alles vorbereitet.«

»Ich muss noch ein paar Dinge prüfen«, sagt sie.

»Bis wann?«, fragt er.

»Nächste Woche«, sagt Erika, ringt sich ein Lächeln ab und geht fort in Richtung Baracke. Als sie außer Sichtweite ist, biegt sie in den Hohlweg ein, der zur Rückseite des Friedhofs führt.

Über den Steilhang hinter der Friedhofsmauer klettert sie hinauf, hält sich am Unterholz fest, Dornen zerkratzen ihre Haut, atemlos kommt sie oben bei ihrem Geheimlager an, das wenige Schritte hinter Minus B Minus 11 liegt. Geschützt von Sträuchern und Bäumen, hockt Erika in ihrer Mulde.

Wenn Alfred nicht bauen darf, wird Maria Erika verstoßen. Ohne Freundin! Wieder alleine, ein Schritt zurück, es wird ihr wehtun, wieder mit der Einsamkeit leben zu müssen. Aber da ist noch etwas anderes.

Erika würde die Kinder nicht mehr sehen.

Was ist so schlimm daran, sagt sie sich, sind doch nur Kinder! Habe früher auch keine gekannt! Das Lachen, das Herumtollen! Ja, sofort fallen ihr Momente ein, voll mit Fröhlichkeit, und da war noch etwas anderes, eine Sehnsucht, geweckt, entfaltet, bislang nicht gekannt.

Was stimmt nicht mehr mit mir?

Es hat mit den Skeletten zu tun. Damit hat es angefangen. Verschüttetes ans Tageslicht gebracht, auch in Erika. Dieser Wunsch. Die Wärme des jungen Lebewesens, sein Vertrauen und das Für-das-Kind-da-Sein.

Erika hockt in ihrer Mulde und schlägt mit den Armen um sich. Kann nicht verscheuchen, was sie plagt. Beugt sich vor, presst die Unterarme an den Bauch, hinunter mit der Stirne, bis sie ein Knie berührt.

Sie weiß doch, was los ist. Es ist zu schlimm. Es bringt alles durcheinander. Sie hat es seit letztem Jahr gewusst. Hat es nicht wahrhaben wollen. Seit damals, als sie die Nacht unten in der Grube bei den Skeletten verbracht hat, ihre Hand auf der Stirn der toten Mutter. Sie hat die feuchte Kälte und gleichzeitig eine innere Wärme gespürt.

Sie flüstert: »Ich will ein Kind.«

Am Abend sitzt die Waltraud in der Gemeinschaftsküche der Baracke. Sie hat etwas auf den Tisch gelegt, eingewickelt in Alufolie.

»Hallo, Erika«, sagt sie und packt den Apfelstrudel aus, so vorsichtig, als sei er ein fragiler Knochenfund.

»Hallo«, sagt Erika. Sie bleibt stehen, stützt sich auf eine Stuhllehne und schaut das Ding an, denkt daran, dass sie nichts dagegen hätte, es anzufassen, es muss sich angenehm weich anfühlen, besonders die Innenseite vom Teig – aber essen? In kleinen Stücken in den Rachen geschoben, bis die Übelkeit beginnt und sich der Magen gegen das klebrig Süße zur Wehr setzt.

»Und was das Totenhaus angeht«, sagt die Waltraud, als habe es ein Gespräch gegeben, und zufällig sei das Totenhaus zur Sprache gekommen. »Denk doch an uns. An das Dorf. Und an die arme Maria und den Alfred. Wir brauchen ein neues Totenhaus.«

»Waltraud, wozu brauchst du ein Totenhaus?«

»Der Herr Pfarrer hat gesagt ...«

»Waltraud, wer schickt dich?«

»Schau, der Apfelstrudel hat ganz knusprige Randstücke. Möchtest du vielleicht jetzt kosten? Wo habt ihr hier die Teller? Es ist ein bisserl unordentlich, aber ich werd schon einen Teller finden, sag mir nur, wo er ist. Und Staubzucker. Hast du welchen? Wenn nicht, das macht nichts, der Strudel ist ganz süß.«

Erika schüttelt den Kopf.

Die Waltraud schluckt, dann redet sie weiter: »Der Pfarrer und der Ortsvorsteher waren gestern bei uns und haben gesagt, was du machst, Erika, das ist nicht in Ordnung ... Möchtest du vielleicht etwas anderes? Eine Erdbeerroulade vielleicht, mit Schlagobers?«

Die Waltraud schnäuzt sich. »Dein Vater hat gemeint, geh du, auf mich hört sie seit dreißig Jahren nicht mehr. Schau, die vielen Nüsse und Rosinen. Weil ich geglaubt habe, das möchtest du. Weil ich geglaubt habe, ich kenne dich. Mein Fehler. Das wird nicht mehr vorkommen. Sag mir nur, was willst du denn?«

Erika führt die Waltraud hinaus und sagt: »Glaub mir, es tut mir auch weh. Aber das Denkmalschutzgesetz bindet mir die Hände.«

»Du hast sicher Recht«, meint die Waltraud. »Und ich verstehe nichts davon. Du würdest ja so etwas nicht tun, wenn du nicht müsstest. Nicht wahr, Erika? Es ist doch so, oder? Erika?«

Vor der Waltraud war der Ortsvorsteher da gewesen. Und vor ihm der Pfarrer. Erika hat den Pfarrer gefragt, wozu er das Totenhaus bräuchte, ob in Zukunft mehr Menschen sterben würden. Zornig ist er gewesen und hat gesagt: »Jeder bekommt, was er verdient. Dafür sorgt der Herr schon!«

»Und davor haben Sie Angst«, hat Erika gesagt.

Am Morgen teilt Bergmann Erika mit, dass der Professor sie zu sehen wünsche. Der Professor steht auf dem Rochusberg und bläst in seine Trillerpfeife, die Studenten beenden die Arbeit und kriechen aus ihren Löchern.

»Frau Doktor, sind Sie verrückt geworden?«, sagt er.

Er riecht nur nach Aftershave. Vielleicht hat er heute noch gar nichts getrunken.

»Der Ortsvorsteher und der Pfarrer waren bei mir. Die haben mir alles erzählt. Wie kommen Sie darauf, dass es bei der Kirche einen Fürstenhof gegeben hat?«

Soll Erika sagen, dass sie in einer Nacht das Langhaus gesehen hat? Sie ist hineingegangen, hat auf der Pritsche die Kinder schlafen sehen, dort, wo jetzt die Brennnesseln büschelweise wachsen. Erika weiß einfach, dass das Haus dort hinter der Kirche war.

»Es ist der einzig sinnvolle Ort für so ein Haus«, sagt sie.

»Frau Doktor, wenn Sie in Ihrer Habilitation auch so unfundierte Thesen entwerfen, dann werden Sie noch lange daran schreiben.«

»Ich bin sicher, dort war es.«

»Und warum haben Sie dann nicht gleich weitergegraben?«

»Weil mir das erst jetzt klar geworden ist.«

»Und wie ist Ihnen das klar geworben, wo Sie doch hunderte Meter entfernt graben?«

Erika schweigt, denn wahrheitsgemäßes Antworten würde ihr noch mehr Probleme bereiten.

»Und jetzt hören Sie mir genau zu«, sagt der Professor. »Bislang haben wir uns mit den Kirchwaldern immer einigen können«, sagt er. »Wenn jemand einen Swimmingpool ausgehoben hat, na mein Gott, dann haben wir eben jemanden hingeschickt, als Baubegleitung. Dafür hat man unsere Grabung gesponsert. Eine Hand wäscht die andere, das verstehen Sie doch? Ich sage Ihnen, die kommen kaum in die Nähe von frühzeitlichen Schichten. Und die größte Fläche ist ohnehin nur der Parkplatz.«

Er schaut auf die Uhr, stellt sich in die Türe vom Wohnwagen, nimmt seine Trillerpfeife und bläst hinein. Die Studenten beenden die Pause und kriechen zurück in ihre Löcher. Sie schaben die Erde ab und füllen sie in Plastiksäckchen. Die Erde wird dann von einem Studenten abgeholt und geschwemmt, auf der Suche nach millimetergroßen Funden. Wie bei Goldsuchern.

Sabine, die nicht schnell auf ihrer Position war, wird vom Professor angeschnauzt, sie brauche sich gar nicht einzubilden, irgendwelche Privilegien zu haben, nur weil sie mit Universitätspersonal sexuell interagiere.

Dann sagt der Professor zu Erika: »Der Pfarrer kriegt sein Totenhaus. Veranlassen Sie das.«

Es ist ein Tag mit vereinzelten Wolkenballen, die sich auf dem Himmel über die tschechoslowakische Ebene schieben. Donnergrollen, obwohl Erika keine Regenwolke sieht. Vielleicht kommt der Lärm nicht vom Himmel, es ist die Erde, die mir zürnt, fantasiert Erika. Weil ich in sie hineingrabe, weil ich sie verletze. Aber was soll ich tun, denkt sie, ich bin eben Archäologin, so wie ein Wurm ein Wurm ist, der kann auch nicht anders.

Erika greift nach der Wasserflasche, so wirre Gedanken habe ich, ich bin vielleicht dehydriert, muss mehr trinken.

Das Wasser ist sehr warm, denn es steht in der Sonne.

Erika kniet auf Tiefe eins sechsundfünfzig. Sie hat eine Grube entdeckt, die sie wegen der Keramikfunde auf Urnenfelderkultur datiert. Im Planum ist sie annähernd kreisförmig, sie weist steile Wände auf und ist mit dunkelhumosem Material verfüllt, darüber liegt frühgeschichtlicher Brandschutt. Erika kommt es plötzlich paradox vor, Gruben graben, um Gruben zu entdecken. Sie macht noch einen Schluck.

Erika hat der Grube die Nummer 254 gegeben.

Dreizehn Studenten sind Erika geblieben, und in sieben Quadranten arbeiten sie. Erika hockt mit Jens im Quadranten, er ist Student aus Deutschland. Als er sich beim Einmessen mittelalterlicher Pfostengruben um zehn Zentimeter irrt, da schreit sie ihn an, was er sich denn erlaube. Außerdem macht Erika seine Langsamkeit nervös, da nützt es gar nichts, wenn sie sich sagt, dass er nicht ärger ist als die anderen. Plötzlich baumeln zwei Beine vom Grubenrand, die Erika gut kennt. Erika schaut auf.

Alexander setzt sich oben an die Kante und schaut zu Erika hinunter. Sie trägt heute kein Kopftuch, das ist fein, er mag es, wenn Frauen ihre Haare offen tragen. Wenn Frauen den Kopf schütteln, leicht nur, entsprechend der Eigenart der Frisur, um eine Haarsträhne aus dem Gesichtsfeld zu bekommen. Oder wenn Frauen sich mit den Fingern durch ihr Haar fahren, so wie Erika jetzt, auf Alexander wirkt das wie eine unbewusste Einladung, doch auch ihr Haar zu berühren.

»Ja, was machen Sie denn hier?«, fragt Erika.

Sie lächelt ihn an. Kurz nur, Alexander weiß, es ist nicht ihre Art, Freude zu zeigen. Aber wenn sie es tut, dann ist es ehrlich. Er löst das Haarband von seinem Schopf, beobachtet, wie Erika ihn dabei beobachtet, schüttelt seinen Kopf ein wenig, damit die Haare sich lösen, und sagt: »Ich lasse Sie nicht im Stich.«

»Wer sagt, dass ich Sie brauche?«

»Ich sehe es Ihnen an«, sagt er und lacht. Weil es typisch für sie ist, dass sie nicht zugeben will, auf andere Menschen angewiesen zu sein.

Sie sagt: »Aber ein Zeugnis kann ich Ihnen nicht schreiben.«

»Deswegen tue ich es nicht.«

Sie weicht seinem Blick aus. Mit einer Kopfbewegung, mit der sie einen Augenblick lang zum schüchternen Mädchen wird. Die sechzehn Jahre Unterschied schmelzen zusammen.

Erika sagt: »Na, dann fangen Sie doch an, hier, mit diesen Tierknochen.«

Alexander springt in die Grube, und sie ruft: »So passen Sie doch auf! Und wenn Sie noch einmal auf dem Absatz kehrtmachen auf meinem schönen Planum, dann fliegen Sie ein zweites Mal von dieser Grabung!«

Jetzt ist die sechzehnjährige Mauer wieder da. Die Frau Doktor und ihr Student. Alexander bindet sich die Haare zusammen, nimmt einen Schaber und beugt sich über die Knochen.

Was ist es, das Erikas Attraktivität ausmacht? Das hat er sich das letzte Jahr gefragt. Oft ist er ihr nicht begegnet, weil sie keine Vorlesungen mehr hält – denn der Professor verteilt die Lehrveranstaltungen mit den profitablen Prüfungstaxen lieber unter seinen Corpsbrüdern. Aber wenn er sie auf dem Korridor des Instituts getroffen hat, hat er ihr immer nachgeschaut. Ihre Schritte schnell, und jeder Schritt in Richtung Ziel, keine Abweichung. Danke, gut, hat sie stets geantwortet.

Eine schlanke Person, man könnte schon sagen mager, das Gesicht insbesondere. Eine schlanke, klassische Nase, schmale Lippen, aber dann die Augen ... hell, strahlend, die ziehen seine Blicke an, manchmal sind sie mehr blau als grau, je nach Stimmung vielleicht, Alexander wird noch dahinter kommen.

Letztes Jahr, mit Patricia, da hatte er manchmal Momente, da stellte er sich vor, dass sich stattdessen Erika unter ihm bewegen würde. Und das, obwohl Patricia blond und jung und ohne Fältchen unter den Augen war. Man sagt ja, wenn man mit einer älteren Frau schläft, dann hat man nachher das Gefühl, mehr erlebt zu haben. Weil man mit der ganzen Erfahrung schläft. Vielleicht ist das Blödsinn, und es gibt vieles, das die Leute so sagen.

Während Alexander einen Unterkiefer freilegt, fühlt er sich Erika nahe wie selten zuvor, als stünde er an der sechzehnjährigen Mauer, das Ohr am kalten Stein, merkt, wie dünn die Wand ist, denn er hört den Herzschlag. Der Unterkiefer ist ein lang gezogener Knochen, vorne schmal, an der Spitze ein paar Schneidezähne, da gabelt sich der Knochen, und er wird erst dort massiv, wo die Mahlzähne beginnen. Ein Pferd? Tierknochen hat man zwar schon massenhaft gefunden, bislang nur Bruchstücke, in Abfallgruben, Essensreste, wie wenn die Kellnerin die Reste der Spareribs nicht in den Mülleimer wirft, sondern im Gastgarten eingräbt. Und dann, tausende Jahre später, kommen Archäologen, graben den Gastgarten um, finden Knochen, und weil sie sonst keine Speisereste entdecken, schlussfolgern sie: Die Menschen damals haben sich nur von Schwein ernährt. Natürlich, denn Bauernsalat hinterlässt keine bleibenden Spuren.

Neben dem Unterkiefer weitere Knochenfragmente – ob das der zugehörige Schädel ist?

Alexander wendet sich zu Erika, die mit dem Rücken zu ihm arbeitet, er legt seine Hand auf ihre Schulter, sie dreht sich schnell um, fast erschrocken, er sagt: »Das müssen Sie sich ansehen«, und beim Sprechen lässt er die Hand ihren Rücken hinabgleiten.

Jens, Alexander und Erika knien um den Fund.

»Ein Hirsch«, sagt Erika.

»Aber der hat ja kein Geweih«, sagt Alexander.

»Weil es ein Weibchen ist.«

»Niemand ist perfekt«, sagt Alexander, und Jens kichert.

Sie arbeiten weiter, Erika konzentriert sich jetzt auch auf das Skelett, und Alexander erkennt, warum diese Verbundenheit da ist, das kommt vom Zusammenarbeiten. Dasselbe Ziel. Einer für alle. Alle für das Eine.

Jens steht auf und will aus dem Graben steigen.

»He, wohin gehen Sie?«, fragt Erika.

»Es ist fünf Uhr ...«

»Und?«, fragt Erika.

»Um fünf Uhr ist doch Schluss ...«

»Ach ja ...«, sagt Erika.

»Kannst du uns mal einen Hektoliter Autan vorbeibringen?«, ruft Alexander Jens zu, denn es beginnt die Zeit, wo man Gelsen fangen kann, indem man einfach in die Luft greift.

Erika sagt: »Sie müssen aber nicht bleiben.«

»Ich weiß«, sagt Alexander.

Erika lächelt herüber. Schon das zweite Mal, und das an ein und demselben Tag.

Bevor sich die Sonne vom Hügelfeld zurückgezogen hat, sind Rippenbögen und Wirbel und ein Schenkelknochen zum Vorschein gekommen. Mit der Vermutung, dass hier eine ganze Hirschkuh liegt, im Sehnenverband, müssen Alexander und Erika die Arbeit abbrechen, es ist zu dunkel.

Erika lässt sich von Alexander aus der Grube helfen, sie gehen zur Baracke, Erika isst ein Stück Brot mit Marmelade, um sie herum Studenten, die ihr Abendessen richten. Erika redet nicht mit ihnen – denn was soll sie ihnen schon sagen –, sie schaut nur zu, wie sie lachen, wie sie miteinander reden, wie sie Erika anschauen und nichts Rechtes mit ihr anzufangen wissen, weil sie still herumsteht und ihr Brot kaut.

Eine Hirschkuh im Sehnenverband, das heißt, das Tier wurde bestattet. Und weiter, das Tier war wichtig. Wann sind Tiere wichtig? Wenn man ihnen göttliche Macht zuschreibt. Wenn man sie teilhaben lässt an Riten. Der Hirsch das Symbol der Sonne, und die Sonnenstrahlen sind das Geweih. Er zieht den Sonnenwagen, vielleicht wird der zur Sonnwendfeier durch die Siedlung gezogen, von einem männlichen und einem weiblichen Hirsch zum Beispiel.

Vier Studenten setzen sich an den Küchentisch, sie packen Uno-Karten aus und beginnen in rasendem Tempo Karten auf den Tisch zu werfen und gelegentlich »Uno!« zu rufen.

Andere Möglichkeit: Ein Tier ist auch wichtig und daher bestattungswürdig, wenn es für Essen sorgt. Als Lockhirsch. Im Wald festgebunden, eine Verlockung für männliche Hirsche. Nicht für den Platzhirsch, sondern für die ewigen Zweiten, die nicht zum Zug kommen können, solange sie im Rudel nicht an der Macht sind. Im Unterholz versteckt, lauern mittlerweile die Jäger. Fleisch ist begehrt und rar, und ein Lockhirsch bedeutet Reichtum.

Ob Erika mitspielen möchte, wird sie gefragt.

Nein, danke.

Beide Möglichkeiten bedeuten: Die Kirchwalder haben Wildtiere gezähmt. Eine unglaubliche Leistung. In der Weltgeschichte gibt es nur wenige Beispiele dafür.

Dann sind die Studenten fort, in ihren Zelten, sie können schlafen, die Glücklichen.

Ich werde heute Nacht nicht schlafen können. Ich werde mir den Kopf zermartern, im Kreis denken.

Ich kenne das ja.

Und vielleicht ist alles ganz anders. Die Hirschkuh ist einfach nur in die Grube gestürzt und verreckt. Ein Gedanke, der Übelkeit bereitet.

Um sich zu beruhigen, holt Erika aus ihrem Zimmer die Fotos. Setzt sich damit an den Küchentisch. Schwarzweißaufnahmen. Streicht mit den Fingern über die glatten Oberflächen. Sie kann nicht bei ihnen sein, obwohl heute Mittwoch ist, bis zum Beginn der Grabungskampagne war sie mittwochs immer im naturhistorischen Museum. Die Aufnahmen sind auf dem Küchentisch ausgebreitet, und hier das Bild der Frau. Erika zieht mit dem Finger die Konturen des Kindes nach, das sich an der Mutter festhält.

Was ist, wenn sich in der Grube 254 keine Anhaltspunkte ergeben, wie ihr gelebt habt? Wenn ich nicht nachweisen kann, dass die Grube aus eurer Zeit stammt? Manchmal habe ich Angst – habe ich das jetzt laut gesagt? –, dass ich nicht dahinter komme, warum man euch das angetan hat.

Sie wünscht sich, dass sie benennen kann, was sie sucht.

Nach einer quälend langen, stillen Zeit steht Erika mit einem Ruck auf. Hinaus in die Küche. Reißt das Fenster auf, zum Atmen.

Glaubt für einen Moment, ein Stück vom Horizont stehe in Flammen. Ein Bogen aus rotem Licht erhebt sich über einer Bergkuppe, die Silhouetten einzelner Bäume zeichnen sich ab, obwohl Dutzende Kilometer entfernt. Es ist der Vollmond, die Aufwärtsbewegung scheint Mühe zu machen, es geht langsam.

Sie nimmt eine Schere aus einer Lade. Lässt sie auf- und zuklappen. Fährt mit dem Finger die Schneiden entlang. Scharf.

Professor Grohmann nimmt mir meine Studenten. Die Kirchwalder nehmen mir den Boden. Alle zusammen nehmen mir den Schlaf.

Sie schaut aus dem Fenster, zum Mond, der über den Bäumen hängt. Über ihm, gleichsam ein Hindernis: schwarze Wolken, bislang unentdeckt, weil der Himmel ebenso schwarz ist, in sie taucht der Mond hinein, wird zugedeckt, droht zu verschwinden.

Sie wird etwas geschehen lassen.

Der Mond ändert seine Farbe, gleichsam als Reaktion auf den Kampf mit den Wolken, Rot wird Orange. Er setzt sich durch, die dunklen Wolken können ihn nicht aufhalten, er schwebt hinauf, ist klar und hell, taucht die Landschaft in mattes Licht.

Erika fischt eine alte Zeitung aus dem Mistkübel. Holt Klebstoff und ein Blatt Papier. Schneidet Buchstaben aus der Zeitung und klebt sie auf das weiße Papier. Als sie fertig ist, faltet sie das Papier und legt es vor die Eingangstüre der Baracke. Dann noch ein Blick aus dem Fenster. Der Mond zeigt sein Gesicht: graue Augenhöhlen und ein Mund, zum Schrei geformt.

Erika legt sich ins Bett. Ein wenig von dem Druck ist verschwunden. Im Kopf geht es nicht mehr so aggressiv zu. Sie denkt ein wenig über Alexander Sehmann nach. Dann schläft sie doch.

Am Morgen geht es weiter. Erika noch vor dem Appell im Quadranten, später Jens, zuletzt Alexander, denn er wartet, bis der Professor vom Kirchberg fort ist. Den Vormittag über legen sie den Schädel frei, Erika säubert den Unterkiefer von Erdbrocken, Jens legt die Vorderbeine frei. Das Skelett war vom Erddruck zusammengepresst, die Rippenbögen zusammengefallen, die linken und die rechten Rippen durchkreuzten einander. Zu Mittag, die Studenten sind beim Mittagessen, da sitzt Erika am Rand des Quadranten, die Beine baumeln hinab. Alexander kommt und bringt ein Brot mit Speck und setzt sich daneben. Gemeinsam schauen sie auf die Hirschkuh, wie sie daliegt, als hätte sie sich ermattet auf die Seite gelegt und ihr Fleischkleid ausgezogen.

Sie ist nicht sehr alt, drei, vielleicht vier Jahre, denn die Backenzähne sind vollständig erhalten und nur geringfügig abgerieben. Aber das mit den Vorderzähnen, das versteht sie nicht. Die sind in so schlechtem Zustand, haben Kerben in den Zahnhälsen, das kann nicht vom Beißen stammen.

Alexander sitzt so dicht an Erika, dass sich ihre Oberarme berühren. Ein paar Haarsträhnen haben sich vom Zopf selbstständig gemacht und streichen über ihre Wange. Eine hauchzarte Berührung, kaum vorhanden, und vielleicht reizt es gerade deswegen.

»Wie halten Sie das alles durch?«, fragt Alexander.

»Was meinen Sie?«, fragt sie.

»Den Druck. Sie haben unglaubliche Ausdauer. Man macht Ihnen das Arbeiten ja so schwer, so etwas habe ich noch nie erlebt«, sagt er.

»Sie haben eben noch nicht viel erlebt«, sagt Erika.

Nach einer Weile sagt sie: »Als ich ein Kind war, da haben wir einen Hühnerstall gehabt. Einmal hat es ein Huhn rausgeschafft, es ist im Hof herumgelaufen, ich musste es einfangen. Wenn so ein Huhn allen Platz zum Ausweichen hat, du erwischst es nicht. Du läufst hin, willst es schnappen, und es rennt zur Seite.«

»Und wie haben Sie es eingefangen?«, fragt er.

»Ich bin ihm nachgelaufen, und jedes Mal, wenn es mir ausgewichen ist, habe ich gewusst: Jetzt bin ich meinem Ziel einen Schritt näher. Das hat es wieder ein Stück seiner Kraft gekostet. Und irgendwann war das Huhn erschöpft. Es ist dagestanden, ich bin zu ihm hingegangen, es hat sich nicht bewegt, ich habe es einfach hochgehoben und in den Stall getragen.«

Alexander sagt: »Das ist aber anstrengend.«

»Man braucht nur etwas mehr Ausdauer als der Gegner. Aber manchmal denke ich ...«

Erika spricht diesen Satz nicht zu Ende.

»Sie sehen müde aus«, sagt Alexander.

Sie schweigen nebeneinander, und seine Haare auf der Wange, das ist nicht unangenehm.

»Dort ist etwas«, sagt Alexander.

»Wo?«

Er zeigt zur Hirschkuh. »Dort, zwischen den Rippen.«

Erika springt hinunter in die Grube. Kratzt Erde weg. Fragmente eines Schädels. Zarte Knochenstücke. Vielleicht ein Maulwurf, der sich in die Bronzezeit hinabgegraben hat. Feine Wirbelknöchelchen, zwei so groß wie ein Fingernagel, Oberschenkelknochen so lang wie Finger, das ist kein Maulwurf.

»Die Hirschkuh war gravid!«, ruft Erika.

Am Abend kommt Professor Grohmann bei der Baracke vorbei, in der Hand hält er einen Zettel. »Schauen Sie sich das an!«, sagt er. »Das hat die Sabine Novotny heute gefunden und Assistent Bergmann gegeben, und der hat es mir gebracht. Mit Ihrer Sturheit haben Sie uns einen Dorffanatiker aufgehetzt. Der hat was gegen Sie. Der bringt es glatt fertig und zündet Sie und Ihre Baracke an.«

Erika schaut sich das Blatt an, ausgeschnittene Buchstaben, aufgeklebt. Sie liest laut vor: Wenn ihr nicht verschwindet, brennen wir euch nieder.

»Ich habe den Ortsvorsteher informiert, dass wir dem Bau des Totenhauses zustimmen werden. Und er soll diese gute Nachricht im Dorf verbreiten, damit keiner auf blöde Ideen zu kommen braucht.«

»Das ist gut«, sagt Erika.

Brütende Nachmittagshitze, als die alte Frau Schmidt den Rochusberg heraufkommt, gebeugt, sie stützt sich auf einen Stock. Katzen um sie herum, tun so, als wären sie zufällig hier, als wäre die alte Frau gar nicht ihr Zentrum.

Als die Frau beim Professor zu stehen kommt, sagt sie: »Franz, hast du dir die Erika schon einmal genauer angeschaut?«

»Ich habe keine Zeit, sehen Sie das nicht?«, sagt er.

Und sie sagt: »Ich möchte dir was über ihre Mutter erzählen. Die Katharina, Gott hab sie selig. An die erinnerst du dich doch noch, nicht wahr, Franz?«

Grohmann stellt sich breitbeinig hin, stemmt die Arme in die Hüften. Sein Schatten ist einen Schritt länger als ihrer.

Sie erzählt: »Ich hab die Katharina gekannt, seit sie vierundvierzig zur Weinlese ins Dorf gekommen ist. Ein schönes Mädchen. Findest du nicht? Manchmal ein wenig melancholisch, aber das ist halt so bei jungen Leuten, wenn sie viel nachdenken. Und wie die Russen da waren und der Krieg aufgehört hat, da ist die Katharina zu mir gekommen. Hat mich gefragt, ob ich das Kind wegmachen kann. Warum willst du es weghaben, hab ich gefragt. Sie hat mich nur angeschaut. Franz, ich sage dir, so wie sie geschaut hat, das vergesse ich nie.

Ist es vom Rumpold, hab ich gefragt.

Sie hat mit den Schultern gezuckt.

Von den Russen, habe ich gefragt.

Da hat sie wieder mit den Schultern gezuckt.«

»Mein Gott«, sagt der Professor und schaut nach Osten in die Tschechoslowakei. Eine Katze stolziert an ihm vorbei, mit erhobenem Schwanz, und streift sein rechtes Bein.

»Was haben die Russen ihr angetan?«, fragt er.

»Die Traurigkeit haben sie ihr angetan. Nach den Russen war alles anders für sie, und sie war anders«, sagt die Frau Schmidt, leise, die Vögel und die Grillen fast lauter als ihre Stimme.

Grohmann schaut zu Boden.

Sein Mund trocken.

Und eine Vorahnung.

Eine fette Katze rollt sich im Gras und streckt sich dann.

»Warum erzählen Sie mir das alles eigentlich?«, fragt Grohmann.

»Mein lieber Franz, du bist aber ein ungeduldiger Junge!«

Sie lächelt. Schweigt eine Weile.

»Ich habe Katharina noch etwas gefragt: Ist das Kind vom Franz Grohmann? Und weißt du, was sie gesagt hat? Nichts hat sie gesagt. Hat auch nur mit den Schultern gezuckt.«

Dann macht sich die alte Frau auf den Weg, sie setzt die Schritte langsam, zuerst linker Fuß, dann rechter Fuß, und den Stock ein Stück nach vorne.

»Was soll das? Warum sagen Sie mir das?«

»Damit du nachdenkst«, sagt die Frau. Sie geht den Hügel hinab, dann ist die fort, und mit ihr die Katzen.

Er hat kaum Erinnerungen an Erika als Studentin. Unauffällig muss sie gewesen sein, vielleicht hat sie immer in der letzten Reihe gesessen, vielleicht hat sie keine Fragen gestellt, vielleicht ist sie nie durchgefallen. Nur eines Tages ist sie in die Sprechstunde gekommen und hat gesagt, sie will das Doktorat machen. Als Frau. Das hat sie natürlich nicht gesagt, aber Grohmann hat sich das gleich gedacht. Er werde sich das überlegen, hat er ihr gesagt. Dann ist sie wieder gekommen, und Grohmann hat sich noch nichts überlegt gehabt. Da hat sie schon ein Thema vorgeschlagen, und Grohmann hat es abgelehnt, und Erika ist die nächsten Wochen wieder gekommen, jedes Mal mit einem neuen Thema. Bis Grohmann einmal gedacht hat: Was mehr ist ein Beweis für die Aufgeschlossenheit eines Institutsvorstandes, als wenn es eine Frau bei ihm bis zum Doktorat bringt, in einer wissenschaftlichen Domäne, die Männern vorbehalten ist? Vielleicht gibt es Frauen fördernde Forschungsfonds, die man anzapfen könnte. Dass es sich diese Frau später in den Kopf setzen würde zu habilitieren, das hat er doch nicht ahnen können.

Grohmann geht in den Wohnwagen und betrinkt sich. Am nächsten Tag ist er nicht in der Lage, den Wagen zu verlassen.

Keichlo steht zeitig auf, lange vor Sonnenaufgang. Er nimmt Bogen und Köcher, geht vorbei an den schlafenden Kindern. Auf den Holzpritschen schlafen die vier, eingekuschelt in weiche Schaffelle, unterwegs in fernen Träumen.

Arlaka begleitet ihn. Vor dem Fürstenhof warten zwei Jäger auf Keichlo. Sie gehen in den Heiligen Bezirk, dort, wo der Priester hinter der Holzpalisade die heiligen Tiere hält. Die Wächter lassen die drei Jäger durch, Arlaka muss draußen bleiben, als Frau. Die drei holen die Hirschkuh aus ihrem Stall, einen Strick um den Hals. Es geht durch die nächtliche Siedlung, vorbei auch an der Hütte vom Schmied, daneben der erkaltete Bronzeofen, Südwind kommt auf, der Gestank der Färber zieht herüber. Die Hirschkuh kennt, was kommt – sie bockt nicht, sie schlägt nicht aus, den Strick um den Hals, damit lässt sie sich führen. Keichlo und seine Jäger verlassen die Siedlung, durchschreiten das Walltor, die Wache grüßt, und Arlaka sagt zum Abschied: »Sei vorsichtig.«

Dann geht sie zurück, zu den Kindern. Schaut in den Sonnenaufgang. Sie kneift die Augen zusammen, hält Ausschau nach den Hirschen, die den Sonnenwagen den ganzen Tag über den Himmel ziehen werden, bis hinüber nach Westen.

Die Sonne steht schon fast im Zenit, da kehren die Jäger zurück, schleppen einen Achtender. Arlaka rennt ihnen entgegen, umarmt Keichlo. Sie soll Feuer machen und das Braten vorbereiten, sagt er, und Arlaka sagt: »Da ist jemand, der dich sehr dringend sprechen möchte.«

Aber zuerst führt Keichlo die Hirschkuh zurück in den Heiligen Bezirk. Eine große Verantwortung, das Tier an der Leine zur Jagd zu führen. Nicht auszudenken, wenn es von einem Pfeil versehentlich getroffen wird!

Dann erst empfängt Keichlo den Mann im Fürstenhof. Er ist Händler, unterwegs mit seinem Esel und seinem Sklaven, der aus dem Süden stammt, aus einem Land, wo man Häuser aus Stein baut und wo man Worte in Stein meißelt. Keichlo sitzt auf dem Fürstenthron, der Händler kniet nieder und sagt: »Ich komme von Osten. Wollte Zinn kaufen. Stattdessen habe ich zerstörte Häuser gesehen. Dörfer in Flammen. Wälder, die brennen.«

»Wer war das?«, fragt Keichlo.

»Reitervölker, die aus den weiten Ebenen des Ostens kommen. Sie brandschatzen und vergewaltigen.«

Keichlo kennt die Geschichten. Aberhunderte Pferde, raue Männer, die in den Sätteln schlafen, mit fremden Gesichtszügen und pechschwarzen Haaren. Unter ihren Sätteln erjagtes Fleisch, damit es weich wird. Aber keiner kann sagen, woher sie kommen oder wie viele es sind oder was ihr Plan ist. Was man über sie weiß, entstammt den Schilderungen Überlebender, und was die erzählen, das macht Angst.

»Euer Fürstentum ist reich«, sagt der Händler. »Eine so große Stadt findet man selten. Das wird die Reiterhorden anlocken.«

»Wir wissen uns zu verteidigen! Wir haben die Wallburg!«, sagt Keichlo.

»Ich werde morgen bei Sonnenaufgang losziehen«, sagt der Händler.

»Wir haben Waffen für fünfhundert Krieger«, sagt Keichlo.

Und der Händler sagt: »Nach Westen will ich. So schnell es mein sturer Esel zulässt.«

Keichlo befiehlt, dass der halbe Hirsch den Göttern geopfert wird.

Das hilft.

Tatsächlich gibt es in den nächsten Tagen keine Anzeichen von Gefahr. Doch dann: Rauch in der Ebene. Zwei Tagesmärsche entfernt. Eine kleine, graue Wolke. Kann ein normaler Waldbrand sein. Aber dafür ist es nicht trocken genug. Die durchreisenden Händler graben ihre Depots aus und verlassen die Stadt. Die ersten Flüchtlinge kommen in die Wallburg. Alte Frauen, Kinder, Männer. Schleppen ihre Habe in Körben mit sich. Berichten Unglaubliches. Die Menschenmenge in der Wallburg schwillt an, zum Schluss kommen die Bauern, die ihre Häuser und Felder verlassen müssen und sich herretten. Man berichtet Keichlo, dass Späher den Anführer der Reiterarmee ausgemacht haben. Ein beleibter Mann, untersetzte Statur, schulterlanges, weißes Haar.

Keichlo befiehlt, allen wehrfähigen Männern Waffen auszuhändigen.

Osobo kehrt zurück.

In dieser Nacht schneidet Erika wieder Buchstaben aus einer Zeitung und klebt sie auf ein Blatt Papier. Sie geht zum Rochusberg und legt den Zettel vor Grohmanns Wohnwagen, beschwert mit einem Stein, weil Ostwind aufkommt.

Grohmann rasiert sich sehr sorgfältig, er gurgelt mit scharfem Mundwasser, lutscht ein Pfefferminz. Er hat kaum schlafen können letzte Nacht und hat dennoch keinen Tropfen Alkohol getrunken. Er hat im Bett gelegen und hat nachgedacht, was er denn sagen soll. Er kann ja nicht zu ihr gehen und ihr erklären: Frau Doktor, möglicherweise sind Sie meine Tochter. Also, wie soll er es beginnen?

Aus einer Schatulle nimmt er ein Stück Stoff, grau, alt, zerschlissen, aber sorgfältig zusammengelegt und mit einer bestimmten Erinnerung behaftet. Er befühlt den Stoff, riecht daran, dann steckt er ihn in die Hosentasche.

Es ist sieben Uhr morgens, er steigt aus dem Wohnwagen, die Sonne brennt von Osten herüber, Dunst liegt noch über der tschechoslowakischen Ebene, Grohmann sieht Wiesen und Felder dampfen.

Ein Kuvert liegt vor der Türe, Grohmann bückt sich, hebt es auf, öffnet es. Ein Zettel, wieder mit aufgeklebten Buchstaben. »Verschwindet, Ausgrabler! Sonst zünden wir euch an.«

Grohmann steckt den Zettel in die rechte Hosentasche. Er geht an den verwaisten Quadranten vorbei, den Rochusberg hinunter, den Kirchberg hinauf. Jeden Tag dieselbe Strecke, wie ein Kreuzweg, er denkt an den sterbenden Karl, den er hinaufgeschleppt hat, und wie schwer der war.

Nach dem Morgenappell führt Assistent Bergmann die Studenten fort von der Baracke zum Rochusberg, in Zweierreihe marschieren sie. Ja, sie sind gefügig geworden. Grohmann bleibt bei der Baracke stehen, schaut ihnen nach. Junge Leute. Gemeinsam. Ein Kollektiv. Grohmann hat Bitterkeit und Trockenheit im Mund. So schmeckt die Leere, die übrig bleibt, wenn alle fort sind. Er schiebt sich noch ein Pfefferminz zwischen die Lippen. Erikas Studenten sammeln sich in ihren Quadranten. Grohmann lehnt unter einer Linde und schaut zu. Die Studenten schauen her, auch Erika. Ich hoffe, ich irritiere sie nicht. Ein Kind ist doch eine Chance. Den kleinen Menschen aufwachsen sehen, mit ihm die Welt neu entdecken und die Liebe spüren, die reine, die nicht geheuchelt ist. Zumindest erzählt man sich das. Zu spät. Jetzt bin ich dreiundfünfzig, denkt Grohmann. Hier ist er dem Mädchen begegnet. Nachdem man ihn aus dem Weinkeller vertrieben hatte und er durch das Dorf gehetzt war, bei den Kellern anklopfend, aber nichts, alles wie tot.

Und hier ging sie, die Lindenallee entlang, vorbei am Hügelfeld, sie trug eine Milchkanne.

Grohmann, atemlos, fragte, ob sie einen Platz wisse, einen Unterschlupf.

»Das Dorf ist wie ausgestorben«, sagte er.

»Ach, das ist immer so, auch ohne Krieg«, sagte Katharina. »Aber nur weil du keinen siehst, heißt das nicht, dass man dich nicht sieht.«

Er sagte: »Warum bist du noch draußen? Die Russen sind gleich da. Das ist doch gefährlich.«

»Eben darum lassen sie mich die Milch holen. Denn ich bin keine Kirchwalderin.«

Sie war schlank und groß gewachsen, brünettes, schulterlanges Haar, sie trug es offen, kein Zopf, so etwas hatte Grohmann noch nicht gesehen bei einem Mädchen, nun, er hatte noch nicht viel mit Mädchen und so, eigentlich gar nicht, denn jedes Mädchen ist eine künftige Mutter, und man hat ihr Achtung entgegenzubringen. Und wenn man in der NAPOLA steckt, wie soll man da welche kennen lernen? Grohmann erinnerte sich an den November dreiundvierzig. An die vierstündigen Schweigemärsche. Den ganzen Monat lang. In kurzen Hosen. Weil ein Kamerad diesen Mädchenwitz erzählt hat, den Grohmann nicht einmal lustig gefunden hatte. So etwas merkt man sich. Da passt man dann auf, was man sagt.

»Wie heißt du?«, sagte Grohmann.

»Katharina«, sagte sie.

Der Wind hauchte ihr eine Haarsträhne ins Gesicht, mit der Hand fuhr sie sich durch die Frisur, streifte die Haare zurück. Sie trug eine braune Stoffweste. Eine sehr enge Stoffweste. Grohmann schaute auf ihre Brüste, die waren gerade so groß, dass man sie mit jeweils einer Hand umfassen konnte. Und gleich die Erinnerung vom November dreiundvierzig. Sehr gefroren, damals.

Sie legte den Kopf ein wenig schief, schaute ihn an. Er in staubiger Uniform, mit Tornister und Pistole. Sie sagte: »Und wie heißt du?«

»Franz«, antwortete er.

»Komm mit, Franz«, sagte sie

Sie gingen hinunter, die Hauptstraße entlang, eine Katze streunte herum, der geht's gut, die weiß nichts vom Krieg, dachte Grohmann. Hin zu einem Haus. Die Fensterläden geschlossen, Katharina sperrte das Tor auf, dann gingen sie quer über den Hof, der Kiesboden knirschte, vorbei am Wohntrakt und den Scheunen. Am Fuße des Kirchbergs der Eingang zum Weinkeller, in den Löss hineingegraben. Katharina klopfte, jemand machte auf. Inmitten der Fässer und Flaschen, die Habe in Kisten eingepackt, saßen ein paar Leute. Eine alte Frau nahm Katharina die Milch ab und fragte gleich: »Was willst du mit dem Soldaten?«

»Er muss sich verstecken«, sagte Katharina.

»Mädel, seit du da bist, gibt's nichts als Schwierigkeiten! Kannst ja nicht jeden Mann herschleppen, den du auf der Straße aufliest!«

Sie stellte sich Grohmann entgegen, und mit heiserer Stimme rief sie: »Raus mit Ihnen!«

»Er bleibt«, sagte Katharina.

Die Alte sagte: »Und glauben Sie ja nicht, ich hab Angst vor Ihnen, Herr Soldat, nur weil Sie eine Pistole haben! Mit euch Deutschen haben wir schon abgerechnet!«

Sie packte Grohmann am Arm und drücke ihn Richtung Türe.

»Wenn er geht, gehe ich auch«, sagte Katharina.

»Endlich! Dann bin ich euch beide los!«, sagte die Alte.

Da erwiderte Katharina: »Rumpold, sag, willst auch du, dass ich gehe?«

Rumpold war ein schlaksiger Mann, wesentlich älter als sie, wohl schon dreißig, und Grohmann fragte sich, wie er es geschafft hatte, der Einberufung zu entgehen.

»Mutter«, sagte Rumpold, »lass ihn doch. Wir haben genug Platz.«

»Wegen dem Mädel machst du dich noch verrückt«, sagte die Mutter.

Katharina nahm eine Petroleumlampe, ergriff Grohmanns Hand, und sie gingen tiefer ins Kellergewölbe. Das war das erste Mal, dass er einem so schönen Mädchen die Hand gab. Dabei war er noch nicht einmal Leutnant. Denn da waren immer die jungen Leutnants auf der Straße gewesen mit ihren Mädchen, und Grohmann hatte ihnen nachgeschaut.

»Hier«, sagte sie und deutete auf eine Stelle zwischen zwei großen Eichenfässern.

Grohmann breitete seine Zeltbahn über dem nassen Ziegelboden aus, harter Boden zum Schlafen, aber man darf mit dem Schicksal nicht hadern.

»Der Rumpold ist verliebt in mich, und darum tut er, was ich will«, erzählte sie.

»Und du? Tust du auch, was man dir sagt?«

»Nein. Ich bin doch nicht verliebt!«

Katharina setzte sich neben Grohmann, sie lehnten sich an ein Weinfass, die Petroleumlampe warf zittrige Schatten an die Gewölbewände, und sie erzählte, dass sie nach Berlin möchte. Alexanderplatz. »Die werden die Stadt doch hoffentlich aufbauen, nach dem Krieg, oder?«

Dann schwiegen sie eine Weile. Grohmann schaute sie an, ihre blasse Haut, der Mund, die Haare auf ihrer Schulter, diese Haare wollte er berühren, aber dann, Erinnerung an November dreiundvierzig.

»Hast du Angst?«, fragte er sie.

»Ja.«

»Du brauchst aber keine Angst zu haben«, sagte er, legte seinen Arm um ihre Schulter und dachte, jetzt sind die letzten Momente im Leben gekommen. Sie wandte sich zu ihm, er spürte ihren Atem, dann ihre Lippen. Dann ihre Hände unter seiner Uniformjacke.

Grohmann vermutete, dass Katharina so etwas schon einmal gemacht hatte, denn sie steckte sich gleich zu Beginn ein Stück grauen Stoff in den Mund. Damit sie nicht so laut wurde, denn die anderen durften nichts hören.

»Ich würde gerne mit Ihnen reden«, sagt Grohmann, die linke Hand in der Hosentasche, dort, wo er das graue Stoffstück eingesteckt hat.

»Ja, Herr Professor?« Erika steht sofort auf, fast Habt-Acht, unten am Grund des Quadranten, so war das von Grohmann nicht gemeint, er sagt: »Aber nur, wenn Sie Zeit haben.«

»Natürlich habe ich Zeit.«

Erika will aus der Grube, der Professor hält ihr die Hand hin, sie zögert einen Augenblick, ergreift sie dann doch, der Professor zieht Erika hinauf und überlegt, ob sich ihre Hand so anfühlt wie die ihrer Mutter.

Jetzt muss ich anfangen, denkt Grohmann.

»Wie geht es Ihnen?«, fragt er und denkt: Ich bin so feige.

»Danke, gut, die Grabung macht schöne Fortschritte«, antwortet Erika und bemüht sich, nichts Verfängliches zu sagen. Sie fragt sich, was er von ihr möchte. Überlegt, wodurch sie aufgefallen sein könnte, hat sie doch nie ihren Zorn herausgelassen, hat immer geduldet. Merkt man ihr das etwa an? Sieht Professor Grohmann in mich hinein?

Erika lächelt. Denn Lächeln lenkt ab.

»Das freut mich aber«, sagt er.

Hat er sich jetzt blenden lassen, oder durchschaut er mich?

Ihr geht es gut, denkt Grohmann, nun, es gibt für einen Archäologen ja auch nichts Schöneres, als graben zu dürfen. Und so fleißig ist sie. Das würde er ihr natürlich nie sagen, denn Autorität muss sparsam mit Lob umgehen. Dann genügt ein Lächeln, und die Untergebenen wissen, was man meint.

Grohmann lächelt.

Sie geht neben ihm her, sie denkt an einen Hund, der an der kurzen Leine geführt wird. Was will er?

Grohmann sagt: »Ich habe Ihre Mutter gekannt, haben Sie das gewusst?«

Erika ist beruhigt, es ist nichts Ernstes. Vielleicht ist ihm langweilig, deshalb der Small Talk.

»Nein«, sagt sie, »tatsächlich?«

»Es war 1945«, sagt er, »ich war hier, in Kirchwald, im Krieg.«

»Ist ja interessant«, sagt Erika. Und gibt sich Recht, ihm ist langweilig.

»Wie war denn der Krieg so?«, fragt Erika, und es interessiert sie überhaupt nicht. Eben vorhin hat ein Student Knochenstücke gefunden, mit eingeschnitzten Mustern drauf, vielleicht eine Art Würfelspiel, oder man hat es verwendet, um die Zukunft vorherzusagen: Man wirft die Knochen in die Höhe, und auf Grund ihrer Lage weiß der Priester, ob man ein langes und glückliches Leben vor sich hat. Sie hört dem Professor zu, wie er vom Kämpfen erzählt, von irgendeinem Kameraden, der jetzt auf dem Friedhof liegt.

»Aha«, sagt sie.

Grohmann spürt Aufgeregtheit in sich aufsteigen. Er erzählt Erika Dinge, die sonst kaum einer weiß, und das schafft eine Verbundenheit, die er als Kribbeln im Bauch empfindet. Jetzt erzählt er von seinem Bruder, und was für ein Vorbild er doch war.

Ach ja, der SS-Grohmann, der Kriegsverbrecher, erinnert sich Erika. Als Grohmann von den Erinnerungen spricht, die er an Hans hat, da denkt Erika, der Professor muss ein einsamer Mensch sein, wenn er sonst niemanden findet, dem er das erzählen kann, und gleich darauf überlegt sie, wie das bei ihr ist, nun, sie sagt dann eben niemandem irgendetwas.

Ob Erika die Verbundenheit auch spürt? Vielleicht, so denkt Grohmann, soll ich den Arm um sie legen, so wie er sich früher vorgestellt hat, einen Sohn zu haben, und der Sohn ist zwanzig, und die beiden gehen durch den Wald und führen Gespräche, von Mann zu Mann. Die Berührung könnte Erika falsch verstehen, die Frauen sind eben so. Grohmann will Erika die Chance geben, sich zu öffnen und ausführlich aus ihrem Leben zu erzählen.

Deshalb seine Frage: »Wie haben Sie denn Ihre Mutter in Erinnerung?«

Was habe ich getan, denkt Erika, dass er mich nicht zurück zur Arbeit lässt? »Sie war eine gute Mutter«, sagt sie.

Dann eine Pause, die beiden unangenehm ist.

»Sie hat mir das Leben gerettet«, erwidert Grohmann und erzählt von damals, als er im Keller aufwachte, zwischen den Eichenfässern. Er hörte Schritte, Licht flackerte auf, und jemand redete in einer fremden Sprache. Grohmann tastete sich in der Dunkelheit zum Ende eines Eichenfasses, am Weg spürte er etwas Weiches, das Stoffknäuel, das Katharina im Mund gehabt hatte, steckte es ein – davon sagt er Erika aber nichts –, er zwängte sich zwischen das Fass und das glitschige Gewölbe.

Grohmann erzählt von den Schritten, langsame Schritte waren es, es war nur einer, eine Taschenlampe hatte er, der Lichtkreis huschte über die Wände.

Vielleicht ging der Russe weiter.

Grohmann nahm die Pistole aus dem Halfter.

Der Russe kam zu Grohmanns Fass.

Grohmann lud ganz sachte durch, damit die Mauser ja nicht klick-klack machte.

Aber die Pistole machte klick-klack.

Grohmann hält inne in seiner Erzählung, schaut auf Erikas Gesicht, keine Reaktion, es ist ja so schwierig, jemandem die Angst zu vermitteln, noch dazu heute, sechsunddreißig Jahre später. Er redet weiter.

Der Russe ging weiter.

Grohmann atmete aus.

Der Russe kam zurück.

Jetzt blieb er stehen, weil er die Zeltbahn und Grohmanns Tornister entdeckte.

Er leuchtete zum Fass herüber.

Jetzt stand Grohmann auf, riss die Pistole hoch, zielte gegen das Licht.

Drückte ab.

Klatschender Knall, wenn den jemand gehört hat, bin ich tot.

Der Russe machte einen Schritt zurück.

Kippte nach hinten. Glas zerbrach.

Der Russe hatte in der rechten Hand eine Weinflasche gehabt.

Er redete etwas. Entweder war Russisch eine Sprache mit lallenden Lauten, oder er war schwer betrunken.

Grohmann erzählt, wie er sich mit dem Rücken gegen die nasse Ziegelwand gedrückt hat, Angst, dass die Kameraden des Russen kämen, die Pistole in beiden Händen, wie er ganz fest an seinen Bruder dachte. Hans würde sicherlich sagen: Franz, ich habe viel Schlimmeres überstanden, ich zeig dir jetzt, was du machen musst, damit du rauskommst, es ist ganz leicht, du musst nur … Aber Hans sagte es nicht, sosehr Grohmann ihn auch anflehte.

Jemand hob die Taschenlampe auf, und Grohmann hörte Katharinas Stimme: »Was ist denn hier los?«

Sie trug einen Wäschesack, beugte sich über den Russen und sagte: »Ein toter Russe hier, das ist nicht gut.«

»Der ist nicht tot«, sagte Grohmann.

Als der Schein der Taschenlampe kurz über ihr Gesicht huschte, bemerkte er, dass ihre Unterlippe aufgesprungen war und ein wenig blutete.

»Was haben sie mit dir gemacht?«, fragte er und wollte ihre Wange streicheln. Sie wich aus.

»Ich werde es dem Rumpold sagen. Er soll ihn vergraben.«

»Aber der Russe ist doch nicht tot!«

Katharina reichte Grohmann eine blaue Arbeitskleidung: Hose, die man mit einem Strick zubinden muss, Jacke, die nur mehr zwei Knöpfe hat. Hut mit speckiger Krempe. Und ein Brot für den Weg nach Wien. Fast alles musste er zurücklassen, erzählt Grohmann, auch den Dolch mit der Aufschrift »Unsere Ehre heißt Treue«, dabei hatte er sich solche Mühe gemacht, immer schön poliert, damit er ja nicht rostet. Aber er erzählt nichts von seinem gebrochenen Versprechen, dass er zu Katharina zurückkehren werde, sobald der Krieg vorbei ist.

»Ja, ja, die Russen …«, sagt Erika und versucht, so zu reagieren, als hätte man ihr eben eine Anekdote erzählt. Für den Professor war es wahrscheinlich eine. Dass die Russen vergewaltigt haben, hat Erika gewusst, und sicherlich haben sie auch ihrer Mutter wehgetan, aber darüber wurde nicht gesprochen, und Erika will darüber nicht nachdenken. Der Professor soll endlich aufhören.

Deshalb erzählt sie: »Ich erinnere mich. Mutter hat von einem verschreckten Hitlerjungen erzählt, den sie versteckt hat, weil er ihr so Leid getan hat.«

»Ich habe heute wieder so einen Brief gefunden«, sagt der Professor, holt den verknitterten Zettel aus seiner Tasche und gibt ihn Erika zum Lesen. »Ich mache mir Sorgen.«

»Ich kann mir nicht vorstellen, dass jemand etwas gegen Sie haben könnte«, sagt Erika.

»Nein, Frau Doktor, um Sie mache ich mir Sorgen.«

»Ja, warum denn?«

Weil es eben so ist, dass sich Väter über ihre Töchter Gedanken machen, denkt Grohmann, und er sagt: »Stellen Sie sich vor, jemand zündet Ihre Baracke an. Nur weil er noch nicht weiß, dass das Totenhaus gebaut wird.«

»Und?«, fragt Erika. »Was soll ich unternehmen?«

Arlaka und ihre vier Kinder sitzen im Haus, die Schamanin ist auch da, sie steht der Familie in diesen schwierigen Stunden bei. Um die Kinder abzulenken, erzählt die alte Frau wieder einmal vom Sonnengott, der jeden Morgen auf dem Hirschwagen über den Himmel zieht. Wenn ein Kind zu unruhig wird, dann muss es weitererzählen – die Schamanin erinnert die Kinder an ihre Pflicht, sich die alten Überlieferungen gut einzuprägen, um sie an ihre Nachkommen wortgetreu weiterzugeben.

»Kommt Vater wieder?«, fragt Arlakas ältester Junge, der Keichlo heißt wie sein Vater.

»Ja, ganz sicher«, antwortet Arlaka.

»Vater ist ein tapferer Krieger, nicht wahr?«

»Sehr tapfer. Und sehr gewandt«, sagt Arlaka. Sie umarmt ihr Kind und schaut aus dem Fenster hinauf in den Himmel. Rauch liegt über der Siedlung. Es stinkt nach verbranntem Fleisch, viele Tote. Die Siedlung wird seit vier Wochen belagert. Und seit Tagen hat Arlaka ihren Mann nicht mehr gesehen. Sie geht hinaus, weil es ihr zu eng wird. Vorbei an Frauen, an Kindern und Alten, die auf den engen Gassen zwischen den Hütten hocken: Die Wallburg ist überfüllt.

»Wo ist Keichlo?«, fragt Arlaka eine junge Frau, die unter dem Vorsprung eines Strohdaches kauert. Sie antwortet nicht, kennt vielleicht den Namen des Fürsten gar nicht, sie gehört zu den vielen Fremden, die hergeflüchtet sind.

Arlaka trifft auf den Schmied. Er umklammert einen ledernen Beutel: »Man sagt, sie haben Schwerter aus Eisen. Eisen ist ein verkehrtes Metall. Wenn man es hämmert, dann wird es härter, im Gegensatz zu Bronze. Und wenn man heißes Eisen ins Wasser hält, wird es weicher, während Bronze hart wird.«

»Wo ist Keichlo?«, fragt Arlaka.

Er hält Arlaka ein graues Stück Metall hin.

»Sehr teuer. Vier Bronzebarren! Dabei ist Eisen angeblich einfacher zu gewinnen. Man braucht keine Legierung zu machen.«

Der Schmied steckt das Eisenstück zurück in den Beutel und sagt: »Ich habe es nicht geschafft, es zum Schmelzen zu bringen. Mein Ofen wird einfach nicht heiß genug.«

»Weißt du nicht, wo Keichlo ist?«, fragt Arlaka.

Sie gehen vorbei am Hof des Priesters. Er hat sich verbarrikadiert und verteidigt die heiligen Tiere gegen hungrige Bewohner. Die Speichergruben in der Siedlung sind leer; die Reste reichen nicht einmal, um die nächste Saat auszubringen. Der Schmied geht zu einer leeren Grube, vergewissert sich, dass niemand herschaut, dann öffnet er den Holzdeckel, steigt die Leiter hinab, mit einer Hacke gräbt er ein Loch in die Seitenwand und versteckt den Lederbeutel. Ein blutender Krieger wird herangeschleppt, auf den Boden gelegt und alleine gelassen. Aus seiner Schulter ragt ein abgebrochener Pfeil.

»Wo ist Keichlo?«, fragt Arlaka.

»Beim Südtor«, presst er hervor. »Er wehrt dort einen Angriff ab, der vom Rochusberg kommt. Keichlo sagt …«

Der Verletzte hustet. Arlaka beugt sich über sein Gesicht, damit er nicht so laut sprechen muss.

»Keichlo sagt, du musst unser Haus beschützen.«

Erika wacht auf, weil Assistent Bergmann plötzlich im Zimmer steht, verwirrt und aufgeregt. Was er sagt, meint er sicher nicht so, denn er sagt: »Der Professor brennt!«

Draußen dämmert es, sie steigen in Bergmanns alten Volkswagen und fahren zum Rochusberg. Dort steht auch schon das neue Einsatzfahrzeug mit der Drehleiter. Feuerwehrmänner mit ihren grauen Uniformen und mit glänzenden Stahlhelmen stehen herum, einige rollen die Schläuche ein. Alfred ist auch dabei. Er schaut nur kurz zu Erika herüber.

Der Wohnwagen des Professors ist verrußt, davor eine große Wasserlache. Bergmann rennt zum Professor, der auf dem Boden liegt. Über den Professor beugt sich der alte Doktor, im weißen, zerschlissenen Anzug.

»Wird er wieder gesund?«, fragt Bergmann den Arzt.

»Nein.«

»Warum?«

»Er säuft zu viel.«

»Halten Sie den Mund, und machen Sie den Verband fertig«, raunt der Professor. Der alte Mann drückt eine silbrige Folie auf Grohmanns rechten Arm und fixiert sie mit Klebeband. Dann setzt sich der Doktor auf eine Kiste, holt den Flachmann aus der Sakkotasche, schraubt ihn auf und macht einen Schluck, schraubt die Flasche zu, steckt sie ein und sagt: »Wissen Sie, Herr Professor, wie ich es geschafft habe, die vielen Jahrzehnte, das Überleben im Weinviertel?«

Der Professor richtet sich auf, mit schmerzverzerrtem Gesicht.

»Ich hab ihren Wein nicht angerührt«, sagt der Doktor. »Ich könnte Ihnen Geschichten erzählen, Herr Professor, was die manchmal zusammengepanscht haben, also, mich wundert, dass keiner blind geworden ist.«

Der Ortsvorsteher kommt in Begleitung eines Gendarmen. Sagt zum Doktor, er soll den Mund halten und zu Hause weitersaufen, dann schüttelt er dem Professor die unverletzte linke Hand.

»Der Alfred, unser Feuerwehrkommandant, hat mir gesagt, dass eine brennbare Flüssigkeit Schuld hat. Kurtl, du bist dran!«, sagt er und schubst den Gendarmen.

Der nimmt seinen Notizblock heraus und fragt: »Herr Professor, haben Sie brennbares Material eingelagert?«

»Was meinen Sie denn?«

»Alkohol oder Terpentin. Verwenden Sie gefährliche Chemikalien für Ihre Untersuchungen?«

»Sie haben wohl überhaupt keine Ahnung, was wir hier machen, oder? Wir sind Archäologen, keine Alchemisten!«, sagt der Professor. Er streckt dem Beamten seine Hände entgegen: »Damit arbeiten wir!«

Der Gendarm senkt den Blick und kritzelt irgendetwas auf seine Zettel. Dann sagt er: »Heißt es nicht, die Archäologie sei eine zerstörende Wissenschaft?«

»Mein Herr, wir brennen nichts nieder. Wir Archäologen treten erst auf, wenn das Sterben längst vorbei ist.«

»Wie erklären Sie sich denn den Unfall?«, fragt der Gendarm.

»Das war kein Unfall! Umbringen haben sie mich wollen!«

»Das ist eine böse Anschuldigung«, erwidert der Gendarm.

»Können Sie keine Tatsachen vertragen, Herr Inspektor? Ich bin aufgewacht, weil es so gestunken hat, und da hat um mich herum schon alles gebrannt, ich bin raus, durch die Flammen. Mein Ärmel hat gebrannt. Und draußen ist jemand gestanden, ein vermummter Kerl, und hat mit einem Holzstecken auf mich eingedroschen. Wie ich hingefallen bin, hab ich Fußtritte abbekommen. Der Doktor meint, vielleicht ist eine Rippe gebrochen.«

»Ach ja, der Herr Doktor …«, sagt der Ortsvorsteher und schüttelt den Kopf. Er fingert ein Taschentuch mit Monogramm hervor, wischt sich über die Glatze und redet mit leiser Stimme weiter: »Wir wissen natürlich, dass es Animositäten zwischen Archäologen und Mitgliedern unserer Gemeinde gibt …«

»Animositäten nennen Sie das? Bergmann, zeigen Sie dem Herrn die Briefe! – Solche Post kriegt man von Ihren Leuten, wenn man hier arbeitet«, sagt der Professor.

Der Ortsvorsteher wendet viel Sorgfalt darauf, das Taschentuch zusammenzulegen, bevor er es in die Hosentasche steckt.

Aber nur ein flüchtiger Blick auf die beiden Briefe, eine abwertende Handbewertung. Er sagt: »Nein, so etwas kann hier nicht passieren. Nicht in Kirchwald. Wir waren immer eine ruhige und friedliche Gegend.«

»Sehr friedlich«, sagt der Professor, und mit zorniger Stimme redet er auf den Ortsvorsteher ein: »1276 verreckt die böhmische Armee dort unten in den Auwäldern, und Ottokar wird in eurer Kirche aufgebahrt. Im Winter 1317 verhungert das halbe Dorf. 1328 wieder Kämpfe mit den Böhmen, 1408 die Plünderungen durch die Ungarn und 1420 durch die Hussiten. 1645 vernichten die Schweden eure Kirche. Und Frühling 1945 die Russen, und die rotten euch aus.«

»Wie meinen Sie das?«

»Genozid. Gemeiner als alles, was vorher war. Weil ihr es nicht einmal gemerkt habt. Wann sind Sie geboren?«

»1946.«

»Im Frühjahr?«

»Februar. Wieso wollen Sie das wissen?«

»Sehen Sie«, sagt der Professor. Das Reden fällt ihm schwer. Der schwere Rotwein letzte Nacht. »Haben Sie sich nie gefragt, warum es im Ort so viele Sechsunddreißigjährige gibt?«

Der Ortsvorsteher reagiert nicht.

»Weil die Russen über eure Mütter hergefallen sind! Ihr seid alle« – Grohmann zeigt nach Osten und schreit – »Ihr seid die Russen und wisst es nicht einmal!«

Der Professor keucht.

»Apropos«, sagt der Ortsvorsteher und zieht ein Papier aus seinem Sakko. »Für das neue Totenhaus, Herr Professor, für die Baubewilligung, da brauche ich noch Ihre Unterschrift, hier, auf der gestrichelten Linie …«

Grohmann steckt sich schmerzstillende Tabletten in den Mund und spült sie mit Rotwein hinunter.

»Wie die Tiere. Wenn ein Klan von Affen von einem anderen Stamm überfallen wird, dann werden die Männchen vertrieben, die Weibchen vergewaltigt und die Kinder getötet. In dieser Reihenfolge. Bei euch hat es nie etwas anderes gegeben. Tausende Jahre Kulturgeschichte, alles umsonst hier! Ihr habt vielleicht die Sprache gelernt, aber das ist nicht mehr Deutsch-Österreich, schaut euch doch an, wir haben hier die Ukraine, Weißrussland, Georgien, alles hier versammelt. Euch sollte man in Alkohol konservieren! Zur anthropologischen Beweisführung, damit auch der letzte Sozialist begreift, dass es keine österreichische Nation gibt!«

Er macht noch einen Schluck. Die anderen stehen unbewegt herum.

»Ihr schaut so!«, ruft er. »Gebt doch zu, ihr habt es immer gewusst, ihr habt vielleicht nie darüber gesprochen, weil ihr mit Worten nicht könnt. Aber die kasachische Steppe war immer in euren Köpfen! Und jetzt graben wir Löcher, wir machen euren Boden auf, wir machen euch auf, und der Gestank ist unerträglich.«

Alexander sitzt alleine vor der Baracke auf dem Kirchberg, die Studenten sind alle weg, am Rochusberg, schauen, was vom Professor übrig geblieben ist.

Da kommt Sabine. Mit schwarzem Trägerhemdchen, schwarzer Hose, schwarzen Haaren.

»Hallo, Exfreundin«, sagt er.

Und sie: »Ich habe sie gesehen.«

Alexander sagt: »Du solltest deine Haare nachfärben.«

»Deine Erika habe ich gesehen.«

»Ach so?«

»Gestern Nacht. Sie ist aus der Baracke geschlichen. Zum Rochusberg ist sie gegangen. Eine große Tasche hat sie mitgehabt.«

»Woher weißt du, dass sie es war?«

»Ich habe sie erkannt.«

»In der Nacht sind alle Katzen schwarz«, sagt Alexander. »Nur bei Tag bemerkt man den hellen Haaransatz.«

Sabine kreischt: »Hörst du mir nicht zu? Deine Erika hat den Professor angezündet! Und ich habe es gesehen.«

»Kannst du gar nicht«, sagt Alexander.

Sabine stemmt die Arme in die Hüften. »Ach nein?«

»Die Erika war die ganze Nacht bei mir.«

Weil Sabine nichts erwidert, nur still schaut, den Mund ein wenig offen, die Schneidezähne lugen hervor, da sagt er: »Gell, da staunst du!«

»Du lügst«, sagt Sabine.

Sie geht zum Assistenten Bergmann auf den Rochusberg. Der hockt neben dem Professor und redet mit ihm. Sabine tritt zu Bergmann, tippt ihm auf die Schulter, der fährt sie an: »Nicht jetzt.«

»Es ist wichtig«, sagt Sabine.

»Was ist denn?«, fragt er.

»Komm mit.«

»Entschuldigen Sie mich bitte, Herr Professor«, sagt er, steht auf, und im Schatten des Wohnwagens sagt Sabine: »Die Erika Zeitlinger war es.«

»Was?«, fragt Bergmann.

»Sie hat den Wohnwagen angezündet«, sagt Sabine, stockend, dann schluchzt sie. »Warum behandelst du mich in letzter Zeit so, als würde ich dir nichts mehr bedeuten?«

»Was hast du genau gesehen?«, fragt Bergmann.

»Bevor ich zu dir gekommen bin, letzte Nacht, da habe ich die Doktor Zeitlinger gesehen, wie sie zum Rochusberg marschiert ist, mit einer Tasche. Da war sicher der Benzinkanister drinnen. Warum bist du so ungerecht zu mir? Was habe ich dir getan?«

»Ha!«, ruft Bergmann. »Jetzt hab ich sie!«

Und weg ist er, hin zum Professor. Erzählt ihm, was Sabine gesehen hat. »Herr Professor, die Zeitlinger will Sie vertreiben. Und fast hätte sie es geschafft.«

Der Professor gießt Rotwein in sein leeres Glas, nimmt einen Schluck, stellt das Glas wieder hin.

»Sie irren sich, Herr Magister«, sagt er. »Der Feuerteufel hat den Wahnsinn ja angekündigt. Die Briefe.«

»Die Zeitlinger wird die Briefe selbst geschrieben haben. Um abzulenken.«

Grohmann nimmt einen weiteren Schluck.

Dann noch einen.

»Lassen Sie mich jetzt alleine«, sagt der Professor.

»Aber wir müssen es der Gendarmerie melden!«

»Das entscheide ich noch!«, fährt ihn Grohmann an. »Gehen Sie fort. Sagen Sie den Studenten, heute gibt es keine Grabungen hier.«

Dann sind alle fort. Der Professor ist alleine auf dem Hügel, in der rechten Hand ein Rotwein, in der linken ein kalter Weißwein. Die Zweifaltigkeit des Weinviertels. Er setzt sich an die Stelle, wo der Schützengraben war, Karls Maschinengewehr, nach Osten gerichtet, dorthin, wo die Russen herströmten, in ihren braunen Uniformen.

Zuerst der Weiße.

Hier bleibt der Professor, während die Sonne im Zenit steht. Während sie hinter seinem Rücken versinkt und seinen Schatten in die Länge zieht. Während sich die Dunkelheit über die Ebene legt.

Dann der Rote.

Der Himmel glüht. Eine Wolkenschicht, die über der Ebene schwebt, glost im matten rötlichen Schein. Ein pulsierender Schimmer, gänzlich lautlos. Im Inneren der Wolken spielt sich das Höhengewitter ab, als stummes Schauspiel. Sein Licht erhellt den Dunstschleier, der über den nächtlichen Wäldern liegt. Zwei Streifen am Horizont, der untere ein Abklatsch des oberen, und dazwischen die Dunkelheit wie in der übrigen Nacht.

Wenn Erika das wirklich getan hat, wie muss sie mich hassen, denkt Grohmann.

Das Glühen schiebt sich südwärts und folgt dem Verlauf des Flusses.

Wolken überall. Heute wollen die Sterne nicht hervorkommen.

Am nächsten Morgen, vor dem Appell, sagt er zu Bergmann: »Frau Zeitlinger hat den Brand nicht verursacht.«

»Woher wissen Sie das?«

»Ich war dabei, Herr Magister. Wer immer mich niedergeknüppelt hat, es war ein Mann. Packen Sie alles zusammen. Schütten Sie die Quadranten auf dem Rochusberg zu. Schicken Sie die Studenten auf das Hügelfeld, die sollen dort mithelfen. Doktor Zeitlinger übernimmt die Gesamtverantwortung.«

Bergmann stampft mit dem Fuß auf den staubigen Boden, ballt die Fäuste und schreit: »Wie können Sie mir das antun?«

Dann geht er im Kreis, ein enger Kreis, drei Mal macht er die Runde, dann sagt er leise: »Es hat Sie in Wirklichkeit nie interessiert, hier zu graben. Was haben Sie dann hier gesucht? Weshalb sind Sie überhaupt nach Kirchwald gekommen?«

»Mäßigen Sie sich, Herr Magister«, sagt der Professor. »Wenn Ihnen daran liegt, an meinem Institut zu dissertieren.«

Nachdem Bergmann das Gepäck des Professors in seinem Wagen verstaut hat, geht Grohmann den Kirchberg hinab, ein letztes Mal. Die Hauptstraße entlang, zur Frau Schmidt. Im Vorgarten sieht er Alexander Sehmann, mit nacktem Oberkörper.

»Grüß Gott, Herr Professor!«, sagt Alexander.

»Was tun Sie denn hier?«

Alexander deutet auf das Gemüsebeet zu seinen Füßen. »Ich grabe, habe schon interessante Befunde vorzuweisen, die Karotten haben die Form von Penissen, vielleicht wurden sie als Männlichkeitsidol verwendet, wollen Sie sie sehen?«

»Sie sollten doch aus Kirchwald verschwinden!«, sagt der Professor.

Da taucht die alte Frau Schmidt auf, sie steht unter dem rissigen Rahmen der Eingangstüre und sagt: »Na, na, Franz, willst mir verbieten, dass er hier wohnt?«

»Wieso wohnt er hier?«

Die Frau geht zu Alexander, tätschelt seinen Oberarm, sagt: »Junge Männer. Die alte Leidenschaft einer alten Frau.«

Und sie lacht.

Grohmann beugt sich zu ihr hinab, will nicht, dass Alexander etwas hört.

»Damals, 1945, Sie erinnern sich …«, sagt er.

»Ja, Franz, ich erinnere mich.«

»… da habe ich Sie gefragt, wo mein Bruder ist. Und Sie haben gesagt, er ist weg.«

»Und?«

»Ich glaube, Sie haben mir nicht alles gesagt, damals.«

»Und, Franz, was willst du jetzt von mir?«

»Ich will wissen, wo mein Bruder hin ist.«

»Ich erzähle es dir«, sagt die Frau Schmidt und geht mit Grohmann den Kirchberg hinauf. Die Schritte langsam, zuerst linker Fuß, dann rechter, dann den Stock ein Stück nach vorne setzen. Und wieder linker Fuß. Zwei weiße Katzen streunen umher.

»Ich bin zwar schon alt und hässlich, aber ich war einmal jung und recht hübsch«, erzählt sie. »Und darum habe ich auch einen Mann gehabt. Und dem habe ich drei Söhne geboren. Mein Mann ist im Krieg gefallen, weißt du, Franz, lange vor deiner Zeit, 1918 war das. Dann wieder ein Krieg, und in Polen, gleich in der ersten Woche, habe ich zwei Söhne verloren.«

»Schlimm«, sagt Grohmann, um irgendetwas zu sagen. Er ist ungeduldig. Es geht ihm zu langsam. Linker Fuß, rechter Fuß, Stock, herumhuschende Katzen. Was hat die Schwätzerei mit seinem Bruder zu tun?

»Ich suche Hans nun seit dem Krieg«, erzählt er. »Ich habe ein Foto, aus Uruguay, von Freunden zufällig aufgenommen, da ist er drauf. Da, schauen Sie« – Grohmann hält der Frau Schmidt das Bild hin – »der Mann da rechts, das sieht ihm doch ähnlich, nicht wahr?«

»Ist verschwommen, welches Gesicht meinst du?«

»Das hier.« Grohmann zeigt mit dem Finger darauf. »Ich glaube, er meldet sich nicht, weil es gefährlich ist. Denn den Eichmann haben sie auch gekriegt. Die vergessen nicht.«

Der Asphaltweg wird steiler, und sie sagt: »Aber mein jüngster Sohn, der hat sich nicht unterkriegen lassen, sechseinhalb Jahre lang hat er durchgehalten, weißt du, was das heißt, wenn man so lange Jahre im Krieg steckt?«

Grohmann sagt jetzt nichts. Er schwitzt nur. Er möchte nie mehr auf diesen Kirchberg hinaufgehen. Bei der Kirche angekommen, stellt sich die Frau auf die verwilderte Wiese neben der Friedhofsmauer, dort, wo der Parkplatz hinkommen sollte. Sie klopft mit dem Stock gegen den Boden und sagt: »Ich glaube, das ist die Stelle.«

Die Frau macht ein paar Schritte durch das Gras und bleibt wieder stehen. »Vielleicht ist es auch hier, ich weiß es nicht mehr so genau, aber du wirst es schon finden, das Graben hast du schließlich auf der Universität gelernt.«

»Was ist hier?«, fragt Grohmann.

»Die Stelle, wo man in Kirchwald Menschen verscharrt. Ist wohl seit tausenden Jahren so üblich, die Erika hat es bewiesen. Ich weiß nicht, wie viele hier wirklich liegen, aber ein Slowake, ein paar Russen und dein Bruder sind sicher dabei.«

Mit einer mühsamen, schmerzenden Bewegung bückt sie sich, hebt einen verrosteten Spaten auf, reicht ihn Grohmann. Der aber drückt sich die Handflächen gegen die Ohren, als würde es eine Detonation geben. Er wankt, ohne Halt durch die Druckwelle.

Sie sagt: »Mit dem Spaten hast du den Karl begraben, erinnerst du dich?«

»Warum?«, fragt er.

»Weil er tot war.«

»Nein, warum musste mein Bruder sterben?«

»Im März ist mein Jüngster plötzlich vor der Türe gestanden. Dabei, so jung war er nicht mehr, achtunddreißig, aber für mich immer der Junge. Abgemagert. Verdreckt. Der Krieg ist aus, hat er gesagt. Aber die Deutschen kämpfen noch, hab ich gesagt. Für mich ist er zu Ende, hat er gesagt. Sechseinhalb Jahre reichen doch. Zweitausend Tage Tuchfühlung mit dem Tod. Da kommt es auf ein paar nicht mehr an. Und du brauchst mich jetzt, Mutter, hat er zu mir gesagt. Dann ist der SS-Mann gekommen. Dein Bruder. In der schwarzen Uniform. Ihm ist mein Junge aufgefallen, wie er für mich Holz gehackt hat. Dein Bruder hat die Papiere von meinem Jungen kontrolliert und gesagt, unerlaubtes Entfernen von der Truppe und so weiter. Dann ist er mit ihm den Kirchberg hinauf. Ein anderer Offizier ist dazugekommen, in grauer Uniform, keine SS, er hat nur mehr eine Hand gehabt, über der Prothese hat er einen schwarzen Handschuh getragen. Er hat zu deinem Bruder gesagt, es hat doch keinen Sinn mehr. Da hat dein Bruder meinem Jungen ins Genick geschossen.«

Die Frau Schmidt deutet auf eine Stelle an ihrem Nacken und redet weiter: »Da habe ich diesen Spaten hier genommen und habe ihn deinem Bruder an den Kopf geschlagen. Erstaunt hat er ausgeschaut, damit hat er nicht gerechnet, und ich habe mir gedacht, jetzt ist es aus, jetzt erschießt er mich auch, aber es ist mir egal. Da ist ihm schwindelig geworden, und er ist niedergefallen. Ich habe so lange auf seinen Schädel eingedroschen, bis er aufgeknackt war. Der einarmige Offizier hat dann gesagt, er wird ihn vergraben lassen, ich soll mich lieber um meinen Sohn kümmern.«

Grohmann schließt die Augen und erinnert sich, wie er 1945 auf dem Rochusberg der Kompanie begegnet war. Er sieht den Oberleutnant vor sich, dessen rechte Faust im schwarzen Handschuh steckte. Der gerade vom Kirchberg kam, wo er zugesehen hatte, wie Hans umgebracht wurde. Und am nächsten Tag, als Grohmann Karl begrub. Er schaufelte mit dem Spaten, auf dem vielleicht noch Hans' Gehirn klebte. Wie nahe er doch die ganze Zeit seinem Bruder gewesen war.

Der Professor ist seit Tagen fort, fast alle Studenten arbeiten auf dem Kirchberg, unter Erikas Anleitung. Sabine Novotny ist gemeinsam mit dem Assistenten Bergmann nach Wien gefahren.

Erika geht vorbei an den Quadranten, in jedem mindestens

ein Student, und sie denkt an Alexander, der gesagt hat: »Jetzt könnten Sie sich eigentlich freuen, Frau Doktor.«

Ein Mann kommt zu ihr. Ein alter Mann, erst als er sagt: »Grüß dich, Erika«, erkennt sie, das ist der Pühringer, der Vater von Maria. Die Geschichte mit der stummen Kuh. Und vom Russen, den er mit der Axt erschlagen hat. Fällt ihr alles wieder ein. In der Schulzeit hat sie ihn fast täglich gesehen, weil sie zu Maria lernen gekommen ist. Er ist ein kleiner Mann, und dünn, aber er hatte Kraft und Zähigkeit in den Armen. Heute sind seine Bewegungen träge, die Kraft – so scheint es – hat den Körper verlassen.

»Reden muss ich mit dir«, sagt er.

»Worum geht es?«

»Tu nicht so, Erika. Du weißt es genau. Die Maria ist fertig. Denk an ihre Familie! Wenn dem Alfred die Baufirma eingeht, wer soll dann für die Kinder sorgen? Und der Kredit für das Haus, du weißt ja, wie die Banken heute sind. Wie kannst du ihr das antun?«

»Was denn?«

Da schlägt ihr der alte Mann ins Gesicht, aber es tut nicht weh. Viel schlimmer für ihn, seine Schwäche preiszugeben, denn er schaut seine Hand an, als wäre er von ihr enttäuscht.

»Du ruinierst uns!«

»Was soll ich tun? Das Denkmalschutzgesetz ...«

»Aber der Professor hat gesagt, wir dürfen bauen«, sagt der Pühringer.

»Der Professor ist nicht mehr hier«, sagt Erika. Und: »Das ganze Dorf kämpft um dieses Totenhaus, als ginge es um die Existenz! Dabei habt ihr doch schon eines. Und ein zweites braucht man nur, wenn man eure Dreihundertseelengemeinde binnen Wochen gänzlich zu Grabe tragen möchte. Ihr habt es so eilig, dass ihr mir nicht einmal Zeit geben wollt für eine Notgrabung. Es geht euch vielleicht gar nicht um das Totenhaus. Es geht darum, dass ich dort unter keinen Umständen graben soll.«

Der Pühringer sagt nichts.

»Warum schicken sie dich?«, fragt sie.

»Keiner schickt mich! Ich komme von selbst. Und ich will dir sagen, ich habe den Professor nicht angezündet«, sagt der Pühringer.

»Warum erzählst du mir das?«

»Weil die anderen mir nicht glauben.«

Der Pühringer schaut sich um. Gehetzt. Sein Atem ist kurz. »Der Pfarrer. Der Doktor. Und nicht einmal dein Vater glaubt mir.«

»Warum nicht?«

»Na, wegen dem Flüchtling. Deshalb traut man mir jetzt alles zu. Obwohl, das ist bitte schön mehr als zwanzig Jahre her!«

»Du meinst den Flüchtling von 1956?«, fragt Erika.

»Natürlich den. Es gibt nur den. Sonst habe ich keinen umgebracht. Außer dem Russen natürlich, aber das war ja was anderes.«

Erika braucht jetzt ein paar Atemzüge Zeit, um mit der Überraschung umzugehen. Jetzt genau überlegen, was zu sagen ist.

»Warum hast du es getan?«

»Was?«

»Den Flüchtling umgebracht?«

Der Pühringer reißt die Augen auf und flüstert: »Das vorhin, das hätte ich nicht sagen dürfen ...«

Er rennt weg, Erika schaut ihm nach. Der alte Mann sieht lächerlich aus, wenn er zu laufen versucht.

Zwei Tage lang sitzt der Pühringer daheim, in dem Zimmer, wo er fünfundvierzig den Russen mit der Axt erschlagen hat, und sagt kein Wort.

Dann geht er zu Maria, redet mit ihren Kindern, die nicht seine Enkel sind, erzählt ihnen noch einmal die alten Geschichten, damit sie nichts vergessen. Verabschiedet sich von Maria, die nicht seine Tochter ist, und fragt sich, ob Maria es ahnt. Dann kommt ihr Mann Alfred heim, und plötzlich der Gedanke. Natürlich, die Ähnlichkeit der beiden. Dass ihm das noch nie so aufgefallen ist. Dieselbe Statur, die dunklen Augen, das schwarze, dichte Haar. Zwei Menschen, so füreinander geschaffen. Solche Harmonie, die muss von außen kommen. Kann nicht im Dorf entstanden sein. Das muss krank sein. Wie alles hier. Der Gedanke, dass derselbe Russe auch Alfred gezeugt haben könnte.

Mit solchen Überlegungen im Kopf drängt es ihn nach Hause, hinauf auf den Dachboden, und dort hängt er sich auf.

Erika beobachtet das Begräbnis von weitem. Vielleicht auch, weil sie nichts Passendes zum Anziehen hat. In Jeans und grellgelbem T-Shirt und dem Kopftuch über der Frisur, so lehnt sie an der Friedhofsmauer, sie spürt den Schaber, den sie noch in ihrer hinteren Hosentasche stecken hat. Dann ist es Zeit, Maria zu kondolieren. Die steht neben der frischen Grube, ein Taschentuch vor dem Gesicht, mit roten Augen. Als Erika zu ihr kommt, schluchzt Maria auf und dreht sich weg. Erika lässt die Hand wieder sinken. Die Kirchwalder schauen her. Und sie flüstern.

Erika macht ihren Vater ausfindig, er schwitzt im schwarzen Anzug, die Waltraud an seiner Seite.

»Der Pühringer hat den Flüchtling umgebracht«, sagt sie ihm, ohne Begrüßung.

»Schämst du dich nicht, schlecht über die Toten zu reden?«, sagt der Vater.

Die Waltraud sagt: »Es ist heiß hier, möchtest du nicht mit uns kommen, auf einen kalten Orangensaft?«

Erika sagt: »Der Pühringer hat es mir erzählt. Warum hat er es gemacht?«

»Das ist doch nicht mehr wichtig«, sagt der Vater.

»Das Totenhaus braucht ihr gar nicht!«, ruft Erika. Und die schwarz gekleideten, schwitzenden Leute schauen herüber. »Ihr habt doch nur Angst, dass jemand euch die Leute ausgräbt, die ihr umgebracht habt!«

Und die Waltraud sagt: »Erika, geh, komm noch mit, mit uns, ich hab auch frischen Apfelstrudel!«

Die Ermordung des Slowaken hat sicher mit der Versammlung der Bauern in der Küche zu tun, am Tag nachdem die Flüchtlinge gekommen sind. Und vielleicht hat es etwas mit den Weinstöcken zu tun, die die Mutter Blutwein genannt hat. Erika sucht das Grab des Flüchtlings. Hinter Efeu versteckt, ein Kreuz aus Eisen. Unter dem Herrgott eine Tafel mit Inschrift. Pavel Klaus. 1932–1956.

Erika besucht die Frau Schmidt, und sie sagt: »Ja, Erika, dass du dich auch einmal hertraust.«

»Ich will ja nicht von deinem Haus erschlagen werden«, sagt Erika, es war als Scherz gedacht, dennoch serviert die Frau den Tee im Garten. Und weil sie sagt, Erika, dünn siehst du aus, kostet Erika einen der Kekse und sagt, dass er gut schmeckt. Und fragt nach den Grundstücken ihres Vaters und vom Pühringer. Sie erfährt, dass etliche Weinfelder rund um Kirchwald Slowaken gehört haben, mit den zugehörigen Weinkellern, die heute verfallen sind. »Als Kind habe ich noch Slowakisch gelernt«, sagt die Frau Schmidt. »Das war noch vor dem Krieg. Dem ersten Krieg. Damals sind wir oft drüben gewesen.«

»Und nach dem zweiten Krieg?«

»Die Slowaken haben nicht mehr herkönnen.«

»Und die Felder?«

»Die haben ein paar Kirchwalder Bauern übernommen.«

»Was heißt übernommen?«

»Na, bewirtschaftet. Ist doch schade, wenn die Reben verkommen.«

»Haben sie den Grund gekauft?«

»Warum willst du das wissen?«

»Wem haben denn die slowakischen Felder auf dem Kirchberg gehört? Weißt du noch einen Namen?«

»Die haben einen deutschen Namen gehabt … lass mich nachdenken … ja, Klaus, das war der Name der Familie.«

Am nächsten Tag steht Erika auf dem Kirchberg, bei den Reben, die Mutter Blutwein genannt hat. Neben Erika der Vater. Er trägt ein Fernglas um den Hals und sagt: »Auf mich brauchst du auch keine Rücksicht zu nehmen. Geh ruhig zur Gendarmerie. Ich bin alt, ich kann mich ja auch aufhängen.«

Knapp hinter dem Fluss ragen Wachtürme über die Bäume. Selbstschussanlagen, sagt man. Und Bluthunde. Elektrische Zäune. Dort sind die Russen, sagt man. Der Kalte Krieg. Erika friert trotz der Hitze.

»Aber denk an das Dorf. Die Maria zum Beispiel«, sagt der Vater. »Schau, Erika, was soll aus den Leuten werden? Hast du dir das schon überlegt, Erika?«

Erika stößt einen grauen Erdbrocken zur Seite, ein Stück gestohlener Boden. Sie stellt sich die zehn Bauern vor, darunter der Vater und der Pühringer, wie sie nachts eine Grube ausheben, neben dem Friedhof, und wie sie den zarten Körper hochheben, der Vater mit seinen großen, weichen Händen umfasst die dünnen Oberarme des Toten, sie werfen den Flüchtling hinunter. Erika malt sich aus, wie der Slowake auf dem Grubenboden liegt, vielleicht blutig, wenn der Pühringer wieder einmal seine Axt verwendet hat. Und wie der Vater Erde auf das Gesicht des Toten schaufelt.

»Aber für wen, glaubst du, habe ich es getan?«, sagt der Vater. »Überleben nach dem Krieg, mit Frau und Kind, weißt du, was das heißt?«

Der Vater starrt wieder nach Osten, wo zwei Störche ihre Kreise ziehen.

»In Wirklichkeit ist es dem Dorf nach dem Krieg sehr gut gegangen«, sagt Erika. »Nicht nur wegen den Wienern, die mit Hunger und ihrem Familienschmuck gekommen sind, das war nur 1945 ein Geschäft. Sondern weil wir den Grund der Slowaken hatten.«

Der Vater sagt: »Was soll denn aus dem Hof werden? Und die Weinlesemaschine. Wie sollen wir die abzahlen, wenn man uns die halben Felder nimmt?«

»Habt ihr niemals daran gedacht, dass es einmal ein Erbe der Slowaken schaffen würde, über die Grenze zu kommen?«, fragt sie.

Er setzt das Fernglas an. »1956 ... dass es einer herübergeschafft hat ... das war russische Schlamperei. Aber heute ... schau doch! ... man kann von hier den Zaun sehen, sogar den Stacheldraht. Die Burschen haben ganz schön dazugelernt. Denen ist keiner mehr ausgekommen.«

»Aber wenn die Grenzen eines Tages offen sind?«

»Das sind Russen, mein Kind! Keine Menschen! Schau, Erika, ich hab sie erlebt, ich weiß, wie die sind. Den Eisernen Vorhang wird es immer geben.«

Das Schweigen ist minutenlang.

Der Vater starrt immer noch in Richtung Grenze, sein Fernglas zittert.

»Damit du einmal einen schönen Hof hast, von dem du mit deiner Familie leben kannst. Aber du schaust nicht nach vorne. Du interessierst dich ja nur für das, was tot unten im Boden liegt. Und das gräbst du aus.«

»Ich will, dass das Totenhaus nicht gebaut wird«, sagt Erika. »Dafür lasse ich euren Slowaken, wo er ist.«

Der Vater nickt, das Fernglas an die Augen gepresst.

»Und noch etwas«, sagt Erika.

»Was denn noch?«

»Den Kopf einer Hirschkuh.«

Der Vater ruft: »Was bitte willst du?«

Er lässt das Fernglas sinken, und Erika sieht, dass seine Augen gerötet sind.

Als Alexander an einem Nachmittag zur Baracke geht – er will sich aus der Küche ein kaltes Bier holen –, kommt Erika gerade vom Dorf herauf und schleppt eine Plastiktüte. Die ist schwer, so schwer, dass die Henkel durchgerissen sind und Erika deshalb die Tüte mit beiden Armen trägt. Sie stinkt.

In der Küche – Alexander hat gerade den Kühlschrank geöffnet – stellt Erika die Tüte auf dem Tisch ab. »Riecht wie eine ranzige Wurstsemmel«, sagt Alexander und nimmt das Bier heraus.

Erika schält die Plastiktüte ab, zum Vorschein kommt ein Kopf: braunes Fell, die Augen offen, die Zunge lugt durch das halb geschlossene Maul.

»Ihr Mittagessen?«, fragt Alexander. Eine grünschillernde Fliege setzt sich auf das Weiße vom rechten Auge. Erika verscheucht sie, Alexander stellt das ungeöffnete Bier zurück in den Kühlschrank. Rosa Flüssigkeit sickert aus dem Hals auf die Stelle, wo Alexander heute Morgen sein Marmeladebrot gestrichen hat.

»Für euch Landbewohner eine Delikatesse, nicht wahr? In Afrika, da essen sie auch Würmer. Vielleicht sollten wir den Kopf noch zwei Wochen in der Sonne reifen lassen«, schlägt Alexander vor.

»Sie brauchen mir nicht zu helfen«, sagt Erika.

»Helfen? Wobei?«

Erika geht hinaus, Alexander ist alleine mit dem Kopf, der Kopf schaut ihn an, Alexander schaut den Kopf an. Der Hals ist knapp unterhalb vom Schädel durchtrennt. Weiße Sehnen, rosa Fleisch, braunes Fell, dunkler Schorf. Alexander denkt an die Französische Revolution. Mit dem Finger berührt er vorsichtig das Fell auf der Wange.

Eine Studentin kommt herein und kreischt: »Alexander, was hast du wieder angestellt?«

»Verlier du nicht auch noch den Kopf«, sagt Alexander.

»Du und deine Späße, das ist nicht mehr witzig«, sagt die Studentin und geht hinaus.

Andere Studenten kommen herein, und wie die Chirurgen um den Patienten stehen sie da, und wie Ärzte haben sie präzise Diagnosen parat: »Das ist ein Kopf«, sagt einer. »Hier stinkt's«, sagt ein anderer.

Erika kommt wieder. Sie bringt Zaumzeug mit, wie es für Pferde verwendet wird. Und Zahnseide. Und den Unterkiefer der Hirschkuh, die letzte Woche ausgegraben wurde. Erika betrachtet den Fund und deutet auf die Einkerbungen an den Zahnhälsen.

»Das könnte von einer dünnen Schnur stammen, die um die unteren Schneidezähne gebunden worden ist, und diese Schnur hat Rillen in die Zähnehälse gerieben. Da, dieser Einser, glatt abgerieben, nur mehr ein glatter Stummel übrig.«

»Au«, sagt Alexander.

Erika wickelt Zahnseide in Schleifen um die Zähne auf dem Fund, ganz vorsichtig, denn der Knochen ist porös, er wurde noch nicht präpariert.

»Und wozu hat man das gemacht?«, fragt Alexander.

»Damit man die Hirschkuh herumführen kann. Stellt euch das doch einmal vor! Die Kirchwalder haben es geschafft, Rotwild zu zähmen!«

»Warum haben die Leute kein normales Pferdegeschirr verwendet?«, fragt er.

»Das weiß ich noch nicht. Können Sie das Maul öffnen?«, fragt Erika.

»Es ist doch schon offen«, sagt Alexander.

»Nicht genug«, sagt Erika.

Alexander hält mit der rechten Hand die Schnauze, und mit Daumen und Zeigefinger der linken Hand versucht er den Unterkiefer hinunterzuziehen. Das Fell fühlt sich fett und klebrig an, er will es gar nicht anfassen.

»Es geht nicht«, sagt er.

Leichenstarre.

Die Studenten gehen hinaus, einer nach dem anderen, der Gestank ist überwältigend. Nur Alexander bleibt, er reißt das Fenster auf und atmet durch. Der Gestank lockt Fliegen und Wespen an. Alexander macht das Fenster wieder zu.

Erika stellt den Kopf auf, er schaut jetzt nach oben, mit beiden Händen fährt sie in das Maul hinein. Erika ist über das Maul des Tieres gebeugt, Alexander denkt an Mund-zu-Mund-Beatmung, Erika macht einen Ruck, es gibt ein knackendes Geräusch, so, als wäre jetzt etwas gerissen, und das Maul steht offen.

»Geht doch«, sagt Erika. Sie führt die Trense ein, bis sie an den Mundwinkeln des Tieres anliegt.

»Aha«, sagt sie. »Bei Pferden liegt die Trense hinter den Eckzähnen und vor den Backenzähnen. Aber schauen Sie, bei dem Hirsch hier, da geht das nicht recht. Die Mundwinkel reichen nicht so weit zurück. Die oberen Eckzähne stören.«

»Also kein Hirsch vor dem Fiaker?«, fragt Alexander.

»Das hat damit nichts zu tun«, meint Erika. »König August von Sachsen hat seine Kutsche auch von Hirschen ziehen lassen. Man braucht eben das richtige Geschirr.«

»Aber Hirsche haben sich nicht durchgesetzt, oder?«

»Hirsche sind nicht ausdauernd«, sagt Erika. Sie drückt der Hirschkuh die Zunge ins Maulinnere, um die Schneidezähne freizubekommen. Dann wickelt sie ein langes Stück Zahnseide um die Zähne am Unterkiefer, um jeden Zahn eine Schlaufe, und die freien Enden hält sie bei den Ohren des Tieres.

»Vielleicht so?«, sagt sie.

»Eine mühsame Sache«, sagt Alexander. »Am lebenden Tier noch viel aufwändiger. Also schließt Sherlock Holmes, dass diese Aufzäumung nur zu festlichen Anlässen gemacht wurde.«

»Dagegen spricht, dass die beiden Schneidezähne abgesäbelt sind.«

»Hm«, sagt Alexander. »Manchmal ist der Archäologe ein Hydrant und der Fund ein Hund. Und wenn die Schnur gar nicht als Zaumzeug gedacht war?«

»Sicher nicht«, sagt Erika brüsk.

»Warum?«

Alexander beobachtet, wie sich Erika abmüht, eine Antwort zu überlegen. Sie vergisst den Gestank und alles, was um sie herum ist. Sie probiert noch eine Stunde am Kopf herum, hebt ihn hoch, legt ihn zur Seite. Aber egal, wie man es dreht und wendet, bald stößt man an die Grenzen der Archäologie, und es bleiben nur Vermutungen.

Alexander erinnert sich an seine zweite Vorlesung bei Erika, als sie gesagt hat: Das meiste, das die Menschen getan haben, hinterlässt keine Spuren. Zu den Tätigkeiten, die doch etwas hinterlassen, zählen Bauen, Zerstören und Benützen. Letzteres bietet die wenigsten Hinweise. Was wohl von Alexander übrig bleiben wird? Und von Erika? Vielleicht, denkt Alexander, sollten wir irgendetwas zerstören, damit wir Spuren hinterlassen und nachfolgenden Archäologen Erfolgserlebnisse verschaffen.

Erika schließt die Augen. Jetzt ist sie weit weg, denkt Alexander, in einer Zeit, als es in Kirchwald gezähmte Hirsche gab.

Aus dem Hochsommer wird Anfang September ein Spätsommer. Erika geht am späten Nachmittag die Wallkrone hinauf, setzt sich in das Gras, zieht die Beine zur Brust und stützt das Kinn auf die Knie. Mit den Armen umschließt sie die Schienbeine. Sie wippt nach vorne und zurück, während sie beobachtet, wie sich die langen Schatten auf dem Hügelfeld ausbreiten, bis nur mehr auf die ferne Bergkette Sonnenlicht fällt.

Alexander kommt aus der Baracke, geht vorbei an den Quadranten, hebt einen liegen gelassenen Spaten auf, geht den Wall hinauf zu Erika, steckt den Spaten in das Gras und setzt sich neben sie.

»Wir brauchen Flutlicht«, sagt sie und wippt nach vorne und zurück.

Er sagt: »Übermorgen ist die Grabung vorbei.«

»Mit Flutlicht könnten wir auch in der Nacht arbeiten.«

Das Abendrot verglimmt in der Dunkelheit. Sie schaut nach links und beobachtet die Flammen; dort im Norden brennen der Wall und die Häuser. Von dort kommen die Schreie der Sterbenden. Verwundete, Frauen und Kinder retten sich aus der Kampfzone hierher und drängen sich zwischen den Hütten. Über der Siedlung liegt beißender Geruch von Verbranntem.

Erikas Kinder sind im Fürstenhaus, dort ist es noch sicher. Die älteste Tochter kümmert sich um die Geschwister. Sie ist ja so tapfer! Sie lenkt die Kleinen ab und rezitiert die alten Sagen, die sie von der Schamanin gelernt hat.

Keichlo kommt her, steckt sein Schwert in die Erde und setzt sich neben seine Frau. Erika hört auf, ihre Beine zu umklammern. Sie lässt sich nach hinten fallen, liegt im Gras und schaut hinauf. Über den Himmel ziehen Rauchwolken. Erika spürt Keichlos Hand.

»Bald ist es vorbei«, sagt er.

»Freuen Sie sich doch!«, sagt Alexander. »Noch nie hat es hier so umfangreiche Ausgrabungen gegeben. Wir haben wunderbare Funde, alleine die Hirschkuh ist eine Sensation. Und dann der Wolf. Verheilte Knochenbrüche hat er gehabt. In der freien Wildbahn wäre er mit solchen Verletzungen gestorben, erinnern Sie sich doch! Sie haben vermutet, dass man das Tier in einen so engen Käfig gesperrt hat, wo es sich nicht bewegen konnte, damit die Knochen zusammenwachsen konnten.«

Natürlich erinnert sich Erika. Sie hat sich dem Tier verbunden gefühlt. Weil es sich so verzweifelt am Gitter seines Gefängnisses verbissen hatte, dass es Verletzungen am Kieferknochen erlitten hatte.

Drei Monate lang habe ich gekämpft, sagt sie sich. Und wozu? Damit sie weiß, dass es einen Zoo mit Hirschen und Wölfen gab und welchen Grundriss die Hütten hatten. Na und?

Alexander redet weiter. »Und Grohmann ist fort. Sie sind wieder die Herrscherin vom Kirchberg. Und dennoch sind Sie traurig.«

Er beugt sich zu ihr herüber, sie spürt seinen Atem. Eine dunkle Haarsträhne fällt ihm ins Gesicht.

»Denn jeder Fund wirft mehr Fragen auf, als er beantwortet«, flüstert er.

Erika wendet den Kopf in seine Richtung. Sein Gesicht ist dunkel, die Züge sind verwischt. Er legt seine Hand auf ihre Stirne. Das fühlt sich warm an. Angenehm. Seine Stimme ist ruhig: »Da drinnen, in Ihrem Kopf … Ein Teufelskreis … Neue Funde. Neue Fragen. Weitergraben. Neue Funde. Noch mehr

Fragen. Nur Vermutung. Immer Zweifel. Niemals Gewissheit. Was immer Sie suchen, Frau Zeitlinger, in der Erde werden Sie es nie finden.«

»Bald ist es vorbei«, flüstert Erika.

Erika nimmt Keichlo in die Arme, umklammert seinen Rücken und krallt sich in den blauen Stoff, den sie für ihn gewebt hat. Als sie mit dem vierten Kind schwanger war.

»Ich bin immer mit dir«, flüstert Keichlo, und Alexander schiebt seine Hand unter ihr T-Shirt.

Erika wird schwanger und bringt im Frühling einen Jungen zur Welt.

994 v. Chr.

Nach der Belagerung.

Flüchtlinge ziehen fort von der brennenden Siedlung. Ein Zug von Frauen und Kindern, Habseligkeiten auf dem Rücken, die Kinder an die Brust gepresst oder an der Hand geführt, kaum Männer dabei, die kampftauglichen hat man ausgesondert, und die alten haben sich schon aufgegeben.

Die Schamanin, gestützt auf ihren Stock, so schnell es ihre alten Gelenke zulassen. Neben ihr der Junge, der Keichlo heißt, so wie sein Vater. Sie drückt das Kind an sich, gemeinsam gehen sie diesen Weg. Er ist verkleidet, steckt in ungefärbtem Mädchengewand, um den Hals das schlichte Medaillon mit diesem Fruchtbarkeitssymbol, wie es nur junge Frauen tragen. Und eine Kapuze, obwohl er mit seinem zarten Gesicht jederzeit als Mädchen gelten könnte. Den Blick gesenkt halten, nicht auffallen, nicht zurückschauen, still sein. Wir gehen jetzt fort, aber nicht für immer, denn wenn du groß bist, wirst du zurückkehren.

Fremde Krieger am Wegrand, gelegentlich zerren sie jemandem den Beutel von den Schultern, sie suchen Wertvolles, sie reißen den Leuten Schmuck aus dem Gewand, sie prügeln einen Händler, weil er nicht sagen will, wo er seine Bronzebarren vergraben hat. Doch dem Jungen tun sie nichts. Denn sie erkennen in ihm nicht den Thronfolger.

Er ist so tapfer, denkt die Schamanin und hofft für ihn. Weinend hat sich die Mutter von ihm getrennt und ihn der Schamanin anvertraut. Mit ihrem Leben wird sie ihn beschützen, hat die alte Frau versprochen.

Den Wall haben sie hinter sich gelassen, der Brandgeruch löst sich hier schon auf, frische, kühle Waldluft, Summen, Vogelgesang, Knacken der morschen Äste unter den Füßen, ein Eichkätzchen huscht den Baum hinauf und verharrt regungslos, weiß nichts vom Krieg, beobachtet von oben die Kolonne ängstlicher Menschen. Sie kommen an einer Gruppe von Kriegern vorbei. Die lachen, ein Lederschlauch mit gegorenem Traubensaft macht die Runde, einer übergibt sich, sie erzählen einander ihre Heldentaten, sind laut und jung. Sie haben ein Würfelspiel dabei, sie werfen der Reihe nach geschnitzte Knochen auf einen Holzteller. Die Schamanin weiß, diese jungen Männer haben bis vor kurzem selbst noch Todesangst gehabt. Jetzt müssen sie das Leben wieder spüren, so kräftig wie möglich. Sie kennt das alles. Es ist nicht ihr erster Krieg.

Plötzlich sieht sie, was der kleine Keichlo unter keinen Umständen sehen darf, sie umfasst im Gehen seinen Kopf, damit er den Blick um der Götter Willen doch geradeaus hält – aber der Geruch ist da. Und das Murmeln der anderen. Die Schamanin flüstert ein Gebet, wenige Schritte nur noch, dann wären die Krieger hinter ihnen, und im Auwald könnten sie überleben, auch im Winter, und sie schwört, so lange zu leben, bis der kleine Keichlo ein Mann ist und in die Wallburg als Fürst zurückkehren kann.

Doch der Junge wendet sich zur Seite, gegen die knöcherne Kraft der Schamanin. Er bleibt stehen, die anderen Flüchtlinge an ihm vorbei, streifen seine Kleidung, schnell fort, denn schon hören die Krieger zu trinken auf und schauen dieses Kind an. Sie versucht es noch einmal. Greift nach seiner Hand, will ihn fortziehen. Doch keine Bewegung mehr in dem Kind. Es starrt auf den Baum. Auch die Krieger schauen kurz dorthin, dann lachen sie auf, ja, sie sind stolz auf ihre Tat.

Das Kind macht langsame Schritte zu dem Baum, der Geruch ist es, der es zögern lässt, aber es geht tapfer weiter, Schritt um

Schritt. Die Schamanin verflucht ihr Alter, das zu wenig Kraft zurückgelassen hat, um den Jungen hochzuheben und fortzutragen. Er stellt sich vor den Baum. Die Krieger kommen nun auch her. Er schaut hinauf, in das Gesicht des Toten, der mit Lederriemen an der Linde festgebunden ist. Fliegen mit grünen Körpern tummeln sich auf den Eingeweiden, die vom Bauch herabhängen und bis zum Boden reichen.

Jetzt flüstert der Junge das Wort, das ihn verrät.

»Vater.«

Der kleine Keichlo wird der Schamanin entrissen. Wird zu seiner Mutter gebracht. Die vier Kinder wollen das Gift nicht trinken, das man ihnen reicht. Sie weinen. »Es tut nicht weh«, sagt Arlaka und macht als Beweis zuerst einen Zug aus dem Becher. Die Krämpfe in Arlakas Körper setzen zum Glück erst ein, als die Kinder mit ihren Schlucken schon fertig sind.

Die Schamanin sieht den Jungen erst wieder, als er tot ist. Einer der sechs Körper, die zu einer leer geplünderten Speichergrube geschleppt worden sind, und die dort im Staub liegen. Krieger, betäubt vom gegorenen Traubensaft und vom Gestank, mühen sich ab, die Körper der Reihe nach durch das enge Grubenloch zu hieven. Osobo beobachtet das aus einiger Entfernung, im schmucklosen Mantel, unbewaffnet, auf der Schulter glänzt seine schlichte, eiserne Fibel. Neben ihm der Priester, im Prunkgewand, in der Hand einen toten Hasen, beide stehen vor der rauchenden Ruine des Fürstenhauses.

Die Schamanin geht zu den Toten. Ein Krieger hält sie auf, ein anderer will sie erschlagen, diesem jungen Mann sagt die Schamanin: »Und deine Mutter ist zu mir gekommen, mit dir im Arm, nach drei Mädchen hat sie deinem Vater Osobo endlich einen Sohn geboren, und so krank warst du. Wir haben eine Woche lang gekämpft, Tag und Nacht, dass du uns am Leben bleibst, mit Kräutern und Salben und heißen Umschlägen – und mit der Hilfe der Götter.«

Der junge Krieger öffnet seinen Mund, die Lippen zittern, er wendet sich ab, greift nach dem Krug und betäubt sich mit kräftigen Schlucken. Die anderen Männer werfen inzwischen auch die Kinderkörper hinab.

Dann flüstert Osobo dem Priester etwas zu, dieser kommt her, auf dem Weg lässt er den Hasen fallen. Sein schwarzes Kleid mit Blutspritzern. In der Hand einen hölzernen Spaten, erdverschmiert.

»Der Fürst erlaubt dir, die Familie zu begraben«, sagt er und weicht ihrem Blick aus.

Er reicht der Schamanin den Spaten, sie stützt sich beim Gehen darauf ab, als wäre es ein Stock. Stellt sich zur Grubenöffnung. Die ist gerade breit genug, dass ein Mann durchpasst. Fliegen drängt es hinein. Die Schamanin steigt die Strickleiter hinab, langsam und mühsam, der Gestank nimmt zu, und als auch ihr Kopf den Einstieg passiert hat, da muss sie sich am Strickwerk ganz fest anklammern, weil das Atmen so schwer fällt. Zäher Dunst legt sich über ihr Gesicht und dringt in ihre Lungen, der Schweiß rinnt von der Stirne, das grob gewebte Kleid juckt auf der Haut, sie spürt die Fliegen im Gesicht, auf Augen, Nase und Ohren.

Die Strickleiter ist zu Ende, sie tritt in etwas Weiches, Glitschiges. Das Summen der Fliegen ist laut. Von oben der Lichtstrahl. Gleich unterhalb des Einstiegs verbreitert sich die Grube, wird so breit, dass man die Arme zur Seite strecken kann und trotzdem nicht die Grubenwände berührt. Die Augen kommen allmählich mit dem wenigen Licht aus. Sie schaut hinab.

Zu ihren Füßen bewegt es sich, weiß und wurmartig und grün glänzend. Sie erkennt, dass sie auf Keichlos Gedärm steht. Er liegt neben seinen Eingeweiden, auf dem Rücken, sie bückt sich, hebt das Gedärm mit den Händen hoch und legt es auf seinen Bauch. Sorgfältig, zärtlich, als würde sie damit Leiden lindern.

Sie wendet sich der Mutter zu. Hebt ihren Kopf, häuft Erde darunter, so bereitet sie ihr ein Kissen. Sie schiebt den kleinen

Keichlo heran, verändert die Körperhaltung der beiden, so gut es die Leichenstarre zulässt. Es sieht nun aus, als würde er sich an seine Mutter drücken, während sie beschützend ihre Hand auf sein Bein legt. Denn so würden es die beiden tun, wenn sie noch könnten.

Sie sagt: »Ich werde es wieder gutmachen. Ich werde auf euch warten.«

Mit den Handrücken wischt sie sich die Augen trocken, damit sie wieder klar sieht. Dann redet sie auch zu den anderen, streichelt die kalten Kinderwangen, flüstert, dass sie einander wiedersehen werden, selbst wenn es eine Weile dauern sollte, und den Kindern sagt sie, sie sollen Geduld haben.

Dann steigt sie aus der Grube, es dämmert. Sie besorgt Grabbeigaben, einfache Dinge, die man im Alltag braucht, die sie der Familie mit auf ihren Weg gibt. Sie ist die nächsten Tage damit beschäftigt, die Speichergrube mit Erdreich aufzufüllen.

Der Winter zieht ins Land, die alte Schamanin hat sich in eine Hütte in den Auen zurückgezogen. Die Kälte tut mehr weh als in den Wintern zuvor, und der Rauch der Feuerstelle zwingt sie zu husten, öfter und schmerzhafter als früher. Die Dorfbewohner bringen Brennholz und gegerbte Felle zum Verhängen der kleinen Fenster und der Türöffnung. Sie geben Weizen, gelegentlich Brot und Fett, obwohl sie sagen, in der Siedlung hungern die Menschen. Viele seien schon fortgezogen. Manchmal bekommt die Schamanin sogar ein Stück getrocknetes Fleisch, das hebt sie sehr sorgfältig auf. Eltern stapfen durch den Schnee, bringen ihre Neugeborenen, eingeschnürt in viel wärmendes Tuch, und sie bitten die Schamanin, dass sie den Kleinen die Hand auf die Stirne legt. Wenn die Schamanin dann in die Gesichter mit den roten Backen blickt, lächelnd, dann erkennt sie den Grund, weshalb sie durchhalten muss. Es kommen auch die Kriegsinvaliden. Und die mageren Kinder. Denen gibt sie das Fleisch, und während die Kinder kauen, erzählt sie die alten Sagen, die Hoffnung geben.

Endlich der Frühling. Der jährliche Neubeginn und – endlich – etwas Wärme.

Dann der Morgen, an dem Osobo kommt.

Abgemagert. Das Gesicht eingefallen, die Haut unter dem Kinn gefaltet wie ein entleerter Wasserschlauch. Er trägt einen schmucklosen, roten Mantel, der Saum schleift auf dem Boden, ist voller Kot und abgewetzt.

Die Schamanin sitzt auf einem Baumstamm, stützt sich auf den hölzernen Spaten, als wäre er ein Stock. Osobo geht zu ihr hin, beginnt sofort zu reden: »Jeden Tag, wenn ich mein Haus verlasse, komme ich an der Stelle vorbei, wo wir sie vergraben haben. Ihre Gebeine und ihre Leiber und ihre Seelen stecken in der Erde fest. Jeden Tag denke ich daran, verstehst du? Sie sind in meinem Kopf drinnen, alle sechs, wenn man meinen Schädel aufbrechen könnte, man würde den schwarzen Schatten sehen.«

Er betastet eine Stelle auf seinem Hinterkopf.

»Da sitzt es. Genau da. Man spürt es schon von außen.«

Er schnauft. Dann sinkt er vor ihr auf die Knie. »Was hätte ich denn tun sollen? Wenn ich den sechs eine Feuerbestattung gegeben hätte, dann würden sie jetzt schon auf mich warten in der Unterwelt, und dann Gnade mir, wenn ich ihnen nachfolge! Welche Rache würden sie dann an mir nehmen?«

Er beugt sich vor, bettet seinen Kopf in ihren Schoß, die Schamanin bleibt unbewegt.

»Ich bin manchmal so müde«, murmelt er, das Gesicht in den Rock der Frau gepresst.

Er redet weiter: »Eines hat das andere ergeben. Und die Wallburg wäre auch ohne mich zu Grunde gegangen, die Reiter aus dem Osten wären gekommen, so oder so.«

Er schweigt eine Weile. Und erzählt dann: »Mit dem Priester kann ich darüber nicht reden. Er hat den Zugang zu den Göttern verloren, seit ihm die heiligen Hirsche verendet sind letzten Winter. Und der Wolf. Andauernd erzählt er uns von den Qualen in der Unterwelt, und er schneidet Hasen auf, mehr noch als früher, mitten im Gespräch packt er so ein Vieh und besudelt sich mit Blut!«

Er hebt den Kopf. »Aber du, du bist stark. Und du sagst, alles wiederholt sich. Und wir werden später noch einmal leben. Sag mir, Alte, werde ich ihnen nochmals begegnen? Werden sie sich rächen? Oder können sie mir verzeihen?«

Er versucht zu erkennen, was die Frau hinter ihren faltigen Gesichtszügen denkt. Sie steht auf, Osobo kniet noch immer. Während er von der Angst in seinem Kopf erzählt, hebt sie den Spaten, auf den sie sich die ganze Zeit gestützt hat, und schlägt damit Osobo gegen die Schläfe. Er schaut zu ihr auf, die Anspannung ist mit einem Mal aus seinem Gesicht gewichen, er öffnet den Mund und kippt nach hinten. Sie schlägt noch einige Male auf den Schädel ein, dann ist er aufgeknackt. Und während Osobos Kopf ausrinnt, setzt sich die alte Schamanin wieder. Und wartet. Auf Arlaka und ihren Sohn.

1987

Es ist ein trüber Oktobertag. Erika sitzt im Zug nach Kirchwald, ihr Sohn gegenüber, und Schliemann im Korbkäfig. Sie beobachtet das Kind, wie es sich auf den Sitz stellt, die Scheibe anhaucht und mit dem Zeigefinger ein Strichmännchen zeichnet: »Schau, Mama, das bist du!«

»Sehr schön«, sagt Erika.

Ein zarter, blonder Junge mit grünen Augen und schmalem Gesicht. Frühgeburt. Mit der Saugglocke in die Welt geholt, eine Welt, die für ihn wochenlang ein gläserner Brutkasten war. Drinnen lag das kleine Wesen, mit faltigen Augen die Fäuste vor dem Gesicht, und kämpfte.

Es fängt an zu regnen. Die Wassertropfen draußen an der Fensterscheibe beginnen ihren Weg rechts oben; sie ziehen schräg hinab und hinterlassen Spuren: ein Geflecht von verzweigten Adern. Frische Tropfen stoßen auf so ein Äderchen und fließen das Geflecht entlang – aus Bequemlichkeit, weil es anstrengend ist, eine eigene Bahn am trockenen Glas zu eröffnen.

Der Junge zeichnet noch ein Strichmännchen.

»Schau, und das ist Papa.«

»Sehr schön«, sagt Erika.

»Du schaust ja gar nicht her!«

»Doch«, sagt sie und wendet sich dem Sohn zu. Die Auswertung von Professor Grohmanns bronzezeitlichen Gräberfeldern hat ergeben: Zwanzig Prozent der Toten waren Kinder, die das sechste Lebensjahr noch nicht erreicht hatten. Wahrscheinlich war die Kindersterblichkeit weit höher, denn Säuglingsgräber sind so leicht zu übersehen, und nur die Betuchten konnten sich solche Gräber leisten. Bis zu fünfzig Prozent wären denkbar. Jedenfalls, hätte Erika damals gelebt: Ihr Sohn wäre chancenlos gewesen und Erikas Schmerzen umsonst. Er lebt, weil er zufällig in eine andere Zeit hineingeboren wurde.

Der Zug fährt weiter, es regnet stärker. Wasser stürzt gegen die Scheibe, zerstört die zarten Wasseradern, ein zäher Feuchtigkeitsfilm bedeckt das Fenster, als wäre das Glas gerippt.

Erika hebt ihren Sohn zu sich her, setzt ihn sich auf den Schoß. Ein schönes Kind ist er geworden, die gerade Nase und die neugierigen Augen. Mein Kind. Sie drückt ihn an sich und legt ihre Wange an seinen Kopf. Und erinnert sich an einen ganz bestimmten Moment nach der Geburt, kurz bevor er ihr weggenommen und in den Brutkasten gesteckt worden ist. Als sie seinen Hinterkopf mit der Handfläche umfasst hat. Ganz sachte. So zart, so zerbrechlich und wund von der Saugglocke. Plötzlich war der Gedanke an Kirchwald fünf da gewesen. Dessen kindlicher Schädelknochen eingebrochen war, vom Druck der Grubenverfüllung. Genauso ein grauer Knochen steckt hier in meinem Sohn, hat sie gedacht, als Schale um das kleine Hirn, und außen umspannt von rosa Haut. Sanft hat sein Kopf auf ihrer Hand gelegen, voller Urvertrauen, und niemals würde sie zulassen, dass diesem kleinen Kopf etwas geschieht. Erika hat das Gefühl gehabt, ihren Sohn nicht geboren, sondern aus irgendwelchen Tiefen geborgen zu haben. An ihm noch die Spuren von früherem Leben. Gemeinsam mit ihm, seine Wärme an ihrer Wange, beobachtet sie das Fenster, wie draußen das kalte Wasser herabströmt. Der Zug wird gleich in Kirchwald halten.

Erika geht die Hauptstraße entlang, mit der rechten Hand führt sie den Jungen, der lieber getragen werden will. Auf halbem Weg lässt er sich auf den nassen Asphalt fallen und weint. Keinen

Schritt will er mehr gehen. Erika hebt ihn hoch und schleppt jetzt ihren Sohn und Schliemann und den Regenschirm und den Rucksack.

Als Erika durch die überdachte Hofeinfahrt geht, kommt ihr die Waltraud entgegen, umarmt Erika, sie streicht dem Jungen über den Kopf, sagt »Ja, ist der süß!« und »Ganz die Mama«, dann umarmt sie ihn.

»Du bist die Oma?«, fragt er.

Sie zögert, dann sagt sie: »Ich bin die Waltraud«, und strahlt Erika an. Sie geht voraus, führt das Kind durch den Hof in den Wohntrakt.

Erika setzt Schliemanns Korb ab, öffnet ihn und beobachtet, wie die alte Katze mit vorsichtigen Schritten herauskommt. Schliemann folgt Erika in das Haus, in das Esszimmer, wo der Tisch gedeckt ist, mit dem guten Porzellan. Der Vater kommt in den Raum, Erika stellt sich ihm gegenüber. Was ist zu tun? Umarmen? Das haben sie nie gemacht, und wer weiß, ob dem Vater danach ist. Einen Kuss auf die Wange? Zu oberflächlich, immerhin ist er ihr Vater. Handschütteln? Wie zwei Fremde? Auch nicht.

»Grüß dich, Erika«, sagt er.

»Grüß dich, Vater«, sagt sie.

Erika fällt auf, dass Vater und Waltraud mit den Jahren immer verschiedener werden. Er ist noch hagerer als früher, Haut und Fleisch scheinen mit dem Alter zäher zu werden, eine faltige, lederne Schicht über Gesicht, Hals und Handrücken. Die Waltraud ist breiter geworden, sogar ihre Handrücken sind aufgedunsen. Wenn sie geht, dann hört Erika die Schenkel aneinander wetzen.

»Wie war die Bahnfahrt?«, fragt er.

»Gut. Wie war die Weinlese?«

»Der Weiße hat heuer viel Restzucker«, sagt er.

Unter jedem Teller liegt eine selbst gehäkelte Spitzendecke.

»Aber nach allem, was passiert ist, wollen die Leute jetzt mehr Roten als früher. Und sie wollen Qualität.«

»Der Weinskandal?«, sagt Erika.

Der Vater atmet tief ein, und Erika tut es Leid, dass sie das erwähnt hat. Er sagt: »Seit zwei Jahren ist nichts mehr wie früher. Dem Weißen traut man nicht mehr. Und die Leute gewöhnen sich erst langsam daran, dass man für Qualität auch zahlen muss. Der Trend geht zum Roten. Roter Qualitätswein, das ist unsere Chance.«

»Und wie geht es dir?«, fragt Erika.

»Und wir haben jetzt eine mobile Abfüllanlage. Eineinhalb Millionen Schilling, haben wir zusammen mit sechs anderen Bauern gekauft. Die schafft zehntausend Flaschen pro Tag.«

»Tatsächlich?«, sagt Erika.

»Ja«, sagt er und berührt mit der Hand ihren Arm. Kurz nur.

Waltraud führt Keichlo in das Wohnzimmer, Vater streift ihm mit der Hand über die Haare, der Junge zieht den Kopf ein.

»Wie heißt du denn?«, fragt ihn der Vater.

»Bei der Mutti heiß ich Keichlo«, sagt er.

»Ein interessanter Name«, sagt der Vater.

»Heute heißen die Kinder halt anders als früher«, sagt die Waltraud in einem Ton, als müsste sie beschwichtigen, und betont freudig erzählt sie von den Dorfkindern, die Kevin und Jasmin und so weiter heißen, und dass bald wieder Joseph und Maria in Mode kommen, weil alles Alte wiederkommt, und dann tun die Leute so, als habe man es eben erst erfunden.

Erika hebt Keichlo auf den Stuhl neben sich, der Vater nimmt auch Platz, und Waltraud bringt die Grießnockerlsuppe herein.

»Vorsicht, heiß«, warnt sie Keichlo und lächelt.

»Ich will nicht«, sagt er.

»Du isst, was auf den Tisch kommt«, hat der Vater Erika befohlen, als sie noch ein Kind war. Waltraud hat ihr diese großen Portionen aufgehäuft, »weil die Erika ja so ein dünnes Kind ist«. Die Fettaugen auf der gelben Suppenoberfläche. Die Fleischknödel, die spritzen, wenn man sie mit der Gabel zerteilt. Der Schweinsbraten mit der weiß glänzenden Schwarte. Die glitschigen Butterkartoffeln. Die erste Freiheit, die sie in Wien erlebt hat, war, dass sie nur dann essen musste, wenn sie hungrig war. Und Erika war selten hungrig.

Heute sagt der Vater zu Keichlo: »Du musst die Suppe ja nicht essen.«

»Wir freuen uns so, dass ihr da seid und dass ihr diese Woche den Geburtstag vom Vater mit uns verbringen werdet – vom Großvater«, sagt Waltraud.

»Großvater«, wiederholt er, und Erika sieht, dass er lächelt. Dann gießt er den Rotwein in die Gläser. Beim Schweinsbraten erkundigt sich Waltraud nach Alexander und wie Erika ihn kennen gelernt hat und wie alt er ist und welchen Beruf er hat und wovon er lebt.

»Er ist sechsundzwanzig«, sagt Erika, und Waltraud verstärkt ihr Lächeln. Sehr weiße, sehr regelmäßige Zähne, wie es nur bei Prothesen möglich ist.

»Ja, die Liebe ...«, sagt sie.

»Er ist Student.«

»Ist er Archäologe?«

»Ja.«

»Wer zahlt ihm das Studium?«

»Seine Eltern.«

»Und du bist glücklich mit ihm?«

»Ja.«

»Warum ist er noch nicht hier?«

»Er hat eine Prüfung.«

Der Vater sagt: »Was machen die Grabungen?«

»Warum fragst du?«, fragt Erika.

»Ach, nur so. Es interessiert mich halt.«

Erika erzählt von ihrer Habilitation, und sie hat eine Anstellung als Dozentin erhalten, spricht davon, dass sie nächstes Jahr zur außerordentlichen Professorin berufen wird. Von den Grabungen erzählt sie nichts, denn das kann den Vater gar nicht interessieren, er erkundigt sich sicherlich nur aus Höflichkeit.

Der Vater sagt: »Viele Skelette habt ihr gefunden. Da habt ihr ganz schön was zu tun.«

»Ja«, antwortet Erika. Der Vater meint wohl diesen großen Fund vom letzten Sommer, vierunddreißig junge Männer, in einer Grube verscharrt, bei den meisten Skeletten waren Hieb- oder Stichverletzungen nachzuweisen. Datiert auf späte Urnenfelderkultur, zeitgleich mit dem Brand der Wallburg. Ein Massengrab von hingerichteten Kriegern.

Die Waltraud schaut Erikas Finger an, kein Ring, sie blickt auf und fragt: »Werdet ihr heiraten?«

Und nach einer Pause sagt sie: »Wenn es so weit ist, dann mieten wir beim Wirt den großen Saal, dort kann man auch tanzen. Alle werden da sein. Die Einladungen lassen wir beim Bösmüller drucken, so wie bei der Hochzeit von den Pichlers.«

»Ja«, sagt Erika.

Nach dem Essen führt der Großvater Keichlo durch den Hof, während Erika zur Toilette geht, um sich zu übergeben. Der Regen hat aufgehört, Keichlo tappt mit seinen gelben Stiefeln munter durch die Pfützen; Schliemann hingegen macht einen Bogen um das Wasser. Erika hat in der Küche Wasser getrunken und geht auch in den Hof. Sie schaut zum Kirschbaum, der mit seinen braunen Blättern aussieht, als würde er bald sterben.

»Ich zeig dir jetzt den 520T«, sagt der Großvater.

»Tee«, wiederholt Keichlo.

Unter dem Blechdach der Scheunen stehen zwei Traktoren: ein alter grüner und ein moderner mit Vierradantrieb und Führerkabine. Der Großvater klettert hinauf, flink für sein Alter, öffnet die Türe und hebt Keichlo in den Fahrersitz. Begeistert greift der Junge nach dem Lenkrad und sagt »Brumm, brumm«.

»Wenn du willst, dann fahren wir morgen mit dem Traktor auf das Feld.«

»Ist der Traktor schnell?«

»Nein, aber dafür ist er stark. Die Nachbarn haben mich einmal geholt, damit ich ihren Traktor aus dem Schlamm ziehe.«

Er führt die beiden zur mobilen Abfüllanlage. Das ist ein zweiachsiger Anhänger mit einem quaderförmigen Überbau, der mit einer Plastikplane bedeckt ist. Großvater löst die Plane ein wenig, damit die drei hineinsteigen können. Drinnen sind Maschinen montiert, dazwischen ein Fließband, um die Flaschen zu transportieren.

»Eine Spezialkonstruktion«, erklärt er. »Die Pumpe da, die ist frequenzgesteuert. Es wird nur so viel Wein durch die Filter hereingepumpt, wie benötigt wird. Die Flaschen werden zuerst desinfiziert, dann acht Stück gleichzeitig im Rundfüller befüllt. Unter Vakuum, damit die Flasche gleich gekippt werden kann. Denn normalerweise wird der Korken bloß hineingedrückt; dadurch entsteht ein Überdruck, und wenn die Flasche sofort gekippt wird, rinnt Wein die Korkränder entlang, weil der Kork eben Zeit braucht, bis er am Flaschenhals anliegt. Am Ende gibt es einen Infrarotzähler für die Flaschen. Tausendachthundert Flaschen pro Stunde.«

»Und wo ist der Wein?«, fragt Keichlo.

»Komm mit!«, sagt der Großvater. Sie steigen aus dem Anhänger, sorgfältig verzurrt er die Plastikplane. Über den morastigen Kiesel geht es zu einem Gebäude, das Erika noch nicht kennt. Dort, am Fuße des Kirchberg gab es früher nur einen kurzen, mannshohen Vorbau aus erdfarbenen Ziegeln und dem Holztor. Das war der Kellereingang. Dahinter ein Ort der Geheimnisse, dunkel, feucht, hundert Laufmeter Gewölbe. Archäologen und Weinbauern haben doch etwas gemeinsam, denkt Erika, sie graben hinein in die Eingeweide des Kirchbergs; die einen von oben, die anderen von der Seite.

Heute steht davor dieses weiß getünchte Gebäude mit hölzernem Dachstuhl, es hat die Höhe einer Lagerhalle. Der Großvater zieht die beiden Türflügel nach außen, drinnen ist es leer und unerwartet hell. Für das Gebäude wurden einige Meter vom Kirchberg abgegraben, es scheint, als drückt die hangseitige Mauer die Erdmassen zurück. Und über der aufgestauten Erde, in wohl fünf Meter Höhe, da beginnt eine Fensterfront, die den großen Raum so hell macht.

»Das alles haben wir vor zwei Jahren gebaut.«

»Warum?«, fragt Erika.

»Jetzt kann es regnen, was es will, wenn wir ein Weinfest machen«, sagt der Großvater. »Das ist eine wichtige Investition. Die rentiert sich schon in, sagen wir, vier Jahren.« Das sagt er, als wollte er ewig leben.

Eine teilverglaste Türe geht zu einer Küche. »Dort machen wir die Brote für den Heurigen. Dann stellen wir zehn Mädel ein, für die Küche und als Bedienung.«

Er beugt sich zu Keichlo. »Ich zaubere jetzt den Wein her!«

Er deutet auf eine andere gläserne Türe, dahinter ein dunkler Raum. Der Großvater nähert sich der Türe, hebt die Arme, da geht Licht an, plötzlich ist dahinter ein heller Raum mit Regalen, in denen Weinflaschen einsortiert sind.

»Ich will einen Wein trinken«, sagt Keichlo.

Der Großvater entkorkt einen süßen Welschriesling, und Erika versucht sich daran zu erinnern, wann sie zum ersten Mal Alkohol getrunken hat.

»Plastik«, sagt er, als er den Flaschenöffner aus der Flasche gezogen hat. »Für die teuren Weine nehmen wir Plastik statt Korken. Denn Plastik korkt nicht.«

Er lächelt.

»Die Plastikkorken sind noch unverschämt teuer. Aber das wird sich irgendwann ändern, dann geben wir nur Plastik drauf.«

Er gießt ein wenig in drei Probegläser, reicht Erika und Keichlo eines. Er zeigt Keichlo, wie man das Glas schwenkt, erklärt den Geruch, die Farbe und wie man richtig kostet. Der Junge macht einen ehrfürchtigen, kleinen Schluck.

»Und?«, fragt der Großvater.

»Ich mag lieber Fanta«, antwortet Keichlo.

Der Großvater lächelt und streicht dem Jungen über den Kopf.

Erika kann sich nicht mehr an ihr erstes Glas erinnern. Der Wein war immer da, stand immer auf dem Mittagstisch, wurde nach der Arbeit getrunken, und natürlich, wenn Kunden aus der Stadt gekommen sind.

»Wir haben viel mehr Wein als den hier. In den Metalltanks und in den Eichenfässern.«

»Wo sind die Fässer?«, fragt Keichlo.

»Im Keller«, sagt er und zeigt auf eine Metalltüre, dort, wo früher das Holztor zu den Gewölben führte.

»Ich will in den Keller.«

»Das geht jetzt nicht«, sagt der Großvater. »Weil der Wein noch gärt.«

»Warum?«, fragt Keichlo.

Großvater setzt sich auf eine Bank, Keichlo neben ihm, und erzählt, wie Wein gemacht wird. Keichlo schaut zu dem großen, alten Mann hinauf, gebannt, mit großen Augen.

»Einmal wird das alles dir gehören«, sagt der Großvater am Ende und macht eine ausladende Handbewegung.

»Auch der Traktor?«, fragt Keichlo.

»Ja.«

»Darf ich dann Traktor fahren?«

»Nur zur Arbeit darfst du fahren. Denn als Bauer hast du viel Verantwortung. Du musst für deine Familie sorgen. Da bleibt keine Zeit, um irgendwohin zu fahren.« Er schaut zu Erika, die sich an die kalte Wand gelehnt hat. Dann steht Vater auf, geht hinaus aus dem Hof, hinüber zum Nachbarn, leiht sich einen Fußball aus und spielt mit seinem Enkel. Mit Erika hat er nie gespielt, dafür war keine Zeit.

Der nächste Tag ist ein Sonntag. Das ist der Gedanke, der Erika durch den Schlaf begleitet. Denn Sonntag heißt Kirche, bedeutet, mit sauberen Schuhen über den nassen Kieselweg hinauf zum Kirchberg gehen. Sonntag heißt, dass der Pfarrer Erika und ihren Sohn sehen wird. Frühmorgens bügelt Erika sein kleines weißes Hemd, ihre dunkle Hose und ihre weiße Bluse. Sie zieht sich an und kommt sich fremd vor. Dann geht sie in Keichlos Zimmer, er schläft noch, sie setzt sich still auf den Bettrand, damit er seinen Traum zu Ende bringen kann.

Zu viert verlassen sie den Hof. Der Großvater im dunklen

Dreiteiler: Dieser grobe, schwere Stoff gehört zu Erikas Sonntagserinnerungen genauso wie die Kälte im Kirchenschiff, die unbequemen Bänke und das Verbot des Vaters, die Füße auf dieser gepolsterten Holzleiste abzustellen, weil sie nur zum Hinknien ist. Die Waltraud trägt ein buntes Kleid mit einer ebenso bunten Jacke.

Und sie hängt sich bei ihm ein.

Erika bemerkt das.

Sie und ihr Sohn gehen hinterher, durch die Lindenallee, wo die Kieselsteine unter den Schritten knirschen. Die Bäume sind oben bald kahl. Jetzt verrottet ihr Laub auf der Erde, braun und schmutzig glänzend, angefressen von tausenden Insekten, die sich mit dem Abgestorbenen mästen.

Erika und Keichlo erreichen das Hügelfeld. Sie schaut nach rechts, nach Westen: das Feld, das zum urgeschichtlichen Wall ansteigt; lange Grashalme, schütter und braun, sie haben kaum noch die Kraft zum Geradestehen. Erika schaut zur Baracke: die Fenster mit Holzplatten abgedeckt, die Schubkarren und die Fundkisten und die Schaufeln verstaut, alle Türen versperrt, das Wasser abgedreht, der Strom ausgeschaltet. Dahinter erstreckt sich die Ebene, der Auwald ist gelb und braun gefleckt. Die ferne Bergkette ist wegen des trüben Wetters kaum zu erahnen. Keine Spur mehr von diesen heißen Sommern, als alles möglich war und vieles passiert ist. Von den dreiundzwanzig Hektar der Wallburg hat Erika kaum einen Hektar untersucht. So viel ist noch zu tun, so wenig ist getan. Erika schaut nach unten, zu Keichlo. Sie friert, vielleicht auch wegen des Windes.

Sie gehen weiter zur Friedhofsmauer. Erika sagt, sie kommt gleich nach, dann geht sie hinter den Friedhof, zum Quadranten Minus B Minus 11. Heute wieder ein Fleck Brachland, unverbaut, weil Erika es so wollte, und Keichlo fragt, was sie hier tun. Erika bückt sich, berührt die besondere Stelle, erklärt Keichlo, dass hier die Skelette gelegen haben, die sie Keichlo so oft im Naturhistorischen Museum gezeigt hat.

»Du hast sie ausgegraben«, sagt Keichlo.

»Ja.«

»Warum hast du gewusst, dass sie hier sind?«

Die beiden gehen zurück, zur Kirche durch das schmiedeeiserne Friedhofstor, das quietscht, als müsste das auf Friedhöfen so sein, vorbei an den Gräbern, und mit der Gemeinde strömt man hinein in das Kirchenschiff. Man schaut auf Erika und ihren Sohn. Der Großvater lächelt voller Stolz. Ja, das ist mein Enkel! Und das ist meine Tochter, die ist heimgekommen.

Als sich Erika in der Kirche niedersetzt und ihrem Jungen erklärt, dass er ruhig die Füße auf diese gepolsterte Holzleiste stellen kann, da schaut sie sich nach Maria um. Die sitzt zwei Reihen hinter Erika, mit ihren drei Kindern und ihrem Mann, den Blick auf das Gesangsbuch geheftet, nur Clemens, der Jüngste, schaut ungeniert zu Erika herüber. Erika lächelt ihn an, winkt ihm zu. Als Clemens zurückwinken will, wird er von Alfred junior, dem ältesten Sohn, gerempelt.

Der Pfarrer tritt zum Altar, gebeugt. Er hat Zettel in der Hand, von denen er nach den Gebeten seine Predigt abliest. Er redet über das, was im Ostblock vor sich geht. Mit einer Verzweiflung, als sei das sein Vermächtnis. Von dem Staudamm redet er, der brechen werde, wie eine Sintflut werden sich Menschenmassen über Westeuropa ergießen. Und Perestroika. »Ich hoffe, ich muss es nicht mehr erleben, aber eines Tages, da wird der Eiserne Vorhang kippen, und dann, Brüder und Schwestern, dann werden sie kommen! Eine ungeahnte Überfremdung. Und darum richte ich mich jetzt an die Jungen: Ihr müsst aufstehen und einen Wall errichten, ihr müsst unser Land schützen!«

Er verschnauft eine Weile.

»Alles wiederholt sich. Im Leben gibt es nichts Neues«, sagt der Priester. »Die Alten wissen, wovon ich rede. Die Gefahr kommt aus dem Osten. So ist das immer schon gewesen.«

Er stützt sich mit beiden Händen auf dem Altar ab. Redet davon, dass er in Pension gehen muss. Dass sich jetzt ein anderer um die Gemeinde kümmern wird. Er stellt seinen Nachfolger vor, Magister James Lulumba aus Zentralafrika. Im gleichen

Atemzug spricht er vom Priestermangel. Ein Raunen geht durch die Gemeinde, als Magister Lulumba zum Mikrofon tritt und in gebrochenem Deutsch sagt, wie sehr ihn die Gastfreundschaft beeindrucke und so weiter. Nach der Kollekte und nachdem der alte Pfarrer sein »Gehet hin in Frieden« gesagt hat, strömen die Kirchwalder nach draußen.

Beim Kircheneingang, zwischen den Grabsteinen: Versammlung der Lebenden und der Toten, der Alten und ihrer leeren Gräber, wo sie vorsorglich Name und Geburtsdatum haben eingravieren lassen. Einige haben sogar schon die »19« beim Sterbejahr eingetragen. Den Tod innerhalb von dreizehn Jahren eingeplant. Der Großvater stellt den Leuten Keichlo vor, er geht mit ihm sogar zum alten Pfarrer, der mit starren Fingern über den Kopf des Jungen fährt. »So ein lieber Junge«, sagt der Pfarrer, und für einen Moment glimmt etwas auf in den Augen des alten Mannes. Wie die letzte Glut eines abgebrannten Feuers, wenn der Wind darüber bläst. Erika will hinüber zu Marias Familie. Im Gehen wischt sie sich den Schweiß von den Handflächen.

»Hallo«, sagt sie und streckt Maria die trockene Hand hin. Dann schaut sie die Kinder an: Alfred junior, mit gegelten Haaren und dem Pubertätsbärtchen. »Ein junger Mann bist du geworden, fast so groß wie der Vater!« Seine Schwester Bettina, die ihre schwarzen Haare straff zum Pferdeschwanz gebunden hat; ein rundes Gesicht hat sie gekriegt, sie wird doch so dick werden wie ihre Mutter. »Gesund schaust aus!« Dann der kleine Clemens, der wohl auch schon zehn sein wird. »Du bist ja so groß geworden! Clemens, ich erkenn dich kaum!«

Clemens lacht und erwidert: »Du bist auch alt geworden.«

Maria hat die Lippen aufeinander gepresst, wartet, dass Alfred senior etwas sagt. Und er sagt: »Lass uns in Ruhe, Erika.«

Die Gemeinde macht sich auf den Heimweg. Waltraud und der kleine Keichlo gehen schon voraus, während der Vater Erika zu einem Weinfeld hier auf dem Kirchberg führt. Dann stehen sie vor den Spalieren verkrüppelt wirkender Stöcke.

»Mit dem Blauburgunder hier haben wir letztes Jahr einen zweiten Preis in Krems gekriegt«, sagt der Vater in einem Tonfall, als hätte ihm die Preisverleihung wehgetan. »Blutwein hat deine Mutter den Wein genannt, weil der Grund den Tschechoslowaken gehört hat. Und eigentlich immer noch gehört. Erika, wir haben eine Entscheidung getroffen.«

Erika fällt auf, dass er »wir« gesagt hat.

»Wir haben keine Angst mehr vor denen da drüben«, sagt der Vater. »Alles, was wir in den letzten Jahren von den Feldern verdient haben, habe ich auf ein extra Sparbuch gelegt. Und ich brauche so viele Hektar gar nicht. Ich bin bereit, es zurückzugeben. Wenn sie kommen.«

Erika schweigt und nickt, und in ihr keimt eine kleine, wärmende Verbundenheit mit diesem alten Mann, der ihr Vater ist.

Dann das Mittagessen am Zeitlingerhof. Als der Braten fertig gegessen ist und Waltraud den Apfelstrudel bringt, sagt sie: »Rumpold, jetzt musst du es sagen. Erika, willst du noch ein Stück? Das ist ein gezogener Strudel, so wie du ihn möchtest, nicht wahr? Komm, Rumpold, sag es ihr. Mit vielen Nüssen. Möchtest du ein Randstück?«

Die Waltraud greift nach Vaters Hand.

»Wir haben letztes Jahr geheiratet«, sagt er.

Jetzt erst fällt Erika der goldene Ring auf Waltrauds Finger auf. Die schaut erwartungsvoll zu Erika.

»Das ist ja eine schöne Überraschung. Ich freue mich für euch«, sagt Erika und lächelt die beiden an. Und Keichlo fragt: »Bist du jetzt meine Oma?«

Erika geht zu Marias Haus, begleitet von Schliemann. Die Fassade ist himmelblau, während sich am Himmel das Grau zusammenzieht. Der Wind schleift Blätter über die Straße. Hinter den großen Wohnzimmerfenstern hängen die weißen Spitzenvorhänge. Erika steigt die drei Stufen zur Eingangstüre hinauf. Erika drückt den Klingelknopf. Sie liest das Schild: »Tritt ein – in unser Heim – bring Glück herein«. Jemand schiebt den Spitzenvorhang kurz zur Seite. Sie hört das gedämpfte Rufen eines Kindes: »Mamaaaaa! Was macht die Erika da?«

Zuerst Stimmengewirr, der Vorhang bewegt sich wieder ein kleines Stück, diesmal an einer anderen Stelle. Dann ist Stille.

Erika läutet noch einmal. Das Haus bleibt ruhig, der Vorhang unbewegt. Erika geht zurück auf die Fahrbahn. Es wird dunkelgrau dort oben bei den Wolken. Sie steckt die Hände in die Jackentaschen. Auf dem Asphalt die ersten Tropfen: Die schwarzen Flecken werden dichter. Die Tropfen fühlen sich kalt an im Gesicht. Schliemann schleicht sich fort und lässt Erika alleine. Sie starrt auf die Haustüre, der Blick getrübt vom Regenschleier, der in der Luft hängt. Wasser rinnt in den Kragen.

Nach einer Weile – Minuten? Stunden? – spürt sie die Nässe den Rücken entlangkriechen. Die Ponyfransen kleben über den Augen. Wenn der kalte Wind nicht wäre! Die Zähne klappern, und Erika kann es nicht unterdrücken. Sie will an etwas Warmes denken: Die Grabungen oben auf dem Kirchberg, die drückende Schwüle, damals war sie froh gewesen über jeden kühlenden Windhauch. Jetzt ist es schwierig, sich vorzustellen, dass Hitze unangenehm sein kann.

Erika niest.

»Die kommt mir nicht ins Haus!«, hört sie die gedämpfte Stimme von Marias Mann.

Die Sonne, die sich den ganzen Tag ohnehin nicht gezeigt hat, geht unter. Grau wird Schwarz, und die himmelblaue Fassade wird grau. Die Straßenlaternen gehen an und bringen die Tröpfchen zum Leuchten, die zu Abertausenden zur Erde fallen.

Erika steht regungslos da. Die Kleidung schmiegt sich klatschnass an die Haut. Da ergreift Keichlo ihre Hand – nicht Keichlo, ihr kleiner Sohn, sondern Keichlo, ihr Mann. Seine Hand ist kalt. Erika zittert am ganzen Körper. Endlich spürt sie ihn wieder!

Keichlo legt sein Schaffell über ihre Schultern.

»Nicht doch«, sagt sie, »sonst holst du dir den Tod.«

Sie beobachtet, wie das Wasser von Keichlos Gesicht perlt. Er atmet langsam, ein beruhigender Rhythmus, sie versucht, sich diesem Rhythmus anzupassen.

»Wie geht es unseren Kindern?«, fragt sie.

Erika bekommt nicht genügend Luft, sie muss doch schneller atmen als Keichlo. Sie klammert sich fester an seine Hand, die noch immer kalt ist.

Die Türe geht auf. Maria steht an der Schwelle mit verweintem Gesicht und sagt: »Trockne dich ab.«

Erika geht auf Maria zu, die Bewegungen sind steif und zittrig, hinein ins helle Vorzimmer, von ihrer Jacke tropft es auf den Teppichboden. Maria reicht ihr ein Frotteetuch. Erika rubbelt sich das Gesicht trocken, dreht sich um, schaut durch die offene Türe hinaus auf die Straße, wo Keichlo steht.

Maria greift ihr an die Stirne. Angenehm kühl, Marias Hand. »Du hast ja Fieber!«, sagt sie.

»Wie geht es unseren Kindern?«, fragt Erika.

»Unseren Kindern«, wiederholt Maria leise, »meinen Kindern geht es gut.«

Erika schält sich die nasse Jacke von der nassen Bluse, weiß nicht, ob sie das triefende Ding hier auf einen Kleiderhaken hängen soll, wegen der Holzvertäfelung an der Garderobenwand.

Alfred senior steht vor der geschlossenen Zimmertüre, und Erika muss an Cerberus denken. Der dreiköpfige Hund, der aufpasst, dass die Kinder nicht aus dem Wohnzimmer kommen und Erika treffen.

Maria greift nach der Jacke und bringt sie ins Badezimmer und lässt sie alleine mit ihm. Alfred verschränkt die Arme und schaut mit festem Blick her.

Erika betrachtet sich im Vorzimmerspiegel: die Haare zerzaust vom Trockenrubbeln, das Gesicht bleich, die Augen glasig. Die Bluse – transparent wegen der Nässe – klebt auf ihren Brüsten. Erika betastet ihre Stirne mit zwei Fingern. Manchmal ist es gut, denkt sie, dass da keiner hineinsehen kann.

»Was willst du hier?«, fragt Alfred.

Maria kommt wieder, schließt die Eingangstüre, plötzlich wird es heiß um Erika, und sie denkt an die Hölle.

Fehler gemacht. Davon erzählen. Um Verzeihung bitten. Solche Gedankenfetzen in Erikas Kopf, die sie mühsam in Sätze formt. Alles anders jetzt, alle Ungerechtigkeit eingesehen. Anderer Mensch geworden. Will nur heim, nach Kirchwald, sucht Frieden, endlich, mit ihrer Familie.

Ihr wird schwindelig, lange kann ich nicht mehr stehen, da kommt Maria her, und Erika legt ihre Arme um diese dickliche, warme, trockene Frau.

»Bitte verzeih mir!«, sagt Erika und schließt die Augen.

Marias Hände klatschen zögerlich auf Erikas nassen Rücken.

»Warum sollen wir dir jetzt vergeben?«, fragt Alfred.

»Sie hat ein Kind«, sagt Maria.

»Na und?«, fragt Alfred, dennoch öffnet Cerberus das Tor zum Wohnzimmer. Dort ist es noch wärmer. Auf dem Tisch liegt Monopoly ausgebreitet, Spielgeld liegt herum, auf dem Brett stehen rote Häuser und gelbe Hotels. Die Kinder sind fort. Hoffentlich ist ihnen nichts geschehen.

Erika lässt sich auf die Ledercouch sinken, das Badetuch um ihre Schultern, als wäre es Keichlos Schaffell. Die Glieder schmerzen. Sie atmet schnell. Hoffentlich erkältet sich Keichlo nicht, wenn er draußen steht.

Maria bringt das Tablett mit dem Kaffee, gießt Erika eine Tasse ein.

»Und wo sind die Kinder?«, fragt Erika.

»In ihrem Zimmer, sie ...«, Maria stockt, »... sie sind müde.«

»Aber ihnen geht es doch gut?«

»Natürlich ...«

»Kannst ruhig die Wahrheit sagen, Maria«, meint Alfred. »Ich habe sie weggeschickt. Ich will nicht, dass sie etwas mit dir zu tun haben.«

»Milch?«, fragt Maria.

»Ich will nicht, dass irgendwer von uns etwas mit dir zu tun hat. Du hast uns fast ruiniert«, sagt Alfred.

Erika greift nach dem Keramikgefäß. Es hat die Form einer Kuh. Erika schaut sich das Gefäß an, von allen Seiten, sie überlegt, den Fund zu zeichnen, aber sie hat kein Papier dabei.

Maria und Alfred beobachten Erika; sie stellt die Kuh wieder auf das Tablett.

»Nein, danke, keine Milch«, sagt sie.

»Zucker?«, fragt Maria.

In der Dose liegen die Zuckerstücke. Erika nimmt die silberne Zange vom Tablett, umklammert damit ein Stück, nimmt es hoch und schaut es an. Wie ein kleiner, weißer Ziegel, gebrannt aus grobem Material. Maria und Alfred starren auf diesen Zuckerwürfel, auch dann noch, als Erika ihn wieder zurück in die Dose gelegt hat.

»Nein, danke, keinen Zucker«, sagt sie.

Erika greift nach einem Buttergebäck. Die beiden beobachten, ob Erika den Keks auch wirklich isst.

Mit bebender Stimme sagt Alfred: »Wir haben beinahe unser Haus verloren wegen der Hypothek, und wo hätten wir dann hinkönnen? Und die Kinder?«

»Mir tut Leid, was ich getan habe«, sagt Erika und bedeckt ihr Gesicht mit den Händen. »Ich habe die Kinder in Gefahr gebracht, das wollte ich nicht. Kinder sind doch das Kostbarste, was wir haben.«

»Und jetzt sollen wir sagen: Es macht ja nichts?«, fragt er.

Erika lässt die Hände sinken und schaut ihn an. Er presst die Lippen aufeinander und schnauft vor Erregung, und Erika muss wieder an den vielköpfigen Hund denken. Maria streicht ihm über das Fell. »Schau doch, was sich die Erika angetan hat, damit sie mit uns reden kann … Und außerdem hat sie jetzt ein Kind!«

Beim Verabschieden fragt Maria noch: »Wirst du deinen Alexander heiraten?« Das hat sie wohl beschäftigt, den ganzen Abend.

»Wir werden sehen«, antwortet Erika ihrer Freundin ausweichend.

Als Erika ihre Schwangerschaft bemerkt hat, ist Alexander in ihre Zweizimmerwohnung eingezogen. »Ich lasse dich doch nicht im Stich!«, hat er gesagt.

Eines Nachts schrie der kleine Keichlo, Erika stand auf und ging zu ihm, das Gitterbett stand im Wohnzimmer, hob ihn hoch, beruhigte ihn. Legte ihn wieder sanft in sein Bett, und kaum dass sie ihn losgelassen hatte, schrie er wieder. Also nahm sie Keichlo mit ins Schlafzimmer, bettete ihn zwischen sich und Alexander. Sie beobachtete, wie sich der Junge zur Seite drehte und einschlief. Mein Kind. Am Morgen sagte Alexander, er möchte nicht, dass der Sohn so oft im Bett ist. Und mitten im Streit, da bekam Erika zum ersten Mal Zweifel, ob Alexander gut war für ihr Kind. Vier Jahre lang zusammen. Dann hat er gemeint: »Neben dir ist kein Platz mehr für mich.«

»Du kannst mich wieder mal besuchen kommen, mit deinem Sohn, ich bin neugierig«, sagt Maria und flüstert: »Der Alfred ist ja nicht immer da.«

Der Regen hat aufgehört, der Himmel hat aufgeklart und zeigt seine Sterne. Erika geht zu Keichlo, der im Laternenlicht auf sie wartet.

Erika besucht tags darauf die alte Frau Schmidt in ihrem baufälligen Haus. Vieles vom Verputz konnte sich nicht mehr auf der Fassade halten, die Verzierungen über und unter den Fenstern sind zerbröselt, Meisen picken Kalk aus den Ritzen zwischen den Ziegeln. Rost auf den Dachrinnen. Katzen schleichen umher, der Garten ist verwildert bis auf das Gemüsebeet, wo im Sommer die Fisolen wachsen. Erika versucht sich zu erinnern, welche Farbe das Haus einmal gehabt hat.

Die alte Frau kommt heraus, gestützt auf ihren Stock. Kariertes Kopftuch, blaue Kleiderschürze, mindestens zwei Pullover, weil sie nur die Küche heizt. Erika überlegt, ob sie tatsächlich kleiner geworden ist, oder kommt es ihr nur so vor? Frau Schmidt schaut zu Erika hinauf, ergreift Erikas Unterarm. Kraftlos sind ihre Finger, und doch hinterlassen sie ein starkes, warmes Gefühl. Sie setzen sich in die Küche an den Holztisch. Erika schaut sich um. Gelber Geschirrschrank, weißer Gasherd, glänzende Spüle, grüner Kachelofen, und ein irgendwie braun gemusterter Linoleumboden. Die alte Frau schenkt den dampfenden Kaffee ein, langsam füllt sich Erikas Tasse, die alte Frau hält die Kanne mit beiden Händen. Dann noch ein, zwei Tropfen. Schließlich stellt sie die Kanne ab und nickt Erika zu. Die weiße Katze stolziert auf dem Fensterbrett, setzt sorgfältig einen Schritt vor den anderen. Alles hier kommt Erika langsamer vor als draußen. Sie schaut nach unten. Der Linoleumboden ist an bestimmten Stellen abgewetzt und löchrig: unter dem Stuhl, auf dem die Frau sitzt und den sie jedes Mal nach hinten schiebt, wenn sie aufsteht; vor dem Herd, wo sie steht, um sich die Mahlzeiten zu bereiten; und auf der Türschwelle, weil sie dort immer den Stock aufsetzt, wenn sie den ersten Schritt in den Raum macht.

Erika sagt: »Wenn etwas immer wieder passiert, dann hinterlässt es Spuren. Ganz bestimmte Spuren. Die mir sagen, dass es wieder passieren wird.«

Die Frau wird aufstehen und den Stuhl zurückschieben, sie wird sich Abendessen auf dem Herd wärmen, und wenn sie wieder in die Küche hereinkommt, wird sie den Stock auf derselben Stelle absetzen.

»Ich habe auf dem Kirchberg Spuren gefunden. Ich weiß, dass Dinge wieder und wieder geschehen. In unterschiedlichen Zeitaltern. Von Osten die Angriffe der Armeen. Auf dem Kirchberg das Verscharren von Leichen. Die Hungersnöte. Und dass eine Familie stirbt.«

Die alte Frau hat sich noch immer keinen Kaffee eingeschenkt und noch immer nichts gesagt, sie schaut her.

Erika weiter: »Als ich ein Kind war, haben wir beide dort draußen im Garten gesessen, und du hast mir gesagt: Wenn wir gestorben sind, kommen wir wieder. Darüber habe ich viel nachgedacht. Je älter ich werde, desto mehr ergibt das alles Sinn.«

Erika nimmt einen Schluck vom Kaffee.

»Da sind Spuren von Gefühlen, von fremden Gefühlen, so etwas wie Reste von Erlebtem. Als hätte ich in mir etwas von einem längst vergangenen Leben; als hätte ich etwas getan, und doch weiß ich nicht mehr, was es war. Es fühlt sich an wie ...«

Sie überlegt.

»Wie Sehnsucht fühlt es sich an.«

»Deshalb bist du nach Kirchwald zurückgekommen?«, fragt die alte Frau.

»Als ich die Familie ausgegraben habe, vor sechs Jahren, ich sage dir, es ist ...«

Erika beißt sich auf die Lippen. Spürt die Hand der alten Frau auf ihrem Unterarm.

»Es war, als hätte ich mich selbst ausgegraben.«

Die beiden sitzen nun schweigend da, eine Weile lang. Der alten Frau verdankt Erika, dass sie geboren werden durfte. Und sie ist stolz, denselben Namen zu tragen. Helle Augen, ein wacher Blick, der Erikas Bewegungen folgt, ein jugendliches Strahlen, umgeben von alter Haut.

»Du hast Angst?«, fragt Frau Schmidt.

»Alles kommt wieder. So wie die Sonne jeden Tag aufgeht. Das hast du gesagt. Und seit geraumer Zeit spüre ich: Was mit der Familie auf dem Kirchberg geschehen ist, wird sich wiederholen. Die Kinder, verstehst du?«

Erika lehnt sich vor, sie ballt die Fäuste und sagt mit lauter Stimme: »Diesmal werde ich nicht zulassen, dass meinen Kindern etwas geschieht!«

»Deine Kinder«, sagt die alte Frau Schmidt.

»Marias Kinder«, sagt Erika.

Als Erika das Haus verlässt, ist plötzlich die Sonne fort, die Nacht bricht an, mit einer Eile, als habe sich der Tag seit Stunden zurückhalten müssen, und jetzt, erleichtert, dass die Zeit weiterschreiten darf, bringt er sein Werk binnen Minuten zu Ende.

Am Freitag sitzt Erika bei Maria in der Küche bei einem Kaffee. Clemens und Bettina und der junge Keichlo spielen draußen im Garten mit Schliemann, und Alfred junior ist oben in seinem Zimmer. Maria schaut Erika an, lange, ein Blick, den Erika nicht versteht, darum senkt sie den Kopf und fragt: »Was ist los?«

Maria lächelt. »Dein Vater hat sich verändert, nicht wahr? Das macht dein kleiner Junge. Auch meine Bettina ist ganz vernarrt in ihn. Nie hätte ich das für möglich gehalten. Erika, dass du zu uns zurückgekommen bist, ist wie die Geschichte vom verlorenen Sohn, das hat der Pfarrer gemeint, weil ich mit ihm über dich gesprochen habe.«

Sie schüttelt den Kopf, dann nimmt sie einen Schluck.

»Das liegt ganz sicher an den Hormonen«, fährt sie fort. »So ein Kind zu gebären, das ist halt eine Sache, danach ist nichts mehr wie vorher.«

»Habe ich mich so verändert?«, fragt Erika.

»Irgendwann«, sagt Maria, »begreift jeder Mensch, wo sein Glück liegt.«

»Dadurch wird das Leben nicht leichter. Weißt du, Maria, ich kenne meinen Traum seit 1981.«

Erika beugt sich vor, schaut fest in Marias kleine Augen und flüstert: »Ich möchte auch eine Familie mit vier Kindern haben.«

Maria gluckst vor Lachen: »Da hast du dir ja was vorgenommen. Du bist ja so alt wie ich!«

Dann schaut sie sich unbeholfen im Raum um, weil sie das nicht sagen hätte sollen, das mit dem Alter.

»Hilfst du mir?«

Maria versucht, ernst zu bleiben: »Ja, was kann ich denn schon dazu beitragen?«

»Alexander will keine Kinder mehr«, sagt Erika.

»Ach, die Männer …«, meint Maria, mit bemühtem Lachen, »dabei müssen sie die Kinder ja nicht kriegen, sie müssen nicht dreimal pro Nacht stillen, und ums Wickeln drücken sie sich auch meistens.«

»Ich glaube, dem Alexander ist die Familie nicht das Wichtigste im Leben«, sagt Erika, den Blick von Maria abgewendet. »Das ist vielleicht der Grund, dass er nicht mehr bei mir ist.«

»Entschuldige«, sagt Maria. »Das habe ich nicht gewusst.«

»Erzähle es bitte nicht weiter«, sagt Erika.

»Bleibt unser Geheimnis«, flüstert Maria. »Was kann ich denn tun für dich?«

»Ich möchte ihm zeigen, wie schön es ist, eine große Familie zu haben. Vielleicht kann ihn das überzeugen. Morgen kommt er. Sag, Maria, kannst du mir die Kinder leihen?«

»Aber gerne«, sagt sie und ist erleichtert. »Gegen einen freien Nachmittag habe ich wirklich nichts einzuwenden. Wann denn?«

Wenn ich spüre, dass die Gefahr am größten ist. Aber das sagt Erika nicht.

Am Sonntag ist der Geburtstag vom Großvater. Alexander kommt und parkt sein kleines, rotes, rostiges Auto im Hof neben dem 520T und steigt aus. Er trägt seine Haare offen, der kleine Keichlo rennt zu ihm hin und wird hochgehoben. Der Junge greift nach den Haaren und klammert sich an. Er liebt es, mit Alexanders Haaren zu spielen, und das hat er getan, seit er überhaupt nach etwas hat greifen können.

»Wie geht es meinem Sohn?«, fragt er, und die beiden drehen sich, als tanzten sie zu ihrer eigenen Musik. Erika muss an die Bauklötze denken. Alexander hat sie eines Tages mitgebracht, dabei war weder Geburtstag noch Weihnachten gewesen. Das Kind hat die Verpackung geöffnet, und schon haben die beiden auf dem Teppichboden gehockt. Den ganzen Nachmittag lang haben sie die Quader aufgestapelt und ihre Türme wieder umgeworfen. Sie haben das mit einer Begeisterung getan, als würden sie die alte Welt niederreißen, um eine neue, ihre eigene, zu errichten. Erika hat daneben gesessen, auf dem Sofa, sie hat von oben zugeschaut und sich weit weg gefühlt. Die beiden haben Erika nicht gebraucht, denn sie haben einander gehabt.

Da bemerkt Erika die Rauchschwaden, die mit dem Wind über das Dorf ziehen.

Alexander gibt ihr einen Kuss auf die Wange, dann streckt er Waltraud die Hand hin. Aber sie umarmt ihn, er macht verwundert mit, und als sie sagt: »Es ist so schön, Sie endlich kennen zu lernen«, da antwortet er sogar: »Das finde ich auch.«

Alexander schüttelt dem Großvater die Hand, sagt: »Alles Gute zum Geburtstag!«, und reicht ihm ein kleines Geschenk mit gelber Schleife.

»Es ist noch eine Weile bis zum Mittagessen, was hältst du davon, wenn du dich ein bisschen mit meinem Vater unterhältst«, sagt Erika, sie hat es plötzlich eilig, »und dann zeige ich dir den Hof!«

»Ist okay«, sagt Alexander, nimmt Keichlo an der Hand, und sie gehen ins Haus.

Erika verlässt den Hof, auf der Straße wartet Keichlo, ihr Mann. Mit Lederschild und Schwert. Blut auf seiner Stirn, Erika wischt darüber, Gott sei Dank, keine Wunde, nicht sein Blut. Der Schild hat Schrammen, das sind die Spuren der schweren Waffen, mit denen man auf Keichlo eingeschlagen hat, mit aller Wucht, weil es um das Überleben gegangen ist. Und Keichlo hat den Schild entgegengehalten, glücklicherweise hat er standgehalten, die Kraft des Feindes ist für einen Augenblick lahm gelegt gewesen, er hat seine Waffe zurückziehen müssen, um zum nächsten Schlag auszuholen. Und in diesem Moment hat Keichlo zugestochen. Der Feind ist gestürzt, in ein paar Stunden wird er verblutet sein, aber Keichlo hat keine Zeit, an ihn zu denken. Weiterkämpfen.

Eben dieser Schlacht entronnen, umarmt Keichlo Erika, klammert sich an sie und zittert, sein Atem fliegt. Sie spürt seinen Haarschopf auf der Wange, verklebt von Schweiß und Blut.

»Wir müssen jetzt stark sein«, sagt Erika, »wegen der Kinder.«

Der Himmel über dem Dorf ist dunkel vom Rauch, die Häuser brennen. Vom beißenden Geruch aus ihren Hütten getrieben, laufen die Menschen umher, Kinder klammern sich an die Gewänder ihrer Mütter, Ruß in den Gesichtern, die Hände vor Nase und Mund. Alte Leute, die sich schon aufgegeben haben, hocken im Staub und murmeln Gebete. Die Kinder holen! Die Familie in Sicherheit bringen! Sie hat noch dieses Schreien in den Ohren, als sie zu Marias Haus kommt, mit dieser himmelblauen Fassade und den Vorhängen vor den Fenstern. Sie läutet, und als keiner öffnet, klopft sie, dann trommelt sie gegen die Türe, bis endlich Maria da ist und fragt: »Was ist denn los mit dir?«

»Hallo, Maria«, sagt Erika, zwingt ihren Atem zur Ruhe und wischt sich den Schweiß von der Stirn, sie will Maria nicht die Hand reichen, denn die ist noch klebrig vom Blut von Keichlos Stirn. »Ich möchte die Kinder abholen.«

»Jetzt? So plötzlich? Setz dich doch, möchtest einen Kaffee?«

Ein absurder Gedanke, hier zu sitzen, zwei Stück Zucker mit einer Zange aus einer Porzellanschüssel zu fischen, sie in eine Schale Kaffee fallen zu lassen und dann Milch aus dem Maul der kotzenden Kuh nachzuschütten – während draußen die Urnenfelderkultur untergeht.

»Nein, danke«, sagt Erika.

»Tee?«

»Nein, danke!«

»Traubensaft?«

»Nein! Bitte nicht!«

»Wie geht es dir?«

Erika schaut aus dem Fenster, sieht zu, wie die Wand einer brennenden Hütte umfällt und das Nachbarhaus in Band setzt. »Gut«, sagt sie.

Maria schüttelt den Kopf, als hätte Erika die falsche Antwort gegeben. »Ich weiß doch, was mit dir los ist«, sagt sie.

Erika hält den Atem an. Was kann Maria von den Kämpfen wissen, die in Erika toben? Für einen Moment verstummen draußen die Schreie, die Schmerzen der Verwundeten sind einen Atemzug lang betäubt, die Krieger halten beim Töten inne.

Es ist still.

Das tut gut.

Die Rauchschwaden werden vom Wind vertrieben.

Maria, hilf mir, dass es still bleibt!

»Du bist nervös, weil Alexander gerade angekommen ist, nicht wahr?«, sagt Maria und lächelt wissend. Erika atmet aus. Und wieder die Schreie, und die Krieger bringen ihre Schläge zu Ende.

»Ja, ja, es ist wegen Alexander ...«, sagt Erika, und sie würde alles Mögliche sagen, wenn sie doch nur endlich die Kinder kriegen würde!

»Die Bettina mag nicht mitkommen ...«, sagt Maria.

Erika, die eben zögerlich im Wohnzimmer Platz genommen hat, springt auf. »Das geht doch nicht!«, ruft sie und geht auf und ab. »Du weißt doch, wie wichtig das ist. Für meine Familie. Auch für Alexander.«

»Ja, ich weiß ...«

»Warum mag sie nicht kommen?«

»Erika, du weißt ja, die Bettina ist manchmal ein bisschen eigensinnig.«

»Reden wir doch mit ihr«, sagt Erika, bemüht sich, zusammenhängend zu reden, das kostet Kraft. Sie setzt sich, öffnet ihre Fäuste und klammert sich am Kunstleder der Couchgarnitur fest.

Die beiden Frauen gehen hinaus in den Garten, dort spielen die drei Kinder Fußball. Der kleine Clemens steht im Tor, während Bettina und Alfred junior energisch um den Ballbesitz dribbeln. Als Bettina Erika entdeckt, bleibt sie stehen, den Blick gesenkt, und Alfred schießt ein Tor ins lange Eck.

Den Kindern geht es also gut, stellt Erika fest, sie machen sogar den Eindruck, als würden sie nichts von dem Kampf merken. Nur Bettina wirkt niedergeschlagen. Erika hockt sich zu ihr und redet zu ihr, doch das Mädchen antwortet nicht. »Ich habe dich beobachtet, wie gut du dich mit deinen Brüdern verträgst. Es ist wichtig für deine Brüder, so eine Schwester zu haben. Deine Mutter hat mir erzählt, wie sich der Clemens die Knie aufgeschlagen hat, und zu wem ist er zuerst gerannt? Zu dir!«

Das Mädchen schaut nur kurz auf, dann zu Clemens, der sich mit Kopfbällen versucht.

»Du gehörst zu einer großen Familie«, fährt Erika fort, »deine Geschwister lieben dich, und sie brauchen dich. Denk doch, was wäre Alfred ohne dich, und Clemens! Und jetzt denk an meinen kleinen Keichlo, der ganz alleine ist. So sehr wünscht er sich ein Schwesterchen und Brüder. Aber mein Mann meint, ein Kind ist genug. Heute ist er gekommen, und das ist die Gelegenheit, ihm zu zeigen, wie schön es doch mit einer großen Familie sein kann. Ich möchte gerne, dass ihr drei uns besucht heute am Nachmittag, um ihm zu zeigen, was er verpasst, wenn er keine Kinder mehr möchte!«

So redet Erika auf das Kind ein, bis es zu lächeln beginnt.

»Komm, hilf der Erika doch ein bisserl«, sagt Maria.

Inzwischen sitzen Erikas Vater, Waltraud und Alexander auf einer Bank im Hof. Alexander beobachtet seinen Sohn, wie er mit Schliemann spielt.

»Ich bin froh, dass Sie da sind, Herr Alexander«, sagt der Großvater.

»Wirklich froh«, sagt Waltraud.

Alexander weiß nicht, was er mit den beiden alten Leuten reden soll. Erika hat kaum von daheim erzählt. So wie Erika überhaupt wenig von sich erzählt hat.

»Ich habe eine Frage, Herr Alexander«, sagt der Großvater. »Wie ist die Erika?«

»Wie meinen Sie das?«

»Was ist sie denn für ein Mensch?«

Alexander ist irritiert. Erinnerungen tauchen ungeordnet auf. Wie er sie zum ersten Mal geküsst hat, ihre Bewegungen, sie war wie elektrisiert von seinen Berührungen, und dass sie laut war.

Sehr laut. Welche Lust es war, sie vorher mit einem Tuch zu knebeln, damit der Sohn im Kinderzimmer nichts mitbekam. Dass sie lachen konnte. Richtig fröhlich sein. Gemeinsam im Schönbrunner Tiergarten. Davon erzählt Alexander dem Großvater. Die Affen nachgemacht. Gewatschelt wie ein Pinguin. Und die Arme bewegt wie ein Adler. Alles für ihren Sohn. Damit er lacht. Wenn er schrie, nachts, sofort aus dem Bett und ihn getröstet. Mit ins Bett genommen. Das wurde mit der Zeit zum allabendlichen Ritual.

»Das habe ich nicht wollen«, sagt Alexander. »Das Kind wird verwöhnt, und es muss doch lernen, alleine im Zimmer zu sein.«

Es gab Momente, da hatte er das Gefühl, er schaue in Erika hinein. Tief. Wie wenn man die Abdeckung zu einer Grube öffnet, für kurze Zeit, mit der Taschenlampe auf den Boden leuchtet und erkennt, ich hatte ja keine Ahnung. Dann ist die Grube wieder zu. Einmal, im Herbst 1982, Erika war schwanger, Alexander kam heim, sie saß im Wohnzimmer, und als er sie fragte, wie geht es dir, ihre Antwort: »Sie wollen mich fertig machen.«

»Wer denn?«

»Sie haben den Schädel zerstört.«

»Welchen Schädel.«

»Den Cervus elaphus«, sagte sie. Die Hirschkuh.

»Haben sie ihn fallen lassen? Ist er zerbrochen?«

»Viel schlimmer!«, rief sie. »Sie haben ihn zusammengeklebt!«

»Und?«

»Die von der Prähistorischen Präparation haben ihn in die Finger gekriegt! Haben ihn zusammengesetzt, wie eine Amphore. Das ist doch ein Skelett, da braucht man Zoologen, keine Trophäenbastler! Über anatomisch wichtige Punkte haben sie drübermodelliert mit ihrem unlöslichen Kunststoff, und Erhaltungslücken haben sie fantasievoll nachgebildet. So wie die eben glauben, dass ein Hirsch ausschaut!«

Alexander umarmte sie. Sie drückte ihr Gesicht an seine Schulter, sein Pullover dämpfte ihre Stimme: »Die Verbindung vom Gesichts- und Hirnschädel hat unser Zoologe nicht mehr rekonstruieren können. Nur wegen einer dünnen Knochenbrücke zwischen Frontalia und Nasalia haben wir überhaupt die Umrisse und die Gesamtmaße vom Kopf schätzen können.«

Er streichelte ihren Rücken. Sie schluchzte. »Der Grohmann hat die Hirschkuh dort hingeschickt. Sie wollen mich fertig machen, verstehst du?«

»Mach dir nichts draus«, sagte er, legte seinen Arm um sie. »Sind doch nur Tierknochen.«

Da sprang Erika auf und schrie. Dass Alexander keine Ahnung habe. Dass so nur einer reden kann, den die Archäologie kalt lässt. Sie hatte die Augen aufgerissen, sie zitterte am ganzen Körper, das Gesicht rot. Sie atmete schwer. Dann ließ sie sich auf die Couch fallen, die Hand am Bauch, sie sagte eine Stunde lang kein Wort und wehrte den ganzen Abend lang alle Berührungen Alexanders ab. Am nächsten Tag, am Institut, nach einer Vorlesung, sprach der Professor Alexander an.

»Herr Sehmann!«, sagte Grohmann. »Ich möchte mit Ihnen reden. In meinem Büro.«

Er bot Alexander einen Stuhl an, dann saßen sie einander gegenüber. Er schaute Alexander an und sagte lange nichts. Dann: »Sie sind also der Vater von Erikas Kind.«

Alexander nickte.

»Sie ziehen zusammen, was man so hört?«

Alexander nickte.

»Eine kleine Familie und so?«, fragte Grohmann.

Alexander zuckte mit den Achseln.

»So schweigsam kenne ich Sie gar nicht!«, sagte Grohmann.

»So freundlich kenne ich Sie auch nicht«, sagte Alexander.

»Wir kommen wohl nie zusammen, Herr Sehmann, nicht wahr?« Der Professor lächelte.

»Ich möchte, dass Sie Ihrer Erika sagen, dass mir das mit dem Hirschkopf Leid tut. Es war ein Versehen.«

Dann sagte der Professor etwas, was Alexander vorher noch nie von ihm gehört hatte: »Es war mein Fehler.«

Als Alexander aus dem Zimmer ging, schüttelte der Professor ihm die Hand und sagte: »Sie passen mir auf die Erika Zeitlinger gut auf, nicht wahr?«

Der Großvater sagt plötzlich: »Die Erika ist nicht mein Kind.«

Alexander steht auf. Der alte Mann redet weiter: »Ich habe Erikas Vater erschlagen.«

Alexander ruft aus: »Sie haben was?«

»Ich habe ihn doch nicht im Keller liegen lassen können. Er war angeschossen.«

»Das ist immer ein guter Grund, jemanden zu erschlagen«, sagt Alexander und geht vor den beiden alten Leuten auf und ab. Rumpold Zeitlinger schaut zu Boden, die Hände auf den Knien abgestützt, er ist regungslos. Vor seinem inneren Auge läuft irgendein Film ab. Plötzlich erzittert er.

»Mit einer Schaufel«, sagt er.

Ein Kirchwalder mit der Schaufel in der Hand, die gefährlichste Spezies der Welt, denkt Alexander.

Der alte Mann sagt: »Es war nur ein Russe.«

Die Waltraud sitzt daneben, ruhig, sie weiß längst alles.

»Katharina – also ihre Mutter – und ich, wir haben nie darüber gesprochen. Aber mir war es egal, ich war so glücklich, dass sie mich genommen hat. Sie war eine schöne Frau. Damals. Wie die Erika heute. Ich habe Katharina geliebt. Bis zum Schluss.«

Der Großvater schaut zur Waltraud, sie nimmt seine Hand und sagt: »Ja, Rumpold. Bis zum Schluss.«

»Ich habe es nicht geschafft, es der Katharina recht zu machen«, sagt er. »Meine Waltraud zum Beispiel, die hab ich angestellt, damit sie der Katharina hilft. Und einen Elektroherd haben wir gehabt, als Erste im Dorf, damit das Kochen leichter geht. Und ein eigenes Zimmer habe ich ihr gebaut, mit Toilette, damit sie es nicht verlassen muss, wenn es ihr wieder einmal nicht gut geht. Herr Alexander, manchmal … Vorwürfe mache ich mir, weil ich etwas Wichtiges nicht gesehen habe.«

»Was denn?«

»Vielleicht habe ich es auch gar nicht sehen wollen.«

Waltraud streichelt dem Großvater über die Wange.

»Warum erzählen Sie mir das?«, fragt Alexander.

»Einmal haben wir mittaggegessen«, erzählt der Großvater. »Da habe ich mit Katharina gestritten. Erika hat das Brotmesser genommen und hat sich in den Finger geschnitten. Hat uns dann die blutige Hand hingehalten. Ich habe sie nie gefragt, warum sie sich wehtut.«

Alexander denkt an jenen Morgen, als er die Narben auf Erikas Oberschenkel entdeckt hat. Und an ihre Ausflüchte. Immerhin, seit der Geburt sind keine neuen hinzugekommen.

»Erika war immer weg, wie soll ich sagen, in ihrer eigenen Welt. Hat viel gelesen. Bücher und so was. Ich habe mir gedacht, das geht weg. Die Weinberge. Die Felder. Ich habe geglaubt, wenn jemand hier aufwächst, kann er gar nicht anders, als das alles zu lieben.«

»Sie liebt es ja«, sagt Alexander. »Aber auf eine andere Art.«

»Und darüber weiß ich noch so wenig. Was ihre Art ist.«

Alexander sagt: »Warum sagen Sie mir das alles? Ich bin nicht mehr mit Erika zusammen.«

Die Waltraud und der Großvater schauen stur geradeaus, zum Kind, das der Katze nachläuft. Die drei reden einige Zeit nichts.

»Ach so«, sagt der Großvater.

»Neben Erika war kein Platz mehr für mich. Alle Plätze besetzt. Mit unserem Kind und sechs Skeletten«, sagt Alexander und denkt, eigentlich muss ich mich nicht rechtfertigen.

»Die Erika hat uns also nicht die Wahrheit gesagt«, sagt die Waltraud und wischt sich mit einem Taschentuch über die Augen. »Warum tut sie so etwas?«

»Sie hat etwas vor«, sagt der Großvater.

»Was denn?«, fragt die Waltraud.

Da sagt der Großvater: »Sie sind mit der Erika nicht mehr zusammen und sind trotzdem gekommen. Warum?«

Alexander antwortet nicht. Vielleicht hat er gehofft, Erika

besser zu verstehen, wenn er ihren Vater trifft und den Hof sieht. Die Spuren der Kindheit, Archäologie in eigener Sache sozusagen. Oder er wollte sehen, ob sich Erika seit der Trennung vielleicht ein wenig verändert hat. Oder er wollte herausfinden, warum der Sex mit Studentinnen ihn nicht von den Gedanken an Erika losbringt.

Hier, bei diesen beiden alten Leuten, die mit Erika gar nicht verwandt sind und doch zu Erika gehören, erkennt er etwas. Erika würde er es so erklären: Wir sind zwei Funde aus derselben Kulturschicht. Wir gehören zum selben Befund. Die Geschichte hat einen starken Kontext geschaffen, hat uns zusammengebracht, das ist beweisbares Faktum, dagegen kann niemand etwas machen. Er lächelt, denn er denkt an eine Vitrine im Naturhistorischen Museum und an Besucher, die sich erkundigen, wer von beiden Alexander sei und wer Erika.

Jetzt gesteht er es sich ein. Er vermisst Erika.

»Wir sind eine verrückte Familie«, sagt die Waltraud und reißt Alexander aus seinen Gedanken. »Eigentlich vier wildfremde Leute. Vielleicht bringt uns der kleine Keichlo zusammen.«

»Hat sie also wieder gesagt, er heißt Keichlo?«, fragt Alexander. Er presst die Lippen aufeinander. Denn der Name ist Heinrich. Wie Schliemann. Schlimm genug. Der äußerste Kompromiss, zu dem Erika bereit war.

»Weiß es Erika?«, fragt Alexander.

»Was?«

»Dass Sie nicht ihr Vater sind.«

»Ich glaube schon. Die Erika, mein Kind, die ist ja gescheit!«, sagt der Großvater und lächelt.

Mit den drei Kindern kommt Erika zum elterlichen Hof und trifft Alexander an, wie ihm der Großvater gerade die Flaschenabfüllanlage zeigt. Schliemann sitzt daneben und beobachtet die beiden.

»Was soll das?«, fragt Alexander und schaut die Kinder an.

Bettina grinst verschmitzt, als wäre sie Komplizin bei einem hoch geheimen Plan.

»Das sind Alfred, Bettina und Clemens ... ich habe versprochen, ihnen den Hof zu zeigen.«

Hier im Hof ist es sicher. Erikas Anspannung lässt nach. Sie beobachtet Alexander, wie er ihr irgendetwas über diese Maschinen erzählt, die auch Kronkorken auf den Flaschen fixieren können, für den Most und den pasteurisierten Traubensaft. Beim Reden bindet er sich die Haare mit einem Band zusammen, damit der Wind die Haare nicht mehr in sein Gesicht weht. Diese weichen Haare.

»Wisst ihr was? Ich zeige euch die große Traubenpresse!«, schlägt Erika vor. »Die möchtest du doch sicher sehen, nicht wahr, Keichlo?«

»Er heißt Heinrich! Heinrich! Heinrich!«, schreit Alexander. »Du musst das endlich akzeptieren!«

»Entschuldige«, sagt Erika. Der Standesbeamte hat behauptet, Keichlo sei als Name nicht möglich. Darum hat sich Alexander durchgesetzt. Der Junge hat gelernt, vorsichtig zu sein, wenn er seinen Namen sagt.

Erika hört das Pochen eines Spechts. Auf dem Kirschbaum, wo die braunen Blätter hängen, tote Reste von einem vergangenen Frühling. Kühler Wind. Sie wünscht sich den Juni herbei, wo der Baum frische, grüne Blätter hat. Und Kirschen. Hinaufsteigen. Mit der Hand einen Ast umfassen, sich hinaufarbeiten, bis sie auf diesem Ast steht und nach höheren Ästen greift. Aber nie freihändig, hat der Vater immer gesagt. Abzustürzen kann keine Kirsche wert sein. Vielleicht versteht Vater doch etwas von Kirschbäumen. So ein Baum, der nach oben nicht aufhört, immer höher, heller das Sonnenlicht, immer süßer die Kirschen. Umgeben von so dichten Blättern, dass man nicht gesehen wird.

Erika geht ins Haus, streift durch die Räume, es zieht sie zum Zimmer des Vaters im ersten Stock. Öffnet die Türe, setzt sich an den Schreibtisch, die Laden herausziehen. Formulare,

Rechnungsbücher, Einnahmen-/Ausgabenverzeichnisse. In der untersten Lade eine Mappe. Erikas Kinderzeichnungen. Mit Datum versehen. Chronologisch sortiert. Daneben eine Schachtel. Fotos von Erika. Ebenfalls chronologisch. Der erste Schultag. Beim Wandern in der herbstlichen Au. Auf dem Baum. Geordnet wie für ein Fundarchiv.

Das Foto von der Erstkommunion. Sie im weißen Kleid, mit der langen, weißen Kerze. Dahinter der Vater. Und die Mutter. Alle drei lachen. Wenn man nur dieses Foto gefunden hätte, man würde denken: eine glückliche Familie.

Sie legt dem Vater ihr Geburtstagsgeschenk auf den Tisch, eingepackt in eine Schachtel, umwickelt mit silbernem Papier, mit einer roten Schleife rundherum.

Sie steht auf, schaut hinunter in den Hof, zu Alexander und den Kindern. Die Flügeltüre zum Kellertrakt haben sie geschlossen, die ist nun das Fußballtor, in dem Alexander steht und so gut wie jeden Ball durchlässt, den der kleine Clemens schießt. Alfred junior lehnt an der Wand und schaut gelangweilt zu. Etwas abseits ist Bettina, sie nimmt ihre Halskette mit dem Plastikanhänger ab und legt sie Keichlo um den Hals, und Keichlo gibt ihr dafür einen scheuen Kuss auf die Wange. Er kann mit Frauen umgehen, ganz der Vater, denkt Erika.

Sie geht hinunter in die Küche, wo Waltraud steht und den Salat putzt. Auf dem Herd köchelt es im großen Suppentopf, der Raum ist erfüllt von feuchter Wärme, die Fenster sind beschlagen. Die Küche ohne vertraute Geräusche: Kein Schaben der milchigen Glasscheibe, die man zur Seite hat schieben müssen, um aus der Kredenz die Tassen zu holen – die Kredenz und alle anderen Schränke sind einer hellen Einbauküche gewichen. Kein Quietschen der Besteckladе, die etwas schräg gehangen hat, die Laden gleiten geräuschlos. Kein Knarren vom Holzboden unter den schweren Schritten der Waltraud – alles ist gekachelt.

Auch die Sitzecke ist weg, stattdessen ein Tisch aus hellem Birkenholz mit passenden Stühlen. Das Holzgestell ist noch da, das an die Wand genagelt ist und auf dem die Muttergottes steht, hohl wie ein Gartenzwerg. Erika rückt einen der neuen Stühle zurecht und setzt sich unter die Muttergottes, das ist ihr angestammter Platz.

»Es ist schön, zu sehen, was aus dir geworden ist«, sagt Waltraud. »Jetzt, wo du bald Professor bist.«

»Professorin«, korrigiert Erika.

»Und du hast eine Familie«, sagt die Waltraud und rührt im Suppentopf um. »Ich hab mir immer eine gewünscht. Kinder, eigene, weißt du?«

Die Waltraud rührt eine Weile recht heftig in ihrem Topf um.

»Du bist doch noch jung. Wie alt bist du?«, fragt Waltraud und wendet sich dem Gemüse zu.

»Einundvierzig«, antwortet Erika.

Beim Karottenputzen sagt die Waltraud: »Heutzutage ist das kein Alter, Erika. Da ist man noch jung. Da steht einem die Welt offen.«

Erika schätzt die Waltraud auf fast sechzig. Und als hätte Erika eine Frage gestellt, sagt Waltraud: »Nein, mir geht es gut. Ich habe den Platz gefunden, wo ich hingehöre. Und das mit deinem Vater, das ist gewachsen, wie soll ich sagen, wie ein Kirschkern, der ganz langsam ein fester Baum wird. Ich habe gesehen, wie seine Frau mit ihm umgeht. Deine Mutter.«

Sie putzt lange und intensiv an einer Karotte herum.

»Natürlich war deine Mutter eine gute Frau. Tief drinnen.«

Sie zerhackt die Karotte.

»Wie hat er doch gelitten, und er hat sie trotz allem geliebt. Bis zuletzt. Dein Vater, der geht nicht weg so einfach. Und dann war er alleine und hat gezweifelt. Und du warst fort, und er hat mich an einem Abend gefragt, wofür er denn noch arbeiten soll. Ich habe eine Nacht lang darüber nachgedacht, denn für wichtige Fragen muss man sich die Zeit nehmen, und ich habe geantwortet, Erika wird wiederkommen.«

Die ganze Zeit hat die Waltraud nicht hergeschaut, war immer über das Essen gebeugt, nun zieht sie sich die dicken Handschuhe an, öffnet das Backrohr, nimmt den Schweinsbraten heraus, Bratengeruch nimmt überhand, sie sticht in das tote Fleisch, gießt Wasser darüber und schiebt es zurück.

»Wir beide hoffen«, sagt Waltraud, »also, wir sind sicher, dass wir dich verstehen … werden … können. Du bist so anders als wir, aber vielleicht gar nicht so sehr. Weil, wir sind ja alle Menschen, oder?«

Jetzt schaut die Waltraud her, und sie lächelt.

Draußen ruft der kleine Clemens: »Die Katze ist weg!«

»Dort ist sie raus«, sagt Keichlo und rennt zur Einfahrt. Unter den Torflügeln genügend Platz für eine Katze zum Durchschlüpfen. Alexander geht hinter ihm her. Nimmt ihn am Arm.

»Bleib da«, sagt er.

»Ich will Schliemann wieder«, sagt Keichlo und klammert sich an Alexanders Hosenbein.

»Der kommt wieder«, sagt Alexander.

Keichlo weint. »Schliemann ist draußen!«, kreischt er. Stampft mit den Füßen auf. Trommelt gegen Alexanders Oberschenkel.

Die Waltraud deutet Erika herzukommen, öffnet den Küchenschrank, hier hat sie die Sachertorte versteckt, darauf eine Kerze und in weißer Zuckerschrift die Geburtstagswünsche. In diesem Moment spürt Erika eine Irritation, und die kommt von draußen. Sie stützt sich mit beiden Händen auf den Küchentisch, ihr ist schwindelig. Beunruhigendes ist um sie herum.

»Kinder, eigene Kinder wollte ich, weißt du?«, sagt Waltraud, berührt kurz Erikas Schulter, und Erika zuckt zusammen. »Jetzt seid ihr meine Kinder, du und dein lieber Keichlo.«

Sie schaut Erika an, erwartet, dass Erika jetzt etwas sagt.

Und Erika sagt: »Ich muss raus.«

Draußen sitzt der Vater bei Alexander.

»Wo sind die Kinder?«, fragt Erika.

»Der Katze nachgelaufen«, sagt Alexander.

»Wo ist die Katze?«, fragt sie.

Der Vater deutet auf die Hofeinfahrt, das Tor steht offen.

Erika kreischt: »Warum habt ihr sie rausgehen lassen?«

»Katzen streunen eben gerne herum«, sagt Alexander.

Erika schwitzt. Trotz des Windes. Fragt, wohin sind sie gelaufen, »hinaus«, antwortet Alexander, »wohin genau«, schreit sie, »weiß ich doch nicht«, sagt er, und: »Erika, was ist los mit dir?«

Gedanken rasen in ihrem Kopf. Der Schweiß rinnt ihr in die Augen, sie geht zur Einfahrt, sucht Deckung hinter dem Tor, schaut hinaus. Fremde Krieger stürmen durch die Straßen, ungehindert, und wie im Rausch schlagen sie mit ihren Äxten und Schwertern um sich. Sie plündern, was der Brand übrig gelassen hat, sie stopfen Schmuck und Bronze in ihre Lederbeutel. Sie zerren Frauen aus ihren Verstecken und fallen über sie her, auch Mütter werden nicht verschont. Den Alten wird ins Gesicht geschlagen, wenn sie für ihre Töchter um Gnade betteln.

Keichlo ist ihr ganz nahe, sein Hauch auf ihrem Gesicht. Haarsträhnen auf seiner Stirn, verklebt, sie streicht ihm über die Wange, er flüstert: »Arlaka, ich kann nicht mit. Sie wollen mich haben, und sie finden mich. Wir haben keine Zeit. Sie sind gleich hier.«

Sie umarmt ihn. Ein letztes Mal. Schließt die Augen, versteckt ihr Gesicht im dichten Gewirr seiner Haare. Taucht in seinen Duft ein. Den sie sich genau einprägen will. Der sie immer begleiten soll. Sie küsst seinen Hals, und es schmeckt salzig und süßlich.

»Wo sind die Kinder?«, fragt er.

Erika schießen Tränen in die Augen. »Ich weiß es nicht! Ich habe einen Moment nicht aufgepasst, nur einen Moment, und …«

Er drückt sie fester. Sein Atem ist gleichmäßig, beruhigend.

»Du wirst sie finden«, sagt er.

Er löst sich von Erika, für ein paar Augenblicke bleibt von der Umarmung eine zärtliche Berührung übrig. Dann spürt sie ihn nicht mehr, riecht ihn noch, sieht ihn noch, er macht zwei

Schritte zurück, zum Glück hat sie seinen Duft noch auf ihrer Haut und auf ihren Händen, noch kann er bestehen im Gestank von Verbranntem. Noch sieht sie ihn, er dreht sich um, schnell, Haarsträhnen wirbeln herum, er geht leicht in die Knie, angespannt wie vor dem Sprung, und dann rennt er los, und er ist weg, und Erika ist alleine, und das Töten geht weiter. Schreie.

Erika geht hinaus. Läuft die Straße entlang, in irgendeine Richtung. Plötzlich steht ein Krieger vor ihr, verstellt ihr den Weg. Er schaut sie an, in der Hand das Schwert, feucht glänzend. Am ganzen Körper zitternd, im Blutrausch. Sein Gesicht wie das vom Ortsvorsteher. Und der erzählt ihr, dass er jetzt Bürgermeister ist. Sie starrt ihn an. Sieht keine Möglichkeit, ihm auszuweichen. Fortlaufen? Er ist schneller. Er kommt ihr näher. Sagt, dass er sie bewundere, so eine starke Frau sei sie, und er würde sie gerne auf etwas einladen.

Erika schweigt.

Er fragt: »Na, wie wäre es?«, und lässt seine Hand ihren Oberarm entlangstreichen.

Sie haut ihm das Knie zwischen die Beine, er jault auf, beugt sich vor, die Hände in den Schritt, und presst hervor: »Bist du verrückt? Ich habe dir doch nichts getan!«

»Ich habe es Ihnen gesagt: Wenn Sie mich noch einmal berühren, trete ich Ihnen zwischen die Beine.«

»Das war vor fünf Jahren!«, stöhnt er.

»Wenn Sie sich daran erinnern können, warum soll ich es dann vergessen?«, sagt sie, und jetzt rennt sie. Die Hauptstraße entlang. Vorbei an Hütten, die brennend zusammenbrechen, Flammen springen von einem Dach zum nächsten, das Stroh brennt schnell lichterloh, Rauch in den Augen, und so viele Menschen, von Panik getrieben, Mütter, die ihre Kinder rufen, so grässliche Schreie, und Sterbende auf den Straßen. Wie soll Erika in diesem Gewirr ihre Kinder finden, sie können schon überall sein oder tot. Kampffähige Männer werden unter Schlägen zusammengetrieben; sie müssen oben auf dem Kirchberg Gruben ausheben, ihre Gräber. Wer stolpert und fällt, der bekommt Fußtritte, und wer nicht mehr hochkommt, der wird erschlagen. Süßlicher Geruch, verbranntes Fleisch.

Plötzlich: Etwas Weißes, dort unten beim Eingang zu einem Keller, ein Tier, eine Katze vielleicht, es könnte Schliemann sein, Erika läuft dorthin, doch keine Katze mehr hier, dafür eine Kellertüre, die schon so verrottet ist, dass man sie nicht mehr versperren kann. Erika geht hinein, im Vorraum ein Tisch mit Stühlen, für Weinverkostungen, die vor Jahrzehnten stattgefunden haben. Ein verstaubter Weinheber mit seinem langen Glasstiel, Licht fällt durch die Ritzen der kleinen Fensterläden. Vielleicht ist das ein verlassener Keller der Slowaken.

Erika hört Geräusche, die kommen aus den Tiefen des Kellergewölbes. Ihre Augen sind noch nicht an die Dunkelheit gewöhnt, sie geht die Treppe hinab, es gibt kein Geländer, sie will sich der Wand entlang tasten, statt der Wand spürt sie etwas Weiches, erschrickt, zieht die Hand zurück, greift woanders hin, aber auch da: diese hauchzarte Polsterung, die das Gewölbe auskleidet. Sie zündet ihr Feuerzeug an. Es ist schwarzer Schimmel, der auf den kalten, glitschigen Ziegelsteinen wächst. Sie steigt tiefer hinab, das Gewölbe ist niedrig, die Luft stickig. Es geht in den Kirchberg hinein. Sie ruft nach den Kindern. Und bekommt eine Antwort.

»Kommt sofort herauf!«, ruft Erika und beginnt zu rennen.

Ein Kind sagt, dass etwas passiert ist.

Endlich ist sie unten angelangt, dort, wo noch ein paar alte Holzfässer stehen. Bettina hat eine Taschenlampe, die Kinder stehen um Schliemann, die Katze im kreisrunden Schein der Lampe, liegt auf dem Boden, als würde sie schlafen.

»Er ist umgekippt«, sagt der kleine Clemens. »Einfach so.«

Erika beugt sich mit dem Feuerzeug zur Katze hinab, die Flamme erlischt. Erika erfasst die Situation: *Skelett einer Frau, vier Kinderskelette und die Überreste eines domestizierten Tieres (Grabbeigabe?). Bei erster Befundung keine Gewalteinwirkung feststellbar (Todesursache Vergiftung?).*

Sie schreit: »Rauf mit euch! Es gärt hier!«

Der kleine Clemens ist außer Atem, er macht einen Schritt, er stolpert und fällt, bleibt keuchend liegen. Erika hebt ihn hoch, denn unten liegt das Gas, sie steigen die Treppe hinauf, jeder Schritt eine Qual, Erika schwitzt, das Gewicht des Kindes, der kurze Atem, und jetzt das Kopfweh.

Endlich sind sie an der frischen Luft.

Der kleine Clemens übergibt sich. Den anderen geht es besser.

Erika bemerkt es erst jetzt.

Keichlo.

»Wo ist er?«, schreit sie Bettina an.

Sie weiß es nicht, sie weint.

»Wann hast du ihn zuletzt gesehen?«

Bettina sagt jetzt nichts mehr. Sie zittert nur. Alfred junior schaut zu Boden. Er kann auch nicht weiterhelfen.

Erika rennt wieder hinunter. Sie versucht sich zu konzentrieren. Der Keller steht leer, also kein Wein, woher dann die Gärgase? Im Krieg, da hat man einige Keller miteinander verbunden, vielleicht Gärgase von einem Nachbarkeller? Also gibt es einen Durchgang? Ist Keichlo dort?

Erika zündet wieder ihr Feuerzeug an, der Finger schmerzt, brennheiß ist es schon. Vorbei an Schliemanns Kadaver. Sie schwitzt. Im Kopf dröhnt es, Schmerzen stecken im Schädel, werden schlimmer mit jeder Bewegung, Farbblitze vor den Augen trotz der Dunkelheit. Das Feuerzeug geht aus. Ersticke ich jetzt? Oder ist das Benzin zu Ende?

Er könnte ganz nahe sein, hinter diesem Fass vielleicht, nein, dann in der Nische, oder in dem Seitengang, überall, wenn es doch nur Licht gäbe, da, ein Lichtschalter, es macht Klick, aber sonst passiert nichts, hätte sie doch nur die Taschenlampe der Kinder mitgenommen! Dass es immer an solchen unwichtigen Dingen liegt, ob jemand lebt oder stirbt. Wenn sie die Lampe holen geht, dann wird er schon tot sein. Ersticken geht schnell. Sie bemüht sich, ganz still zu sein. Luft anhalten. Ihn atmen hören. Vielleicht keucht er. Doch sie hört nur das eigene Pochen in den

Schläfen. Ihr wird schwindelig. Wenn ich länger hier unten bleibe, dann sterbe ich auch. Ist doch egal.

Erika hält sich an der schleimigen Wand an. Sie zittert am ganzen Körper, und da ballt es sich schon zusammen in ihr, sie würgt, obwohl sie heute noch nichts gegessen hat. Sie beugt sich vor, jetzt nicht niederfallen, denn das Gas ist schwerer als Luft, sie fällt dennoch, und auf allen vieren kriecht sie weiter, bis zur Stiege, vorbei am toten Schliemann, sein weißes Fell schimmert, sie versucht es hinauf, jede Stufe unendlich anstrengend, denn jede Stufe viermal: Hand, Hand, Knie, Knie. Und wenn er nicht mehr lebt, dann werde ich warten. Warten, wie es die alte Frau Schmidt tut. So lange, bis ich ihn wiedersehe.

Je mehr Stufen sie geschafft hat, desto klarer wird, was noch vor ihr liegt: Ich werde sehr, sehr lange auf Keichlo warten müssen. Sie versucht sich zu trösten, sagt sich: Diesmal sind nicht alle Kinder gestorben. Wenigstens drei sind der Geschichte entrissen.

Erika hat keine Angst mehr. Denn das Schlimmste ist schon angetan. Sie bricht zusammen, schlägt sich das Kinn wund auf der Stiege, rollt zur Seite. Große Traurigkeit umfängt sie, kleidet ihr Inneres aus, so wie der weiche, schwarze Schimmel dieses Gewölbe bedeckt.

Wiedersehen.

Sie spürt Keichlo, ihren Mann, der gekommen ist, der sich über sie beugt, nein, das kann nicht sein, eine Halluzination nur, er ist doch im Krieg, oder ist das schon der Tod, seine Arme umfassen Erika, sie wird hochgehoben, sie drückt ihr Gesicht an seine Schulter, sie weint.

»Du hast die Kinder gerettet«, sagt er.

Um Erika wird es hell. Keichlo trägt sie in ein anderes Leben hinaus, durch das Kellertor in eine Welt, in der es keinen Krieg mehr gibt, in der Vergangenes nicht wiederkommt, in der man eine neue Chance bekommt, egal, was geschehen ist.

»Unser Sohn«, stöhnt Erika.

Keichlo setzt sie ab, auf eine Bank bettet er sie, er legt ihren

Kopf auf seinen Schoß, seine Hand auf ihre Wange, seine Haut ist so glatt, so vertraut, Erika will sich nicht von ihm lösen, auch nicht, als sie merkt, dass er Alexander ist.

»Er ist noch unten«, sagt sie. »Ich habe ihn nicht retten können.«

»Grüß dich, Erika«, sagt jemand. Es ist die alte Frau Schmidt, gestützt auf ihren Stock. An der Hand führt sie den kleinen Keichlo. Mit der Mädchenhalskette. Erika richtet sich ruckartig auf, ist zu schwindelig zum Stehen, fällt auf die Knie vor ihrem Sohn, umarmt ihn. Drückt ihn fest, weint vor Erleichterung, der Junge wird vom Weinen angesteckt und schluchzt. Er streichelt seine Mutter und fragt: »Was hast du denn?«

Die Rauchschwaden sind verschwunden, die Krieger fort, das Dorf ist leer und still und befreit von der Geschichte. Um sie herum nur mehr die reine Gegenwart.

»Ich habe ihn auf der Straße gesehen, mit den anderen Kindern«, erzählt die Frau Schmidt. »Ich habe ihm gesagt, du trägst aber einen schönen Anhänger um den Hals, und dann habe ich ihn gebeten, mich an der Hand zu nehmen und mir das Dorf zu zeigen.«

Sie streicht Keichlo durch das Haar, dann sagt sie: »Du hast mir ja gesagt, ich soll ihn beschützen.«

»Wann habe ich das gesagt?«

Die Frau Schmidt lächelt: »Weißt du, Erika, das ist schon sehr, sehr lange her.«

Für meine Freunde von GRAUKO,
dem Grazer Autorinnen und Autoren Kollektiv:
Danke für eure hemmungslose Kritik
und eure bedingungslose Unterstützung.